| 回报者文丛 |

《时代的孤儿》

东　西/著

《艰难的行走》

鬼　子/著

《沿途的秘密》

毕飞宇/著

毕飞宇

鬼 子

东 西

东西原名田代琳,男,1966年3月出生于广西天峨县,中国作协会员。1985年毕业于河池师专中文系,先后干过教师、新闻报道干事、秘书、报纸编辑、记者等工作,现为广西艺术创作中心创作员。中篇小说《没有语言的生活》获首届鲁迅文学奖、1996年《小说选刊》奖。主要作品有:长篇小说《耳光响亮》;小说集《没有语言的生活》、《痛苦比赛》、《抒情时代》、《目光愈拉愈长》、《不要问我》、《我为什么没有小蜜》、《美丽金边的衣裳》、《送我到仇人的身边》;电影剧本《天上的恋人》(与人合作)以及20集电视剧本《永远有多远》等。

昆仑出版社

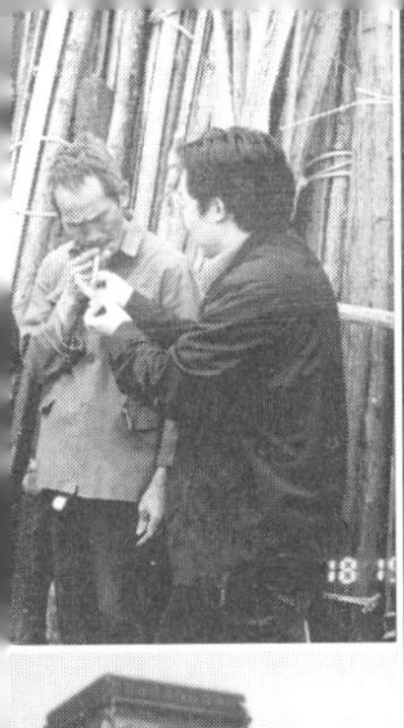
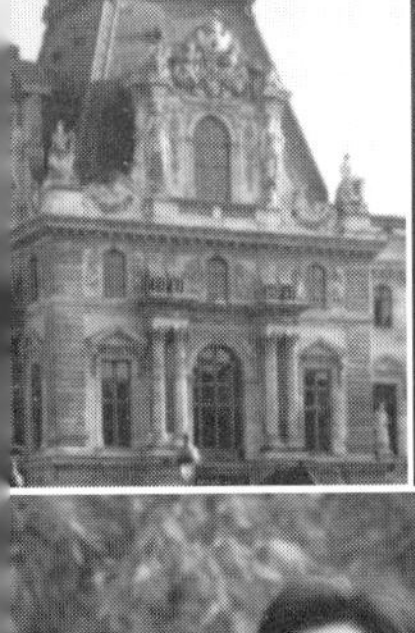
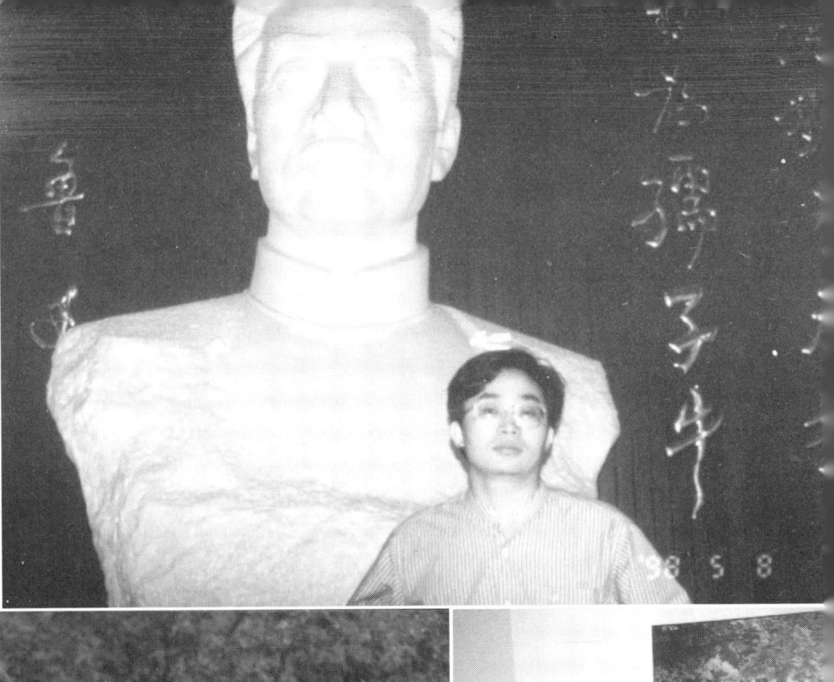
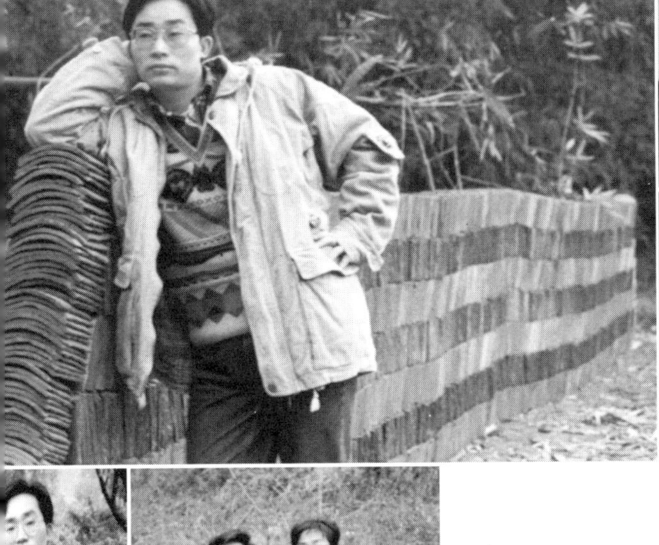
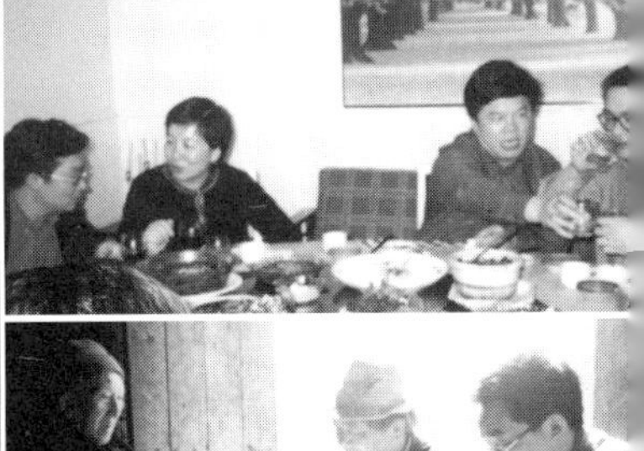
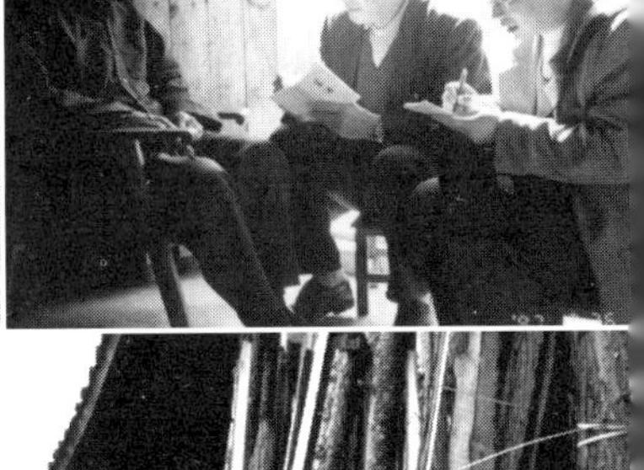
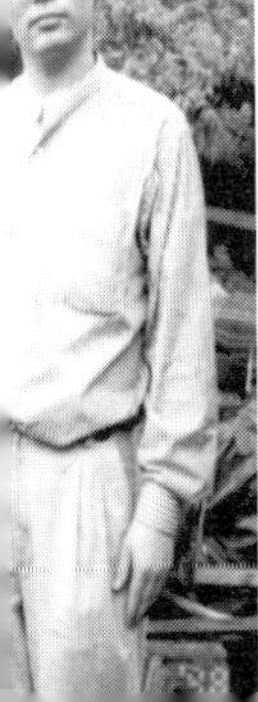
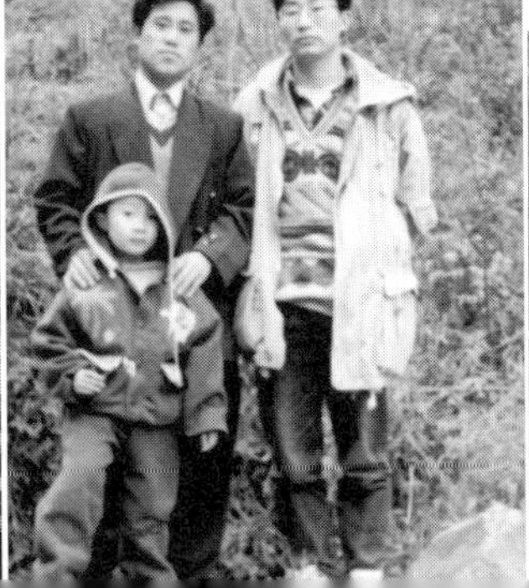
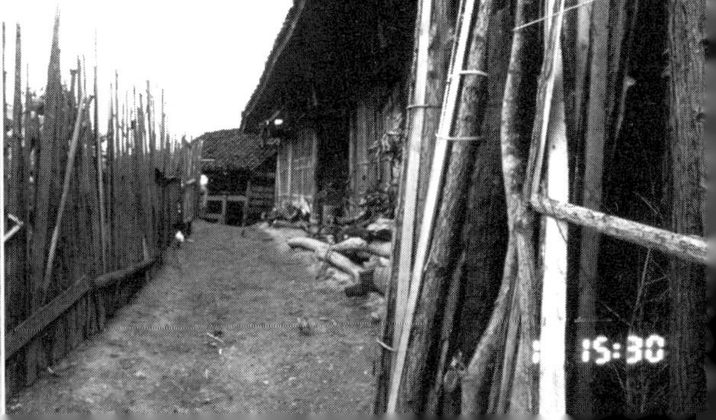

一平、东西(田代琳)文学作品讨论会

民主路 ◀MINZHU LU▶

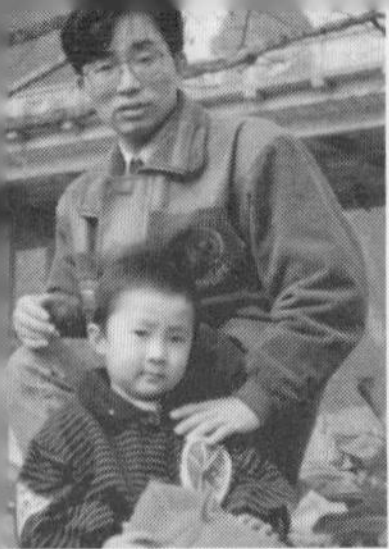
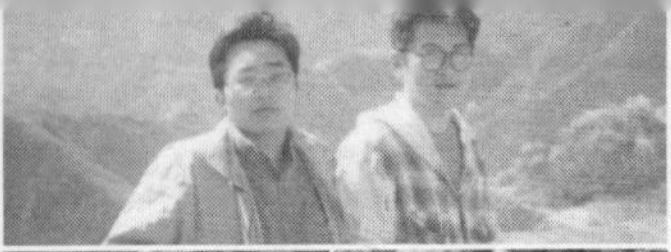
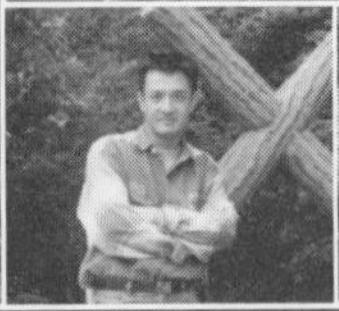
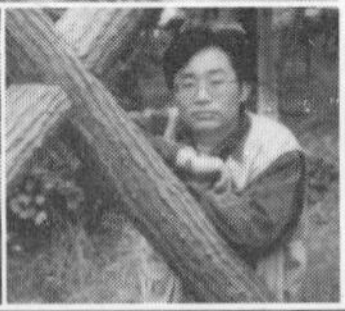
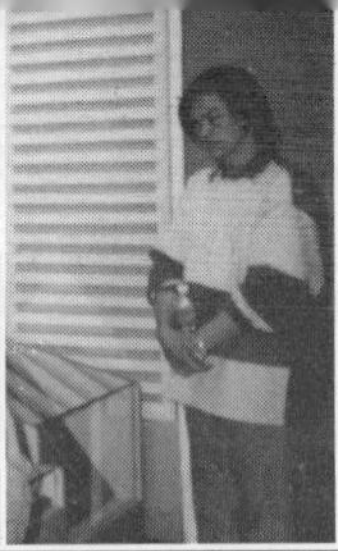
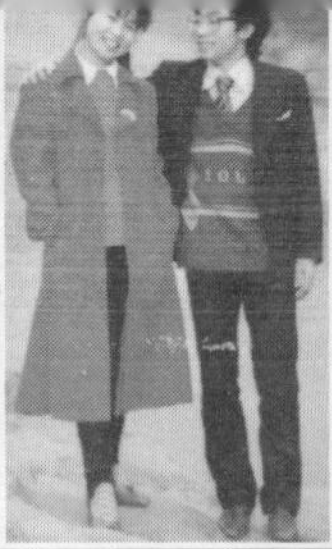
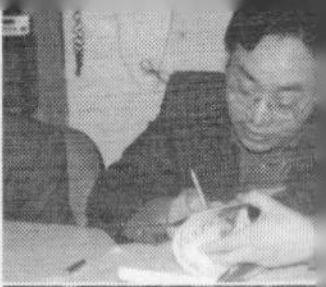
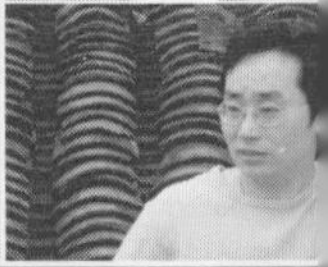
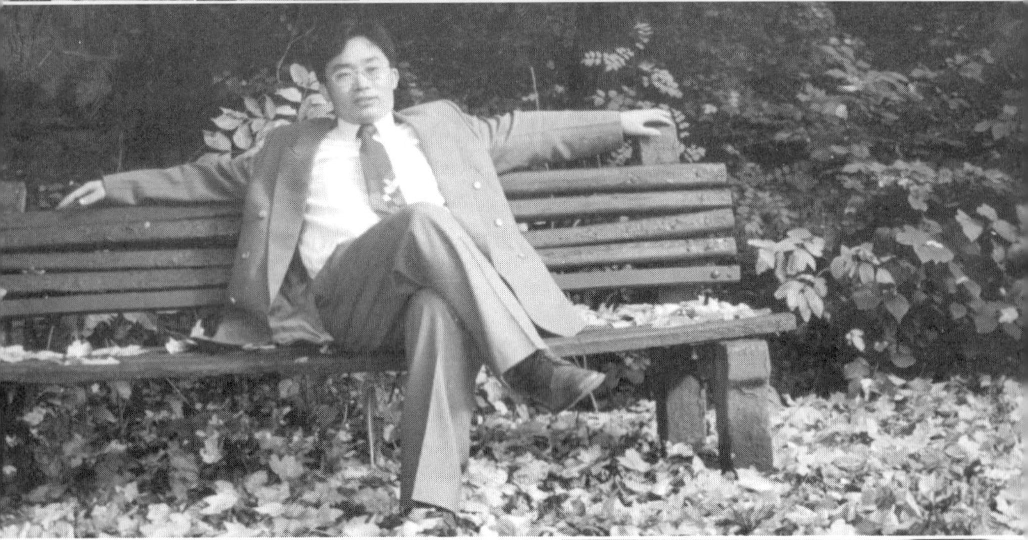
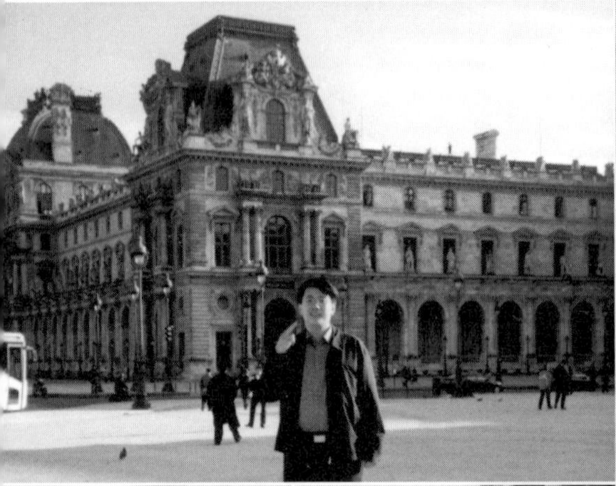
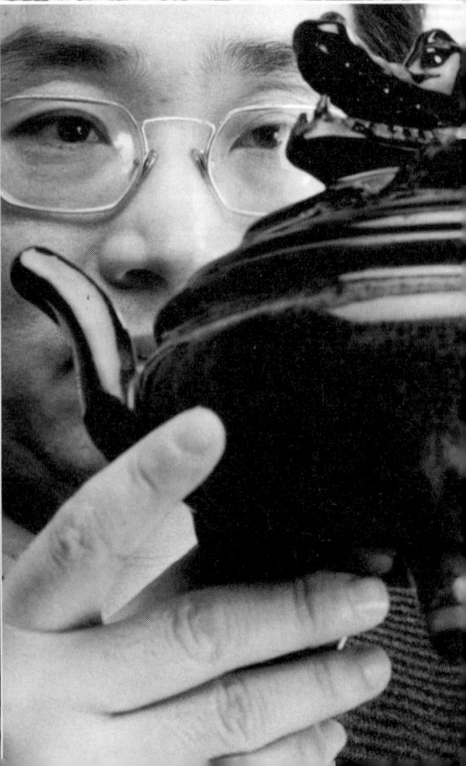
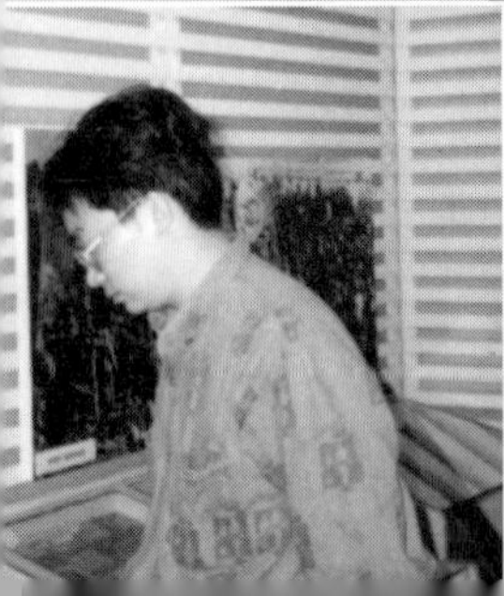
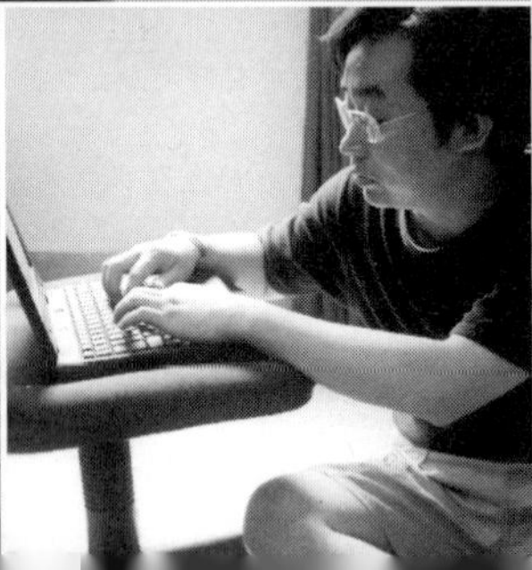

时代的孤儿

东西 著

昆仑出版社

图书在版编目（CIP）数据

时代的孤儿／东西.－北京：昆仑出版社，2002.9
回报者文丛
ISBN 7-80040-645-8

I.时… II.东… III.①中篇小说－作品集－中国－当代②短篇小说－作品集－中国－当代 IV.I247.7

中国版本图书馆 CIP 数据核字(2002)第 058562 号

书　　名：时代的孤儿

作　　者：东　西
责任编辑：侯健飞
责任校对：刘晓京
封面设计：曾　腾
出版发行：昆仑出版社
社　　址：北京海淀区中关村南大街 28 号　　邮编：100081
电　　话：010-62183683
E-mail:jfjwycbs@public.bta.net.cn
文稿排录：北京一鼎文化公司
电脑制作：徐晓东
经　　销：全国新华书店
印　　刷：北京飞达印刷有限责任公司
开　　本：A5
字　　数：250 千字
印　　张：9.625
插　　页：3
印　　数：1—8000
版　　次：2002 年 9 月第 1 版
印　　次：2002 年 9 月北京第 1 次印刷
ISBN　7-80040-645-8/I·480
定　　价：20.00 元

（如有印刷、装订错误，请寄本社发行部调换）

目 录

关于回报者文丛 / 编者【1-2】

为结束，为开始 / 李敬泽【1-4】

第一部分 创作与生活

这个人呀……【3-7】
他在思考一个问题，就是为什么自己会慢慢地变胖？

站在谷里想师专【7-11】
我突然闻到了玉米和稻谷的芳香，山谷中的草浪，树尖上的风声……

宿 命【11-14】
苍天有时无眼，命运也会不公，许多生命因此遭受劫难，就像一场大雨从天而降……

我是怎样上了文学这条"贼船"的？【14-16】
河池地处广西北部，没什么好出产的，却专门出作家，比如周钢鸣、曾敏之、聂震宁、杨克、潘琦、蓝怀昌、常剑钧、鬼子……

暮年之父【17-19】
我父亲73岁时的1991年,像一道高高的门槛横亘着。

湘西有个凤凰县【19-21】
湘西的山水草木,似乎是专为沈从文先生的那支笔而设置的。

一篇给我带来运气的小说【22-23】
在我的中篇小说《没有语言的生活》未发表之前,我一直把我的短篇小说《商品》当做自己的代表作。

哑巴说话【24-25】
他们的声音使我的耳朵一阵酥麻,身心愉悦。

小说生长的土壤【26-29】
这粒种子要破土而出,必须经过阳光雨露的滋润,需要土地给它提供营养。

川端康成之痛【29-30】
一个偶然的机会,我读到了关于他的童年的文章。

走出南方【31-33】
我是因为远在美国的那个小个子福克纳而喜欢上南方的。

慢慢地往上看【34-36】
刚到罗马尼亚的夜晚,天上下着毛毛细雨。

我们所有的激情【36-38】
让我们的激情得到一次很好的释放。

突然想到写诗【38-40】
只一次——

理想的女人【40-41】
对女人的幻想是男人共同的爱好。

关于爱情【42-44】
事实上的爱情就像我们的科技一样。

向往书房【44-46】
你最希望得到的是什么?书房。

电纷纷【47-50】
随便打个电话问最近在忙什么?

晚生代之我见【50-52】
文学事业和其他事业一样,总是要后继有人。

小说中的魔力【53-60】
我把小说中非常规的东西统统称为魔力。

朝着谷里飞奔【60-65】
这是我最熟悉不过的季节。

一个"60年代"的24小时【65-66】
清晨的闹钟像虫子吱吱地叫着。

第二部分 中短篇小说

不要问我 【69-122】
卫国抱着讲义夹走进教室时,学生们还以为走进来的是一位新老师。等他站到讲台上,用目光在教室里扫了一遍以后,学生们才记起这张似曾相识的面孔。卫国瘦得连一阵轻风就可以把他吹倒。

没有语言的生活 【123-150】
在这个夜晚之前,她一直被父母严加看管。

我为什么没有小蜜 【151-168】
米金德被推门声吓了一跳。他下意识地缩缩脖子。赵然的目光落在米金德的脸上……

目光愈拉愈长 【169-200】
刘井感到自己的裤子被什么咬了一下,脖子很快地扭了回去。她看见一定倒到地上。一定说妈,我走不动了。

我正变成好人 【201-212】
愈来愈多的钱落到我们的手上,我们被那些钱吓怕了。邓加钻了两次,我们就草草收场。

商品 【213-224】
我说爱情和女人有关吧,如果你感兴趣的话,我就给你讲一个绝对真实的爱情故事。

关于钞票的几种用法　【225-234】

你们知道工资怎么用吗？刘大同说这不是在说废话吗？总共才三百来块钱，还用得着你告诉我们怎么用吗？

把嘴角挂在耳边　【235-248】

音乐随着舞蹈的终结而消失，杜渎的脸上冒着汗。在这个以裸露为时尚的时代，杜渎想用穿衣舞来挑起我的笑容。

送我到仇人的身边　【249-262】

赵构说我要睡觉。赵构刚说完我要睡觉，鼻孔里就喷出一串鼾声。张洪摇晃赵构的膀子，说你不起来，我一个人喝有什么意思？

猜到尽头　【263-293】

铁流是突然被叫走的。当时他坐在沙发上频繁地打着哈欠，我和儿子铁泉抱着他的脑袋拔白头发。

关于回报者文丛

　　毕飞宇、鬼子和东西都不是队伍上的人，我们无从知晓他们是否有过从军的念头，但从他们的作品里，是丝毫看不到枪炮影子的。像大多数地方作家一样，三位朋友并不清楚昆仑出版社和解放军文艺出版社的关系，我告之昆仑是解放军文艺出版社的副牌，是一家出版社两块招牌。鬼子就说，噢，明白了，就像鬼子不完全是鬼子，东西不完全是东西一样。

　　好在文学实在是没有国界和边防的，一次偶然的心灵碰撞，三位朋友就成了队伍上的作者了。

　　其实丛书的构想已经很早了，首选的作家不下十位，但最后产生共鸣和欣然"从军"的却不多。当然，作家都是好作家，作品也是好作品，问题也许就出在"回报者"这个提法上。

　　丛书的构想雏形是在世界杯决赛前的十强赛上，几位朋友一齐看球，因为中国队胜了，而且有希望冲出亚洲走向世界，所以喝酒、吹牛、骂外国球真孙子，最后有的就鼻涕一把泪一把的。这时一位球员的脸布满屏幕，是记者采访。这位球员滴着汗水，说了几句很很让人着急的套话，最后对着镜头说：作为球员，我在比赛中一直很尽力，就算是回报吧，回报球迷，回报社会。

　　这或许同样是一句套话，但在当时听来，球员的态度是如此谦卑，如此真诚，这对多少年来希望中国足球进步的广大球迷来说，内心着实充满感激。

> 那么我们的文学呢？文学需不需要"迷"，"迷"们需不需要回报？有人说，我写了，有人买，有人看，难道这不是回报吗？是的，这是一种回报，但这种回报是职业性的，缺少情感色彩。

　　那么我们的文学呢？文学需不需要"迷"，"迷"们需不需要回报？有人说，我写了，有人买，有人看，难道这不是回报吗？是的，这是一种回报，但这种回报是职业性的，缺少情感色彩。这就像有观点认为，读者固然重要，但"满足读者"首先是"出版社、报刊编辑部和出版商的商业利益和口号，也与那些仅仅为多挣些稿费而

1

写作的作者相联系"一样，作家和读者成了简单的买卖关系。

文学存在的理由决不是单纯的商业行为，古今中外无不如是。在中国，小说读者就像作家的影子，他们与作家的生活和情感是一脉相承的。久而久之，想与作家面对面交流，想真正认识作家的愿望，在青年读者身上表现得十分强烈。特别是文学青年，作家的文学启蒙、生活经历和思想根源是他们很想了解的事情。

面对面，真诚，推心置腹等等说起来容易，做到了何其难。在一些深受读者喜爱的作家中，认为"回报者"想法幼稚的人不在少数。所以，不讲任何版税条件、仅仅是因为一次感动而欣然"从军"的鬼子、东西和毕飞宇是让人尊敬的，他们尊重他们的读者，读者的态度决定文学存在的理由由此得以肯定。

当然，让成熟作家写三五万字的自传性文字是不难的，但让几个大男人拿出从小到大的照片印在书里，其中包括父母兄弟，也包括恋人爱人和孩子，他们都感到为难，他们说我们毕竟不是美女。最后我说服了他们，毕飞宇为此还专程重回故乡，因为，自述、有关文学经历的照片和中短篇小说是这个文本的三要素。

于是有了这套丛书的文本形式，应该说这是一种个性化的选择，就作家本身而言，为自己成为文学的历史作出一个阶段性总结，并为热爱他们的读者提供一个较为完备的、能够比较全面了解作家成长经历和文学成就的特殊读本。就读者来说，揭开作家生活的神秘茜纱后，回头再读作家的处女作、成名作和反响最好的中短篇小说，感觉应该是不同的。

最后要特别感谢的是李敬泽先生，作为同行和同龄人，他为丛书做了真正无私的支持，并为此做了一篇很好的序文，他当然也不是队伍上的人，但敬泽真的是个好编辑，对当代中国文学他也有独到的见解。

这是文丛的第一辑，不知道还有没有另外的作家朋友来"从军"，我们期待着。

编 者

2002年9月

为结束，为开始

李敬泽

一

罗城、兴化、河池，都是很小的地方，很远，比伦敦还远，比巴黎或纽约还远。所谓"远"，说的是它们在我们的知觉结构中位置偏远。你可能天天知道纽约的事，却从未听说过罗城。

一个人，从罗城出发，走过漫长的路，绕经南宁、北京和西安，抵达桂林。出发时他是个孩子，名叫廖润柏，在路上，他获得了新的名字："鬼子"。同样，毕飞宇从兴化走到了南京，东西从河池走到南宁……

这是"长征"，是冒险，是身体和心灵的壮游。

当然，这也没啥了不起，中国大地上，每天都有亿万人在路上，他们心怀远志，这种日常的"长征"从深处推动着生活。

但我们此时看到的三个行者是小说家。这个时代的小说家远比他们的前辈谦卑，他们缺乏英雄气概。但是，他们中间依然有人怀着信念：通过小说，通过想像、叙述和描写，他们将揭示某些不为人知的景观，将在人们的知觉结构中制造混乱，他们所提供的世界与我们熟知的世界有迷人的偏差。

毕飞宇、鬼子、东西就是这样的小说家，他们能够把鲜明的个人印迹写进他们笔下的世界——这是对一个小说家的最低要求，但足以把绝大多数写小说的人排除在外。在此时，键盘上飞舞的双手大多是"无名"的，你完全可以想像那样的小说是另外的某个人所写，它无气味，无"来处"，没有从个人经验分泌出的不可混淆的音色和光芒。

但这三个人的小说是有"来处"的，也就是说，我们意识到有一种秘密的本质在暗自支配小说的世界，也知道它来自那个叫东西、鬼子或毕飞宇的人，我们只是不知这秘密如何萌动、生长。

所以，我们，至少是我，有兴趣注视他们走过的路。毕竟，他们的"长征"不仅抵达了某个地理和社会位置,更抵达了小说和艺术,抵达了观察世界的某个独特角度。

这是"艰难的行走",这也是"沿途的秘密"。也许从一开始,秘密就已经存在,罗城、兴化或河池,这些偏远之地如同磁极,指引着从这里起飞的鸟,鬼子、毕飞宇和东西领悟和服从这种指引,他们一直携带着这枚磁极,最终围绕着它改写世界。

——好的小说家都会偷偷挪动这个世界磁极的位置,把它放到某个偏远的、意想不到的地方。

二

这三本书均由三部分构成:

自叙、照片、小说。

或者用另一种说法,是:

作者、影像、作品。

在我的预想中,这样的一本书将成为形式复杂的场所——

照片在书中是一个飘忽不定的元素,它们有的摄于过去,记录着早已消逝的某时某地;有的是专为此书拍摄的,记下了现在,以便追溯过去。对于以文字为生的人来说,在书中大量引用影像,这几乎是一种自我嘲讽,你可以把它看做是对"读图时代"的让步。

但和自叙相比、和小说相比,这些照片有一种奇异的忧伤和脆弱。它们被精心编排,安插在书中,营造一种现场感:这是东西幼时模样,这是毕家的旧屋……但是,我们知道,那呈现于眼前的、被摄入镜头的人与物其实已经走了,影像那么确凿,又那么空虚,它悬置在这儿,既是旁证,本身也有待证明。

于是,那个人出场了。毕飞宇、东西、鬼子各自提供了自叙。

作为作者,小说家和作品之间的关系总是暧昧、尴尬的。有的小说家,比如像钱钟书那样,断然划界,宣布人们没有必要吃了鸡蛋还要了解下蛋的鸡;这同时也是一种批评立场,认为作品的世界是自足的,将作者封闭在外。但也有的小说家会在鸡蛋上留下种种标记,设法把人引向鸡舍,他们会暗示以至强调作品的自传性,似乎作品是一扇门,我们推开那扇门是为了接近那富于魅力的作者形象。

前者贬抑作者以肯定作品,后者则贬抑作品以抬高作者,两者

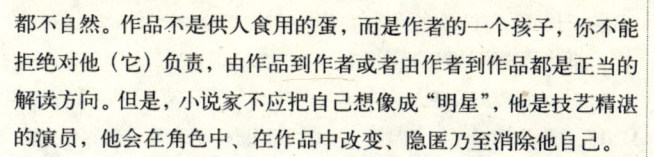

都不自然。作品不是供人食用的蛋,而是作者的一个孩子,你不能拒绝对他(它)负责,由作品到作者或者由作者到作品都是正当的解读方向。但是,小说家不应把自己想像成"明星",他是技艺精湛的演员,他会在角色中、在作品中改变、隐匿乃至消除他自己。

——事情的有趣之处就在这里,作品和作者之间是一个充满争议的地带。当东西、毕飞宇和鬼子分析自身的经验和个性时,至少我所注意到的是他们与他们的小说之间的种种差异。是的,我知道,这三位在撰写自叙时都有一种寻求自洽性的意图,使自我与世界、自我与作品合理地相互说明。但是,他们在小说中写出的远远大于他们在自叙中说出的,这在作品和作者同时在场的情况下显得尤为明显,也许,真正的"秘密"包含在这个难以测度的余数之中。

所以,这三本书的编排方式是否有趣取决于你怎么读它,如果你把它视为影像—作者—作品的统一体,这没有太大意思;如果你把它看做这三者之间既相互印证又相互反驳,既相互烘托又相互嘲讽的场所,那么我觉得这是有趣的。

三

鬼子、东西、毕飞宇都是上世纪90年代出现的作家,他们曾经是青年,按照中国特有的划分方法,他们现在还是"青年作家"。但是,咱们还是别再自己骗自己了吧,按常识,一个人年近四十或年过四十,那叫中年。

"中年"对小说家意味着什么?小说家也会有美人迟暮的焦虑吗?也许会的。特别是这一代小说家,他们把"青春"充分地转化为最初的象征性资本,那不仅是明亮的眼睛和不知疲倦的身体,更是小说艺术的无限可能性,是愤怒、狂欢、放纵,是"创世"的激情和幻觉,是垄断"未来"的信心,也是年轻书生的自我迷恋与纸上谈兵。

然而,"中年"来临了,沙场秋点兵,不出征还等什么?中年人为人夫、为人父,他不仅爱自己,他还得学会爱别人;昔日的"未来"已经来了,并且正在成为过去;他知道小说艺术的世界并非自他而始,也不是没他就不行;他也许还愤怒、还狂欢、还放纵,但他也尖锐地感受到在这一切之中横亘着坚硬的尺度:身体的尺度、艺术的尺度和对生命、生活的敬畏;他曾经陶醉于"无限",而人是绝对有限的，他必须将某种可能性付诸实施……

是啊是啊，"昔日顽童今何在？"人们惆怅地、或者幸灾乐祸地问，但这世界上反正总会有顽童，对每一个拥有"青春"的小说家来说，他的选择是，坚持下去，做老顽童、老愤青，或者英勇地长大。

在一种"青春"神话中，万物都如花盛开，又如花凋谢，永远不会结出果实，这非常美，但这不是真的。人的责任就是你总得留下点儿什么，以便让新来的顽童有借口发动新的"革命"或"断裂"，让"青春"的神话生生不息，灿烂如新。

——毕飞宇、东西、鬼子已入中年。我相信，小说家的中年意味着成熟，甚至是真正的开始。毕竟，小说面对生活和灵魂，处理浩瀚深微的人类经验，它需要关于人的广博知识，也需要经过长期充分训练的头脑和技艺。

那么，这三本书也是三份纪念，为结束，为开始。

这个人身高只有1.62米,体重却有差不多70公斤,按英国的一个公式来套,属肥胖症中最轻的那一种,但是如果不实地考察,晃眼一看,在他身上是无论如何也不需要一个"胖"字来形容的,也许是为了纵向比较吧。

第一部分
创作与生活

如果像家乡的这棵树一样老去……

（徐立宇摄）

这个人呀……

　　这个人身高只有 1.62 米,体重却有差不多 70 公斤,按英国的一个公式来套,属肥胖症中最轻的那一种,但是如果不实地考察,晃眼一看,在他身上是无论如何也不需要一个"胖"字来形容的,也许是为了纵向比较吧。10 年前,他是一副尖嘴猴腮的模样,整个儿吃不饱穿不暖的表情,深更半夜,当所有的人都在做发财梦的时候,他却在做着发胖的梦想。那个以能看相自居的《花城》杂志老总田瑛,第一次见到他的时候,就对他的面相不怎么看好。好在他的小说在田瑛的眼里比他的面相优秀,于是小说得以不断发表,身体也日渐饱满。若干年之后,田瑛再见到他时,竟然惊讶于他饱满起来的面相,而且说还会大福大贵。为了这一句吉言,他一直把这个体重保持了好几年,而且将继续保持下去,直到

签名售书。

大福大贵真的降临。

  大约到了现在,他才学会思考。他在思考一个问题,就是为什么自己会慢慢地变胖?拧紧眉头,他得出一个结论,那就是摆正好自己的心态。虽然现在他在大言不惭地说摆正好心态,实际上他经历了漫长的修炼,现在都还没修炼好。焦虑、急躁、发脾气就像他的优点,不时地在他的身上闪现。他在一家报社工作,从编稿到做版到校对到写稿费单到寄样报都得自己来,还有怎么也开不完的会,于是8小时之后,别人提着一篮子新鲜的蔬菜回家时,他却把一肚子的怨气泼撒给家人。难怪他的夫人在忍无可忍的时候以商量的口吻

1984年我站在二排左三的地方,是河池师专新笛文学社社员,不知道这一群朝气蓬勃的文学青年,现在都撒落在什么地方?

说：写作的人是不是都有点儿变态？

如果说乐于接受命运是优点的话，那么这个人就有了可以表扬的地方。他不太喜欢惹是生非，石头砸到了脚背，他首先不会想到这石头来自何方，而是毫不吝啬地把一句责问赏给自己：我的脚为什么碰到了别人的石头？这种思维和他11岁之前一直生活在谷里村有关。那时，他的家庭成分不好，只要是长有鼻子眼睛的都可以骑到他的头上。于是，大多数时间里，他躲在紧闭的家门内，谛听着父母诵经一样的声音：善有善报，恶有恶报，不是不报，时候未到；你恶我不恶，总会遭别个……

所以从小到大，他都是一个胆怯的人，胆怯到没有胆量去责怪别人，而总是从自己的身上找原因。我为什么没把这个事情做好？我在哪里又得罪他了？就是现在，他和一群人坐车到山区去出差，当车子稍微出现一点儿险情的时候，车上第一个发出惊叫的人准会是他。他战战兢兢地长大，一直以为自己是一个异类。但是有一天，当他看到卡夫卡的《地洞》时，他才找到了真正的知己。他喜欢卡夫卡的小说不是为了做秀，而是因为他在这个世界上找到了一个和自己一样怯懦的人。

另外由于他的身高，使他产生过很强的自卑心理。他没法跟那些长得牛高马大的欺负他的人打架，身边又没有自己的兄弟。他是那个执著地一定要生一个儿子的母亲在46岁时生下的满仔，父母自然溺爱，但是当他独身走向社会的时候，常常充满了恐惧。正是他的恐惧和自卑，使他得以更详细地观察这个世界，因为他的眼睛一直躲在草丛里。现在他把自己的身高归结于儿时艰难的生活，不要说喝牛奶，就是读到高三，他都没能吃上早餐。不过，他是一个很会自我安慰的人，当他发现福克纳也是矮个子，鲁迅身高也只不过1.58米的时候，他的嘴里立即发出了啧啧声，心里呀，别提有多高兴了。他之所以能够摆正心态，靠的正是这种阿Q精神。

常常有人问他：你写作成功的因素有哪些？他从来没有正面回答。今天他硬着头皮，死活要从身上把原因给揪出来，于是揪出了如下的几条：不怨天尤人，自卑和恐惧，相

细雨的南方(李军摄)

信别人吹牛皮。直到19岁那年从河池师专中文系毕业分回天峨县中学执教，他都还不知道什么叫做吹牛皮。那些能言善辩的，在他面前吹嘘自己多么有能耐的时候，他还睁大眼睛傻乎乎地听着。他想难道一个人没有钱他会吹自己有钱吗？难道一个人没有能耐他会说自己有能耐吗？难道一个人没有睡过女人他会说自己睡过吗？于是他把别人的话都当了真，就像中国要赶超英美那样，发誓要赶超他们。

你想如果你能超越别人吹出来的能耐，那么你不就是一个有能耐的人了吗？

站在谷里想师专

1982年夏天，当我走出天峨中学高考考场的时候，我便隐约地感到：我要告别这个地方了。十年来老师们在我脑海留下的文字和道理，一瞬间荡然无存。我突然闻到了玉米和稻谷的芳香，山谷中的草浪，树尖上的风声，高坡上父母尖厉的呼喊扑面而来。我顾不上和同学们谈谈理想，谈谈未来，便卷上包袱回到生我养我的谷里，也就从县城往大山的深处走上30多公里。我从一个看得到汽车和白房子的天上，回到满眼都是青草和树木的人间。

那年我16岁，剃了一个光亮的头，目的是为缺水的山区再节约一点水，也是为了下定决心做个农民。每天在农作物里穿行，用我稚嫩的身体适应乡村的一切农活。

从6岁开始我就到邻村读书，一直读完高中，我都没有干过什么农活，所以这个暑期对于我来说，是一个前所未有的考验。7月的太阳在一天里把我晒黑。我的肩膀留下农具和粮食的重量。学校里养成的午睡习惯，时时把我带到田边地头，带到满耳都是风声的山坡上和青枫树下。父母的骂声从田里隐约传来，他们勇敢而坚决地告诉我，如果接不到入学通知书，我就得学会做一个农民，就不能在劳动的时刻

父母的骂声从田里隐约传来，他们勇敢而坚决地告诉我，如果接不到入学通知书，我就得学会做一个农民，就不能在劳动的时刻跑到树下去睡午觉。他们认为在中午能够发出均匀的鼾声的人，一定是干部。而我，一个快要当农民的人，为什么还不从这种幻想中挣扎出来？

跑到树下去睡午觉。他们认为在中午能够发出均匀的鼾声的人，一定是干部。而我，一个快要当农民的人，为什么还不从这种幻想中挣扎出来？

但是我仍然在父母的骂声中入睡，蚂蚁和蚊虫不时爬上我的脸颊，把我从梦幻中带回现实。我拍掉蚂蚁从树下摇摇晃晃地站起来，看见耘田的父母已经往前移动了好几十米，他们像两棵经风雨未见世面的树，把自己的影子踩在脚下。我的心里一阵愧疚，觉得这时的我，睡午觉的我就像一只寄生虫，正在剥削我的父母。脑子里顿时想起了我伯父的一句教导："父望子成龙，子望父成马。"我想我还是老老实实地做一个农民吧，也许这样，我的父母还能少挑一担水，少耘一分田，才会感受到生我这样一个儿子的价值。父母说你有这个想法真是太好了。他们的脸上挂着1949年的表情，好像我一回家劳动，他们就像解放了似的，他们就从此不艰难困苦似的。

但是我的梦想还没有彻底地消失，在劳累的时候，在看不到电影，看不到电灯的时候，不时地想如果这时能接到入学通知书该多好。邻村的伙伴们陆续地都上学了，我却没有一点儿消息。我的目光越过山梁，一次次到达县城，消息还是不来。比我着急的是我的母亲，她催促我上路，要我到学校去问一问。我拿着母亲卖木耳的钱，去了一趟县城，但我不敢去问老师，害怕老师的一句话破灭我的梦想。在县城住了一天，我又回到家乡。我对着我的父母、姐夫、大哥和满哥们摇摇头，说赶快给我介绍一个对象吧，从此以后，我就要生活在你们的周围，天天和你们为了一丁点儿的利益而吵架。他们说这样也好。在他们磨动的嘴巴里，已经飘荡着我结婚时的酒香。

但是，我没有让他们的这个阴谋得逞。我坐在门前的晒楼上开始遥想河池师专，就像一个患了单相思的人，天天想着他心爱的姑娘。在我高考的志愿里，最高要求就是河池师专。那时我们几个同学定下一个誓言：中专不离地区，师专不离宜州，大学不离广西。原因是我们的家里太穷，没有更多的钱让我们做路费，只要学历一样，我们就选择最近的。而我的成绩也充其量是一个中专的水平，师专是想自欺欺人

创作与生活

和一位同学（左一）站在河池师专校门口，1982年9月至1985年8月，我在这所学校里学了三年中文，写作的基本功在其中的某间教室里练成。

毕业前，和同学们到环江毛南族自治县思恩镇中学实习，这些未来的教师们眼里充满了憧憬，只有我坐了下来，在一群人中间开小差。

一下。我坐在门前的晒楼上一个傍晚又一个傍晚,我想谁能把我从劳动中解放出来呢?谁能把我从劳动中解放出来,谁就是神仙,谁就是救星,而我就是一个运气特别好的人。

我的头发渐渐地长长了,家里的玉米也全部收入谷仓,那一匹跟随我收粮的母马也和我建立了劳动感情。我坚信它知道只要我在它身边,它的担子就特别轻。

我的母亲做了一些易带的食品,说如果我突然接到通知,可以把这些食品带到学校里去吃。可是什么时候才"突然"呢?一天早上,我拿着镰刀在自家门前修剪木槿树。由于刀子不够锋利,在割木槿的枝条时,镰刀沿着枝条上滑一直滑到我的手上,把我的左手指割出一道口,鲜血洒满木槿的枝条,未曾修剪完毕的木槿参差不齐。我捂着受伤的手指想,好像要出事了。

也就是这个傍晚,当太阳像一颗生鸡蛋的蛋黄搁在西山的时候,当所有的蝙蝠都在我家的瓦檐下盘旋的时候,我那个当时在大队当文书的姐夫秦仁伦,从乡里开会回到家里。他大踏步地跑进我家,对我说:"你已经被录取了。"这之前,他已经无数次地对我说:"你已经被录取了。"那是为了在平静的生活中,增加一点笑料。我对他的这种玩笑,已经适应,并不抱太大的希望。但是这一次,他的表情格外严肃。我从他的表情里可以判断他不是在开玩笑。于是我暗暗告诫自己:如果是考上河池师专的话,我就高兴;如果是考上某个中专的话,就不要高兴。因为考上中专,是我意料中的事情,尽管通知书姗姗来迟。

姐夫从上衣口袋里缓慢地掏出一张录取通知书,里面还夹着一张粉红色薄纸。姐夫对着那张粉红色薄纸念道:"田代琳同学,您已经被河池师专录取,美丽的铁城张开双臂欢迎您的到来……"姐夫刚念完这两句,我就知道,我已经被河池师专录取了。我从地上突然跳了起来,并且大叫一声:"我被录取啦。"

和现在一些因为不小心才考进河池师专的同学不大一样,我是带着兴奋和喜悦的心情走进河池师专的,那时师专就是我的最高追求。我有自知之明,因为我清楚地知道,那时的我只能跳这么高。从此我在每一个需要介绍简历的地方这样写道:"谷里:永远的出生;河池师专:搁在档案里的学历。"

现在我已经记不起那一天是什么日子了,但我记住那一天我割破了手指。鲜血和录取通知书同时出现,就像一次革命或者一次诞生,我时刻想念它们。

宿命

我曾不止一次地拷问自己:是什么支配着我们的命运?是他人、是时间、是自己、自然,抑或是上帝?但是这种不停的追问,毫无办法,只是使人愈来愈走向混沌……

行走在匆忙的人群中,我常常会看到强者的欢颜弱者的哀叹。我会听到强者说:要创造人类的幸福,全靠我们自己。

1997年冬,在南宁开完"三剑客"作品讨论会之后,与李敬泽兄(右一)在北海银滩,从两人的表情来看,前面一定站着一位女士。

时代的孤儿

身后是刘三姐门前的那条河——下枧河。右起：黄佩华、常弼宇、黄神彪、凡一平，摄于1994年。

强者这样说着，随即举起他们的双手，似乎只要举起双手，便会拥有一切。而弱者呢？他们面对一系列应接不暇的灾难，总是低三下四地说：认命吧。那么命是什么呢？命指生命，另外还包含命运的意思，即指生死、贫富和一切遭遇。如果单指生命，也许我们会想到一个直接的答案：时间。时间每向前迈进一步，都会苍老许多面容，夺去许多人的生命。有时，我觉得时间是一只无形的巨手，它把地球上的所有生灵推向死亡之渊，这好像是时间存在的全部意义。但是，只要我们面对病榻上的呻吟声，面对那些英年早逝的人们，面对战场上牺牲的战士，我们马上就会否认时间对生命的作弄，命变得复杂起来。试想，是谁在一场秋雨之后，安排你大病一场，并且住院？是谁设计了那么一颗子弹，穿越树叶、天空击中了那个人的头部？是谁唆使某人远行，坐上一辆客车然后车毁人亡？为什么人有高下之分，贫富之别？一些人觉得校门遥不可及，一些人为什么又要退学走出校园？所有的这一切，我们无法解释，然后统称为命运。

命运因而显得摇曳生姿、不可触摸、神秘兮兮。唯心主义者认为命是生来就注定的。唯物主义者认为，人是可以改变命运的，比如反抗、挣扎、冲锋、防患于未然……但是，我们并不能凭此断言，唯物主义者的命运就比唯心主义者的命运好，后天的努力常常又会受到不明飞行物的狙击、扼杀。正是因为命运的无法预料，生命的路程才充满欢乐与痛苦，喜悦与惊恐。倘若初涉人世便看清了未来路途，还有谁有信心和兴趣，去走完那既定路程？众生都难免一死，死的结果并不诱人，经过才是最具魅力的，重要的是经过，就像人们嘴边常挂着的那一句话：不枉在世上走了一遭。

但是有的人在这个世上走得极苦，他们的命运才是人类最可怕最普遍的命运。人啊，你可以飞黄腾达，投降叛变，委曲求全，但你不可能没有疾病，不可能超越一切飞来的横祸和意外。

曾经是蹦蹦跳跳的人，会突然地瘫痪；曾经家财万贯的人，也会一日破产。苍天有时无眼，命运也会不公，许多生命因此遭受劫难，就像一场大雨从天而降，就像我们每时每刻必须书写偶然、突然、不幸、想不到……一类的词语。这些词语横亘于人类前行的路途，等候多时。

创作与生活

与姐夫秦仁伦在自家的客厅兼书房里。20年前，他挑着担子送我到县城读高中，那天我们步行了近40公里，他的肩膀被扁担磨破。

一位得了肝炎病的作家写到：我的肝虽然坏了，心却是好的。这话能安慰许多病人。如果引申，一切正在灾难中的人们都可以说：我们的命运虽然不济，精神却是强健的。

病者和弱者，必须时刻沐浴精神之光，才能找到热爱生命的种种理由。

我是怎样上了文学这条"贼船"的？

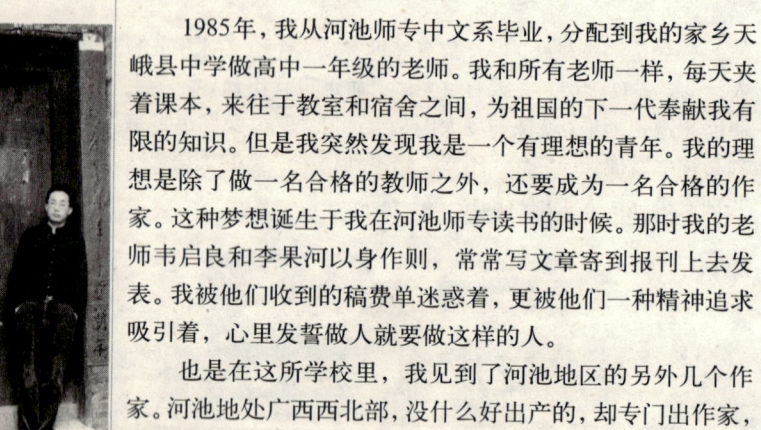

1985年，我从河池师专中文系毕业，分配到我的家乡天峨县中学做高中一年级的老师。我和所有老师一样，每天夹着课本，来往于教室和宿舍之间，为祖国的下一代奉献我有限的知识。但是我突然发现我是一个有理想的青年。我的理想是除了做一名合格的教师之外，还要成为一名合格的作家。这种梦想诞生于我在河池师专读书的时候。那时我的老师韦启良和李果河以身作则，常常写文章寄到报刊上去发表。我被他们收到的稿费单迷惑着，更被他们一种精神追求吸引着，心里发誓做人就要做这样的人。

也是在这所学校里，我见到了河池地区的另外几个作家。河池地处广西西北部，没什么好出产的，却专门出作家，比如周钢鸣、曾敏之、聂震宁、杨克、潘琦、蓝怀昌、常剑钧、梅帅元、鬼子、凡一平、黄土路等均出自那个地方。前辈们光彩动人的形象，使我坚信文学能够改变命运。我想，干吗不写作呢？

另外我写作也许是想吓一吓父亲。他和母亲都大字不识，童年时我常看见他拿着一些报纸的碎片努力地辨认着，而实际上什么也看不懂。试想如果某一天我的文章变成了铅字，不小心落到父亲的手里，不把他当场吓倒才怪呢。这种阴暗的心理加上没有更多的道路可选择，我开始了秘密的写作。每写一个短篇投出去，我就躺在床上失眠，渴望在三两天内接到用稿通知，能够一夜成名。但是稿子一篇一篇地被

从这里出发。
（黄土路摄）

退回来，我的心情因此而沮丧几天，觉得别人根本不理解我的作品，要当一个作家不是那么容易，以至于一看见大信封心跳就加快，就不敢在同学们面前撕开。毕业后，我慢慢地以一种平常心去对待写作，有意识地锻炼自己的语言，找出和别人的差距，每年只写一个短篇，其余时间则用来当好教师和读书。由于写得比较从容，再也没有生产废稿，一年一个短篇都能发表出来。到了1992年，我已经26岁了，如果再不好好地写，时间就晃荡着过去了。那一年我开始咬牙切齿地写作，用"东西"这个笔名在《花城》、《作家》和《收获》发表了三个小说。一直到这个时候，我才相信自己已经成了作家。

若干年前，有一个文学青年问陆文夫先生："我是先做作家呢还是先做万元户？"陆先生说："你还是先做万元户吧。"文学到了今天，已经变得愈来愈难做了，谁也不能保证你会成为作家，更不能保证你成了作家后，生活会比不是作家好。作家头上已经没有了光环，他们就像普通的劳动者，靠自己勤劳的双手去挣稿费。尽管我写了十几年，仍然是一个贫穷的家伙，还坐在母亲的床前写作，常常用电脑的敲打声去干扰她的美梦。

我的一位在北海写作的朋友，把一个当年和我一样而如今已经做了官的人做了一个对比。这位朋友为做官的人惋惜，说他的文章曾经写得和我一样，现在做了官却把文章给丢了。朋友的话音未落，立即有一人起身反驳，说你真天真，现在都什么时代了？文学都让人弄到后脑勺去了，你还去为一个当官的人惋惜。如果他不当官，他会有那么大的房子吗？会有轿车吗？你应该为搞文学的人惋惜才对。我的朋友顿时被质问得鼻青脸肿，一时说不出话来。

实际我也曾经想当当领导，但是谈何容易！王朔说什么也干不了的人，才会干文学。我认为只有当不了领导的人才会干文学，要不，为什么会有那么多领导在出事之后或者退休之后大言不惭地说最近我准备写作了？好像写作是天底下最容易的事。相反，任何一个作家都不会在写不下去的时候说最近我要去当当领导了。他们知道当那个是需要学问的，特别要善于跟人打交道。今天我在想我选择写作的真正原因的时候,才惊奇地发现原来我是怕跟更多的人打交道。写作是一种相对独立的个体劳动,很适合像我这样有点自闭的人来干,简直就是天作之合。

我给写作一下泼了这么多冷水,似乎是怕别人来抢我的饭碗,但这绝对是我的真话,却不是我想当领导的宣言。现在我仍然热爱我的写作,并且认为它是一项无与伦比的事业,从中我获得了无穷的乐趣。写作之初,我就看了陆先生劝青年人做万元户的文章,但是我并没有先去做万元户,因为万元户也不是人人都可以做得了的。已经被称为作家的人,总喜欢劝别人不要在文学这条崎岖的小路上冒险,那是因为他们在这条路上吃了不少的苦头,绝对是出于好心,怕喜欢文学的人再受他们那样的累和苦。如果换成那些一夜成名的作家来谈这个问题,那你会觉得写作就像打一个喷嚏那么轻松。

读小学时必须经过的吊脚楼。
(黄土路摄)

暮年之父

  我父亲 73 岁时的 1991 年,像一道高高的门槛横亘着。父亲用他最后的一丝气力,试图攀越它,但是山高高路迢迢,他没能翻过去,便倒在了这一年的夏天里。以后的日子里,土地上少了一位普普通通的老人,而我却没有了至爱的父亲。

  那时我的日子还没有现在这么好过,娶妻生子,收入不

1983 年回家过年,与父母合影,这是一家三口惟一的合影,注意细节描写的人会发现,我的父母双脚上还沾着泥土。

高，囊中十二分地羞涩。我把祖屋让给大姐夫，然后由姐夫和姐姐奉养父亲。父亲临去之前一个星期，我回去看他。他拄着拐杖走来走去，精神比往时略好，当时我没想到那是他的回光返照。

离别父亲的早晨，我看见他坐在家门口的板凳上无声地抹泪。他左手捏着拐杖，右手缓慢地抬起来，放在深陷的眼窝里，一下又一下地抹。他这个抹泪的动作，至今仍在我的脑海以慢动作的形式不断闪现。当时我突然产生了一种遗弃父亲的感觉，返身往他的口袋里塞了几十元钱，却不知道钱对于他已经再没有作用。

一个星期之后父亲去世，我塞给他的钱仍带着他的体温，完好无损地贴在他的心窝。父亲向来不善言辞，甚至有些木讷。离别他的那个早晨，我看出父亲其实是想要我留下来的，哪怕是多住一天。但是父亲想到我的工作和前途，竟然一个字也没有说，就像那些电影里的英雄。

父亲对我向来是无声的，轻易不会从他的嘴里跳出什么声音来。他不敢期望我成什么大才，只要能写会算不被人欺负就算阿弥陀佛了。他从来不向别人炫耀自己的儿子，只是在暗地里对我说，如果你的奶奶还活着，不知道她会多么爱你宠你。父亲说这话时，脸上洋溢着一种幸福的光芒。也只有这种时刻，我才窥视到他难得的一笑。这笑就像是石头裂

1999年春节与姐夫秦仁伦、儿子田原也，拜祭我的父亲。

开的缝。

春节或者清明，当我沉浸在节日的气氛中时，父亲常手提一个竹篮，带上少许贡品，走五六里山路，去为祖母上坟。祖母埋在一架大山脚下，父亲每去一次，总要从山顶走下去，然后再走上来。即使年迈难行了，父亲也从未放弃对祖母的纪念。我对父亲的这种行为，并不给予关注甚至于觉得他是在找累。但是父亲从不解释，也不强求我与他同行。直到现在我才理解，在我热爱母亲的时候，他也在热爱他的母亲。尽管他年届70，但只要坐到祖母的坟前，他就是一位永远长不大的孩子。

父亲死后的好多年里，我回乡过春节，总觉得去祖母坟头的路上忽然缺少了什么。那是父亲的竹篮、拐杖以及杂沓的脚步。当我看见祖母的坟头荒草萋萋树木丛生时，猛地发觉我忽略了父亲的感情。我应该接过父亲手中的竹篮，把那条路一直走下去。也只有这样，我才能够记住他那难得的一笑，重温一些美好而又叫人心痛的日子。

湘西有个凤凰县

湘西的山水草木，似乎是专为沈从文先生的那支笔而设置的。因为先生的美文，多年来我一直认为是先有了他的笔，而后才有湘西的风景。

1992年5月下旬，我终于有了一个机会进入湘西。沱江静静地从凤凰县城北面滑过，山水屋在这里作一种巧妙的配合，无论是泛滥着历史气息的木质吊脚楼，抑或是沿江新建的钢筋水泥楼房，都一色的青瓦，一律的瓦檐高翘，绝然没有盒子一样的建筑，破坏沱江的意境。北门楼一带，居住着凤凰的土著，他们建古朴的瓦楼，完全是为了对得起这里的山水。

走在城里，你依然能看见那些历史遗留下来的残篇断

大约7岁，在表姐和母亲的带领下第一次进城，表姐的头像已被岁月磨损，我好奇而且惊恐地依偎在母亲身旁。在这之前，我向毛主席保证，绝对没有照过相。

章。古城墙、北门楼、陈氏古院、熊希龄故居、大成殿和沈从文故居等等，它们像插在地图上的小旗子，把凤凰的版图都占领了。但对于一个《边城》、《萧萧》、《长河》的忠实读者来说，凤凰县最吸引人的地方，却是中营街24号。

1902年12月28日，沈从文先生诞生在这所屋舍里，像这幢朴实的老屋一样，先生从来都称自己是"乡下人"。最令当今文人们兴奋的是从文先生只小学毕业。小学毕业的他，能构建如此浩大的湘西工程，叫人惊奇也让人幻想。许多乡下的孩子，便执著而又愚笨地沿着他的脚印走出家园。许多狂放的文人，便信心十足地想超越湘西的这支巨笔。但是，又有多少人能超越先生的决心、艰难和情感呢？

1990年1月从北京运回的书桌和梓木太师椅，摆在故居老屋的窗下，书桌宽大如一张单人床，泛着黑亮的光。从文先生的一些主要著作，如《边城》、《中国古代服饰研究》等均在这张桌子上完成。我仿佛看见一个单薄的身影搁在太师椅里，一砖一瓦地砌筑500多万字，这该需要多大的毅力呀。

沈从文先生始终不同意修复故居，但迫于乡人的愿望，1988年3月他和张兆和先生审定了修复方案。5月，从文先生在北京去世。12月，故居竣工。从文先生只能在图纸上回望一眼他童年生活的屋子以及天井，便离别了湘西。在我们造访先生故居的前20天，82岁高龄的张兆和先生以及亲属一行十多人，悄然地带着从文先生的骨灰回到凤凰，小船驮着湘西这颗沉重的灵魂准备起航时，张兆和先生不顾旁人的劝阻，执意要送从文先生一程。但张先生年事已高，虑及她的身体，亲友们死活不让她上船。她只能默默地坐在江畔，看着从文先生的骨灰慢慢地消融在清澈的沱江里。

先生的另一半骨灰埋在城郊的泥土中，恰如他的文章，一半是山的实，一半是水的秀。从文先生骨灰入土时，他的助手泣不成声，但是张兆和先生却强忍住了泪水，待到背过墓碑，一直默然的她的眼里才滚出两行热泪。她说他不喜欢哭……

从文先生和张兆和先生纯美的爱情，我从那些公开发表的为数不多的书信里早已领略一二。尽管从文先生遇上过许许多多的冤枉，但他却满足于拥有张兆和先生这样的知音。

正因此，我们很少读到从文先生关于自己苦难的自白。

所幸凤凰县的今日，依然完整着从文先生笔下的吊脚楼，街市上还贴着龙舟竞赛的通告。先生魂归沱江，也算是有了情感的归宿。

现在先生故居的木房里，摆放着各种著作、手稿、照片以及访客的题字。把目光掠过那些摆设，我看到的是先生的精神，比如对文体的自觉探导，勤奋著书与淡泊名利，放弃文学而从事古代服饰研究等等。先生几十年前书写的做人与做文的道理，常常能引起今天的我的共鸣。可以说在心灵里，我早已拜谒了先生，那天跨进他发出第一声啼哭的门槛，算是拜谒的高潮。但这种心灵的访问并不因为走出先生的故居而宣告结束，只要我还写作，就永远不会忘记：湘西有个凤凰县。

这是根据《没有语言的生活》改编的电影《天上的恋人》的外景，是作品中王家宽和王老炳的家。

一篇给我带来运气的小说

在我的中篇小说《没有语言的生活》未发表之前，我一直把我的短篇小说《商品》当做自己的代表作。这种认为也许是自欺，但是不管怎样，我确实喜欢它。这篇被南帆先生称为先锋小说的小说，从原料与工具、生产和作品、产品及广告都由我自己来完成，像一条流水线。先锋小说在90年代生不逢时，这个小说除了被《小说月报》选载，被南帆先生收入一个集子之外，再没有什么影响。

凡是20世纪80年代后期90年代初期痴迷文学的人，我想总是或多或少地对先锋小说顶礼膜拜。那时我们刚走出校园，刚摆脱教科书，刚可以自己选择读物，看到如此美丽的"先锋"，我们当然会惊讶不已，突然觉得几十年所受的教育实在是有限。许多优秀的读本进不了教科书，绝对是在校生的一大损失。于是我撇开教科书开列的大师们，专门去读一些我过去闻所未闻的著作，从中得到了不少的教益。我开始以创新和不守规矩为乐趣，这种精神一直坚持到现在，只是做得更隐蔽一些，更能让人接受一些。《商品》的出笼使我有了一种从来没有的愉悦。我认为这样的写法以及构思，绝对是自己的创造。

两个饥饿的"艺术家"。1989年与师兄凡一平（右一）一道用饿狼似的目光盯住文坛。

1994年，广东省青年文学院客聘我不久，我开始写作《没有语言的生活》。那时我29岁，是招聘作家中名气和年龄最小的。我想，我应该写一个像样的小说了。由于有两年不用上班的时间，我得以从容地写作。在经过好久的构思之后，我把瞎子、聋子和哑巴放到了一块来写，他们是三个人，也像是一个人。他们中的几种类型已经分别被别人写过，但合三为一却还没有。把他们三个人组合在一起，无论是故事或者小说的意蕴，都变得复杂而有趣起来。面对三个无法交流的人，我尽量用最朴素的语言，力求用词准确。于是我这样写道："到了秋天，那些巴掌大的树叶从树上飘落，它们像人的手掌拍向大地，乡村到处都是噼噼啪啪的拍打声，无数的手掌贴在地面，它们再也回不到原来的地方，要等到第二年春天，树枝上才长出新的手掌。王家宽想树叶落了明年还会长，我的耳朵割了却不会再长出来。"

小说写完之后，我投给《收获》杂志的钟红明编辑，不久便接到她的电话。说李小林总编认为这个小说比我以前的小说写得好，只是结尾处要略作修改。我觉得结尾这一改，确实比原来好多了。

这个小说在《收获》一搁就是一年，也许这一搁，就搁出了我的运气。1996年第一期《收获》才发表它，这时我已经30岁，情不自禁地想起一首歌曲："三十以后才明白，要来的早晚会来；三十以后才明白，要爱的你尽管去爱……"

小说发表不久，田瑛兄打电话告诉我这是一个好东西。后来的事实证明，他对这个小说的表扬是发自内心的，因为现在正在拍摄的由这个小说改编的电影《天上的恋人》，就是他给我和导演牵的线。李敬泽先生看过这个小说之后，极力向《小说选刊》推荐，幸得肖复兴、冯敏和崔艾真等人的厚爱，使这个小说在复刊不久的《小说选刊》上露面，小说因此而被更多的人知道和阅读。如果《收获》当初不把此稿压上一年，也就没有被选载的机会，也就不可能获得《小说选刊》奖，更不会获得首届鲁迅文学奖。

现在，这个小说已经被收入各式各样的小说版本中，大约不下十种。

哑巴说话

每每有远方的朋友打电话到我家,远方的朋友们,基本上都操一口标准的普通话。他们的声音使我的耳朵一阵酥麻,身心愉悦。但是我不在家的时候,我的母亲会拿起话筒,这时沟通就成为问题。母亲现在跟随我生活在城市里,她不识字,更听不懂普通话。有时她坐在我的身旁看电视,同一个故事片或者同一个画面,她会做出与我完全相反的解释。这就像我的小说《没有语言的生活》里的一个细节:瞎子王老炳叫他失聪的儿子王家宽去买一块肥皂,但王家宽却买回来一条毛巾,原因是肥皂和毛巾都是长方形的。起先我常常对母亲错误的解释进行纠正,但是久而久之,我以繁忙为理由,一任她的解释错误下去。于是她便生活在她的想像之中,并且自得其乐。我想这样的生活,就是没有语言的生活。

前不久我看了一部电影,内容是反映电话之父——贝尔的一生。在看这部影片的过程中,我的脑海里不断浮现我的小说《没有语言的生活》。浮现并不是说我的小说有多么的高明,只是觉得当人类的沟通成为问题的时候,贝尔为人类的沟通所做的努力就显得特别的重要。他就像正在伊拉克和美国奔走的外交官,为使人类充满和平和享受美好而贡献他的才华。

无法沟通是我们必须面对的现实。不光是瞎子王老炳、聋子王家宽和哑巴蔡玉珍必须面对,健康长寿的人们也得面对。或许这也是上帝的旨意,《圣经》里有这样一个故事:洪水大劫以后,挪亚子孙要在平地上建一座巴别塔,希望塔比天高。那塔节节升高直入云霄。上帝知道这事后,降临现场观看。他看见平地上,城头上,人们川流不息地传运着砖料和灰泥,从下往上层层传递,有条不紊,塔愈砌愈高。上帝担心起来,他对天使说:"他们的动作如此协调,靠的是同一种语言。如今建塔,往后做别的事就没有不成的。看来我们得变乱他们的口音,使他们的语言彼此不通。"于是上帝使建塔的人们说出各种各样的语言,他们因为无法沟通,缺乏统一,人心涣散,建塔的工作半途而废。人们终于屈服于语言,屈服于命运。但是王老炳一家尽管语言不通,他们却"三位一体",在周围的人排斥他们的情况下,建造了新房,陈述了被人强奸的经过,形势急转直下,他们终于艰难地沟通了。这一切都说明,他们在默默地与命运进行着抗争。

我出生在一个比较封闭的地方,那个地方常常被同学和老师取笑。而我又偏偏十分热爱那个地方,我为它自豪。我想它被误解是因为没有人站出来为它说明,所以我渴望说话。当我阅读到福克纳作品的时候,我认为我已经有了说话的勇气和理由。当然在后来的创作中,我要不停地背叛我的初衷,以适应读者。只是有一点我没法改变和背叛,那就是我的出生。我出生在一个没有语言的地方,就像一个哑巴,当我突然会说话的时候,我得到了人们的同情和支持。这或许也是我能够交好运的原因。

与姐夫秦仁伦(左一)在我老家的门口。1966年我母亲在怀着我的时候,与父亲一道建起了这幢木房,3月,我呱呱坠地。

小说生长的土壤

当作家写完一篇小说的时候,他(她)就像农民在地里种下了一粒种子。这粒种子要破土而出,必须经过阳光雨露的滋润,需要土地给它提供营养。阳光是自上而下的,土地的提供是自下而上的。种在背光的地方的种子,它们不太可能获得更多的阳光照晒,但它们凭借地力,最终也许会长成一株硕大的禾苗。当然也有许许多多的种子,因为运气太不好,种到了石板上,再也没有生长的机会。

除了几个文学大师和通俗小说高手之外,现在坚持纯文学创作的青年作家们,大都不能直接走入读者心里。他们常常集合在一起,被支持他们的几家杂志推出,或者被出版社的编辑合并,或被评论家排列在一块儿。他们没有广大的读者(这一弱点常常被人讥笑),没有太多的收入,没有大红大紫。但是我们不能因此而否定这批作家,没有广大的读者是可惜的,但是绝对不是可耻的。有人曾发出疑问:如果这一批作家都不写作了,那么还有多少人在写?还有多少人在纯文学的道路上冲下去?

仔细地想一下,我觉得这一批作家的小说的生长土壤根本不是严格意义上的读者,而是杂志社和出版社的编辑们。编辑们虽然只是一小撮,但他们竭尽全力推动中国文学的发展。他们把一枚又一枚不太成熟的酸果,强行地塞给大众,引导大众消费、欣赏和接受新的品种(一些评论家也在从事这样的工作)。当不被接受的被接受了,那么一株株崭新的禾苗也就生长了起来。在网络没有出现之前,我还没有发现任何一个年轻的作家,不是通过文学杂志而出名的。作家和文学杂志的关系,正如电视跟歌手的关系。惟其如此,文学杂志才特别重要,那些杂志的编辑们才特别重要。

右起：凡一平、映川、格真、张燕玲、唐正柱、路燕和我，2001年5月，一群广西的写作者到香港访问。

从20世纪80年代到90年代，新作家出了好几茬，但许多杂志的编辑们始终坚持在自己的岗位上。他们不仅品尝过伤痕、寻根、改革、先锋文学，也品尝过新写实、新市民、新状态、新生代、后现代等等文学。有的作品他们不一定喜欢，但为了培植新的品种，他们不得不牺牲自己的观点。因此，我对他们改变口味的行为由衷地敬佩。可以想像，他们

我的家乡谷里周年云雾缭绕。

时代的孤儿

在一次一次改变阅读习惯的时候,是何等的痛苦,又是何等的快慰。

　　文学杂志的编辑和作家一样,也需要不断地更新观念增长知识,接受新生事物。有许多红极一时的文学杂志,为什么在这几年让位给了别的杂志?那是因为他们只抓住一代作家。他们希望所有的作家都要向他们抓住的几个作家学习,做人要做那样的人,做作家要做那样的作家。于是,凡不是那样写作的作家,一概被拒之门外;凡不适合他们口味的小说,统统地被称为非小说。编辑指导作家写作,作家投编辑所好。所谓创造力,所谓探索精神全面萎缩了。当一个作家听从某一个人的教诲,应该这样写而不应该那样写的时候,这个作家也许快完了。当然我不是鼓动作家不听批评意见,我之所以这样说,是因为小说自1994年之后,创造力和探索明显地减退了。编辑和读者都期待贴近现实的小说,但矫枉过正,作家在抓住现实的表象时,却放弃了艺术。至今我仍然固执地认为,艺术的创新和探索,才是衡量文学不可或缺的重要因素。一个作家10年前写的小说和10年后写的小

三人行。(凡一平摄)

说几乎如出一辙,那不是重复又是什么?

作家创造力和探索精神的锐减,与编辑们的支持密切相关。作为读者,我期待陌生化的小说,而不愿重听老调。读一篇以传统观念打100分的小说,我还不如读一篇不像小说的小说。有的杂志编辑言必称史诗,发必多线条,但是又有多少部史诗震撼了我们呢?卡夫卡写《城堡》的时候,他并没有声明自己正在写史诗,也没有多线条,但他却谦虚地写出了人类真正的史诗。卡夫卡的《变形记》,加缪的《局外人》,它们总是不动声色地击中人的痛处,改变人们已经形成的固有观念。要说史诗,这才是。我们可以想像,他们的这些小说在他们的年代,是谁在阅读?是谁在支持?包括《尤利西斯》、《追忆逝水流年》、《白雪公主》、《欢迎你到猴房》、《拍卖第49号》、《夜海之旅》……

曾经有人发出感叹:昔日顽童今何在?顽童已经愈来愈少了。这也是整个创作没新气象的原因。作家们的现实和满足,使创作原地踏步,甚至倒退。当种子出了问题,我们又怎么敢责怪土壤?

川端康成之痛

我可以自豪地说,至今我还没有看过川端康成的任何一篇小说,知道的仅仅局限于他是亚洲第二个获得诺贝尔文学奖的作家,以及根据他的小说改编的电影《伊豆舞女》。不读他的作品,并不是对他有什么意见,而是因为我的阅读实在有限,我没有更多的时间来注意我敬爱的川端康成。

一个偶然的机会,我读到了关于他的童年的文章,才知道他的童年那么让人难堪。我是一个悲剧的鼓吹者,所以我常常写悲剧,这使许多读者认为我是为赋新词强说愁。其实悲剧意识和我的生活息息相关,我童年生活的地方不通公路

时代的孤儿

少年川端康成1岁丧父，4岁丧母，7岁祖母身亡，11岁姐姐辞世，16岁失去祖父。他所经历的是一条死亡的河流，他的表嫂说他"衣服全是坟墓的味道"，并称他为"殡仪馆先生"。套用一个流行电视剧的名字，川端康成可以称得上是"趟过死亡河的作家"。

不通电，至今仍然如此。吃粗糠野菜算不了什么，贫苦疾病是家常便饭。童年一睁开眼睛就没有喜剧的舞台，所以悲剧就深入骨髓无药可救，以至于我读到余华的《活着》时，拍手叫好。但那些生活得十分幸福的人们，却不相信余华，不相信小说中的人物会一个一个地死去。可是他们哪里会想到川端康成就遇到了类似的情况。

川端康成出生的第二年，父亲患肺结核死去了。他出生的第四年，母亲因为服侍父亲也染上肺病身亡。他只好跟祖父祖母生活，但是相继死亡的有他的祖母、姐姐，1914年5月20日夜12时，年仅16岁的川端康成又失去了他相依为命的祖父，失去了世界上的惟一依靠。少年川端康成1岁丧父，4岁丧母，7岁祖母身亡，11岁姐姐辞世，16岁失去祖父。他所经历的是一条死亡的河流，他的表嫂说他"衣服全是坟墓的味道"，并称他为"殡仪馆先生"。套用一个流行电视剧的名字，川端康成可以称得上是"趟过死亡河的作家"。有人说人固有一死，或轻于鸿毛或重于泰山，对于死亡我们在所不辞，但死亡来得太快，确实打击了川端康成，使他幼小的心灵备受煎熬。

我无法想像川端康成接到姐姐死讯时所承受的痛苦，他拿着那封与他的学识年龄都不相称的信，不忍告诉双目已经失明的祖父。他把这个消息一拖再拖，几个小时之后，才不得不向祖父阅读。由于写信人字迹潦草，川端康成认不全信上的字，只好用他的小手把不认识的字写在祖父的手掌心上，由祖父根据他提供的笔画，揣摩信的全部内容。这是一幅多么凄惨的画面，他灼伤我的眼睛，使我流下热泪，也使我想起我的小说《没有语言的生活》。我在这个小说里写了一聋一瞎一哑的三口之家的人的命运，写他们的失语失听失明，这绝对是我的虚构，但它与川端康成的命运不谋而合。这也仿佛是一种命运，它使坐在电脑前衣食无忧的写作者无地自容，使被称作作家的我们不敢有丝毫的狂妄自大，因为不管你有多么好的想像力，你也无法超越生活的悲痛，悲剧出乎我们的想像，它挑战我们，似乎永无穷期。

创作与生活

走出南方

我是因为远在美国的那个小个子福克纳而喜欢上南方的。这对于一个出生于南方,祖宗十八代都是南方人的我来说,实在是有些不可思议。但是确实如此,福克纳的文字使我坚定了做南方人的信心。

南方于我,最初只是一个小小的村落,那里的树木零乱不堪,阳光里全是腐败的气息,泥巴沾满人们的双腿,有时要沾上好几天,一块一块地像鱼的鳞片。更多的时候,热浪扑人,苍蝇飞舞,水潭里的落叶正以高于北方五倍的速度腐烂。这种景象一直在我的眼前晃来晃去,我记住她,但是还没有确定爱她。她仅仅是一个我不得不接受的生存环境。我甚至还为这块我生存的地方曾经被叫做南蛮之地而感到害羞。

屈原和沈从文的出现,使我对她开始有了好感。他们感时伤怀的情绪像瘟疫一样传染给我,使我顿时觉得南方大有作为。那时候我已经能够真切地体会到南方灼人的气息,所有的东西,包括故事都在这种易于使物体变质的气候中发酵。我在气候中通体发热,甚至光亮。在如此美丽和如此恶劣的环境中,我的身上经常长出小块的红癣,它像灿烂的花朵开放和凋谢。中医认定,这是内热的结果。内火一热,头脑跟着膨胀,幻想和错觉像杂草蓬勃生长。写出来的东西就像是高烧40度的人吐出来的胡言乱语。这常常使我不够自信,要到地球的经纬线上去寻求确认。

福克纳一下使我自豪起来。这个一辈子都在写美国南方的作家,把自己当做一头牛,永远拴在"约克纳帕塔法县"的这根木桩上。他密集的文字,把南方一网打尽,就是老人河的一声叹息,就是因为想女人男主人公快要绷开的胸前的

家乡的火塘,煮饭、取暖和聊天的地方。

(黄土路摄)

时代的孤儿

站在家乡的瓦檐前。

第二颗钮扣,他都没有放过。夕阳像天边堆着的一堆尚未燃尽的煤渣,疲倦的目光像脱离水龙头的水,在它离开水龙头之后,再也不和水龙头有什么联系。走进一幢木楼的某个人物,不知道该往哪里走,于是变得像是自己在跟踪自己。这不正是我的南方吗?那个水气淋漓,雾霭缭绕,需要福克纳情感饱满的繁琐的文字覆盖的南方。

事实上,已经有人概括了"热带写作",他们把生活在热带的作家一一开列出来,那是一大串能够立即把文学爱好者吓倒的名字。这和我多年前的直感不幸吻合。对于我来

姐夫家的墙。(徐立宇摄)

说，热带其实就是我的南方。它火热、潮湿、易于腐烂，到处都是风湿病和矮个子，鬼魅之气不时浮出民间。他们对洁白，比如大雪充满向往，对冷空气异常敏感。因为除了个头的矮小反应机敏之外，还容易在这种温热之中堕落和腐败，就像水潭里的枯枝败叶。

但是无论是沈从文或者福克纳，他们都不是用南方的风景去打动读者。拨开他们像荒草一样的文字，你会看见一种被称为人性的东西慢慢地浮出来，抓住我们的心灵，使北方和南方一起感动。这就是为什么沈从文写湘西却能漂洋过海，福克纳写约克纳帕塔县却能在中国找到市场。心灵就像水，水与水相连。过去的远方的一次心动，也许会在我们的今天，我们的这个地方产生最强烈的回响。这种回响，使我慢慢地从南方的地域脱离出来，更多地去关照人们的心理活动。这已经没有南北之分，就像随着空调机普遍的使用，无论是北方或者南方，我们时常都处在一种恒温之中。

1998年夏领完"鲁迅文学奖"之后，与肖复兴（左二）、毕飞宇（左三）在人民大会堂门前留影。

慢慢地往上看

在我的印象中,罗马尼亚是一个被青草包裹的国家。青草就像一匹光滑宽大厚实的绸缎,把整个罗马尼亚的颈项和脸庞包裹得严严实实,以至于我每看一眼罗马尼亚的土地,就要为她的呼吸而担心。

1998年10月,我和周大新、吕雷、章武、高兴一行五人组成的中国作家访问团,乘坐由罗马尼亚作家联合会提供的一辆面包车,在罗马尼亚的土地上画了一个近2000公里的圆圈。透过面包车的窗口,我看到处处青草,不见牛羊,平展展的土地上没有一个补丁。偶尔一辆马车、一个草垛,偶尔一家木板农舍,它们干净清澈明亮,像一剂眼药水猛地

和鬼子(右)观看打鬼子的图片。

泼洒到我的双眼,把我的双目侍候得无比舒服。尽管时间是初秋,但几乎与哈尔滨市同纬度的罗马尼亚平原,已经有了初冬的气候。而那些青草依然绿着,不见枯萎的迹象,或许这里的草从生到死都没有枯萎过,它们是那样的生机勃勃。

刚到罗马尼亚的夜晚,天上下着毛毛细雨。为了这微微透着寒意的天气,罗马尼亚作家联合会副主席乌力卡罗跑到气象局,跟局长吵了一架。乌力卡罗说:"中国的朋友来了,你为什么还让老天下雨?"于是从第二天开始,罗马尼亚上空的雨就收住了阵脚,大地上一片阳光。阳光下一望无际的青草,绿得有些发黑,像一块由当地人手工织出来的厚得不能再厚的地毯。在这绿意深重的地毯上,围着一排排木栅栏,它们画草为牢,组成一个个不规则的图案。小木屋被栅栏围在中央,烟囱里不时会冒出一缕淡淡的炊烟,木栅栏上晾晒着五颜六色的服饰和白床单,它们迎风鼓动着,像张开的翅膀。木屋正门口,应该有一条小路通向远处的地方,看不见小路,它已经被青草覆盖了。青草就像潮水,一点一点浸漫着小路,流入客厅。

我们是从平原渐渐地向罗马尼亚的高原行进的。它的高原就是喀尔巴阡山。对于一个拥有喜马拉雅山的人来说,喀尔巴阡山只能算是一个坡。我的目光沿着喀尔巴阡山的坡度往上看,一幅斑斓的色彩扑面而来。像油画颜料泼洒在青草上的,是罗马尼亚的秋林。山腰上杂树丛生,最多的树要数杨树。它们黄色的叶片挂在树梢,铺在地面,有些红色的树叶点缀其中,再加上杨树白色的树干和树林下的青草,画面上的色泽丰富动人,让看见这画面的我爱不释手。罗马尼亚人对落叶情有独钟,尽管是在城市的公园里,他们也从不清扫落叶。这种色彩被他们当成一种风景,看在眼里,踩在脚下。而那些山腰上的黄叶,一点一点地撒在草地上,就像谁拿着蘸满颜料的巨笔,向着草地一挥,落下的星星点点。

再往上看,山顶上是白茫茫的积雪,雪山、青草、美丽的黄树叶堆在同一座山上。那些融化的雪水,慢慢地自上而下,向着树根、草皮浸去,在山脚汇成溪流。这样的景色,像拉洋片一样,一幕一幕从车窗外晃过。我的内心里发出一声声惊叹,整个身心都浮了起来,像浮在浪潮汹涌的海里。

同车的人几乎是异口同声地说:"应该让中国的所有县委书记和县长都到这个地方来看一看,看看别人是怎么样保护自然的。"

当然再往上看就是天空了,这里的天空特别蓝,特别透明,还特别与人和大地接近。罗马尼亚有许多教堂,教堂的建筑十分考究,它不仅是教民们的心灵栖息地,也是一本历史,一件艺术品。在参观教堂的时候,我从墙脚的砖头开始慢慢地往上看,看到最高处,就是教堂顶上的尖塔,那是一根直指蓝天的手指,它常常把看者引上天空。有它的地方,就有蓝天白云。不管是在喀尔巴阡山,还是在城市的教堂前,你时时可以和蓝天白云在一起,整个地融入自然之中。所以在罗马尼亚的日子,我始终保持着这种自下而上地看的姿势,这种姿势使我看见比海洋还宽广的天空,比天空还宽广的青草和树木。

我们所有的激情

在期待世界杯开赛的日子里,我们是不是觉得时间过得慢了一点儿。那些在过去战争年代才会有的久违了的字眼,比如狼烟四起、铁马金戈、驰骋疆场、再下一城、明修栈道暗度陈仓等等,都会在电视的转播中回到我们的耳朵。这使天生就喜欢厮杀的人类,仿佛回到古代的战场,让我们的激情得到一次很好的释放。

在中国的球迷中,作家仅仅是一小部分。但是作家喜欢在各种媒体上发言,因而他们是球迷中不可忽视的队伍。除了中央电视台请他们侃足球外,作家们还在自己办的刊物上大侃足球,仿佛不侃足球就吃不下饭,就没有必要吃饭。每次出差或开会,我和作家们在一起,他们大都在说足球。他们会说出某一个球的失误,说出某一个球应该怎么踢,说出某某球星的鞋码和球鞋的广告;或者一听到某个球星的名字，就会晕过去。

上个世纪80年代，你随便在街头抓一个人来问："你喜欢什么？"回答几乎是一致的：喜欢文学。而今，你随便在街头抓一个人来问喜欢什么？没准儿回答的会是足球。在那个大家都喜欢文学的时代喜欢文学的人，肯定也会在大家都喜欢足球的时代喜欢足球。作家是一个轻易不会崇拜的群体，他们认为自己有思想，有主张，不随波逐流。他们还说流行的不一定是好的，比如流行感冒。但他们对足球几乎是一致地崇拜。他们崇拜足球什么？我不得而知。是它的胜败难料？或是它冲撞的精神？或是那些优美的姿势？或是那些充满火药味的字眼？我想在作家疲惫的写作过程中，在写作一点儿也不刺激（不能刺激别人，也不能刺激自己）之后，他们是不是在寻找另一种刺激？

我们喜欢和平，但我们却爱买上一把玩具枪送给孩子。我们平静如水地生活，但心底里却向往刺激。喜欢刺激是人

2000年夏，在北京与一张熟悉的脸在一起。他是我的乡党、体操王子李宁（右一）。

类的天性。在酷热难挨的夏天，泡一杯浓茶坐在电视机前隔岸观火，坐山观虎斗，确实是一种难得的享受。我们把所有的激情都倾注在绿茵场上，假想那是战场，假想我们就在战场上，我们就是真的勇士，让球星的脚变成我们的脚，让球在进门的那一刹那，体会高潮。我们于是就会感受到什么是幸福。没饭吃的时候，我们一直在为吃饭而努力奋斗。有饭吃了，我们就看足球。球迷愈多，说明我们的生活愈好，说明我们已经从物质享受转向精神享受。祝愿所有的球迷，特别是作家球迷们，在足球的世界里寻找到愉快！

突然想到写诗

那是一个夏天，我的一位朋友去了远方，心里空落落

站在绍兴沈园的《钗头凤》前，这是我最喜欢的两首词，因为我也有长得很漂亮的表妹。

的，憋得很难受，于是突然想写诗。一口气我写了好几首，晚上还打电话读给别人听。我相信电话费已经远远地超出这几首诗的稿酬。现抄录其中的一首，题目是

只一次

就像1999年只有一次
就像我只有一次出生
爱一次就够了
反正恨一次我就饱嗝连天

一年只抬一次头
那是有人告诉我今夜中秋
一天里电话只响一次
那是碰上别人误会的手指
所有的深夜只读一本书
暂时称它为生活
一秒钟打一次喷嚏吧
如果鼻子过敏的话
一餐饭我终身难忘
一次泪水我年年伤心

有一次真正的开心不再大笑
做过一次好梦再不睡觉
写一首好诗让电脑中毒去
发一次疯头脑清醒
生一场大病长命百岁

一次就一次
说话算数
不会有两个亲生母亲

时代的孤儿

不会有两个独生子女
一张板凳让我坐着苍老
一双球鞋使我走个不停

理想的女人

　　对女人的幻想是男人共同的爱好,但是每一个男人的幻想又各不相同。记不清是哪年哪月了,我站在一片金黄的茅草地上,遥望远方,想念一个生活中并不存在的异性。我像神话里森林中的孩童,期待美丽的姑娘从天而降。
　　那时的憧憬纯正、善良,清澈如水,认为理想的女人应该有一根李铁梅似的粗黑辫子,韩英一样甜美的歌喉,母亲

欲望与铁链。(李军摄)

一样的善良，邻村女孩一般的羞涩。然而在我的身边并没有这样的女性。我带着念想，走过一个又一个缓慢而匆忙的生日，在人群中默默地寻找和等待。

时尚像一阵阵风，迷乱男人们的视线，关于女人的设想变了又变，和我同龄的男人们，有的还在憧憬中，有的已不再有憧憬。

现在看来，理想的女人首先应该是美丽的。对于美的理解，一千个男人会有一千种标准。一般来说，只要有人爱的女人就是美的女人。世界上绝没有模子里铸出来的完美无缺的面孔，细小的缺陷反而成为特点，或被标榜为个性，就像现在的一些男演员，长相尽管一般，但他们却成为许多女性崇拜的偶像。

理想的女人还应该是温柔的、善解人意的。她们能忍耐，温柔体贴，有一定的文化修养，待人接物落落大方，有礼有节。她们需要金钱，但不卖给金钱，顶得住困难，受得了委屈，在塑造自己的同时也塑造男人。理想的女人知道扬长避短，有主见，不轻易喜欢也不轻易放弃，敢爱敢恨，做事专心投入。理想的女人能清醒地面对现实，能在朴素的生活中放松自己，能把豪华的生活装扮得高尚典雅。理想的女人……

自私如我者，是永远也找不到理想的女人的。但是作为理想，我们可以憧憬。世间并不是产生了理想的女人才产生爱情，爱有时能改变理想。捷克作家米兰·昆德拉把男人的爱分为叙事型和抒情型两种。叙事型的男人不存在什么主义和理想，他们能爱所有的女人。而抒情型的男人则在众多的女性中，不断地寻找理想的女性。在我们的生活中，一些女性将引发男人的抒情，而另一些女性则丰富男人的叙事，哪一种更好？我们无法定义。但是我清楚地知道，理想有时离我们很远，理想有时或许就在身边。

关于爱情

谢有顺兄来电，说要把我的爱情小说结集出版，收入他主编的"爱情档案丛书"。他的这个馊主意，立即让我的心里咯噔了一下。尽管我的小说里处处都充满了男欢女爱，但是我却很少单纯地从爱情这个角度来打量我的小说。那种痴迷的爱，从头到尾的爱，那种看上去很浪漫，而其实一点儿也不现实的爱，我的小说里几乎没有。我笔下的爱情没有那么多童话，都是一些现实的、病态的、和性有关的爱情。而且还不仅仅是爱情，爱情在我的小说里就像一节拖车，它会拖出一些另外的东西。

事实上爱情就像我们的科技一样，每天都在发生着变化。对于每一个人来说，变化也许就那么一丁点儿，但是和我们的本能已经离得愈来愈远了。在我们古典的文学作品里，我们时常会看到男女之间的一个眼神，一次偶然的牵手，都会使那些痴男怨女神魂颠倒，信守终身。但是今天、现在，即使动用了测谎仪，我们也无法得知：爱情是不是可靠？

电影《偷天陷阱》里的那个大美人泽塔·琼斯，在跟迈克·道格拉斯结婚前订了一份合约，其繁琐的细节不亚于一部《婚姻法》，比如琼斯一披上嫁衣，就能获得道格拉斯10%的资产1500万英镑；琼斯如果发现道格拉斯出轨，那么道格拉斯就得付出340万英镑的代价；如果以后不幸离婚，女方将根据结婚的年数，每年获得100万英镑的赡养费；签了合约的琼斯将不能向外界透露两人婚姻生活中的一切；结婚礼物中凡是价值超过1.2万英镑的，都将归道格拉斯所有……如此周到细心的条款，是不是还包括看一眼别的异性该罚多少英镑？如果我们连自己的眼球不经意地一转，都要被处以罚款，那么我不知道这里面还有多少爱情的成分？爱情在上市之前,捆绑了这么多东西,看上去总觉得别扭。但是它却像钢铁一样真实可靠。难道还有比泽塔·琼斯和道格拉斯更真实可靠的爱情吗?没有。

正因为我们生活在一个爱情市场化的时代,所以许多作家和读者都在共谋那种特别温馨浪漫的爱情。他们生活在憧憬和幻想中,保持一种回忆的姿态。但是另一些作家,却在不停地撕毁这种温馨和浪漫,让读者看到一种真实。这种做

1998年,照完这张相后,我就跟韩艳同志正式结婚了。

法就像是把那些正在做梦的人叫醒，有时会让你很不舒适。但是这是一种向前的姿势，它和现代人的心理保持一致。

这样一来，那些被我们定位为病态的爱情，却是现代人最司空见惯的爱情。浪漫只不过是我们的一种幻想，现实才是我们的终身伴侣。作为一个写手，我让读者看到真相的快感远远大于给读者制造梦幻。

向往书房

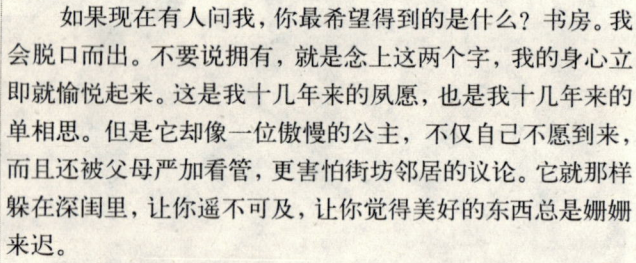

如果现在有人问我，你最希望得到的是什么？书房。我会脱口而出。不要说拥有，就是念上这两个字，我的身心立即就愉悦起来。这是我十几年来的夙愿，也是我十几年来的单相思。但是它却像一位傲慢的公主，不仅自己不愿到来，而且还被父母严加看管，更害怕街坊邻居的议论。它就那样躲在深闺里，让你遥不可及，让你觉得美好的东西总是姗姗来迟。

对于一个喜欢把业余时间用于创作的人来说，很早的时候就憧憬有一间书房了。这种愿望比拥有一间卧室来得更猛烈，以至于产生可以不睡觉，但不能不写作的冲动。然而事实上冲动并不一定给你带来理想，就像你拼命地去爱一个人，而那个人却不一定给你带来幸福；就像你不停地向外婆哼要她手里的糖吃，但外婆却有很多子孙。于是你得不到，于是你朝思暮想，想是有了书房才写作呢？或是写作了才有书房？他们之间有必然的联系吗？当然没有。

十几年来，我在时间的缝隙里，写下了百多万字的文学作品，它们无一例外，都不是生长于书房，而是生长于卧室、杂物房、客厅、路途……像野草一样疯狂，上面沾满雨水露珠尘土和油烟。我曾经有过这样的经历：在一个寒冷的冬天，穿着一双布鞋，坐在老家的煤油灯前学习写作。大地的丝丝凉意从我的脚板底传递到我的全身。邻居的吵闹，父亲

平时上班的地方。

的咳嗽，狗的猛吠相约来到我的耳朵，使我感到生活是那么的真实；文字是那么的虚无缥缈。

工作以后，差不多十年，我的书桌后面一直摆着我母亲的床铺。有时我要用布帘遮住直奔母亲而去的灯光。有时母亲会坐在深夜的床上，看我写作的背影，听我一两声的咳嗽。这种背影使她担心，会不会因为过度而影响身体。我的许多作品，也就是现在被人称作代表作的那些东西，都是母亲看着我写完的。尽管她大字不识，但她应该算是我的第一个读者。

分到两室一厅之后，我把电脑小心地安放在卧室的一个角落。这个角落像是专门为电脑桌设计的，多一寸则大，短一寸则小。写作的时候，身体不能随便摇动，否则你不是撞着床就撞着墙。尽管我坐得很绅士，但只两天时间，椅子的扶手还是擦黑了墙壁。这个位置紧紧地固定着我，多余的动作和想法被删除，注意力集中在写作上。只可惜作品的产量并没有因此而增加百分之几。更多的时候，我则关掉电视，把客厅当做书房，坐在一个角落里读书，感受物品的杂乱，看人影穿梭，书本离眼睛的距离愈来愈远，像是隔着十万八千里。思绪一次次离家出走，目光游移，读书的乐趣也正因此一点点地减弱。

如果把书房比做大脑，那么客厅就是我的脸蛋，卧室是我的心脏，厨房是我的肠胃。这样看来，我是一个没有脑子的人，或者说我的脑子常常要寄生在别的地方。我曾经参观过好些朋友的书房，宽大的书房里，摆着一张比经理们还要气派的写字桌。脚下是一尘不染的地板，周围是隔音的门窗，如果往里面一坐没有写作的欲望才怪呢。他们四肢健全，大脑发达，充满智慧。没有什么比充满智慧的人让我更羡慕的了。我羡慕书房，更羡慕那些拥有它们的人。我认为在这个世界上，他们才是真正的成功人士，是我崇拜的偶像。

但是作为一个农民的儿子，并不因为没有书房就不写作，没有鞋穿就拒绝走路。

写不下去时有点烦。
（李军摄）

好多人从这里拾级而上。
（李军摄）

电纷纷

　　就像当年炒股票或开公司那样，我那些写小说的朋友在这几年里纷纷"触电"去了。有的卖影视版权，有的写剧本，好不繁忙。随便打个电话问最近在忙什么？十有八九都说正在写剧本，仿佛小说写到一定份儿上就必定要写剧本似的。这种纷纷触电的局面，使我深深地感受到影视剧市场的胃口有多大。不说电视台每天要播多少集电视剧，就说各地报纸的娱乐版，几乎每天都在用整版的篇幅介绍影视明星和大导演。这种铺天盖地的现象，让你没有理由不相信好像现如今大家都在干这个。

　　我就在这样的背景下写作，每天在小说的世界里自由地穿行，和大多数作家一样不太关心影视圈里的事。但是有一天，那个叫做影视的砖头突然从天下掉下来砸到我的头上。我卖了两个小说的电影版权，高兴了一阵子，被折磨了一阵子，但终因资金问题而没有拍成。去年我花了8个月时间，写了一个20集的电视剧本《永远有多远》，累得够呛，正想

2000年8月23日，在西安改完电视剧本《永远有多远》后，与红柯（左一）和赵文忻（右一）导演登上华山顶峰。

右边陶虹，左边董洁、刘烨，他们分别饰演根据《没有语言的生活》改编的电影《天上的恋人》里的朱灵、蔡玉珍和王家宽。此片于2001年8月29日在我的家乡天峨县开机。

闲下来写小说，突然广州的一家公司找到南宁，一下买走了我两个中篇小说的电视剧版权。

这两个小说都是写现代城市生活的，前者由张仁胜编剧，后者由我自己编。当我折腾完电视剧的提纲后，投资方却迟迟不给我任何消息。这更坚定了我对这一行当的某些看法，也正好腾出时间静下心来写小说。小说刚开头，田瑛兄来电告诉我，一位从日本回来的导演蒋钦民经他推介，看了我的中篇小说《没有语言的生活》之后，激动得一晚上没睡

与宗仁发（后排）、田瑛（左一）在中越边境的北仑河上，那是1993年冬天，我刚在他们主办的《作家》、《花城》杂志上发表小说。

好。我对这个消息始终保持着冷静,因为我让影视界糊弄的够多了。但是今年春节的大年初五,当我和导演蒋钦民、田瑛在广州相聚之后,特别是看了蒋钦民导演的电影《葵花劫》之后,我似乎预感到真正的合作就要开始了。这是我看到过的20世纪60年代出生的导演拍得最好的一部电影,它让我坚定了跟蒋导合作的信心。现在根据《没有语言的生活》改编的电影《天上的恋人》正在我的家乡天峨县拍摄,剧本由我和田瑛、蒋钦民合作完成。写了好多剧本,我最满意的是这一个。

就这样,我被排到了"触电作家"的队伍里。对于一个热爱小说创作的人来说,卖小说的影视版权是一件笑得合不拢嘴的事,而写剧本却是一件苦差。小说可以凭着自己的心情去写,可以蹦蹦跳跳,可以挖掘人物的内心,可以不讲完一个故事,一切都是自由的随心所欲的。然而剧本却不能那样去写,它是一个集体参与的事业,必须按照导演的意图行事,还得考虑大众的口味。如果说写小说是去挖掘什么的话,那么写剧本就是在照顾大家的情绪。当然我不能说写剧本就没有什么好处,它至少在编故事、人物塑造、制造悬念和贴近现实等方面对我进行了考验。有时我甚至想,一个写小说的人如果不写一次剧本,是不是也是一件憾事呢?

与旅日青年导演蒋钦民碰杯,预祝《天上的恋人》拍摄成功。

但是写剧本会因为过多地去讨好别人而丧失自己的立场，写多了甚至会容易落入俗套。所以我经常提醒自己：要标新立异，要出人意料，要写得与众不同。这也正是我在小说创作中所努力追求的目标。然而要把这种目标带进剧本，必须找到情投意合的人。有幸的是我碰到了像蒋钦民这样一个理解我的导演，我们努力地寻求到了小说跟电影的最佳结合，相信这个电影会给观众带来一些新的感觉。

晚生代之我见

"晚生代"是评论家们对上个世纪60年代出生，90年代进入文坛的作家们的统称。这个称呼不以成败论英雄，不涉及作品风格，不排座次，是一个冷冰冰的称呼，它的全部灵感来自于时间，也就是说不管你写得怎么样，只要你是60年代出生的，只要你发表了作品而又不属于先锋派，那么你就可以被称为"晚生代"。和文坛的其他口号比起来，这个口号具备了科学性和准确性，要把几十号人马拢在一起，非这个口号莫属。

文学事业和其他事业一样，总是要后继有人，只有后继有人了，文学之树才会常青。相信任何一位文学前辈和评论家们，都不会希望后无来者。我很尊敬那些有成就的前辈作家和评论家，他们是我学习的榜样。我常常从他们的作品中吸取营养，私下里称他们为老师。我也曾在一篇文章里谈过，其实作家是不能以代来划分的，有时候一个20来岁的毛头小伙，和一个七八十岁的老人他们会想到一块，会同时想到一个主题，同时想到一个结构。你千万别以为年轻人就一定先锋，老年人就一定保守。法国有那么几位老头，一直先锋到老，许多中国的年轻人都还在向他们学习。所以我认为"晚生代"的这种划分并不能说明什么问题，它既不排斥谁也不收买谁，它不褒扬谁也不贬低谁，它是一个大团结的

跟第一个写我小说评论的马相武博士站在北京的秋天里。

口号。但是面对这么一个说法,为什么引起了那么多人的不愉快?有的人先是不满意压制年轻人的权威,不满意几年之后,又把矛头指向新人,认为新人太狂妄,太不懂礼貌,太不把他们当一回事。又想马儿好又叫马儿不吃草,也就是你一边在骂别人,一边又要别人尊重你,世界上哪有这么好的事。

其实搞评论的也怪不容易,他们总要有个说法,总要用最简便的文字概括最复杂的事情,一不小心就把谁谁给得罪了,到底还让人活不活?感谢评论家想了一个"晚生代"的说法,否则这几十号人马如何安顿?

1994年10月,我被广东省青年文学院客聘为专业作家,领了他们两年的创作津贴。这是签约之后,与韩东合影。

既然有了这个说法,我想它还是有一些特点可供我们去寻找的,比如说"晚生代"的小说它是与时代同步的(我所指的贴近时代不是指那些伪贴近,不是指那些骗领导也骗老百姓的作品)。读者们也许是听惯了谎言,不仅对谎言已经丧失了免疫力,而且还在谎言的聒噪声中体会到了快感,所以那些伪贴近时代的作品,才那么好卖。"晚生代"的贴近是真贴近,它深入人的心灵,记录这个时代人的真正动作、思想、伤痛、愉快、麻木等等。它观察世界的眼睛是个人的眼睛,而不是组织的和集体的眼睛。真实是"晚生代"最优良的品质,它不矫情不做作不虚伪。

任何一个时代的作家都会想方设法,为文学添加新的内容,"晚生代"也不例外,它的创作理想、目的和以往的作家有所区别。它没有靠写作升官发财的想法,写作就是写作,除了靠稿费生活之外,就是寻求心灵的慰藉和自由(好几个被称为"晚生代"的作家辞职写作就是一个证明)。它在向想像向技巧向所有的过去的经典挑战,尝试着小说的多种可能性,技巧的探索弱于先锋(个别除外),但它更注重个人的感受和体会。

"晚生代"的书不是畅销书,它很难家喻户晓。它也不太照顾读者的情绪,不为读者所想而想。它其实在充当过去先锋的角色,很容易成为小说的牺牲品。当人们能够接受它的时候,它便人老珠黄了。

"晚生代"还是一个参差不齐的集体,它的文风各不相同。以上的一派胡言,只适合于"晚生代"中的部分。"晚生代"还有许多不成熟的地方,按老师们的说法,那就是生活功底不足,没有主旋律的作品等等。但"晚生代"一样了,就不是"晚生代"了。

我认为"晚生代"的最大意义在于,它让读者看到了另一种小说,让置身于自然的人在看到向日葵的同时也看到了别的植物。它是百花齐放中的一花。假如20世纪90年代没有"晚生代",那么文坛将会很寂寞,将会没有生气。无论如何,"晚生代"对小说的探索和品质的坚持这一点,应该是有目共睹的。

创作与生活

小说中的魔力

翻开文学杂志,每天都看见新的小说像刚出炉的面包成堆成堆地摆在眼前。表面上看,小说还是小说,作家还是作家,但是那些文学杂志却不愿意在我的手上哪怕是多停留几分钟。要想在成堆的小说里找出一两篇让人怦然心动的来,就好像要在鸡蛋里挑骨头,几乎没有。即便是那些被捧得发紫的你不看一看就会有人讥讽你不懂文学的作品,在你慕名拜读之后,仍然是兴奋不起来。于是,我开始痛恨小说和痛恨在小说里混饭吃的自己,对那些仿佛一夜之间跟小说断绝关系的读者充满敬意。我甚至武断地认为,没有人读小说绝

看清了吧,这就是渺小与伟大的区别。

对不是读者的原因，而是因为小说中的魔力正在消失。

我把小说中非常规的东西统统称为魔力，它是一种鬼魅之气，是小说的气质、作家的智慧。愈是有想像力的小说就愈具有魔力，所以我坚信小说肯定不是照搬生活，它必须有过人之处。但是这种想法在写作过程中慢慢地受到了不同程度的干扰，面对残酷的阅读市场，我和大多数写作者一样，常常把大师说的"最大的技巧就是无技巧"当做遮羞布，写了一堆堆白开水似的小说，还美其名曰"通俗易懂"。这种风气在读者们的纵容下泛滥成灾。写作者们勤于字数懒于想像，甚至把小说写成报告文学或者通讯。读者和专家以一种绝不妥协的姿态，期待着作家们服务意识的增强，他们只看那些有益于健康、不伤脑筋的作品。这样一来，几分钟前我还充满敬意的读者，现在立即变成了小说平庸化的帮凶。因为我相信有什么样的需求就有什么样的产品，有什么样的读者群就饲养什么样的作家。当专家和读者都在忙着为那些毫无新意的作品掏钱、发奖金或排名次的时候，你还有什么理由不迁就他们？

然而，这也许是一种赌气的说法，对于一个热爱魔力的写作者来说，放弃魔力就等于放弃小说。尽管我也曾制造过文字垃圾，但始终没有放弃过对小说的幻想。

一 小说的商品化

1993年，我强烈地意识到这个问题。当时炙手可热的先锋小说已经逐渐势微，作家们正在适应市场经济，纷纷以挣稿酬的多少来论英雄。霎时间，小说走下神坛，变得和肥皂一样普通。这种猝然而至的局面，冲击着我对小说的固有看法。"到底用什么来衡量小说的优劣"成为一个问题折磨着我的内心。说实在的，直到现在我都不情愿用版税的多少来衡量小说的优劣。但是作家们为了版税变着花样在媒体上狂炒，圈子里流行着肉麻的相互吹捧，这使我对文坛上林林总总的定语产生了极端的怀疑。当我从怀疑中抬起头来的时候，小说的商品化时代已经不容质疑地来到了。于是我在某个下午开始了小说《商品》的写作。

小说分三部分：A. 工具和原料；B. 作品或者产品；C. 评论或广告。这其实是一个商品形成的过程，它与一篇小说的生产形成对应。在A部分中，我选择汉字和爱情故事作为小说的工具和原料；在B部分中，我讲了一个有趣的故事：我在去麻阳寻找父亲的客车上认识一位姑娘，上车的时候我们刚认识，下车的时候我们却已经有了孩子。这是小说的主体部分，就像从流水线上吐出来的一听可乐，等待着我怎么把它卖出去。于是小说有了C部分，那是我把这个小说投给各杂志社后收到的退稿信。退稿信貌似批评，实际上却从不同的侧面肯定了这个小说，也就是作者在大言不惭地自我吹嘘。为了给自己壮胆，我把最后一封退稿信留给拉美作家卡彭特尔，他说："写手：当小说不再像小说的时候，那就可能成为伟大的作品了。比如像普鲁斯特、卡夫卡和乔伊斯那样……我们的时代任何一部伟大的小说都是让读者惊讶'这不是小说'开始的。"

写这个小说的时候，我还生活在一个比较偏僻的地区，几乎不认识任何一位作家或者评论家，周围的环境就像我的内心一样封闭。但是我已经强烈地感受到商品时代对小说的猛烈撞击。我用一个小说的结构来完成自己对生活的感受，这也正暗合当时我的小说从发表到评论都必须由我一个人来完成的悲凉心境。小说并没有到此为止，我不想只给它一个空壳，而是在主体部分写了好些有趣的故事，它告诉读者伴随着商品时代的是爱情的快餐。对主体部分故事的认真经营，就像厂家致力于产品的质量，期望能够拥有更多的客户。从这个小说开始，我坚信任何奇特的小说都不是凭空捏造的，它发自我们的内心，与生活血肉相连，魔力就蕴藏在我们的生活和内心之中。

二 零件的组装

这是我在中篇小说《没有语言的生活》中进行的一次尝试。我对听不到别人说话这种状态一直充满了好奇，想写一

> 我用一个小说的结构来完成自己对生活的感受，这也正暗合当时我的小说从发表到评论都必须由我一个人来完成的悲凉心境。

篇这样的小说：小说的主人公是一个聋子，他一直听不到别人说话，但是他以他的方式对这个无声的世界做出解释和反应。写了一两天，我突然觉得这是在步别人的后尘，聋子不知在多少作家的笔下出现过！于是我停下来，开始了近一个星期的反思。有一天，我的脑海里忽地跳出一个念头：为什么不可以把聋、哑、瞎放到一块来写？这个念头一出现，我的身体立即就有了反应，就像发现新事物或者弄出一个定律来似的兴奋不已。我想这种组合还没有作家干过吧？

事实上这个小说完全依赖于组装，它让我获得了继续往下写的信心。父亲的眼睛被马蜂蜇瞎，儿子天生是个聋子，后来又讨了一个哑巴老婆，他们的生活充满了悬念。父亲在儿子面前比画，叫他买一条长方形的能在身上搓洗的毛巾，但是儿子却买回了一块肥皂。一位美丽的女孩站在王家宽面前，只要王家宽说一句她怀上的孩子是他的，就同意嫁给他。可是王家宽却因为听不到而失去了机会。这样的尴尬持续到小说的一半的时候，才慢慢地消失，他们的生活逐步变得和谐起来，最后哑巴利用手势，聋子利用眼睛，瞎子利用耳朵共同完成了一个案件的叙述，还一起对付了一位贸然的闯入者。三个分散的零件从不同的方向逐渐地组合到一起，直到生下一个孩子。

这个小说后来的遭遇，证实了它的组装性质。有几位导演先后对这个小说的改编感兴趣，他们利用这些零件各取所需，组装出他们需要的主题和故事。但是直到现在也还没有人把它拍出来。不过我在跟导演们的合作中，既体会到了五马分尸似的痛苦，也体会到了完成一次新组装的快乐，它使我隐约地感到一种后现代写作的方法——拼贴，正在渐渐地进入我的写作，直到在《耳光响亮》里大规模地出现。评论家对这个小说的不同解读，也证明了它是一个不折不扣的组装品。有人说它表现这样的主题：他们的身体残缺了，但是精神却是健康的；也有人说它写出了一种看不见、听不到、说不出的状态；还有人说他们三个人分别代表了三个器官，他们是三个人也是一个人……为什么会有那么多不同的解读？我想主要是读者已经把那些零件重新组装了一次。

有人问我：是不是在生活中真见到过这么一种组合？我

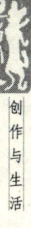

摇摇头。他们说那你怎么会把他们写得真像那么回事？这使我想起了卡夫卡的《变形记》，这个小说最令我着迷的是他让人变成了甲虫，而不是变成甲虫之后的故事。我想关键是要有第一步的大胆想像，有了这一步，后面的事就迎刃而解。也许是卡夫卡的这个方法给了我某种暗示，或许是生活刺激了我。

三 漫画一样的现实

我曾经在跟张钧的"访谈录"中说过：小说其实就是夸张。某个事件或者某个人物夸张到一定程度，就有了漫画的效果。1997年6月12日，我在写完长篇小说《耳光响亮》之后，编辑叫我给这个小说写一个简单的介绍，我的脑海当时就跳出了这么一句话：这是一部漫画似的长篇小说。这句话是我写完这个小说之后最深切的感受。

这个小说只得到一小部分人的喜欢，因为它看上去显得那么夸张和不真实。一开始我就写牛翠柏倒着行走。倒过去20年之后，他睡在一顶发黄的蚊帐里被喇叭声吵醒，于是真正的故事从这里开始了。这个开头，没有别的意思，当时只是想起了一只手臂，想它在出拳的时候必须先往后退，然后再打出去。接下来，我就写了许多夸张的东西，比如牛翠柏他们需要举手表决，才知道父亲是不是还活着；宁门牙被枪决之后，牛红梅像朗诵诗歌一样朗诵他的罪行；金大印必须按照记者提供的三个信封生活；杨春光为了让牛红梅打胎，竟然设计了一场羽毛球比赛，而且还为流产的胎儿开了一个追悼会；牛红梅在准备做按摩小姐之前，必须经过"正话反说"的培训；母亲何碧雪像回答记者提问那样回答女儿牛红梅的家常话；流产过多的牛红梅，最后脆弱到看电视里的小品发笑也会流产；牛红梅在嫁给金大印的时候，由牛翠柏出面订了一份爱情合同，他们成亲那天，我们一律不准回头，因为一回头，就会回到贫穷的过去，于是"我们全都伸长脖子往前看。我们的目光掠过高楼、围墙，看到远处的蓝天上。我们的目光愈拉愈长，仿佛看到了共产主义。我想那才是我最向往的生活……"

这和传统意义上的小说相差得太远了,在有的读者眼里,它几乎是在搞笑。然而我在写它的时候,却是那么的投入,有时甚至会深陷其中,为人物落泪。选择这样的写法,我想首先是我对生活的态度与别人不同,那就是无奈地调侃;另外也许是我的经历使我产生了触摸现实的不同方式,有人把嘴贴到现实的脸上,而我则是把脸贴到了现实的屁股上。好长一段时间,我都在为我的这种写作方式寻找一种时髦的说法,但是最后我还是回到了"漫画"上。

【漫画】用简单而夸张的手法来描绘生活或时事的图画。一般运用变形、比拟、象征的方法,构成幽默、诙谐的画面,以取得讽刺或歌颂的效果。

四 叙述的多种可能性

我一直喜欢福克纳的叙述,从他的《喧哗与骚动》到《我在弥留之际》。《喧哗与骚动》是因为用不同的视角把一个故事写了几遍,最后组装到一起竟然产生了奇妙的效果。而《我在弥留之际》则用了安斯·本特伦一家人的不同视角把故事讲完。我梦想着在我的手上,某一天会出现叙述的奇迹。

奇迹出现在1999年我写的中篇小说《肚子的记忆》里。当时我以第三人称叙述着,正沉浸在对大脑记忆的解构之中。写了大约10000字,我发现按这样写下去,最多也就把一个故事讲完,而在艺术手法上基本没有什么新东西。但是我没有解决问题的办法,只得慢慢地往下写。一天深夜,我突发奇想:为什么不可以让所有的人物参与叙述?这个想法使我立即回到小说的开头,重新写了起来。我让在小说中出现的所有人物都变成叙述者,哪怕是一闪而过的人物,哪怕是已经死去的杨金萍。于是这个小说就由无数个第一人称组成,但是却没有因为叙述者的变化而中断故事。就像一条麻绳,它由无数根麻丝扭结而成,某一根麻丝可能会中断,但是另外的麻丝又接了上来,所以绳子始终没有中断。这么写了一会儿,我还发现其实人物的心理活动和说话某些时候是连成一片的,你根本用不着强调他说或是他想。

按着这个路子写下来,小说产生了这样的叙述效果:"我从门口跑到那个人的桌前,向他递上一张证明……我看过他的证明,然后向他伸出了一只热情的手。我叫梁文广,是这里的负责人,但是能不能让你看档案我得请示上级。姚三才说帮帮忙,这个对我和病人都很重要。我拿着那张证明走出去,叫打字员小旷为姚三才倒了一杯水。梁处长走出去了,我停下手中的打字,端着一杯水来到姚三才身边,问王小肯得的是什么病?……"(摘自《肚子的记忆》)

第一句的"我"是医生姚三才,第二句的"我"已经变成了梁广文,到"梁处长走出去了"之后,"我"又变成了打字员小旷。在这个小说中,每一个场景里只要出现几个人物,就会有几个叙述者。采用这种叙述方法,并不是为了哗众取宠,因为它和我们没有加工过的原生活是一致的,也就是说你在叙述"我"的同时,我也在叙述"你"。每一双眼睛都是一个镜头,无数个镜头组接下来就是一个完整的故事。所有的人都参与叙述和如此频繁地更换视角,在我有限的阅读中尚未见过,就连我所敬佩的福克纳先生也没有这样做,所以我为此而兴奋了好长一段时间。

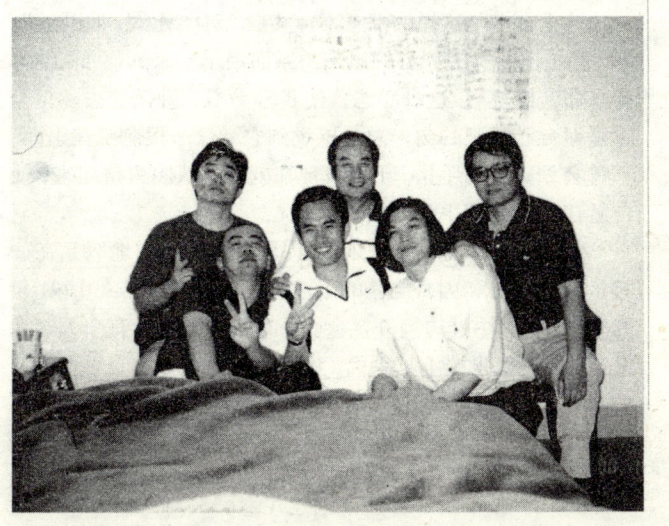

刚讨论完电视剧《美丽金边的衣裳》大纲,与张仁胜编剧、鬼子、赵文忻导演及投资方凑在一起。

托马斯·曼说:"小说既要通晓现实,又要通晓魔力。"但愿我的魔力是通过我的小说来传递的,而不是通过以上的文字。

朝着谷里飞奔

2000年9月28日,一个来自县城的电话,吵醒了我的午觉。我那远在五百公里之外的三伯田世良,吞下最后一口井水,终于咽气。满姐夫后来告诉我,那时谷里屯的太阳正好西偏。这是我最熟悉不过的季节,草尖上蚂蚱飞舞,坡地和山沟全是鸟叫,山南山北的稻谷一片金色,从吹过来的风里,你已经初步闻到大米饭的味道。

放下电话,我闭了一会儿眼睛,目的是想看一看邻居们在悲伤(不排斥虚假的成分)中跑动,鸡飞蛋打,几串回潮的鞭炮被香烟点燃。狗们都不说话。我也不说话,坐在城市的书桌前,把一声长长的叹气(也仅仅是一声叹气)从胸口吐出,它掀翻了我正准备拿去换稿费的一页稿纸。

十几年来,这样的消息不计其数。对于死人,我几近麻木,甚至把所有因死亡的裙带关系而展示出来的痛苦,统称为"痛苦比赛"。这种心态,使我轻易不敢触摸过去。但有时捏捏自己臕肥的肉,总是感觉到它就像一根刺躲在里面,不时会划破我的手指。于是我现在就把它从肉里挤出来,使自己在短暂的痛中获得长久的舒心。

认真地想一想,我的回乡总是和奔丧紧密地联系在一起,除了春节和因公出差的路过。第一次奔丧是在1991年的9月,我在中越边境开笔会。那时的通讯还没有今天这么发达,裤兜里也揣不起手机。我的朋友秦义勇和黎平多方打听几经周折,才把电话打到我住的招待所。接到电话已是深夜11点,离父亲的过世已经整八个多小时。尽管那是个酷暑炎热的季节,但是我接电话的手如同远在桂西北的父亲的尸体一样冰凉。我在深夜里上路，由南向北700公里，纵穿广西全境。等我扑到我家老屋前时，已经是第二天的深夜11点了。乡亲们曾停着父亲的灵柩一直等我到第二天下午5时，太阳就要落下去，山坳上仍然没有出现我的身影。他们想我是赶不回来了，天气又是那么的闷热，不如把父亲葬了吧。于是他们自作主张，在夕阳的余温中，把我的父亲抬上后山。那一刻装着我父亲的棺材，在夕阳下全身通红，它把所有扛它的人都烤出了汗水。乡亲们用那种贫瘠的黄泥巴，

82-36=46，他们之间有46年的光阴。

（李军摄）

严严实实地盖住父亲。他们在往棺材上填泥巴的时候，除了骂我是一个不肖子孙之外，根本没有想到，我正在朝着谷里飞奔，在和我一点儿也没有关系的盘山公路上飞奔，心里只恨自己不能飞。

但是我知道一切都太晚了，父亲最后留给我的只是一堆泥土。大姐夫摊开他那双微微有些变形上面遍布伤口的双手，我看见几十块钱从他的手掌里跳出来。那是我送给父亲的钱，他一分也没舍得花就死掉了。这时，一种对话的渴望涌上心头，我想让父亲知道他的儿子回来了。但是他听不到我的声音，而实际上我也没有发出声音。也许只有轮番的刺耳的鞭炮，还能让躺在泥土里的尚未变质的父亲感知我的回来。好在我事先已有预料，当我听到父亲逝世的消息时，第一个反应就是买鞭炮。现在它终于派上了用场，我用它代替我，向父亲发出声音。也就是从那一天开始，每一次回乡，不管是不是该燃鞭炮的日子，我都要在父亲的坟头烧一挂鞭炮，十年而不中断，以至于一听到鞭炮声，乡亲们就知道是我回来了。

那时候大姐夫是跟我一起放鞭炮的人，但是到了第二年春天，一个跟我放鞭炮的人，突然从我的视线里消失了。他在劳累一天之后，喝了过度酒吐血身亡。这个消息到来的时候有些神秘，我没有让跟我同住的母亲知道，拿着行李就直奔车站。由于消息传达得及时，以及路途的缩短，我参与了埋葬大姐夫的全部工作。出殡的时候，我始终护卫在他的棺材边，我想去年是他带着大家埋葬父亲，今天却是我带着大家把他埋葬。我用有限的力气抬着他的棺材往他的墓地走去，好像只有把肩膀弄疼了心里才微微有些好受，以此安慰我的大姐和母亲。

在我不辞而别的时候，母亲已经有了不祥的预感，她逼问我的妻子，是不是家里出事了？向大院里的人打听是不是我们有什么事瞒着她？当所有的人都告诉她没事的时候，她背着我的小孩，独自坐在院子里的一棵树下抹泪。好多人都看见她坐在那里抹了一次又一次，怎么抹也没能把泪水抹干。一直等到我安葬好大姐夫从家乡回来，她的眼泪才从眼角消失。她说家里没事吧？老安他们好吗？为什么不叫老安打 100 斤白米运来？老安是我大姐夫的小名，母亲不知道她的每一声叫喊，都令我心惊肉跳。一个在几天前还能为我们打米的人，只一眨眼工夫就从这个世界消失了，而牵挂着他的母亲一点也不知道。不知道的人，只当他还活着，并且要吩咐他打 100 斤白米来让我们吃。我背过母亲，说一些与老安不着边际的话题，有时在她面前强作欢颜，每一天都向她编造来自家乡的好消息。如此一个多月，有一天我看见母亲站在阳台上梳头，她的头上没有一根黑发，稀稀拉拉地全是银白。我再也不忍骗她。她被这个迟到的消息当场击倒，从阳台滚进卧室，双脚一抽一弹，像一只还没有完全割死的

靠在家乡最大的一棵枫树上，受这棵枫树的启发，我曾在小说中把一个地名叫做"一棵枫"。

鸡，抽搐了好久，她的嘴里才吐出哭声。她哭泣着说为什么现在才告诉我？为什么？这时她似乎已经忘记了疼痛的根源，转而责备我不及时把这个消息告诉她，以此减轻心头的负担，本末倒置。我让大姐夫在她的心里多活了一个多月，不仅不能安慰她，反而给她带来了双倍的悲痛。

悲痛之余，我的70老母竟然要回乡去跟我的大姐同呼吸共命运。我没有应允她，只是不断地回乡，给大姐送去我力所能及的帮助，以此宽慰母亲。那几年，几乎每一个月我都回去，一直到大姐的小孩长大能够从事劳动，我才稍加减少回家的次数。那几年，我在母亲和大姐之间往来穿梭，使高龄的母亲能够安心地居住在城市，使我的大姐挺住了精神的沉重打击。

随着伤痛的慢慢消失，我的回乡开始变得像是度假。更多的时间，我能够把心情从悲痛中解脱出来，放眼家乡的山水，发现它竟然是那么美丽。站在山上，我能够看见落下去的太阳，它像鸡蛋黄那么软那么黄，像一勺子刚出炉的钢水，它一落下去，整个村庄立即黯淡，炊烟和狗吠变得无比亲切。早晨，白得像棉花的雾从山冈下漫上来，小时我曾经赤脚穿行在雾里到邻村的学校上课，雾就像雨落在我的头发上。冬天成片的青枫树黄得冒油，就像凡·高的油画那么耀眼，那么令我激情澎湃。我记得就在回乡举行婚礼的日子里，我还在那片青枫林里打柴火。我也曾经在那片青枫林里，思念过邻村的女孩。类似的回忆慢慢地浸上心头，就像一次大餐使我的每一个细胞幸福。

但是这种愉悦的心情，很快被一种担忧所替代，我的注意力开始转移到岳父身上。在我们刚刚走上好生活的时候，他却肝癌晚期。但是他并没有被这个病吓倒，对生命照常充满热爱和向往。他一生多病，每一次都靠毅力战胜了病魔，所以他坚信这一次他也能够战胜。在医院治疗数月后，病情并未好转，于是他离开家乡，到几百公里之外的一个中医家寻求治疗。他每天吃草药，坚持锻炼身体，即使是身体浮肿了，他也仍迈着沉重的双脚走动。然而他想不到这一次的治疗，竟使他客死异乡。也许他曾经有过预感，在临死的前一天，他说送我回家吧。

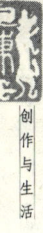

遵照他的遗言,我和他的两个儿子护送他的遗体,经过一天马不停蹄的飞奔,400多公里的穿行,于傍晚时分到达家乡。当我们看到故乡的屋顶,和迎候在路口的成群结队的亲人时,我那颗一直绷紧的心才稍微松弛下来。我对岳父说到家了,就像小时候,母亲领着我们出远门一路喊着我们的名字回家那样,生怕岳父的魂魄漂流路途。

这就是我跟故乡最紧密的联系。随着三伯的过世,田氏家族中父辈的最后一双眼睛从我的身上消失,也就是摸过我脑袋看着我长大的那一代田家人,已经全部入土,这是不是意味着我和故乡就切断联系呢?我想回家的次数肯定会有所减少,但是每年我都会回去。置身家乡的人群中,有好多娃娃我已叫不出他们的名字,我童年时最熟悉的面孔正在一日一日地减少。所以更多的时候,是独坐在山坳上,跟那些死去的亡灵对话,更多的时候是在缅怀。

一个"60年代"的24小时

清晨的闹钟像虫子吱吱地叫着,我仰天躺在床上还不太想起来,但是身体里有一个声音在不停地催逼,再不起来恐怕就要迟到了。记不清为什么这么困倦?随便伸手一抓就会抓到一大把困倦的理由,比如写作、打拖拉机(扑克游戏的一种)、看书、聊天、喝了太多的茶或者咖啡……也曾多次在窗外泛白的时刻想找一个漂亮的借口,就像卡夫卡笔下的那只由人变成的甲虫,明知自己已经不可能再爬起来了也还在编造生病的理由,以便保住一份薪水。对于像我这样没有巨额遗产继承,也没有机缘和胆量下海捞上一把的20世纪60年代出生的人来说,薪水还是生活的重要保障,所以我必须在绕梁三日不绝的闹钟余音里迅速地爬起来。

起床之后的第一桩事就是跑步。马路上汽车排出了太多的尾气,我只好买了一台跑步机摆放在阳台上,每天跑上30

分钟。这30分钟是我身体能够保持正常运转的保证。我出生于1966年，那时的祖国还不像现在这么丰衣足食，每天都有牛奶喝，由于童年的吃不饱和吃不好，使我的身体和大都数60年代出生的人一样，底子非常薄弱，以至于一不小心就感冒，连续加班会感到胸闷，因此跑步就成为我每天的必需。跑完步之后，我和所有不一定是60年代出生的人一样刷牙、洗脸、穿衣服、吃早餐、上班、工作。工作间隙会上一两次厕所，会接一两个电话，但是电话里谈论的话题已经随着年龄的增长，变得愈来愈严肃愈来愈实际。这样很快就到了中午，在食堂或者快餐店随便填饱了肚子，倒在床上睡一个午觉，补充一下体力，又开始了下午的工作。运气好的话，晚上会有人叫上撮一顿，为了活跃饭桌上的气氛，拼命地在记忆里搜寻那些从别的餐桌上听来的笑话，然后倒卖出来以此证明自己的见多识广知识渊博。难免有无话可说的时候，那就喝喝酒，说说闲话，闹腾一阵回到家，象征性地过问一下孩子的作业，想想自己还有好多事没做，于是心情就烦乱起来，伏在书桌上赶快补救，后悔自己在餐桌上浪费了许多时间。如果没有什么急事就拿起书或者报纸或者打开电视，了解一下全世界信息，有时候也找几个好影碟看看，必要的时候给远方的文友发一两个电子邮件。科学家告诉我，30岁以后，人的身体和记忆都在往下走，出于对这一论断和事实的担心，每晚睡觉前我都喝一杯牛奶，好像只有这样才能弥补过去喝不上牛奶的不足，使自己的记忆不至于衰退得那么快。如果晚上照照镜子，就会发现些许白发已经爬上额头。这就是"60年代"吗？好多人都说他们还嫩着呢。

不能说一天就这么结束了。有些人睡下之后还会做一两个美梦。我在梦中飞了起来，看见1966年春天的某个下午，46岁的母亲把我艰难地生了下来。这是她的最后一次生育，也是她生下的惟一一个男孩。喜悦挂在她疲倦的脸上，亲人们奔走相告。我的二姨妈得知这个消息之后整整一夜没有入眠。她在深夜里不停地对表哥说这下好了，这下可好了，高兴的程度不亚于摸到了大奖。如果姨妈还能够看到这个如此令她兴奋的人一天24小时的生活，不知道她会不会为当年的兴奋而后悔？

在14岁的时候，卫国就开始想女人了。他记得那是一个夏天，有许多美好的事情跌跌撞撞地到来，空气里都是馒头的味道。河水光滑，天空干净，老师讲课的声音比鸟叫还好听。

第二部分

中短篇小说

在路上。（徐立宇摄）

载《收获》2000年第五期
《小说选刊》2000年第十二期转载
分别收入辽宁人民出版社和漓江出版社
"2001年最佳中篇小说选",中国小说研究会
"2001年中国小说排行榜"中篇排行第五

不要问我

中篇小说

曾经有个时期留了短发

1

在14岁的时候,卫国就开始想女人了。他记得那是一个夏天,有许多美好的事情跌跌撞撞地到来,空气里都是馒头的味道。河水光滑,天空干净,老师讲课的声音比鸟叫还好听。每当邻居的女孩从他家窗前走过,他的胸口立即就填满炸药,爆炸一触即发。但是迫于父亲的压力,他把导火线延长了再延长,发誓至少在成为教授以后才谈恋爱。由于这个誓言,他把28岁以前的所有精力都献给了力学。

这年夏天,年仅28岁的他被破格评为物理系副教授,于是他又闻到了14年前馒头的味道。这种味道铺天盖地,像一张硕大的嘴把他一口含住。卫国被这张气味的大嘴,咬得遍体鳞伤,细胞们都发出了呻吟。卫国想这不就是爱情的叫声吗?河水光滑,天空干净,我讲课的声音比老师还动听。当然空气比平时潮湿了几倍,已经潮湿到了可以导电的地步。许多和卫国年龄差不多或稍大一点又没评上副教授的同事,都叫卫国请客。他们碰上一次卫国,就说一次请客,说得嘴角都起了泡沫,以至于这种评上副教授与吃饭的偶然联系,在他们的反复强调中快要变成了一种必然。但是卫国嘴里虽然哼哼地答应,却没有实际行动。他想时间迟早会败坏他们的胃口。

到了周末的中午,李晓东从食堂打了一个盒饭,一边吃一边往卫国的单身宿舍走。他每走一步就往嘴里喂一口饭菜,等他走到卫国的门前,正好把盒里的饭吃完,就像是掐着秒表吃的,就像是拉着皮尺量着距离吃的。他抹了一把嘴巴,用沾满猪油的手拍打卫国的房门。那扇油漆剥落的门板,留下了他的掌印。掌印好像是拍到了主人的脸上,屋内立即传来一声懒洋洋的声音,谁呀?一听这声音,李晓东就知道卫国正在睡午觉。李晓东说是我。

房门裂开一条缝,缝里刮起一阵风。李晓东看见卫国穿着一条蓝色的三角裤和一件布满破洞的汗衫站在门缝里,说你有什么事?

李晓东说没什么事,就是想找你聊一聊或者是下一盘象棋。卫国合上门,说我要睡午觉。李晓东把门挡住,说今天是周末,干吗要睡?卫国说你不是不知道,我有睡午觉的习惯。李晓东说核能专家卫思齐睡过午觉吗?卫国说他是他,我是我。他留过学,喜欢奶酪和生吃蔬菜,工作和生活习惯全盘西化,我又没留过学。

一提到父亲卫思齐,卫国的睡意就去了一大半。他开始往身上穿一条松散的短裤。李晓东说如果你实在想睡午觉,我们只下一盘,半盘也行,我的手痒得快要犯错误了,就想摸一摸那些马那些炮。

平时,李晓东不是卫国的对手,卫国三下两下就可以把李晓东的老帅吃掉。但是今天的李晓东下得特别慢,他每走一步棋都要思考半天,甚至还频频上厕所。卫国说晓东,你的膀胱破了吗?李晓东像伟人那样用双手撑住下巴,两道眉毛锁在额头上,眼睛仿佛已经洞穿了棋盘落到了地板上,也许连地板也盯烂了。看着李晓东,卫国突然笑了一下,想眉头都打结了,却一步棋也走不动,难怪评不上副高,脑子肯定是注水了。卫国拣起床头的一张报纸漫不经心地看着,等待李晓东往下走。他把报纸从头到脚看了一遍,李晓东还一动不动。卫国想这哪里是下棋,分明是在谋财害命。他用报纸盖住棋盘,说不下了,不下了,还是睡午觉吧。

2

李晓东推开报纸,点燃一支烟狠狠地吸,一棵由烟雾组成的树立即从他的头上长起来。卫国又把报纸盖到棋盘上,用手指了指墙壁。李晓东顺着卫国的手指看过去,墙壁上写着"不准吸烟"。李晓东说今天可不可以例外?你都已经评上副高了,怎么还不吸烟?卫国端起棋盘上的茶杯,举到李晓东叼着的香烟嘴上,香烟嗞地一声灭了。一股风正好从窗口吹进来,把棋盘上的报纸吹到了一边。李晓东用讨好的口气说让我再看看。他知道这盘棋几乎走到了尽头,最多还有三步可走。但是西出阳他们为什么还没有来?他们不来,我就不能走这三步,不能把棋这么快输掉。卫国打了一声长长的哈欠,把刚才穿上去的短裤脱了下来,重新露出那条蓝色的三角内裤,说你这棋没法走了,还是睡午觉吧。别影响我睡午觉了。

卫国刚想躺到床上,就看见戴着高度近视眼镜的西出阳出现在门口。西出阳说你们还在下？我还以为你们不等我了。卫国说等你干什么？西出阳说今天不是你请客吗？卫国跳下床，说谁说我请客？谁说的？我有什么理由请客？西出阳说有人打电话给我，叫我到你这里来吃饭。卫国重新躺到床上，说真是抬举我了。这时一阵乱哄哄的声音从门口传来，吕红一、夏目漱和莫怀意像一群饥饿的难民来到卫国的房间。吕红一说都来了，那么说是真的了？听说卫国要请我吃饭，我还以为是别人造谣。卫国侧脸面对墙壁，装着没有听见。吕红一和夏目漱把他从床上架起来，一直把他架出门口。卫国说你们没长眼睛吗？我还没穿裤子。他们让卫国穿上裤子，然后又架着他往楼下走。卫国说你们还没吃午饭吗？西出阳说没有。卫国说李晓东，这是怎么回事？你不是吃午饭了吗？李晓东看了西出阳一眼，说吃过了再吃，现在就去吃。卫国说我还没有带钱包。莫怀意举起一个皮夹子，说我已经帮你带上了。

　　卫国被他们挟持到大排档。这是学院附近有名的大排档，百来张餐桌沿马路一字排开，站在这头望不到那头，到处都是弯腰吃喝的人群。他们的头低下去，膀子高耸起来，嚼食的声音像从扩音器里传出来一样响亮。西出阳之流从中午喝到晚上，喝掉了五瓶二锅头。除了卫国，他们每个人都有些摇晃。夏目漱举起一杯酒递给卫国。卫国说我不喝。夏目漱说无论如何你得把这杯酒喝下去。卫国摇摇头。夏目漱强行把杯子塞进卫国的嘴巴。卫国紧咬牙齿，酒从他的两个嘴角分流而出滴到他的裤子上，裤子上像下了一阵雨。夏目漱想用杯子撬开卫国的嘴巴，但是卫国的牙齿比钳子还硬，酒杯被他咬破了。

　　餐桌上响起一巴掌，那是李晓东宽大的巴掌拍出来的，所有的碗筷和酒杯都战战兢兢，嘈杂的声音突然消失，目光都聚集在他的脸上。李晓东的手在头发上一撩，藏在里面的一条伤疤暴露在灯光下。他说卫国，你看看这是什么？卫国说一条又长又丑的伤疤。李晓东说知道它是怎么留在上面的吗？卫国说不是偷看女生洗澡跌破的，就是小时候要不到零花钱，一头撞到桌子上撞伤的。李晓东抓起一个酒瓶在桌上一蹾，酒瓶的底部立即变成了牙齿，它像张开的大鲨鱼的嘴对着卫国的脸。李晓东说这酒我们喝得你为什么喝不得？告诉你，这条伤疤就是劝别人喝酒时留下来的。李晓东的酒瓶又向前递进一步。

　　卫国突然想离开餐桌，但是被夏目漱一把按住。这时吕红一抓

住他的左手，夏目漱抓住他的右手，莫怀意按住他的肩膀，李晓东抓住敲烂的酒瓶，西出阳端起酒杯。卫国已被重重包围。西出阳把酒杯送到卫国的嘴边，像父亲对儿子那样亲切地说喝吧，何必亏待自己呢。西出阳一连往卫国的嘴里灌了五杯二锅头，大家才把手从卫国的身上拿开。大家把手一拿开，一直站着的手里捏着酒瓶的李晓东，哗啦一声坐到地板上，就像一摊水洒在地板上。他已经醉得连站的力气都没有了。

　　整个餐桌被卫国那张比红墨水还红的脸照亮。他稳住身子，举起酒杯说晓东，你不是说要喝酒吗？来，我和你干一杯。卫国没有看见李晓东已经跌在地板上，他的酒杯在空中晃了一下，自己就喝了起来。

3

　　西出阳问卫国，喝了几杯之后，你最想干什么？卫国说想操。吕红一说操谁？卫国说冯尘。夏目漱说冯尘是谁？卫国说我的学生。吕红一说那也得等她毕业了。卫国一挥手说，不，现在就去。

　　卫国走在前面，其余的人都跟着他。李晓东实在醉得不行，就由莫怀意和夏目漱搀扶着。他们走走停停像糨糊一样粘在一起，走的时候三个人一起走，倒的时候三个人一起倒。只有西出阳和吕红一还跟得上卫国的步伐。

　　他们来到女生宿舍门口，想从铁门闯进去。门卫拦住他们。卫国说你把冯尘给我呼呼呼出来。门卫对着话筒喊了几声冯尘。西出阳看见一个穿着花格子裙的女生，从里面走出来。她的腰部细得一把就可以掐断，臀部却大得像个轮胎，胸前挺着的地方在昏暗的路灯中上下跳跃，像两个正在奔跑的运动员。西出阳预感到一件大事正朝着他们走来。女生前进一步他就后退一步。他后退一步，其他人也跟着他后退一步。他们一直退到阴暗的角落，只留下卫国一个人孤零零地站在铁门前，让门口那只100瓦的灯泡照耀着他的头顶，同时也照耀在他头顶飞舞着的细小的蚊虫。

　　女生走出铁门，看见卫国站在离铁门几远米的地方。那是什么地方？那是铁门前最明亮的地方。光线罩着卫老师。她慢腾腾地朝卫国走去，一边走一边朝四周看，不太相信找她的人是卫老师。她走到卫国的面前，还没有发现别的人，就说是你找我吗？卫老师。

卫国的鼻孔里喷出几声粗气,双手往前一合抱住冯尘,说冯尘,我想跟你睡觉。他在说话时,嘴巴狠狠地撞向冯尘的脸。由于撞击的速度过快,产生了加速度,卫国的鼻梁一阵发酸。这一酸,使其他动作没有及时跟上。冯尘趁机扬手扇了他一巴掌。

门卫从铁门里跑出来,路过这里的学生也围了上来。都已经22点了,哪来那么多学生?他们像从地里冒出来似的,那么迅速那么密集。卫国的眼睛本来就模糊了,现在突然看见那么多学生,眼睛就更加模糊。他被那么多的学生吓怕了,紧紧地抱着冯尘,嘴里不停地说他们要怎么样?他们要怎么样?

面对愈来愈多的人群,冯尘又及时地给了卫国一巴掌。这一巴掌把卫国的手打松了。他的身体像一件挂在冯尘身上的衣裳,沿着冯尘的身体往下滑落,而且还在冯尘的胸口处刷了一下。现在卫国横躺在地上,眼睛慢慢地合拢,像一个临死的人。冯尘这时才想起自己没有哭。我为什么不哭?我现在就放声大哭。冯尘哇的一声哭了。她哭着转身跑进女生宿舍。她的哭声就像一只高音喇叭,盖住了学生们声音。

4

四名保安把卫国抬到保卫处的办公室。他们把他放到办公桌上,就像放一头刚刚杀死的肥猪。他们向卫国问话,回答他们的是鼾声和酒气。保安摇动他的膀子,摇啊摇,他们没有摇出话来,却从他的嘴里摇出一堆食物。保安乙端起门角的半桶水,对着办公桌上的那堆食物想冲。保安甲推开保安乙的水桶,说慢,也许这些食物对我们破案有用。四名保安立即围住那堆食物,他们的额头亲切地碰了一下,然后各自往后收缩了几厘米。他们看见这堆食物里包括了豆芽、鸡肉、苦麻菜、竹笋以及……以及什么呢?他们再也看不清楚里面还包括了些什么?学院为了节约用电,只在他们头上安装了25W的灯泡。这样的灯泡无法分辨出这么一堆复杂的食物。保安丙从抽屉里拿出一把手电筒,手电筒的光正好把那堆食物罩住。但是除了豆芽鸡肉苦麻菜竹笋,即使再加几把手电筒,他们也没能多叫出一种食物的名称。在这堆食物中,有一块硬东西。保安乙说是没有嚼烂的姜。保安丁说是一块骨头。保安丙说他怎么会把骨头吞进去呢?保安甲说我看像一块石头。他们为那块坚硬的东西争论起来。

　　争了一会,保安乙把那半桶水提到桌子上,用一只口盅往卫国的嘴里灌水。水刚刚流进卫国的喉咙,只停了两秒钟便从他的嘴里喷出来,一直喷到天花板上,像一个小型的喷泉,水花四射,可惜没有音乐。他们不得不承认卫国是真的醉了,但是审问必须在今夜进行。他们赶走窗外的围观者,拉上窗帘,关上门,每人嘴里叼上一支烟。从他们没有完全被香烟堵死的嘴角,不时冒出:姜、骨头、石头,他们坐在办公室的沙发上,不时地争论一句,耐心地等待着卫国开口。

　　等地板上铺满烟头的时候,卫国叫了一声水。保安甲扶起卫国,把一口盅凉开水递给他。他揉揉眼睛问保安甲,这是在哪里?保安甲说这是保卫处。卫国的口盅立即落到地板上。那是一只掉了把的搪瓷口盅,它落在地板上时没有发出破碎的响声,只是当啷当啷地在地板上滚动着,一直滚到门角才停下来。卫国说他们呢?保安甲说哪个他们?卫国说西出阳他们。保安甲说我们没有看见他们。卫国跳下桌子朝门口走去。保安乙拦住他。他说别拦我,我要回家。保安乙说你把问题说清楚了再回去。卫国说什么问题?保安乙说你对女学生耍流氓。卫国说哪个女学生?保安乙说冯尘。卫国说不可能,这怎么可能?保安乙说怎么不可能,起码有300多个学生可以作证。卫国睁大眼睛,头上像浇了一盆冷水,他现在惟一的念头,就是尽快从这里逃走。

　　他挣脱保安乙拉开门想往外冲,保安丙立即用自己肥胖的身体堵住门缝,他的头撞到保安丙的胸口上。保安丙说你竟敢撞我?他本来想向保安丙道歉,但保安丙已经把他推倒在地板上。他从地板上站起来,身体摇摇晃晃,丧失了平衡。他的手在空中挥舞着,想要抓住一件可靠的东西稳住自己。他抓到了办公桌上的水壶。水壶摇晃一下,从桌子上摔下去。一个水壶摔下去,两个水壶摔下去,三个水壶跟着摔下去。它们全摔碎了。保安丁说你竟敢砸保卫处的水壶?卫国听保安丁这么一说,身子竟然不摇晃了。他想才几秒钟时间,我又是撞保安又是砸水壶,这不是罪上加罪吗?我可是彻底地完蛋啦。但是我要从这里出去,我只想从这里出去,我不撞你们不打你们不砸水壶不对女学生耍流氓,真的我只想从这里出去。

　　卫国抓起一把椅子护住自己的胸膛朝门边走。保安甲说你想打架吗?卫国说不,我要出去。保安甲说把椅子放下。卫国说只要让我走出门口，我就把椅子放下。但是我求你们，求你们不要往我的椅子上撞。保安甲伸手去抓卫国手里的椅子。卫国把椅子高高地举起来，在举的一瞬间椅子腿剐到了保安甲的下巴。保安甲倒下了，下巴冒出一股鲜血。保安乙说你竟敢打保安？放下，你再不放下我就把你铐起来。卫国想我又犯下了一条打保安的罪名这下可真的完蛋啦，完蛋就完蛋吧。他举起椅子，朝玻璃窗砸过去，窗口上的玻璃稀里哗啦地塌下来。他一屁股坐在玻璃上，嘴里发出呜呜呜的哭声，哭声夹杂着说话声。我叫你不要往椅子上撞，你偏要往椅子上撞，这不是逼我吗？我都快30岁了，还没谈过恋爱，都已经是副教授了，还没吻过女人。你们干吗还要逼我？

5

被卫国拥抱之后，冯尘给母亲打了一个电话。这一夜她几乎没有合眼。墙壁是黑的，窗口也是黑的。她看见一只手，正在黑漆漆的窗口上粉刷。那只手一来一往，把白色的油漆均匀地涂到方框里，刷子所到之处，窗口慢慢地变白。几丝黏稠的油漆从刷子上脱离，滴到窗台上，窗台于是也变白了。只有窗角和刷子还没有完全刷到的地方，还留下一些黑点，于是刷子在上面不厌其烦地刷，刷了整整一个晚上，直到把那些黑点全部刷白。天亮了，冯尘从床上坐起来，第一个念头就是去食堂打早餐。但是她想这是不是太正常了？我既不能去打早餐，也不应该去上课。冯尘重新躺到床上，一躺就躺到下午。这一次她是真的睡着了。

冯尘是被楼下的一阵喘声惊醒的，那是哮喘病患者发出来的粗糙而又亲切的喘息声，现在它正沿着楼梯逶迤而上，一直逶迤到她的床前。听到喘息声隔着蚊帐喷到自己的脸上，冯尘突然想哭。但是她怎么也哭不起来。冯尘打开蚊帐，看见母亲红歌的眼圈让那些差不多要流出来的泪水泡红了。母亲抹了一把眼眶，说你哭过了？冯尘说哭过了。母亲说我想见他。冯尘说我不想见他。母亲说你以为我想见他吗？只是我的手掌想见见他。我的手掌一直都在发痒，现在已经按捺不住了。冯尘说你想对他怎样？母亲说不怎么样，就是想扇他一巴掌。冯尘说我已经扇过他了。母亲说他这么流氓，一巴掌算得了什么？一巴掌算是便宜他了。冯尘说还是算了吧，我还要在学院呆下去。母亲说怎么能算了？我们把你养大容易吗？我跟单位请假容易吗？好不容易进来一趟,怎么能算了？你去不去？你不去我就一头撞死算了。

冯尘带着母亲来到卫国住宿的单身汉楼前。这时太阳正好偏西,光线照着她们的背部。尽管她们离楼房还有十几米远,但是她们的影子却先期爬上了楼梯。红歌比冯尘肥胖一倍,所以她的影子也比冯尘的影子肥胖一倍。她走一步骂一句,每一声骂都顶得一颗炮仗。冯尘说妈,你能不能小点儿声？红歌说我干吗要小点儿声？又不是我要流氓。冯尘弯下腰,说妈,我的凉鞋坏了,我走不动了。红歌推了冯尘一把,说那就提着凉鞋走,告诉他我住在哪一间？冯尘指着四楼的一个房间。红歌甩下冯尘,朝着四楼飞奔而去。喘息声消失了,母亲身轻如燕,跑得比卡尔·刘易斯还快。

楼上很快就传来了拍门声和母亲的叫骂声:你这个流氓,为什么不开门？你怕的是不是？既然害怕,为什么还抱我的女儿？谁抱我的女儿,谁就不得好死。开门,快开门,让我看看你的脸皮有多厚？让我看看你的脸皮有几斤？让我看看你经不经得起我的一个巴掌？

冯尘冲到四楼,看见母亲还执著地拍打着门板,每一次都把肥大的手掌拍到门板的一个手印上。嘭嘭嘭……门板快要被拍垮了。冯尘的到来,使红歌的胆子更壮。她说你来得正好,现在你跟着我一起骂,我骂一句,你骂一句,一直把这扇门骂开。红歌清清嗓子,骂道:你也有父母,你也有姐妹,如果别人对你的亲人耍流氓,你会怎么想？骂呀,冯尘,你怎么不骂？冯尘犹豫了一下,骂道:你也有父母,你也有姐妹,如果别人对你的亲人耍流氓,你会怎么想？红歌的手臂在空气中一挥,说你的声音比蚊子的声音还小,连我都听不清楚,他怎么会听见？你要骂大声一点儿,还要愤怒,就像我这样。红歌张开大嘴,提高嗓门:你也有父母——来,再来一次。冯尘张了几次嘴巴都没有骂成。她看见七八个老师围了过来。冯尘说妈,你别在这里丢人现眼了。红歌说我丢什么人了？丢人的是他。你到底骂不骂？冯尘说不骂。红歌说你真的不骂？冯尘说不骂。红歌说你跟他是一丘之貉,原来你并不恨他。你不骂我骂。红歌扯着嗓门又骂了起来,谁对我的女儿耍流氓,谁就不得好死。冯尘转身跑开。

6

　　西出阳跑到保卫处,看见四名保安端坐在各自的座位上,保安甲的下巴贴着一块纱布。西出阳说卫国呢?你们把卫国关到哪里去了?四名保安相互看了一眼,没有谁回答西出阳。西出阳说一定是出事了,卫国的房门和窗户紧闭着,冯尘的母亲在他们口骂了大半天都没有把门骂开。保安乙说我们已经把他放了,天差不多亮的时候他才从我们这里出去。西出阳说他会不会自杀?保安乙说不会吧,我们只叫他按了一个手印,他连手都没有洗,就走了。西出阳说,你们还是去看看吧。

　　保安乙和保安丙跟着西出阳来到卫国的房门前。红歌就像看见了救星,她说你们终于来了,你们把他叫出来,让我扇他一巴掌,就一巴掌,否则我就站在这里直到把他骂死。保安丙推开红歌,拍了几下卫国的门板,大叫几声卫国。屋子里没有声音。保安丙解下皮带上的警棍,对着门框上的气窗来了一下,玻璃哗啦哗啦地掉下来。保安乙双脚往上一跳,两手抓住门上方的横条,做了一个引体向上,头部从气窗伸进去。他朝里面看了几眼。他看见里面摆着一张床,床上铺着一条零乱的床单。一个镙桶。一只皮箱。一个衣柜。一张书桌。一把藤椅。一张小圆桌。四张折叠椅。就是没有人。他摇摇头,双手一松从气窗上落下来,说他不在里面,除非他睡到床铺底下。他会睡到床铺下吗?他是什么职称?西出阳说副高。保安乙说那他不可能睡到床铺底下。我们没有逼他,他怎么会不见了呢?也许他出去喝酒去了。你叫什么名字?西出阳。保安乙说有什么情况随时向我们汇报。

　　一连两天,西出阳都在注意卫国的宿舍。一切迹象表明,卫国不在宿舍里。到了第三天下午,西出阳发现一股浓烟从保安敲碎的气窗里冒出来。西出阳一口气跑上四楼,双手扒到气窗上。他看见屋子里除了烟雾还是烟雾,一个模糊的身影正在烟雾里烧信件。西出阳说卫国,你千万别想不开。你可别把那些论文烧了,别把宇宙飞船烧了。卫国只管低头烧信,没有抬头看扒在气窗上的西出阳。西出阳扒了一会儿,手臂一松掉到走廊上。他甩甩手,休息一会儿,又重新扒上去。如此反复几次,烟雾愈来愈浓,那个模糊的卫国已经被浓烟紧紧地包裹了。西出阳踢了几下门板。门开处,一股呛鼻

的东西冲出来，卫国的身子摇晃了一下，勉强靠在门框上。西出阳发现卫国的脸瘦了一圈，像脱了一层壳。西出阳说原来你真的在里面？他们没有看见你，你是不是睡在床铺底下？卫国用舌头舔舔嘴唇，说水。西出阳把耳朵贴到卫国的嘴上，说什么？你说什么？卫国说我要辞职。

7

　　卫国抱着讲义夹走进教室时，学生们还以为走进来的是一位新老师。等他站到讲台上，用目光在教室里扫了一遍以后，学生们才记起这张似曾相识的面孔。卫国瘦得连一阵轻风就可以把他吹倒。
　　教室里座无虚席，这使卫国的心里略略有一丝兴奋。他放下讲义夹转身在黑板上写下一个大大的N和一个大大的S，然后指着N说，同学们，这是什么？学生们回答北极。他又用手指了一下S，学生们回答南极。他说你们都知道，这是磁极中的南极和北极，它们只要稍微靠近就会紧紧地贴在一起。现在我给它们分别加上一个名字。卫国在N的旁边写上张三，在S的旁边写上李四。给它们一加上名字，你们会想到什么？秦度你说说。 名叫秦度的学生站起来，说他们一个是男人一个是女人。教室里滚过一阵笑声。卫国说坐下，冯尘同学。卫国朝冯尘看过去，一些知道内情的学生也附和着卫国的目光朝冯尘看过去。冯尘把脸埋在课桌上，一堆浓黑的头发盖住她的脸。卫国说冯尘同学，请你站起来回答问题。冯尘同学还是没有站起来。卫国叫周汉平同学。周汉平站起来。卫国说如果你看到N和S贴在一起会惊讶吗？周汉平说不会。卫国说但是你看到张三和李四贴在一起，是不是很惊讶？周汉平说有一点儿。
　　卫国拍拍讲台，一团粉笔灰蹿起来，像奶油一样涂在他的身上。学生们再也看不见他，但是却听得见他。他说物与物异性相吸是一种我们司空见惯的现象，但是人与人为什么就不被司空见惯？其实我们都是女娲用泥巴捏出来的一种物。我们都是泥巴。在卫国的"巴"字声中，粉笔灰像雪花一样纷纷下落，卫国又重新回到学生们的视野。这时他看见周汉平仍然站着，就说了一声坐下。周汉平坐下。
　　我已经好几天没睡觉了，你们看，卫国摸了摸自己的下巴，说你们都快认不出我了吧？这时卫国发现冯尘的头发裂开了一道缝。

她一定是在偷偷地看我。卫国举起一张纸，说知道我为什么这么瘦吗？就是为了这一份问卷。希望你们本着为老师负责的精神，认真地回答。

卫国从讲义夹里拉出一沓问卷走下讲台，分发给学生。问卷的内容包括"辞职有什么利弊？卫老师应不应该辞职"等两项。发完试卷，卫国背着双手像平时监考那样在教室的空道里走来走去。他的身体在走，眼角的余光却落在冯尘的头发上。冯尘一直把头埋着。卫国想她还是碍面子。这时，保安乙和保安丙拿着一个本子走进教室。卫国说出去，没看见正在考试吗？保安丙打开本子，说请你按一个手印。卫国说不是按过了吗？保安丙说那是耍流氓的，这是殴打保安和砸窗口的。卫国说你才耍流氓。我没有殴打保安，是保安自己碰到椅子上。保安乙说保安就是傻瓜吗？就会自己往椅子上碰吗？你把我们当什么人了？卫国说你们承不承认那晚我喝醉了？保安乙说打人的时候，你已经不醉了。卫国一转身，说同学们，真是冤啦！那天下午我们喝了五瓶二锅头，他们竟然说我没醉？真是岂有此理！你们知道我从来不喝酒，可是那天晚上我们喝了五瓶。我一个人就差不多喝了十杯，他们竟然说我没醉？你们都可以为我证明，那晚我是真的喝醉了。

说着说着，卫国发现所有的学生都在看着他笑。他们的嘴巴张大了，声音却没有传到我的耳朵里。我的耳朵出问题了吗？我干吗要跟学生说这些？卫国对保安说能不能出去谈？保安丙说你不按手印，我们就不出去。卫国抢过保安丙手里的本子，把右手的大拇指戳到印色油里，然后在本子上狠狠地按了一下。这下你满意了吧？卫国把本子丢到地上说，滚出去。保安丙捡起本子，退出教室。

8

下课时，卫国紧紧地攥着这些皱巴巴的试卷走出教室。他看见有的试卷上只简单地写着：利或者弊；应该或者不应该。有的试卷则长篇大论，话题从国外的政治经济形势引申到国内的政治经济形势，试卷的正面写满了，接着写试卷的背面，但是一直写到最后一个句号，也还没有讲明辞职的利或者弊，没有给卫国指明一条方向。有半数的试卷上写道：卫老师辞职是我院的重大损失。也有几张试卷写着：与我无关。卫国在这一大团乱糟糟的试卷中翻来翻去，他在急迫地寻找熟悉的字体。终于他从40多张试卷中找到了冯尘的那张试卷，上面写着：弃权。

她怎么这么不负责任？卫国的脑袋"轰"地响了一下。起先卫国以为是心理的，但是仅一秒钟疼痛就由脑门向全身转移。这时他才明白，这是一种真正的响，他的脑门撞到了路边的水泥电杆上。他摸着正在隆起的脑门说，我又不是陈景润，干吗要去撞电杆？卫国揉了一下脑门，把那些问卷统统地丢进垃圾桶。

这时，同学们都拿着饭盒从教室里走出来，往第三食堂走。冯尘最后一个走出来，她的手里拿着一个铝饭盒。她一边走一边甩动手臂，像是要把饭盒里的水甩干。卫国看着学生们一一从自己面前走过，等待冯尘来到自己面前。他叫了一声冯尘。冯尘张了一下嘴巴，惊讶地站在那里。卫国说为什么弃权？冯尘看了看周围，没有发现什么熟人，站在那里用手甩着饭盒。卫国说你的意见怎样？辞或是不辞？卫国的眼睛紧紧地盯着冯尘，好像要从她的脸上盯出一个答案。冯尘忍受不了卫国的目光，扭头看着那只装满问卷的垃圾桶。卫国朝冯尘靠近一步，冯尘往后退了一步。卫国说我就想听听你的意见。冯尘的嘴巴动了一下。卫国以为答案就要从那里喷出来了，于是拉长耳朵等待着。耳朵快拉到下巴上了，答案还没有从那里喷出来。卫国有一丝失望。卫国说你叫我辞，我就辞，我只在乎你的意见。冯尘又动了动嘴巴说，非得说吗？卫国说非得说。冯尘说辞吧，不要让我再见到你。

说完这句话，冯尘就拿着饭盒往前跑。跑了十几步，饭盒当啷一声掉到地上。她停下来捡饭盒，卫国追了上去。卫国说那天你母亲骂我，我全听到了。其实我已经没有父母，他们都死了。我也没有兄弟姐妹。我没有亲人，所以我不知道他们被人耍流氓时，我会是一种什么样感受？冯尘捡起饭盒，骂了一声流氓，继续朝前跑。卫国对着她跑动的背影喊：我不是对你耍流氓。我是真的。你们为什么不相信我？我是真的。卫国几乎哭了起来。

9

卫国敲开西出阳的房门，看见西出阳穿着一条三角裤躺在床上。卫国说她竟然骂我流氓。西出阳说是我，也会这样骂你。卫国说我是真的爱她。如果不是醉酒，我不会那样。你知道那天晚上我喝醉了。西出阳对着眼镜哈了一口气，用纸巾擦着厚厚的眼镜片说，我不知道，那晚我喝醉了。卫国说你怎么不知道？你应该知道那天晚上我喝醉了。西出阳说我真的不知道，我比你们任何人都先醉。卫国气得全身发抖，他竟然说不知道，明明是他把我灌醉的，他竟然说不知道。西出阳不足与谋，也许吕红一会理解我。

敲了好久的门，吕红一才把门打开。卫国看见吕红一的房间里坐着一个姑娘，床铺底下堆着一堆卫生纸，房间里全是青草的味道。卫国说正忙呢？吕红一说没关系，进来吧。卫国走进去，坐到书桌前的藤椅上。卫国说她竟然骂我流氓，你说说，我像流氓吗？吕红一没有说话，只是一个劲地对着卫国点头，傻笑，还不停地朝姑娘挤眉弄眼。卫国想他根本就没听。于是卫国刹住了话头。吕红一以为卫国还在讲，头依然在点，脸依然在笑。卫国说你点点点什么？我已经不说话了。吕红一啊了一声说，说呀，为什么不说？卫国说你看我像不像一个流氓？吕红一又笑了一下，你说什么？卫国从藤椅上站起来，说你根本就没听我说话。

站在楼外的草地上，卫国的额头上挂满了汗珠。他把他的狐朋狗友都想了一遍，顿时觉得这个中午没有一点儿意思，尽管阳光强烈，校园里蝉声高唱，还是没有一点儿意思。他不知道下一步该往哪里走？他漫无目的地走着，走到了莫怀意的门前，看见莫怀意的门板上贴着一张字条：本人已出差，有事请留言。一支铅笔吊在门框上轻轻地晃动，一沓裁好的纸片装在一个纸盒里。卫国好奇地把那些纸片掏出来，纸片上干干净净，没有一句留言。卫国又把那些纸片放进去。再往前走两间，就是夏目漱的房间。卫国敲敲夏目漱的门板，里面没有任何声音。卫国把耳朵贴在门板上听了一会儿，还是没有听到声音。卫国对着门板说，难道你们都出差了吗？

现在所有的希望都寄托在李晓东的身上，卫国朝前走了300米，转了两次弯，来到19栋李晓东的门前。李晓东的门敞开着，他正举着两只哑铃做扩胸运动。卫国说晓东，我就要辞职了。我是来跟你道别的。卫国的语调有一丝凄凉，把李晓东的全身热汗吓成了冷汗。李晓东放下哑铃，伸手摸着卫国凸起的脑门说，你没有犯病吧？卫国扬手打掉李晓东的手，说，你才犯病。李晓东说不犯病干吗辞职？开什么国际玩笑？你刚评上副高，干吗要辞职？卫国说不干吗。李晓东摇摇头，捡起哑铃又练了起来。卫国听到他的喘气声愈来愈粗，在他粗重的喘气声中，突然冒出一句：你怎么会辞职呢？我知道你是在跟我开玩笑。卫国转身离去。卫国想李晓东也不理解我。我就要辞职了，他不但不挽救我，还在跟我开玩笑。

全校师生都在睡午觉，校园的大道上只有稀稀拉拉的几个人。卫国走在大道上，他真不知道下一步该怎么走？这时，他的身后刮起一阵风，半张报纸吹到他的脚后跟上。他朝那半张报纸踢了一下。报纸似乎是害怕了，停在原地打转。等卫国往前走了几步，它又跟上去。卫国拐了一个弯，报纸也跟着拐了一个弯，对卫国紧追不舍。既然它对我穷追不舍，我就捡起来看看，到底是些什么东西？卫国弯腰把报纸捡起来，看见上面登着一则招聘启事。卫国双手一拍报纸，上面的灰尘纷纷往下掉。拍了一阵，卫国又鼓着腮帮子吹，直到把报纸吹干净，然后对着报纸叫了一声：爹——你比我的爹，还爹。

10

收拾好皮箱，卫国想总得跟一个人告别。有谁值得我告别呢？没有。卫国呆呆地坐在皮箱上，看着手表发呆。这时，他的鼻子里有一股说不出的味道，好像是有点儿发酸。他抽了一下鼻子，对着墙壁说，冯尘，我就要走了。请原谅，没有跟你打招呼。我是真的。这里的墙壁静悄悄，上面什么也没有，只有"不准吸烟"四个字。卫国对着墙壁吐了一泡口水，撕开裤子的拉链，对着床铺撒了一泡尿。

提着皮箱的卫国朝着校门走。有几辆的士从他面前晃过，他没有理睬。他想一步一步地走出这个他生活了几年的校园，甚至还想量一量从他住宿的地方，到校门口到底有多少米？他一步一步地量着，当他量到莫怀意宿舍的时候，突然想弯进去给莫怀意留几句话。我总得跟一个人告别，也许，他是值得我告别的；也许他一点儿也不值得我告别。但是我总得跟一个人告别，不能就这样无声无息地走了。我又不是灰尘，又不是风，我是一个人，总得留下一点儿信息，让他们知道我走了。

卫国抓起莫怀意吊在门框上的那支铅笔，在一张纸片上写道：怀意兄，我不想在这里呆了。我走了。卫国看看自己的留言，似乎是不满意。他把纸片捏成一团丢到地上，掏出一张新的纸片另写。他写道：怀意兄，他们都不是好人，只有你才是我的兄弟，所以我要告诉你，我走了。卫国看了一会儿纸片，还是不满意。他把纸片捏成一团，丢到地上，重新掏出一张纸片，对着纸片发了一会儿呆，然后写道：怀意兄，不要问我到哪里去，我的故乡在远方。卫国对着纸片又看了一会儿，仍然不满意。他不知道写什么好，拿着铅笔的手开始抖动起来，新的纸片被他戳出了好几个洞，一滴泪掉到纸片上。卫国想我哭了吗？我怎么哭了？真没出息。卫国抹了一把眼角，写道：怀意，你说我是不是流氓？你说我会不会辞职？卫国

11

卫国提着皮箱悄悄地爬上一列南下的火车。火车驶出郊外，他透过车窗看见学院的围墙和冒出围墙的楼房、树顶。多么熟悉的围墙，多么浓烈的尿臊。卫国闻到了从几公里之外的校园飘过来的臊味。他把头伸出车窗，对着学院的方向吐了一泡口水，权当是说一声再见。

火车哐当哐当地前行，窗外闪过几棵偶然的树。卫国突然感到脖子上奇痒难耐。他用手抓了一下脖子，抓出一根头发。这根头发愈拉愈长，他用双手把头发绷直，发现这是一根微微卷曲的头发，发梢染成黄色。他目测了一下，这根头发长约0.6米。这是谁的头发？卫国看看对铺，是个男的。他抬头往上，看见一位姑娘盘腿坐在中铺梳头。她的身子微微外倾，头发悬在空中，每梳一下，就有几根头发噼噼啪啪地往下砸，砸得卫国的头部和肩膀好生疼痛。

姑娘看见卫国瞪着两只涂满血生的眼睛，目不转睛地看着自己，忙从中铺跳到下铺，嘴里不停地说着对不起，我不是故意的，我马上给你拈掉。她的手指在卫国的脖子上和肩膀上拈了起来。她拈一下，卫国的脖子就缩一下，好像她不是在他的脖子上拈头发，而是往他的脖子里放冰块。拈了一会儿，她的手里累积了十几根长发。她把十几根长发一根接着一根地缠到牙刷把儿上，很快绿色的牙刷把被头发缠得遍体鳞伤，变成了黑色的牙刷把儿。卫国想什么叫一丝不苟？这才叫一丝不苟。

火车在她缠完头发的时候到达一个车站，车窗外挤满食品推车，七八根粗细不一黑白分明的手臂从窗口伸进来。姑娘从那些手臂上接过一大堆食品。接到钱的手臂从窗口收回去，然后又举着食物伸进来。手臂坚持着，一直等到火车晃动了，才恋恋不舍地退出窗口。

当她确认火车已经走动,就把一只鸡腿高高地举起来,递到卫国的嘴边,说,吃吧。卫国摇摇头。姑娘说别客气,我叫顾南丹。卫国说不想吃。顾南丹说不想吃也得吃,谁叫我的头发掉到了你的脖子上呢?这只鸡腿,算是我给你的精神赔偿费。卫国接过鸡腿,放到边桌上。火车晃了一下,鸡腿差一点儿就从桌子上滚下来。卫国双手及时护住鸡腿。

所有的人都在吃,包括顾南丹。多余的油从他们的嘴角流出来,鸡腿和牛肉干以及黑瓜子的香味,从他们的嘴巴里漏出来。车厢里到处都是香味和吃的声音。在他们的吃快要进入高潮的时候,卫国的屁股岔突然发紧,肚子里有一股东西呼之欲出。他想我得上一趟厕所。他弯腰从卧铺底掏出皮箱,提着它往过道走。由于他大步流星,皮箱角剐住了顾南丹的裙角。他往前走一步,顾南丹的裙子就被撩起来10厘米。10厘米又10厘米,顾南丹的红裤衩都几乎暴露无遗了。千钧一发之际,顾南丹扯下裙角骂了一声流氓。卫国回头看她一眼,发现她的脸竟然红了。卫国本想问她谁是流氓?但是他的肚子里一阵阵急。他想等上完厕所再问她不迟。于是他提着皮箱,朝厕所飞奔。飞奔中的皮箱对过道上的人,都进行了合理的冲撞。凡是被皮箱合理过的人,都盯着卫国跑动的姿势,他们看见厕所那扇狭窄的门,快要让卫国和他的皮箱挤破了。

卫国在厕所里蹲了好久都没有出来,等到厕所外排起了长队,他才提着皮箱大摇大摆地走出来。这一下他轻松从容多了。他慢腾腾地走回自己的卧铺,看见他们还在吃,但是个别同志已经在用牙签剔牙齿了。卫国把皮箱塞到卧铺底下,打了一个饱嗝,伸了一个懒腰,一副酒足饭饱的样子。顾南丹嘴里吐出一粒瓜子壳,说我以为你要到站了。卫国说时间还长着呢。顾南丹说那你刚才去哪里了?卫国说厕所。正在吃的人们听说他刚上厕所,都离开他站到过道上去吃。顾南丹往嘴里丢了一粒瓜子,说上厕所干吗提着皮箱?卫国说你知道这是一只什么皮箱吗?顾南丹说不就是一只皮箱吗?卫国说它是我爸爸留苏时用过的皮箱。我爸爸,你知道吗?顾南丹说我怎么知道?卫国说卫思齐,著名的核能专家,参加过中国的第一颗原子弹爆炸试验。顾南丹像真的看到原子弹爆炸那样惊讶地张开嘴巴。

12

　　这是一张稍施口红的小嘴巴,在它张开的时候,粉红色的舌头上还搁着一粒黑瓜子。卫国的欲望被这张嘴巴挑逗,全身的皮肉在一刹那绷紧。他学着她的样子,也张了一下嘴巴,但是顾南丹没有被卫国张开的嘴巴吸引。卫国想是不是自己张得太大了,像一头河马,搞不好还有口臭。

　　卫国盯住顾南丹的嘴唇。顾南丹扭头看着车窗。卫国的目光对顾南丹的嘴唇紧盯不放。顾南丹死鸡撑硬颈,坚持了一会儿,最终还是抵挡不住卫国的流氓习气。她抓起茶杯。卫国说去哪里?顾南丹说打水。卫国抢过她的茶杯说,我去帮你打。卫国像一个小孩,兴奋地跑出包厢,很快就打回了一杯热气腾腾的开水。卫国指着杯里的开水说,你怎么能自己去打水,万一烫伤了怎么办?你看看,你的皮肤那么嫩,哪里经得起烫。你的大腿那么苗条,火车稍稍一颤,你就有可能跌倒。顾南丹被卫国说得眉开眼笑。她说不至于吧。你是去北海吗?卫国点点头。顾南丹说旅游?卫国说不是。顾南丹说其实到北海的人大部分是旅游,到北海不到海边住几天,冲冲浪那简直是白到。卫国说我连海都没有见过。顾南丹再次惊讶地张开嘴巴,张了好久才说不会吧,怎么会呢?

　　让顾南丹不停地张开嘴巴,是卫国期待的效果。他想一路上我要以她不停地张开惊讶的嘴巴为目的。于是卫国开始说一些他看到过的故事和新闻。他说有一个歹人,在酒里下了蒙汗药,把一对夫妇灌醉,抢了他们10万多块钱,然后反绑他们的手,把他们每人塞进一个油桶。顾南丹的脖子缩了起来,她说太可怕了,你别说了。我想下去买一个哈密瓜。卫国说等火车一到站,我就下去买。顾南丹说火车早就到站了。这时,卫国才发现火车已经到了一个小站。他跑下去买了一个大大的哈密瓜,放到边桌上。火车鸣了一声长笛,哈密瓜晃动起来。卫国和顾南丹同时把手按到哈密瓜上。他们的手碰到一起,四只手护卫着哈密瓜,看着站台渐渐地退去。卫国说装进油桶还不算什么,他还用水泥把油桶封死,然后把油桶沉到河里。这成了一桩悬案。但是他想不到,半个月之后,河水突然枯干了,油桶浮出水面,有好奇的人戳开油桶,发现里面封着两具死尸。公安局接到报案后,立即展开侦破。最后发现凶手是死者生前

的好友。

顾南丹再次张开嘴巴，甚至还伸出舌头。她终于伸出舌头了。卫国说所以小顾，出门千万要小心，不要相信任何人。顾南丹说那么我应该相信你吗？卫国说当然，我是什么人？我是好人。顾南丹说好人和坏人又不写到脸上，谁知道？卫国埋头搜索另一个故事，想再吓吓顾南丹。但是顾南丹并不买账，她打了一个哈欠。卫国说想睡了吗？顾南丹说好困啊。卫国说你睡我的下铺吧，我跟你换换。顾南丹说那就谢谢了。卫国说我们没还吃哈密瓜呢。顾南丹从包里掏出一把长长的水果刀。卫国把哈密瓜破开。他们吃了几瓣哈密瓜就睡觉。卫国睡到中铺，顾南丹睡到下铺。

13

正处在睡眠中的卫国，梦见自己的臀部被一只硕大的巴掌狠狠地拍了一板。他翻了一个身，想继续做梦，但是臀部又挨了一巴掌。他睁开眼，看见顾南丹的手高高地扬着，快要把第三个巴掌拍了下来。卫国说我还以为是做梦呢。顾南丹说到站了。

看见所有的旅客都往门边挤，卫国跳到下铺穿好鞋，弯腰去拉卧铺底下的皮箱。但是他把腰弯下去却没有直起来。他的头部钻到了卧铺底，整个身子散开了，再也没有力气爬起来了。顾南丹拍了他一下，说怎么了？卫国的头从里面退出来，额头上全是汗。他说我的皮箱呢？我的皮箱不见了。顾南丹弯腰看了一下卧铺底，没有看见皮箱。她说是谁拿走了你的皮箱？顾南丹扑到车窗边，望着那些走下车厢的乘客，重点望着乘客手里的皮箱。

卫国的心脏像被谁捏了一下，紧得连气都出不来了。他从车窗跳下去，追赶走向出口的人群。他的目光从这只皮箱移向那只皮箱，一直移到出口，还没有发现他的那只。他又逆着出去的人流往回走，眼睛在人群里搜索着。人群一点一点地从出口漏出去，最后全都漏完了，站台上只剩下他孤零零一个人。他坐过的那列车现在空空荡荡地驶出站台。上面没有一个旅客，下面也没有一个旅客。他看了一眼滚动的车轮，想一头扎到车轮底下算了。但是那会很痛，还不如选择一种不痛的。

当列车的尾巴完全摆出去后，卫国看见顾南丹还站在列车的那边，她的脚下堆着行李，身边站着一个男人。卫国想她是在等我

吧？刚才幸好没往车轮底下扎，否则她就等不到我了。他看见顾南丹笑了一下，还朝他挥挥手。卫国想她怎么还笑，都什么时候了，她还笑。她一笑，我的双腿就软了。卫国蹲到地上。顾南丹和那个男人拖着行李朝卫国跑过来。顾南丹指着那个男人说，张唐，我的表哥。张唐向卫国伸出一只大手。卫国没有把手抬起来。张唐的那只手一直悬而未决。顾南丹也伸出一只手。他们每人伸出一只手，把卫国从地上拉起来，然后托着他的胳膊往外走。从顾南丹咬紧的牙关，我们可以断定卫国现在并没有用自己的力气来走路，他的胳膊和大腿都有一些僵硬。

　　他们把他架到车站派出所，让他坐到条凳上。值班警察杜质新拿出一张表格，开始向他们问话。杜质新说是什么样的皮箱？卫国比画着说这么大，四方的，棕色。顾南丹补充说皮箱上有两把密码锁，是他爸爸留下来的。知道他爸爸吗？卫思齐，著名核能专家，参加过中国的第一颗原子弹爆炸试验。顾南丹以为杜质新会对她的话题加以重视，至少也会露出一点惊讶。但是没有，杜质新平静地说里面有些什么？卫国说有现金、证件、获奖证书和衣裳。杜质新说多少现金？卫国说3万。杜质新说怎么会有那么多现金？卫国说那是我的全部家产。我把几年的积蓄全部领了出来。杜质新说有那么多吗？卫国从凳子上站起来。顾南丹想他怎么有力气站起来了？刚才连路都不会走，现在怎么呼地一下站起来了。是愤怒，他的脸上充满了愤怒，出气粗壮，身体颤抖。他说怎么会没有？请别忘了，我是西北工业学院的教授，堂堂一个教授，怎么会没有3万块钱？

　　没有愤怒就没有力气。卫国一说完，就像一只漏气的皮球，重新跌坐到条凳上。杜质新说看来你们学院的奖金还不少。既然有那么多奖金，还来这个地方干什么？卫国说这个可以不回答吗？杜质新一合笔记本，说可以，就这样吧，有消息会及时告诉你。

14

　　张唐走出派出所，顾南丹也正在往门外走去。他们就这样走了，背影一摇一晃，还相互拍着肩膀，只留下卫国一个人坐在派出所的条凳上。看着他们远去的背影，卫国很想跟他们说一声再见。但是他的舌头发麻了，张了几下嘴巴都发不出声音。随着顾南丹他们身影往外的移动，卫国感到环境正一点儿一点儿地残酷起来。我

是不是跟顾南丹借点儿钱？她会相信我吗？没有钱我将怎么生活？我连晚饭都吃不上。我会被饿死吗？可不可以讨饭？有没有人施舍？身上还有一件衬衣，一双皮鞋，它们可不可以换两餐饭吃？如果要跟顾南丹借钱，现在还来得及吗？卫国抬头看着顾南丹他们走出去的方向，他们的身影已经叠进别人的身影。完啦！卫国的身体里发出一声尖叫。

杜质新说你怎么还不走？想在这里睡午觉吗？卫国说我在这里等皮箱。杜质新说哪有这么快就给你找到皮箱的，找不找得到还是一回事。卫国抬头看着派出所墙壁上的奖状和锦旗，说我没有地方可去，你就让我在这里等吧。杜质新说那你就在这里等吧，看你能等到什么时候？这时，卫国才发现自己的身子在发抖，他把微微颤抖的手伸到杜质新的面前，说烟，能不能给我一支烟？杜质新递给他一支香烟。

对着烟屁股狠狠地抽了一口，卫国把吞进去的烟雾咳出来。他试探性地叫了一声杜警察。杜质新看着他，说什么事？卫国说你的烟真好抽。杜质新扬着手里的香烟，说知道这是什么烟吗？卫国摇摇头。杜质新喷了一个烟圈。卫国看着那个慢慢往上飘浮的烟圈，说你能不能先借点钱给我？杜质新说什么？你说什么？卫国说你能不能借点钱给我？杜质新又喷了一个烟圈，现在他的头顶上飘着两个烟圈。他对着那两个烟圈说笑话，我知道你是谁呀？如果你是骗子我怎么办？卫国浑身突然来了力气，他气呼呼地站起来，说我怎么会是骗子呢？你认真地看一看，我像骗子吗？杜质新点点头，说挺像的。卫国说你才像骗子。杜质新从桌子的那边走过来，盯着卫国看了好久，说你说我像骗子？骂我骗子就别抽我的烟。杜质新夺过卫国嘴里的烟，丢进垃圾桶。一股烟从垃圾桶里冒出来。卫国想不就是一支烟吗？我怎么沦落到这种地步。如果我的皮箱不掉，一支烟算得了什么？

杜质新看着冒烟的垃圾桶，说不是我不肯借给你，只是我不知道你是谁？卫国说我是卫国。杜质新掏出自己的证件，说你有这个吗？你能证明你是卫国吗？你能证明你是卫国，我就借钱给你。卫国说你不是不知道，我的证件和皮箱一起掉了。杜质新说那我就没有办法了。卫国站在那里想我不是卫国又是谁？没有证件，我就不是卫国了吗？卫国发了一会儿呆，走出派出所，刚走两步，就觉得双腿发软，于是席地而坐，头部靠在派出所的门框上。许多人从他

的眼前晃来晃去,他不知道他们是谁?就像他们不知道他是谁。下一步我该怎么办?卫国闭上眼睛,感觉时间飞了一下,也不知道自己飞到了哪里?他让自己的身体放任自流,就像水花四溅,溃不成军。放吧,流吧,我根本就不想把你们收回来。

放纵了一会,卫国突然听到有人叫自己的名字。睁开眼,他看见顾南丹站在面前,正低头叫他。卫国说你怎么还没走?顾南丹说我们一直在等你。等我干什么?等你一起走。我没有地方可走。我给你安排一个住的地方。我的口袋里一点钱也没有。不要你花钱。算了吧,我们只是萍水相逢。如果你真的同情我,就借几百块钱给我,等我一找到皮箱就还你。只是怕你把钱花光了,还没找到皮箱。走吧,我们旅行社有一个宾馆,随你住到什么时候。卫国抬头,看着顾南丹。顾南丹说走呀。卫国说我站不起来。我这里没有一个亲人,在西安也没有,从来没有人对我这么好,突然有人对我好,我就站不起来了。顾南丹说你站给我看看。卫国用手撑着派出所的门框,慢慢地延伸自己的身体。当他快要伸直的时候,双腿晃了一下,身体滑向地板。顾南丹伸手拉了卫国一把。卫国重新站起来,拍打着屁股上的尘土。

卫国虽然站起来了,身体却还有些僵硬。顾南丹绕到他身后推了推,就像机器突然发动,他的双腿徐徐向前迈进。为了加快速度,顾南丹又推了他一把。卫国说别这样,你的男朋友会有意见的。顾南丹说谁是我的男朋友?卫国说他不是你的男朋友吗?顾南丹说我不是跟你说过了嘛,他是我的表哥。卫国啊了一声,跟着顾南丹走进张唐的轿车。卫国说如果我的皮箱不掉,我就可以打的,可以住星级宾馆,可以不麻烦你们。顾南丹说可是,现在它已经掉了。

15

顾南丹在迎宾馆为卫国开了一间房。卫国跟着顾南丹走进房间。她按着墙壁上的一个开关说,这是空调开关。她走到床头,指着床头柜上的一排开关说,这是电视开关,这是门铃开关,只要按一下,就可以不受门铃的干扰。这是电话,拨一下9,就可以打外线电话,有什么事也可以拨我的手机。如果要打长途必须到总台去交押金。这是壁柜,里面有晾衣架,衣服可以挂在里面。这是拖鞋,这是卫生间,这是马桶,这是卫生纸,这是梳子,这是香皂,这是浴巾，这是淋浴开关，这是洗发液，这是沐浴液，记住千万别搞混了。顾南丹突然大笑不止，笑得腰都弯了下去。卫国发现她在尽量抑制笑声，但是笑声却势不可挡地从她嘴里冒出来。卫国以为自己忘了拉上裤裆的拉链，对着镜子检查了一遍自己的着装，没有发现可笑的漏洞。镜子里的顾南丹仍然笑个不停，她笑着说有的人，特别可笑，他们粗心大意，竟然拿洗发液洗身体，拿沐浴液洗头发，你想想，认真地想想，竟然用洗头发的去洗身体，身体又不是头发，真是好笑极了。卫国想这有什么好笑的，这一点儿也不好笑。

　　傍晚，宾馆服务员给卫国送了一份快餐。卫国几大口就吃完了。吃完之后，卫国摸着鼓凸的肚子想回忆一下快餐的味道。但是他怎么也回忆不起来，快餐根本就没有味道，快餐有味道吗？没有，就像木渣，没有任何味道。卫国想我的鼻子是不是出了问题？他跑进卫生间蹲到马桶上，这时他同样没有闻到什么气味。蹲马桶有气味吗？没有。

　　在没有任何气味的房间里，卫国睡得很香。第二天早上睁开眼，他最先看见搁在床头柜上的电话。一看见电话，他的手就发痒。他想给谁挂个电话呢？顾南丹？杜质新？他想还是先给杜质新挂吧。杜警察吗？我是卫国。卫国？卫国是谁？是昨天报失皮箱的人，是想跟你借钱的人，是教授的那个人。啊，想起来了。我想问一问，皮箱找到了吗？哪有这么快就能找到的，你就耐心地等一等吧。卫国放下电话，看见一个牛仔包静静地立在沙发上。这是顾南丹的牛仔包，昨天她忘记拿走了。卫国小心翼翼地打开它，里面放着化妆品、卫生巾和一些洗漱用具。他把鼻子伸到包里嗅了嗅，没有嗅到他期待已久的脂粉气。但是他发现了那把缠满头发的牙刷。他掏出牙刷，把上面的头发一根一根地解开，然后又一根一根地缠上。解开。缠上。卫国就这样打发了一天。

　　第二天早上醒来，卫国最先看到的还是那台浅红色的电话。他搓搓手一再提醒自己不要操之过急，不要给杜质新打电话。那么，现在我干什么呢？他拉开窗帘，在房间做了40个俯卧撑，泡了一个热水澡，看了一会儿电视，所有的动作都比平时慢半拍，故意做出一副不慌不忙的姿态，但是心里却一直惦记着电话。他的手又发痒了。现在看来右手比较痒，他用左手掐住右手，被掐红的右手不听左手的劝阻，忍受着强烈的疼痛伸向电话。电话拨通了，杜警察吗？我还是想打听一下我的皮箱。杜质新说这就像大海里捞针，你

要体谅我们的难处，这比登天还难。那么说你们是不愿意找了？不是我们不想找，实话告诉你吧，是根本就找不到。这怎么可能？我的全部家产，我的全部证件，怎么就这样无缘无故地不见了？你们是干什么的？我只能对你表示同情。电话挂断了，卫国举着话筒迟迟不肯放下，他对着话筒骂一句我操——

卫国发现床头柜上放着一盒火柴，他打开数了一遍，一共有20根。这是宾馆里特制的火柴，专门为20支香烟而服务。他把火柴棍向着房间的四个角落撒去，火柴盒空了。他开始弯腰在角落里找那些撒出去的火柴棍，他要把它们全部找回到盒子里。由于角落里摆着桌子、衣柜、沙发，他必须搬动它们。于是他的头上冒出了汗珠，衣服愈穿愈少，最后只穿着一条裤衩，像一个正在做家具的民工，正努力地使那些家具摆得整齐有序。这样忙了一天，卫国躺在床上就睡着了。醒来时，也不知道是什么时间，窗外阳光像火一样烤着马路，卫国似乎还没有完全放弃幻想，他又给火车站派出所挂了一个电话。对方问他找谁？他说找杜质新。对方说他已经调走了。卫国说他调走了你接着查，忘了告诉你们，我的皮箱里还有一样东西。什么东西？政协委员证，我是政协委员。请你们一定要对一个政协委员的皮箱负责。对方啊了一声。卫国说记下了吗？对方说记下什么？卫国说请打开你们的记事本第15页，在我的遗失物品后面补上政协委员证一本。对方说记下了，你的名字叫卫国吗？卫国说没错。

16

天刚发亮，卫国就来到市人事局门口。还没有到上班时间，他只好站在门口等。等了几秒钟，他的身后站了一个人，两个人，三个人，站在他身后的人愈来愈多。他已经数不清是多少个了。一个小时之后，人事局的大门打开，卫国第一个冲到三楼处级干部招聘考试报名处。

接待者说请你出示一下有关证明。卫国摸了一遍衣裳，说我的所有证件都装在皮箱里。接待者说请你打开皮箱，把证件拿出来。卫国说我的皮箱在火车上被盗了。接待者说没有证明就不能报考，我们不可能让一个不明不白的人报考处级干部。卫国说我是不明不白的人吗？接待者说我只是打个比喻。卫国说可是我的皮箱真的掉了。我的皮箱里不仅装着证件，还装着3万多块钱。接待者说多少？

卫国说3万。接待者摇摇头,说不可能,这么重要的皮箱怎么会掉?卫国说可是,它已经掉了,里面不仅有钱,还有一本政协委员证、一本教授资格证。有人可以为我证明。接待者说你的皮箱与我无关,我只要能够证明你的证明。卫国说要证明这个容易,你知道牛顿吗?接待者摇摇头。卫国说牛顿是力的单位,使质量1千克的物体产生1米每秒平方秒的加速度所需的力就是1牛顿。1牛顿等于10的5次方达因。这个单位名称是为纪念英国科学家牛顿而定的。简称牛。这个牛能不能证明我是物理系的教授?接待者哈哈大笑。卫国说如果你不信,我还可以用英语跟你对话。接待者说下一个。

　　卫国回头,看见身后排着一条长长的报考队伍。他们的手里要么摇着扇子要么摇着杂志,反正他们的手都很忙。卫国从办公室里走出来,才发现这条报考者的队伍从三楼排到一楼,又从一楼排到马路上。卫国已经走到马路上了,还没有看到队伍的尾巴。报考者们贴着楼房一直往下排,排到路口处还拐了一个弯,就像一条河流在那里拐了一下。阳光直接晒着楼外这群人的头顶。他们大部分是秃顶,一看就像处级干部。他们手里的扇子像虫子振动的翅膀,摇动的速度比室内的那些人要快一倍。有的人干脆把扇子顶在头上,充当遮阳伞。

　　卫国对着那些排在楼底下的人喊:有没有从西安来的?排队的人全都把头扭向他,他们顶在头部的扇子纷纷坠落,但没有人回答卫国。这时他感到额头上有一点冰凉,一点冰凉扩大成一片冰凉,一片冰凉发展为全身冰凉。排队的人群出现混乱,有的人从队伍里跑出来躲到屋檐下。卫国抬头望天,许多雨点砸进他的眼睛。他在屋檐下找了一个地方,有一个人挤到他身边,说我是从西安来的。卫国说那我们是老乡?我的皮箱掉了,一分钱也没有了,证件也全没了。老乡摆摆手说我不是西安的,我是宁夏的。他一边说一边冲进雨里。卫国看见在瓢泼的大雨中,还有人在坚持排队,因为雨的作用,队伍缩短了一大截,坚强的人因而离报名处愈来愈近。那些怕雨的躲到屋檐下的人,看见排在自己身后的人挤了上来,又纷纷跑入雨中抢占自己的位置。但是他们已回不到原先的位置,那位先称西安后说宁夏的人,就排到了队伍的尾巴上。

　　卫国走入雨中,让雨点像皮鞭一样抽打自己。地上蒸起一阵热浪,雨点出手很重,卫国有一种遍体鳞伤的感觉。他的眼睛和嘴巴里灌满雨水。当他走到宾馆门前时,雨点来势更为凶猛,把门前的

棕榈树打得劈里啪啦地响,几盆软弱的海棠已经全被打趴。他离宾馆只十步之遥,但却不走进去,像一根孤独的电线杆站在雨里,让雨鞭抽打。几个大堂的服务员跑到门口,看见卫国裤裆前有一巴掌宽的地方尚未被雨淋湿,现在正被雨水一点儿一点儿地侵吞。有人向他递了一把雨伞,他未接。雨伞落在地上,被风吹到离他十米远的地方躺着。所有的服务员都朝他招手,有的还急得跳来跳去。她们说你这样淋下去会出人命的。卫国像是没有看见,也像是没有听见。在雨水的冲刷下,衣服和裤子紧紧地贴到卫国的肉皮上,他的身体渐渐地缩小,愈来愈苗条。

半个小时过去了,一个小时过去了,一个小时又三十一分过去了,雨水终于打住。卫国走回宾馆,他走过的地方留下一条粗糙的雨线,一个服务员拿着拖把跟着他走。他走一步服务员就拖一下地板。卫国的全身没有一处是干的。他把衣裤脱下来拧干,挂到卫生间里,想还是好好地睡上一觉吧。他刚睡下,就听到一阵门铃声。他以为是服务员要打扫卫生,按了一下"请勿打扰"。门铃声消失了,门板却急促地响起来。卫国跳下床,从猫眼里往外看,看见顾南丹手里提着一个塑料袋站在门外。卫国想糟啦,现在连一件可穿的衣服都没有。他抓了一条浴巾围到身上。

顾南丹从塑料袋里掏出一沓衣服,说穿上吧。卫国说不穿。顾南丹说服务员打电话告诉我,说你淋得像个落汤鸡。穿上吧,不穿会感冒的。卫国双手抓着浴巾,站在地毯上发抖。顾南丹看见他的嘴唇都已经发紫了。顾南丹说难道要我帮你穿上吗?卫国说我的皮箱里有许多衣服,全是名牌,有一套法国的黛琳牌,两件日本的谷里衬衣。我只穿自己买的衣服。顾南丹说你的皮箱找到了?卫国说没有。那么好的衣服都丢失了,现在我还穿衣服干什么?顾南丹说我买的衬衣比你的牌子还有名。卫国说有名也不穿,除非找到我的皮箱。顾南丹坐到沙发上,说你会感冒的。卫国抽了一下鼻子,身子愈抖愈厉害。

顾南丹打开一件衬衣的纸盒,又打开塑料袋,把衬衣上的别针拿下来,然后把衣服披到卫国的身上。一股浓香在这一刻扑入卫国的鼻孔,他嗅到了顾南丹身上特有的气味,这种气味使他快要跌倒了。他转身抱住顾南丹,顾南丹发出一声惊叫,脑袋缩进肩膀,双手合在胸前,身子比卫国还抖。卫国说你好香,然后用他的的嘴巴咬住顾南丹的嘴巴。卫国说南丹,我想和你睡觉。

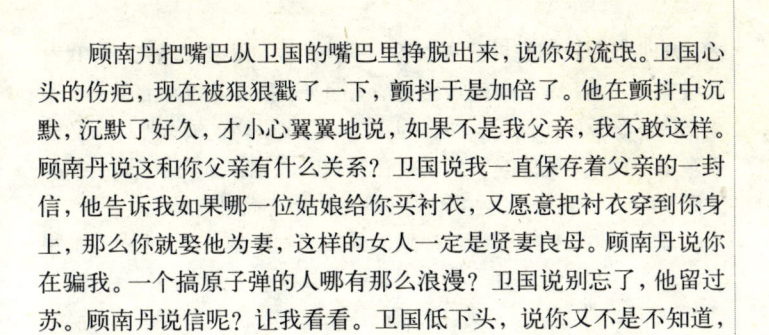

顾南丹把嘴巴从卫国的嘴巴里挣脱出来，说你好流氓。卫国心头的伤疤，现在被狠狠戳了一下，颤抖于是加倍了。他在颤抖中沉默，沉默了好久，才小心翼翼地说，如果不是我父亲，我不敢这样。顾南丹说这和你父亲有什么关系？卫国说我一直保存着父亲的一封信，他告诉我如果哪一位姑娘给你买衬衣，又愿意把衬衣穿到你身上，那么你就娶他为妻，这样的女人一定是贤妻良母。顾南丹说你在骗我。一个搞原子弹的人哪有那么浪漫？卫国说别忘了，他留过苏。顾南丹说信呢？让我看看。卫国低下头，说你又不是不知道，我的皮箱丢掉了，信就在皮箱里，它们一起丢掉了。

17

卫国只穿着一条裤衩在房间里走来走去，他不出门，也拒绝穿顾南丹给他买的衣服。顾南丹临走时用那个牛仔包把卫国湿透的衣服席卷而去，并留下一句话：你什么时候把我买的衣服穿上了，我就什么时候来看你。卫国说除非我能找回皮箱，除非我能参加招聘考试。顾南丹说那你就等着皮箱从天上掉下来吧。

一天晚上，正在弯腰捡火柴棍的卫国，听到房间里铃声大作。铃声是欢快的，他想这一定是一个好消息，也许是关于皮箱的。卫国扑到床头拿起话筒，电话却忙音。卫国耐心地等着，相信它还会响第二次。等了好久，电话没响，卫国后悔刚才因为捡火柴棍没能及时把脑袋从柜子后面退出来，因而耽误了接电话的时间。他看着手里的十几根火柴棍，想我再也不能捡火柴棍了，我这是玩物丧志。他把火柴棍丢进纸篓，也想把顾南丹遗忘在床头柜上的那把牙刷丢进纸篓。他举起缠满发丝的牙刷，电话铃再次响起来。他迅速抓起话筒，听到顾南丹说快下楼吧。下楼干什么？我带你去见一个人。我的衣服呢？你总不会让我赤身裸体去见人吧？我给你买的衣裳呢？我只穿自己的。下不下来由你，是关于考试的事情。听说是关于考试的事情，卫国手脚并用，把顾南丹买给他的衣裤从上到下一起往身上套，衣裤发出轻微的撕裂声。卫国一边穿一边往外跑，跑到走廊上，手还在拉裤子的拉链。

卫国看见顾南丹坐在一辆白色的本田轿车里。卫国走到车边，顾南丹伸手为他打开前门。顾南丹把卫国从上到下扫描一遍，说穿上我买的衣服，你并没有哪里不对劲。卫国说只是心里有点不习

惯，从小到大我都是自己买衣服，不到两岁，母亲就病死了，我对她没有一点儿记忆。顾南丹说这情有可原，我还以为碰上了一个不正常的。车子晃了两下，冲出迎宾馆，跑上马路。顾南丹从反光镜里观察卫国，发现他的一只手放在衬衣的风纪扣上，他把风纪扣扣上了又解开，解开了又扣上。卫国说你要带我到哪里去？

车子停在一幢住宿楼前，顾南丹叫卫国跟她一起上楼。卫国跟着她一步一步地往上走，走到三楼，顾南丹按了一下门铃。一颗秃顶的脑袋从门缝里探出来，对着顾南丹傻笑，说来啦。顾南丹说主任，我把人给你带来了。主任偏着头看顾南丹身后的卫国，看了一会儿，他关上门。当他再次把头探出来的时候，鼻梁上多了一副眼镜。他戴着眼镜看了一会儿卫国，说进来吧。

他们跟着主任穿过宽大的客厅，走过两扇木板包过的房门，进入第三个房间。卫国看见一位老太太睡在床上，眼睛闭着，上身光着，下身穿着一条宽大的花短裤，手里拿着一把扇子正在摇。主任说这是我老母亲，她特别怕热，但又不适应空调。卫国想她怕热和我有什么关系？顾南丹说你去接电话吧，这事就交给我们了，最好把伯母叫出去。主任用粤语叫他母亲。他母亲连眼皮都不抬一抬，嘴里嘟哝着。主任说她不愿出去，你们干吧，不会影响她的。主任走出房间，顺手把门关上。

顾南丹指指门角，说我们干吧。卫国看见门角摆着锤子、老虎钳、三角梯和一个装着吊扇的纸箱。卫国说原来你是叫我来干这个？顾南丹摆摆手，生怕惊动睡在床上的老太太。卫国用英语骂了一声狗屁，我是教授，不是装吊扇的，我根本就没装过吊扇。卫国想不到顾南丹竟然也会英语。她用英语说，我说你的证件掉了，能不能先考试，然后再回去补办证明。主任问我你是干什么的？我说你是物理系的教授，是学物理的。他说学物理好，我家里正需要装一台吊扇，你叫他给我装装。

尽管难看，甚至有可能还有口臭，卫国还是张大了惊讶的嘴巴，说你怎么会说英语？顾南丹说你以为光你会吗？卫国咂咂嘴，打开三角梯，拿着老虎钳爬上梯子，开始扭天花板上那根裸露出来的垂直的钢筋。他要先把这根钢筋扭弯，才能把吊扇吊到上面。但是这根钢筋很硬，卫国用老虎钳夹住它，用锤子敲打它，一心想把钢筋敲弯。汗水很快就浸湿了卫国的衣背，他敲打钢筋的速度愈来愈快，愈来愈有力量，像是在敲打自己的仇人。顾南丹手扶梯子，不断地提醒卫国慢点儿，小心点儿。由于钢筋弯得太慢，再加上顾南丹的不停唠叨，卫国变得有点儿烦躁，他已经把锤子敲到了天花板上，上面已敲出几个凹坑。顾南丹轻轻地叫道别把天花板敲烂了。卫国说想别敲烂就让他自己来，为什么不到街上去找一个民工？顾南丹说他害怕，有许多找民工的，后来家里都挨偷了。卫国说狗屎。卫国说"狗屎"的时候，铁锤从木把儿上脱离朝着老太太睡的方向飞去。锤子还在飞翔，卫国已经从梯子上滑下来，吓得双腿哆嗦，跌坐在地板上。顾南丹跟着锤子一起飞到老太太的床头，她看见铁锤落在离老太太枕头1厘米远的地方，差一点儿就砸到她的头部。

就在这么危险的关头，老太太也没有睁开眼睛，她摇扇子的手明显慢了下来，好像是已经睡着了。卫国说我干不了啦。顾南丹把脱手的锤子递给卫国。卫国说我装吊扇都请民工，凭什么要我帮他干？我从来没干过这活。顾南丹安好锤子，爬上三角梯，说你非得要我亲自干吗？顾南丹柔软的双臂举起来，铁锤朝着钢筋狠狠地砸过去，锤子没有砸着钢筋，却砸到了顾南丹的手指。一股鲜血从她的手指喷出来，她张开嘴巴，嘴巴像含了一只鸡蛋，但却没有发出声音，有痛不敢喊，尽量把自己的惊叫控制到最低。卫国说下来吧，谁叫你上去的。顾南丹咬咬牙，又举起锤子朝那根已经有些弯曲的钢筋砸过去。卫国把她从梯子上拉下来，在老太太的床头拿了一包纸巾，为她包手指，不停地往她的手指上吹风，想以此减轻她的疼痛。顾南丹说别吹了，它已经不痛了。卫国说谁叫你上去的？你是成心让我内疚，这一锤好像是我砸的。顾南丹说要干就上去，不干就走人。卫国说你好好坐着，我这就上去，不把它干好我就不下来。卫国提着锤子重新爬上三角梯，屋子里又响起了单调的敲打钢筋的声音。尽管敲打声很单调很响亮，但老太太并没有醒，她的扇子掉到床下，已经完全彻底地进入了梦乡。

一个小时以后卫国装好吊扇，他打开开关，闷热的屋子里突然灌进一股凉风。老太太终于睁开眼睛，这是她在卫国他们进入房间后，第一次睁开眼睛。她对他们说"先克由"。卫国以为她是在说粤语，但认真一听，才知道她是在用英语向他们说谢谢。卫国想难道老太太也会英语？卫国和顾南丹对望一眼，彼此都笑了。

主任推开门，仰头看看转动的电扇，说还是学物理好呀，小顾，明天你就去办准考证吧。顾南丹应了一声，向主任告辞，主任把他

们送到楼梯口，拍着卫国的肩膀说，你知道钦州港是谁最先倡导修建的吗？卫国摇摇头。主任说毛泽东，回去以后好好地复习一下，多了解这里的历史。卫国说好的。顾南丹说主任，我想问一问伯妈过去干什么的？主任说国民党的时候，她就是英语老师了。

18

带着一身劳动的臭汗，卫国钻进顾南丹的车子。他打开箱盖，把那些磁带翻了一遍，又低头看坐凳的底部，差不多把坐凳都撕开了。顾南丹说你找什么？卫国说白药有吗？顾南丹说没有。卫国说我的皮箱里就长期备有一瓶白药，如果它不丢掉，我就可以给你包扎伤口。顾南丹说我早把伤口给忘了，只不过砸破一点儿皮而已。我们去游泳吧。卫国说先去医院包扎你的手指。顾南丹说我的手指不用包扎。卫国说包扎。顾南丹说游泳。

在他们的争论声中，车子停到了一家桑拿健身中心门口。顾南丹说下去吧，里面可以游泳可以桑拿。卫国坐在车上不动。顾南丹推了他一把，说下去呀。卫国说你自己去吧。顾南丹说为什么？卫国说你不去包扎手指，我就不去游泳，你不包扎连我的手指都痛了起来。顾南丹说你不去，我可去了。卫国说去吧，我在车上等你。顾南丹提着泳衣，朝健身中心走去。卫国看见大门就像一个洞，把顾南丹一口吞了进去，但是立即又把顾南丹吐出来。她回到车上，狠狠地撞了一下车门，说你真固执。

医生捏着顾南丹的手指，说这么一点伤口包不包无所谓。卫国说怎么无所谓？如果感染呢？如果得了破伤风那会要命的。医生说你是她什么人？卫国说我是她家属。医生说那就包一包吧。卫国说我建议你还给她打一针。医生说不用了。卫国说怎么不用，如果得了破伤风怎么办？医生说那就打一针吧。顾南丹听医生这么一说，五官都扭曲了，她说我最怕打针，还是不打吧。卫国说怎么不打？打。医生把长长的针头对着顾南丹，顾南丹看见针头就哎哟哎哟地喊起来。医生说你喊什么，针头都还没有碰到你的屁股，你喊什么？顾南丹刚一停止喊叫，医生就把针头扎下去。顾南丹的眼睛鼻子嘴巴长久地凑到一块，卫国几乎认不出她了。

打完针，他们重新回到健身中心。顾南丹走路的姿势发生了翻天覆地的变化，重心总向刚打针的那半边屁股倾斜。由于刚刚包扎伤口,她不敢游泳,戴着一副墨镜,要了一瓶饮料,坐在泳池旁的一张桌子边看卫国游。卫国的身体很结实,胸前那一撮毛尤其显眼。泳池里有许多人,他们有的游得很专业。卫国只会狗刨式,于是在泳池里拼命地刨着。他刨一会,就看一眼顾南丹。卫国发现在离顾南丹的不远处坐着一位头发花白的妇女,她的手里拿着一副望远镜。她不时地把望远镜放到眼睛上,对着卫国看。卫国从泳池里跳上来,对着老太太骂了一句英语。

在顾南丹开车送卫国回宾馆的途中,顾南丹的拷机响了两次。顾南丹说我爸爸拷我,我得赶快回去。她飞快地调转车头,叫卫国自己打的回宾馆。卫国说我跟你一块回去。顾南丹说那怎么可能?没经过爸爸妈妈的同意,我根本不敢带人回家。卫国说你那么怕你爸爸?顾南丹说怎么会不怕?我怕死我爸爸了。她打开车门示意卫国下车。卫国把车门拉回来,想吻一吻顾南丹。顾南丹躲过卫国的吻。卫国钻出车子,头在车门框碰了一下。他想又不是没吻过。

19

面向全国招聘20名处级干部的考场,设在市一中新起的教学楼里。顾南丹开车把卫国送到一中门口。卫国看见考场外站满了考试的人群,他们三五成群,有的人手里还拿着复习资料。一股由无数细小的声音组成的巨大声音,从他们的头顶轰轰烈烈地往上飞,好多人的脸上提前挂上了处级干部的表情。卫国说我有点儿紧张。顾南丹从包里掏出一支钢笔递给卫国,说希望你能考上。我爸爸说了,只要考上他就见你。卫国说考不上呢?顾南丹说就不见你。卫国说你这样一说,我就更紧张了。顾南丹说爸爸说毛泽东没有倡导过修建钦州港,最先倡导修建钦州港的是孙中山。卫国赖在车上不下去,他说我怕考不上。顾南丹把卫国推下车,推着他朝考场的方向走,说你怎么会考不上呢?

顾南丹就这么推着卫国往前走,就像做游戏的孩童,她只管埋头推着,前边的路交给卫国指引。好多考生都扭头看着他们。卫国说别这样,他们在笑话我们。卫国这么一说,顾南丹突然大笑不止。她的笑声很清脆,就像我们所有文学作品里比喻的那样,简直就是银铃般的笑声。她的笑声划破了考生们头顶严肃认真的气氛。但是考试的哨声没有让她的笑声延长,哨声打断了她活泼可爱的笑。

顾南丹混杂在校门外等待的人群中,等待者们都心情复杂野心勃勃。她们大都是女性,大都是考场里男人们的妻子。校园有限的铁门把这群充满无限欲望的妇女挡在外面。她们站在铁门外默默地祈求自己的丈夫官运亨通。很快从考场里出来一副担架,第一个昏倒在考场里的考生被抬出来,人群发生了骚乱。一看见担架,顾南丹先哭了起来。她率先冲出人群,扑到担架上,叫卫国呀卫国。哭了几声之后,她才看清躺在担架上的人不姓卫。她收住眼泪,很抒情地站起来回头望着比她慢半拍的人群。她们像一股洪水涌向担架,每个人的嘴里呼喊一个名字。

一阵混乱之后,人群纷纷散开,最终只有一个哭声留下来。这个声音这样哭道:你怎么这么不争气呀,你怎么昏倒了呀?你昏倒了孩子怎么上重点中学呀?我们怎么住上三室一厅呀?我们春节回家怎么会有小车坐呀?你昏倒了我们的钱不是白花了呀?我们哪里还有脸回东北呀!顾南丹想不到这一场考试会和这位少妇哭出来的这么多事情有关,她突然感到身上发冷,木然地站在人群中。

卫国几乎是垂头丧气地走出考场的,他在试卷上看到了那道题目:最先倡导修建钦州港的人是谁?卫国为这个题目浪费了整整11分钟。让我们来呈现一下卫国的11分钟吧:从感情上讲,他愿意相信最先的倡导者是孙中山,这种相信缘于他对顾南丹的相信,尽管他没有查过资料。但是那个秃头主任说是毛泽东,不能不说有一定的道理,在相当长一段时间里,我们都是毛泽东说了算。他说了那么多话,难道就不会不小心说到修建钦州港吗?哪怕是漏嘴。再说主任也有可能看到我这张试卷,那会产生什么样的结果?当主任看到这张试卷和他的答案不一致的时候,他会怎么想?他一定会心潮澎湃。他会想姓卫的这小子,竟敢不听我的。不听我的你听谁的?卫国想既然会产生这么一些后果,那我为什么不填毛泽东呢?他在经过11分钟激烈的思想斗争后,终于写上了毛泽东三个大字。写上这几个字,他的心就乱了,他不敢保证他的答案就一定正确。

铁门外是黑压压的人群,卫国没有看见顾南丹。他看见许许多多只少妇白皙的手从铁门的空隙伸进来,她们的头快挤扁了。她们的手里拿着面包、健脑液、心血康、毛巾和清凉饮料。卫国从那些混乱的手臂中,接过一瓶清凉饮料慢慢地喝着。等他把这瓶饮料喝完,人群基本散尽,被困在人群中的顾南丹随着人群的分流,形象渐渐地鲜明,她一下就撞到了卫国的眼睛上。顾南丹说考得怎样?

卫国说没有把握，如果皮箱不掉，我会考得更好一些。顾南丹说为什么？卫国说皮箱里有几本复习资料，今天考卷上的题目大部分都在上面，我原本想到北海后认真复习复习，谁想到它会丢失。顾南丹说快把你的烂皮箱忘掉吧，新生活就要开始了。

20

一直都没有考试的消息，顾南丹连一个电话也不打来。等待中的卫国除了看电视还是看电视，他下定决心不先给顾南丹打电话。这样过了十几天，顾南丹提着一套新买的夏装来到宾馆，命令卫国赶快换上。卫国说是不是我考上了？顾南丹从挎包里拿出一瓶摩丝喷到卫国的头上，为他定了一个发型。卫国说你到底要干什么？顾南丹的手里出现一把自动剃须刀，剃须刀像掘进机那样哗哗哗地转动着，向卫国的下巴靠近。卫国夺过剃须刀，说你不告诉我为什么，我就不剃胡须。顾南丹说我爸爸要见你。卫国说我考上啦？顾南丹点点头。卫国把剃须刀戳到下巴上，屋子里响起一串铺张浪费的声音。

一幢一幢的小楼晃过卫国的眼前，卫国说是不是这幢？顾南丹说不是。卫国说一定是这幢？顾南丹说不是。卫国说那我就不猜了。卫国一不猜，车就突然刹住。卫国的头撞到车玻璃上。顾南丹说到了。卫国跟着顾南丹往一幢门前栽着紫荆花的楼房走去，他的目光跨越顾南丹的肩膀，看见一位头发花白的大妈和一位腰间系着围裙的姑娘站在门口，她们用力拍打双手，欢迎卫国的到来。卫国觉得这位大妈十分面熟，但一时又想不起在哪里见过。顾南丹指着大妈说，这是我妈妈。大妈进一步地微笑，脸上的皱纹堆得更多，表情更为慈祥。她说小伙子，你的身体很结实，我很满意。卫国说你是说我吗？大妈不说你说谁呀？卫国说你怎么知道我的身体很结实？大妈说知道知道，我连你的汗毛都看清楚了。卫国奇怪地看着顾南丹，怎么也想不起在哪里见过这位大妈。他把童年生活过的地方想了一遍，把父亲的同事想了一遍，把自己的亲戚和朋友都想一遍，还是没有想起这位大妈。卫国说大妈，我好像在哪里见过你。大妈说见过见过，在游泳池见过。卫国的脑袋像被谁敲了一下。他终于明白，在游泳池里拿着望远镜盯住自己不放的人，就是顾南丹的妈妈。卫国想你们把我当成什么了？

卫国渴望离开这里，他的屁股脱离沙发，他的脚步走出门口，很快他的身体就晃动在夏天火花飞溅的阳光下。在卫国离去不久，二楼就传来顾南丹的喊声。顾南丹喊上来吧，卫国，我爸爸要见你。顾南丹喊了几声，楼下没有反应，便咚咚咚地从楼上跑下来，客厅里空空荡荡，只留下卫国的口臭。顾南丹想这么说，他还没有走多久。她扑向门框朝门外张望，门外是一堆浓烈的色彩，那些过往的行人和车辆像曝光过度的胶片，一团一团模模糊糊。她坚持看了一会儿，马路上的人物慢慢清晰可辨，事物逐步恢复原貌，但是卫国不在她的视线里。她开车朝宾馆的那条路追去，希望能把卫国追回来。

顾南丹把从她家到宾馆的马路搜索了一遍，没有发现卫国的身影。她跑上楼，叫服务员打开卫国的房间，也没有看见卫国。她想也许他走的是另一条道路，也许他迷路了。她调转车头，到另一条道路上寻找卫国。她来来回回地找了一个多小时，没有发现卫国的踪影。她想与其这样找下去，还不如守株待兔。她坐在自家的门槛上，两只脚摇晃着，眼睛盯住门前的马路。

离开顾家以后，卫国在马路上逛了一会，就回到宾馆睡觉。但是躺到床铺上，他怎么也睡不着。他想这是顾南丹开的房间，如果离开顾南丹，自己能不能在这个城市混下去呢？他决定考验一下自己。他爬下床先把电话线拔掉，然后睡到地毯上。床铺是顾南丹的，地毯不是顾南丹的。卫国很快就睡着了。一觉醒来，他听到肚子里发出一串古怪的叫声。他想饿了也不吃嗟来之食。他决定不再吃顾南丹的盒饭。卫国在饥饿中又迷迷糊糊地睡去，不知过了多久，他被肚子里的疼痛弄醒。现在他的肚子在痛，他的口水在流，心脏在剧烈地跳动。他感到如果再不进食，自己就要饿死了。他抓起话筒用一种近乎哀求的口吻说，服务员请送一份盒饭，越快越好。

21

卫国跟着顾南丹往楼上走，他每往上走一步肩上就重50公斤。他用双手托住栏杆，一步一步把自己拉上去。二楼有好几间房，还有一条长长的走廊和一个卫生间。卫国听到第三间房里传出一声断喝：口令。顾南丹说：黄河。里面说：进来。卫国和顾南丹走进房间。卫国看见顾南丹的爸爸顾大局躺在床上，他的枕边放着搪瓷茶盅和药片。卫国怎么也想不到顾南丹爸爸会是这么一副模样,由于坐骨神经有毛病,他几乎不能起床,加上心脏不好,生命随时都处在危险之中。他的眼睛频繁地眨动,眨了一会儿说是你,想做我的女婿?卫国说是。他突然从枕头底下摸出一把手枪,指着卫国。顾南丹挡在卫国的前面,说爸爸,你不能这样。他说要做我的女婿,就必须过这一关。顾南丹急得哭了起来,她说爸爸,你能不能不这样?你能不能对他特殊一点?我的年纪不小了,女儿给你跪下了。

卫国听到吧嗒一声,顾南丹双膝落地,头发从头部散落垂到地板。顾大局拿枪的手微微抖动,另一只手捂着胸口,说你再不滚开,我的心脏病就发作了,我就要死去了,你难道要落一个不孝的骂名吗?卫国说他要干什么?顾南丹说他要你头上顶着碗,让他射击。卫国看见门边的书桌上放着一摞瓷碗,地板上散落几块瓷片。他的脊背一阵凉,身上起了一层鸡皮疙瘩。卫国说为什么?为什么要这样?卫国一边说一边往后退。顾大局说站住。卫国没有站住,他跑到楼下,在客厅里站了好久才把气喘出来。

大妈说小卫,不要害怕,其实他的心眼儿一点儿也不坏。如果他心眼儿坏,我会嫁给他吗?他只是有一点业余爱好,像现在有的人喜欢钓鱼,有的人喜欢打太极拳,只不过各人的爱好不同罢了。我们都是南下干部,他喜欢射击,枪法没得说的。大妈拍拍胸膛,像是为卫国担保。他不会成心害你,只是想找一个他信得过的女婿,可是茫茫人海,没有一个人相信他的枪法,因此他也找不到一个让他相信的人。如果你相信他,你就勇敢地走上去,顶着一个瓷碗站在他面前。也许只要你一顶碗,他就相信你了,他就不射击了,也许他的枪里根本没有子弹,或者它本身就是一支玩具枪。卫国说他的枪里有没有子弹,你不知道吗?大妈摇摇头说不知道。那是他的老战友送给他的,他们就像一群玩皮的孩童,想干什么就干什么,没有谁管得住他们。卫国说万一枪里真有子弹怎么办?大妈说不会的。大妈开始把卫国往楼上推,这个动作与顾南丹何其相似。卫国说我怕。大妈说怕什么?你难道没有听到南丹一直在上面哭吗?卫国听了一会儿,顾南丹呜呜的哭声从楼上传下来。卫国说大妈,他的枪里真的没有子弹吗?大妈说没有。卫国说可是,我还是害怕,我没法完成你交给我的这个任务。说这话时,卫国仿佛看见顾大局提着枪追下楼来,他挣脱大妈正在推他的双手,扑出顾家的门框,朝着一条小巷飞奔。很快他就到达一条陌生的大街。

22

顾大局说南丹,你交的朋友怎么都是胆小鬼,他们不值得你信任。顾南丹说谁不怕你的枪打到他们的脑袋上?顾大局哈哈大笑,怎么可能?枪里面根本没有子弹。顾大局把枪拆成几块,里面真的没有子弹。顾南丹说能不能叫他重来?顾大局说不,我已经不想见他了。这样的男人,靠不住。顾南丹说他是知识分子,一见枪就怕。顾大局说你最好不要跟这样的人来往。顾南丹说你是想让你的女儿嫁不出去吗?顾大局说我的女儿会嫁不出去吗?顾南丹说这已经是第三次了,你已经赶跑了我的三个男朋友。顾大局把拆散的手枪一块一块地丢进床前的垃圾桶,说连卫国算在一起,你一共带来了四个男朋友,我原以为总会有一个不怕死的,顶着瓷碗站在我的面前。但是没有,没有一个人相信我的枪法,要找一个相信我而又让我相信的人,实在是太难了。既然找不到,我也不能强求,从今天起,我再也不管你的爱情。你自由了。

顾南丹来到宾馆,说卫国,我们结婚吧。卫国突然抱住顾南丹,把她摔在床上,说我们现在就结。顾南丹朝卫国的脸上狠狠地扇了一巴掌,说你把我当什么人了?哪有这样结婚的?想结婚,就赶快回西安去把各种证明要来,包括结婚证明。我连你叫不叫卫国都还不清楚,怎么就这样跟你结婚?卫国说西安我是不会回去的。顾南丹说那你还想不想结婚?想。想你为什么不回去?

卫国在地毯上走了几圈,指着自己的眼睛问顾南丹,这是什么?顾南丹说眼睛。卫国指指自己的鼻子,这呢?顾南丹说鼻子。卫国的手在他的脸上张牙舞爪,说这对眼睛,这个鼻子,这个嘴巴,这两个耳朵都不假吧?它们组成的这一张脸就摆在你的面前,你干吗要在乎他叫不叫卫国?难道叫张三,这张脸就会改变吗?顾南丹说谁知道你是不是一个好人?犯没犯过错误?结没结过婚?卫国说如果我的皮箱不掉,就能证明我是卫国,是一个教授,那里面还有一张未婚证明。顾南丹说我凭什么相信你的皮箱?卫国拍打胸膛,我可以对天发誓。如果我说半句假话,就得癌症,就患心脏病,就感染艾滋病,就被车撞死。顾南丹说你发多少誓,都不比你回一趟西安,况且人事局也要你回去拿证明。卫国说大不了我不做处长。顾南丹说那你来这里干什么?

卫国无话可说。顾南丹抓起床上的一张报纸，她看了一会儿，从床上站起来，指着报纸上的一整版人头说，你为什么怕回西安？是不是在西安杀人了？这报纸上登了一整版公安厅缉捕的在逃人员头像，我看上面没有一个长得像你。你干吗害怕回去？卫国夺过报纸，看见报纸上那些被通缉的逃犯，大多数是杀人，少部分是贩毒和抢劫。卫国把50多个在逃犯的基本情况看完后，戳了戳报纸，说我怎么比得上他们，简直是小巫见大巫。我只不过是吻了一下女学生，学校就要处分我。

原来你是一个流氓，顾南丹发出一声刺耳的尖叫，我怎么瞎了眼呢？她朝房门奔去，卫国拦住她，你听我解释。我不是有意的，是朋友把我灌醉以后吻的。顾南丹推了卫国一把，卫国跌到地毯上。还没等卫国爬起来，顾南丹已经冲出房门，狠狠地摔上门。卫国想我都对她说了些什么？我干吗要对她说这些？她又不是公安局的，其实我完全可以不说。

23

卫国坐在马路的对面，看着顾南丹家的楼房。房门紧闭，那个白色的门铃按钮，在阳光的照射下闪闪发光。卫国估计门铃离地面大约一米五五。随着太阳的西沉，阳光慢慢地往上翘，它从门铃处翘到了顾家的二楼。一辆轮椅从顾大局的房间里推出来，坐在上面的是顾大局，推着轮椅的是顾南丹。顾南丹把轮椅从走廊的这头推到那头，阳光照得他们红彤彤的。卫国对着二楼招手，顾南丹没有看见卫国。卫国按了几下门铃。顾南丹把头从走廊伸出来，像是看到了什么不堪忍受的事物，只看了一下就飞快地缩回去。尽管卫国把门铃按坏了，门却始终没有打开。

她不打开，我就把门拍开。卫国开始拍门，他把门拍得很响。过往的行人停下来看他，看的人越多，他拍得越得意。他甚至拍出了音乐的节奏。顾南丹像一颗子弹从门里冲出来，卫国闪到一边。在惯性的作用下，顾南丹一直往前冲。卫国紧跟着她的步伐。顾南丹冲进轿车。卫国也跟着钻进轿车。轿车驶入马路，顾南丹的脸板着，眼睛只盯着前面宽阔的马路。卫国伸长脖子看了一下速度显示器，那上面已显示到了一百迈。卫国想这还了得。他以轿车现在的速度，飞快地系上安全带。卫国说你疯啦？顾南丹不但不听，反而

轰了一下油门，轿车已经飞起来了。卫国抓着扶手的手心，出了许多细汗。

到了郊外，车子拐上一条黄泥小路，进入一处较为僻静的地方，速度明显地慢了下来。卫国于是有了说话的机会。他说我是真的醉了，才那样的。他们不相信我，我才离开他们。如果你再不相信我，那就没有人相信我了。其实，我并不爱她，我是喝酒醉了一时冲动；其实现在我很恨她，如果不是因为她，我的皮箱也不会掉；其实我还有点感激她，如果不是因为她，我不会认识你。卫国发现顾南丹的脸上出现了松动的迹象。春天来了，冰封的土地就要解冻了，顾南丹的话正在发芽，过不了多久，它就会从嘴里冒出来。

轿车停在僻静的海滩上，顾南丹的裙子滑下去，露出她穿泳装的身体。她活动一下四肢，摔上车门走向大海。卫国看见傍晚的霞光几乎全部聚焦到她苗条的身体上，白色的皮肤像镀了一层金，通体金光闪闪。这是顾南丹第一次在卫国的面前大面积地暴露。卫国的底下膨胀起来。但是顾南丹没有说话，他不敢冒犯，也没有游泳的心情。他看着顾南丹游向大海深处。海浪摇晃着，把那颗浮在水面的人头愈摇愈远，直到彻底地消失。在那颗人头与卫国的眼睛之间，仿佛有一根线牵着。人头愈远他的眼睛睁得愈大。他的眼睛在海面搜索，顾南丹不见了，只见愈涌愈高的海浪。卫国沿着海水线跑动，对着稀里哗啦的海面喊顾南丹的名字。他喊得嗓子都哑了，还没有看见他喊的人。天色加紧淡下去，紧张浮上卫国的心头。他脱下衣裳，只穿着那条松松垮垮的裤衩跑进海里。海水淹到他的脖子，对于一个只会狗刨式的他来说，再往前迈进一步，都会出现危险。他让海水淹着脖子，继续对着海面喊顾南丹。他每喊一次，都有咸咸的海水冲进嘴巴。海水打在他的牙齿上，在他的口腔卷起千堆雪，然后再吐出来。他在潮涨潮落的间隙接着喊。但是他的喊声被海浪声淹没，无声无息。

一颗人头从卫国的眼皮底下冒起来，带起一堆白花花的海水。这堆海水扑到卫国的身上。卫国连一声惊讶都来不及表达，顾南丹已经把他紧紧搂住。他们的嘴巴咬在一起。海浪打过他们的头顶，试图分开他们的嘴巴，但是我自岿然不动。太阳从他们的嘴巴落下去，海滩进一步昏暗。他们回到岸上，打开车灯，两根灯柱横在海面。他们坐在灯柱里的影子投入水面，被海水扭曲。顾南丹说如果你实在不愿意回西安，那你就骂她几句，这样也许我还能接受。卫

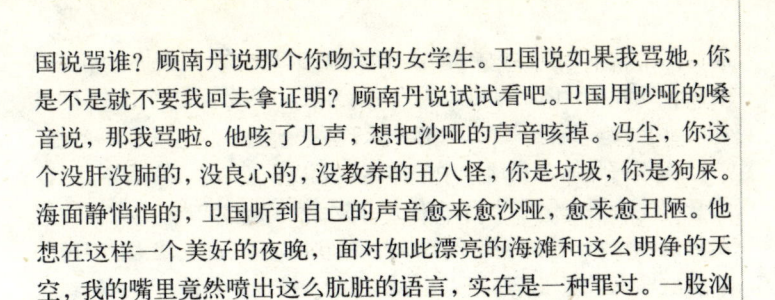

国说骂谁？顾南丹说那个你吻过的女学生。卫国说如果我骂她，你是不是就不要我回去拿证明？顾南丹说试试看吧。卫国用吵哑的嗓音说，那我骂啦。他咳了几声，想把沙哑的声音咳掉。冯尘，你这个没肝没肺的，没良心的，没教养的丑八怪，你是垃圾，你是狗屎。海面静悄悄的，卫国听到自己的声音愈来愈沙哑，愈来愈丑陋。他想在这样一个美好的夜晚，面对如此漂亮的海滩和这么明净的天空，我的嘴里竟然喷出这么肮脏的语言，实在是一种罪过。一股汹涌澎湃的想念冲击他的胸口，他对着西北的方向想冯尘。

　　骂呀，为什么不骂？心疼她了是不是？顾南丹被沉默激怒，对着卫国咆哮。卫国说我的嗓子哑了。顾南丹说你的嗓子怎么就哑了？卫国说哑了就哑了。顾南丹说刚才在车上你的嗓子还是好好的，要你骂她的时候怎么就哑了？哑了，也要骂，骂她丑八怪。她是丑八怪吗？卫国想她其实一点儿也不丑，比你长得还漂亮。但是这是真话，现在这个年代里谁还敢说真话？卫国感到皮肤有一点儿紧，海水在身上结了一层盐，自己变成了一堆咸肉，所有的感觉都离他而去。顾南丹步步紧逼，她有我漂亮吗？说呀，她的脸上有没有青春痘？她家是不是农村的？难道她的身材会苗条？如果她真爱你，怎么会让你去吻她，而不是她主动把吻送到你的宿舍？这样的女人居心叵测，心地肯定不会善良。说呀，是不是这样？她是不是长得比我丑？你哑巴了吗？为什么不说话？你不说就证明我比她漂亮，就证明你不敢面对这样的事实。你不说，就回西安去。顾南丹从沙滩上爬起来钻进轿车。卫国仍然坐在灯柱里。顾南丹按了一声喇叭。卫国没有动。顾南丹不停地按喇叭，海滩上回荡着喇叭的响声。卫国被喇叭的狂轰滥炸弄烦了，他带着满身沙子钻进轿车。卫国说你说过只要我骂她，就不让我回去拿证明，现在我骂了，你又叫我回去。顾南丹说回不回去由你，反正我不可能跟一个没有任何证明的人结婚。

24

　　张唐把卫国约到海边的一只船上吃海鲜，他说离开车的时间还有4个小时，你可以放心地吃。卫国已经记不起张唐了，他说你是谁？为什么要请我吃海鲜？张唐说我们在火车站见过。卫国一拍脑门说想起来了，你是顾南丹的表哥，一看见你我就想起那只亲爱皮

箱。你让我伤感不已。张唐用一种羡慕的口吻说,只要你回西安把有关证明办来,你就有可能成为处级干部,成为我的表妹夫,如果你的那只皮箱不掉,怎么会有今天?

海面好像有意在这个中午休息,波浪不兴,出奇的平静,一位赤身裸体的男人躺在水面,摆出一副永不下沉的架式,远处过往的船只偶尔拉响汽笛,海鲜的香味扑鼻而来。只一会儿工夫,卫国的面前就堆满了螃蟹壳、虾壳,他的手上、嘴上全是油。张唐笑眯眯地看着他,说放开吃吧,一回西安你就吃不上这么好的海鲜了。卫国打了一个饱嗝,又剥了一只虾。他把剥好的虾放进嘴里嚼了一阵,怎么也咽不下去,现在他才发现食物已经填满了他的胃,也填满了他的食道。他问张唐洗手间在什么地方?张唐朝旁边指指。卫国抱着肚皮想站起来,但是他站了几次都没能站起来。他饱得连站起来都困难了。张唐说要不要我扶你一把?卫国咬咬牙,说不用,自己的事情最好是自己解决。他憋足一口气,慢慢地站起来,朝卫生间走去。

从卫生间出来的卫国,已经把工作的重点从吃转移到说话上。他说现在我跟你说实话吧,反正海鲜已经吃了,不听你的意见,你也不会叫我把海鲜吐出来。西安我是不能回去的,你想想他们会给一个差一点儿就犯强奸罪的人,开出什么好的鉴定吗?他们不仅不给我开什么鉴定,还等着处分我。我这一回去不是自投罗网吗?该交待的我已经全部交待了,可是你表妹,她非要我拿出什么证明来。我就是我,为什么非要证明?请你转告她,无论如何,将来我一定报答她。

卫国起身向张唐告辞。张唐对着正在离去的卫国说回来。卫国没有听张唐的,他径直走下船,朝滨海路走去。张唐追上卫国,一把揪住他的衣领,说想逃跑,没有那么容易。张唐把卫国揪上一辆的士,送他到火车站,强迫他坐在候车室里。张唐坐在他的旁边,一直陪着他。卫国说我能不能给你表妹打个电话?张唐横眉冷对,说别想耍花招了,我表妹说如果你不把有关证明办来,她再也不见你。

进站的时间到了,张唐把卫国推到检票口,看着卫国检了车票,从进站口走出这个城市,才放心地回过头。张唐想他像大便一样从这个出口,被这个城市排泄掉了。而他万万没有想到卫国拿着这张北上的火车票,退给了一位只买到硬座的老乡。卫国怀揣600

元钱心情舒畅了许多,全身上下没有一处不自信。他昂头走出车站,仿佛旧地重游,往事历历在目。他沿着他来时的路线,走进车站派出所。

25

　　杜质新仍然坐在原来的位置上。卫国说有我皮箱的消息吗?杜质新好奇地看着眼前的这个人,说什么皮箱?卫国说在火车上丢掉的一只皮箱。杜质新说我这里报失的皮箱差不多有100多只,我不知道你说的是哪只?卫国说是一只欧式皮箱,正方形的,棕色,两把密码锁,里面装有3万块钱,3套名牌时装,我的身份证,获奖证书,教授资格证,两本复习资料,5篇论文和1瓶云南白药,一张未婚证明,一本政协委员证。杜质新说是不是你父亲留苏时买的?你父亲参加过新中国的第一颗原子弹爆炸实验。卫国说是,就是那只,里面还装有当时原子弹爆炸时的一些数据和核爆炸的密码,外加一封遗书。杜质新翻开笔记本,说两天前,有一个女士来问过。这样的皮箱一般很难找回来,主要是里面的现金太多。

　　卫国打一个饱嗝,满屋飘荡着虾蟹的味道。杜质新抽抽鼻子,说你的生活过得不错嘛。卫国说马马虎虎,你能不能再想想办法?如果能够把它找回来,我愿意把三分之一的现金分给你,或者现在我就先请你吃一顿。杜质新吞了几下口水,喉结滑动着。卫国从口袋里掏出一百元钱,递给杜质新,说你拿去买一条烟抽。杜质新说我还是没有把握。卫国又掏出一百元叠在原先的一百元上,说我再加一百,但是你必须帮我找到皮箱。杜质新把卫国伸过来的手推回去,嘴里发出一声冷笑,说怎么可能呢?你可以进来看一看。

　　杜质新带着卫国来到派出所的里间,里间的屋角摆着一大摞沾满灰尘的皮箱,有几只皮箱的锁头已经撬烂。杜质新指着那堆皮箱说,这些都是我们找回来的,可惜没有你那只。但是找回来又有什么用?它们只是一个空箱子,里面的东西全没了。有的乘客听说是一个空箱子,连领都不来领。他们来领皮箱的路费可以买到好几只新皮箱,干吗要来领呢?卫国的脸刷地白了,他的目光在皮箱上匆忙地扫了一遍,身体像被谁抽去了骨头,突然软下来,跌坐在旁边的一张条凳上。他说杜警察,千万别让小偷把我的皮箱给撬开。

　　在派出所坐了一会儿,卫国回到宾馆。他拨通顾南丹的手机。

一股愤怒从话筒里隐隐传来。顾南丹说你怎么还没走？你不走就不要再来烦我。手机挂断了。卫国再拨，顾南丹已经关掉了手机。卫国接着拨顾南丹家里的电话。接电话的是大妈。大妈说你找谁？卫国说找南丹。大妈说你是谁？卫国说卫国。话筒里传来大妈对南丹的呼唤。大妈一共呼唤了三声，然后对着话筒说南丹说了，你不回去，就再不见你，我们全家都不欢迎你。卫国放下电话，打算离开他住了一个多月的房间。这个房间里有顾南丹的声音和气味。现在它们还在墙壁上飘来飘去。他想从此这里的一切将和我断绝关系。

26

　　卫国在市郊找到一间地下室，那里的住宿费每天10元。由于没有任何证明，房东要他一次性交完一个月的房钱。现在他身上还剩下300元，他计划每天吃两份盒饭，每份盒饭5元，如果计划不被打乱，他在这个陌生的城市里至少还可以呆上30天。也就是说在这30天内，卫国必须找到一份工作，否则他将变成乞丐或者饿死。
　　卫国是从北部湾大道东路开始寻找工作的，他准备一家一家地找下去，就像摸奖一样摸到哪家算哪家。第一家是紫罗兰书店，在走进书店之前他做了一次深呼吸，算是自己给自己打气。书店里只有几个顾客，卫国一走进去，就有两位小姐抱着一大堆书向他推销。他说我不买书，我找你们经理。一位站在柜台后面的中年男人说，我就是经理。卫国走到经理面前，问他还要不要人？经理摇摇头，说不要。这时，卫国感到书店里的所有人都在看他，他的脊梁骨一阵麻。他回头看看身后，装模作样地翻了几本书，最后买了一本《怎样培养你的口才》。
　　夹着《怎样培养你的口才》跑出书店，卫国紧接着走进旁边的宏源房地产公司。公司销售部主任跷着二郎腿坐在一张软椅上，嘴里叼着一支香烟。他喷一口烟雾说一句话，就像吃一口菜又吃一口饭。卫国想如果没有香烟，他是说不出话的。他说人嘛，我们是要的，但是我们没有工资，你每卖出1平方米土地，我们就给你20元工资，如果你一天能卖出1亩，那么很快就会成为富翁。卫国说这个我可以试一试。主任说那你就到汪小姐那里办个手续。
　　主任回头叫小汪，坐在主任身后第四个格子里的小姐哎了一声，并抬头朝卫国招手。卫国想在这个城市里，找一份工作其实没是他没有回头。他突然感到潘相的骂声是那么贴切,那么解恨,那么亲切。我是骗子吗?我是神经病吗?我是卫国吗?天底下还有没有不要证明,不要考核的地方?卫国对着空荡荡的前方喊道:我叫卫国,男,现年28岁,未婚,副教授。卫国反复地背诵这几句,不断地提醒自己,可别把自己给忘记了。

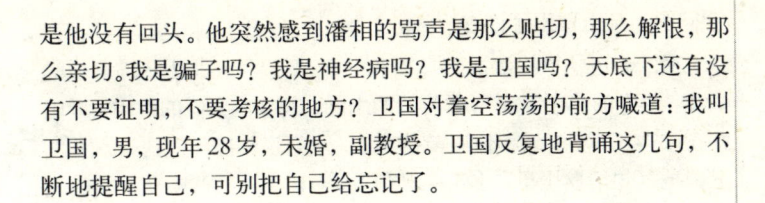

28

卫国斜躺在床上翻看《怎样培养你的口才》,突然听到楼上发出一阵响声。响声由小到大,由慢到快,像是床头撞击墙壁的声音,富于节奏很有规律。卫国用晾衣竿敲打天花板,上面的声音立即中断,但是它只中断了一会儿,又更猛烈地响起来。它的声音是这样响的:嗒—嗒—嗒—嗒—嗒嗒嗒嗒嗒嗒嗒—嗒。

第二天晚上,这种有规律的声音继续响起来,并伴随女人的轻声叫唤。卫国用晾衣竿狠狠地戳了几下天花板,声音不但不停止,反而响得更嚣张。好在这种声音极其短暂,卫国也就不再计较。到了第三天晚上,声音该响的时候没有响起来,卫国感到有点儿失落,他用晾衣竿戳了一下天花板,楼板颤了一下,上面传来一阵跺脚声。卫国戳一下天花板,楼上就跺一次脚。卫国爬下床沿着木板楼梯爬上二楼,敲了敲那扇紧闭的房门。门板哗啦一声拉开,房间的灯光全部落在卫国的身上,他沐浴在刺眼的灯光里。

一位穿着紧身衣的小姐做了一个请的手势,卫国走进房间,揉揉眼睛,小姐清楚而又真实地呈现在他眼前。她的身材高挑,两条腿直得可以用于建筑,乳房像是某个夸张的画家画上去的,牙齿和脸蛋都很白,部分头发染黄。卫国说刚才跺脚的是你?小姐说是。卫国说你的床是不是有点儿摇晃?小姐的脸顿时红了。卫国想她的脸竟然还会红。卫国走到床边,摇摇床铺说我帮你看看。卫国低下头检查床铺的接口,发现有一颗螺帽松了。卫国说小姐,有没有扳手?小姐翻身躺到床上,故意摇晃着床铺,说你不觉得有点儿响声更刺激吗?卫国扑到小姐身上,说我想跟你睡觉。小姐嗯了一声,要钱的。卫国说多少钱?小姐说500。卫国说能不能少一点儿?小姐说如果你不长得这么帅这么年轻,500我都不会干,这已经是打八折了。卫国说我听说别人只要300。小姐说你看是什么人,你看看她是什么档次,然后你再看看我。卫国说不就500吗?说好了500。

小姐开始脱衣服，卫国摸摸口袋，口袋里还剩下30元钱。但是卫国的心思已像脱缰的野马离弦的箭，一股强大的力量蹿遍他的全身。脱光的小姐就像白雪覆盖的山脉，或者白象似的群山。卫国站在床边，还不太敢相信眼前的事实。小姐说你能不能快一点儿？卫国被这句话燃烧了。他朝小姐刺去，一声尖厉的叫唤从小姐的嘴里飞出。卫国听到他在楼下听到的有节奏的嗒嗒声，只是他制造的声音更持久更嘹亮。小姐的身体一直很平静，一动不动，眼睛望着天花板，脑子像在想别的事情。嗒嗒声愈来愈猛烈愈来愈紧密，小姐嗯了一声，嗯一声，像一个气泡。嗯两声，两个气泡。平静的湖面冒出无数个气泡，气泡愈来愈大，小姐再也控制不住，她的身体开始扭动。卫国看见群山倒塌，白雪消融。

完事后，卫国把衬衣口袋和裤子口袋都翻出来，说我就这30元钱，骗你是狗娘养的。小姐说你怎么能够这样？你为什么要这样？卫国低头不语。小姐拍了一掌卫国的膀子，说不可能，绝对不可能，你不可能才有30块钱。卫国说怎么不可能？如果我的皮箱不掉，我会有3万多元，等找到皮箱，连本带息一起还你。小姐在卫国的口袋里掏了一阵，只掏出一张潘相的名片。小姐说你把钱留在房间里了。卫国说如果我有钱我会住地下室吗？不信你可以跟我到下面去。小姐夺过卫国手上的30元钱。卫国想现在我是真正的身无分文了，从明天开始我就没有饭吃了。

小姐跟着卫国走出房间，说有那么严重吗？卫国推开地下室的门，一股霉味扑面而来，小姐用手掌扇扇鼻尖，但是那是一股固执的气味，怎么扇也扇不掉。卫国说连一个坐的地方都没有，你就坐床吧。小姐坐到床上，眼睛在房间里扫荡。她翻开卫国的枕头和席子，掏了卫国另外一件衬衣口袋，没有掏到任何东西。她说你是干什么的？卫国说了一遍自己的遭遇。小姐把手里的30元钱还给卫国，说你拿着吧。卫国接过30元钱，说这怎么行呢？你已经劳动了。小姐说就算是借给你吧，什么时候有钱了再还我。记住，你还欠500元。卫国说我一定还你，明天我就去找一份工作，把钱还给你。小姐走出地下室，回头问你叫什么名字？卫国。你呢？刘秧。

29

第二天早晨，卫国拉开地下室的门，发现门拉手上挂着一个塑料袋,塑料袋里装着三个大馒头。卫国把脸伸到袋子里嗅了嗅,嗅到一股美好的感觉。他用晾衣竿戳戳天花板,楼上发出跺脚声。卫国提着塑料袋冲上二楼,把塑料袋举过头顶,说这是我来到北海后,第一次拥有早餐。你吃一个?刘秧说我已经吃过了。卫国说吃了也要再吃一个,你不吃一个我会吃不下去的。卫国拿着一个大馒头往刘秧的嘴里塞。刘秧狠狠地咬了一口,馒头变得犬牙交错,卫国在犬牙交错的地方再犬牙交错了一下,又把馒头递给刘秧。刘秧又啃了一口。他们一人一口,把那个大大的馒头啃完。

啃完馒头,卫国看见一个男人站在门口。他的头上打过摩丝,皮鞋擦得锃亮,胳膊下还夹着一个小包。刘秧说卫国,我们有事要谈,你先下去吧。卫国走出刘秧的房间。他刚走出房间,门就被那个男的碰上了。

楼上很快就传来了那种熟悉的有节奏的嗒嗒声。卫国被这种声音搞得烦躁不安。他走过来走过去,在狭窄的地下室里到处碰头。他想这种声音很快就会过去,一定会过去。但是这种声音出人意料地持久响亮,卫国用晾衣竿不停地戳天花板,上面没有停止。卫国提着晾衣竿冲上二楼,站在门口叫刘秧,你是不是没有钱?如果没有,我这里还有30元。这难道是你挣钱的惟一办法吗?这个办法容易染上艾滋病,会使爱你的人伤心。你的相貌不差,聪明伶俐有理想有前途,有父母有兄妹,有老师有同学,干吗非得干这个?即便你不要尊严,也该为自己的身体着想。在中国已经发现了多例艾滋病病毒携带者……

门被卫国说开了,那个油头粉面的家伙从里面跌出来,差一点儿就跌了一个狗吃屎。刘秧双手叉腰,站在门框下一跺脚,楼板晃了几晃。刘秧说滚!那个男人捡起掉在地上的皮包,拍打着衣服,说你怎么能够这样?刘秧说我为什么不能这样?我爱怎么样就怎么样?刘秧从耳朵上解下耳环,从脖子上解下项链,从床头抓起呼机,朝那个男人砸过去。一只耳环沿着楼梯往下滚,那个家伙跟着耳环跑了几步,才把耳环捉住。他吹了吹耳环上的尘土,回头看了一眼刘秧,弯腰跑出旅馆。掉在地上的呼机这一刻狂声大作,没有谁理睬呼机的狂叫,它的声音在这个特殊的时刻显得凄凉。

另一种声音跟着响起来,那是卫国鼓掌的声音。刘秧转身回到房间,坐到沙发上。现在她的脸是黑的,气是粗的,心情是恶劣的。卫国靠在门框上,轻轻地看着刘秧。他说嫁给我吧,刘秧。如果我

们结婚,也许会幸福,也许会长寿,也许会儿孙满堂,也许会找到皮箱。如果皮箱能够找到,我会把里面的三万元现金送给你,不让你再干这活。我会把里面的两套名牌女装、金项链、耳环、化妆盒、游戏机、真皮靴子、手机、法国香水、手提电脑、美白乳液、健美操影碟、随身听、墨镜、戒指、茅台酒、轿车、别墅统统地送给你,让你把刚才的损失夺回来。刘秧长长地叹了一口气,说你的皮箱早就撑破了。卫国说干脆,我连皮箱都送给你。

30

这个夜晚,屋外刮起了大风,许多树叶被风吹落,未关的窗户发出一声声惨叫,玻璃破碎了,树枝折断了。卫国想这不是一般的大风,而是台风。他起身去关窗户,听到一阵敲门声。不会是查户口的吧?卫国打开门,看见刘秧缩着脖子站在门外。刘秧说我怕。卫国说进来吧。刘秧坐到卫国的床上,卫国挨着她坐下。刘秧说想跟你聊一聊。卫国说聊什么呢?刘秧说我也不知道。两人于是沉默着。刘秧举起五根手指。卫国说什么意思?刘秧说你还欠我500元。卫国说我能不能再欠你500?刘秧说不能,除非你先还我500元。卫国好像受到了刺激,脸红了脖子粗了。他说不就500元吗?明天,我就找一份工作,挣500元还你。刘秧在卫国的鼻子上刮了一下,说吹牛。

第二天早上,卫国拍拍刘秧的肩膀,说起床了。刘秧说起那么早干吗?卫国说找工作去。刘秧说找什么工作?卫国说不知道,反正得找一个工作,得挣500元钱还你。

马路铺满昨夜吹落的残叶,一棵大树横躺在路上。卫国和刘秧手拉手跨过那棵躺倒的大树。刘秧说到哪里去找工作?卫国说一直往前走,一直走下去我就不相信找不到工作。刘秧跟着卫国往前走。他们看见快餐店,看见给卫国吊针的那个诊所,看见房地产公司。单位从他们的眼前晃过,街道上流动着欢乐的人群。太阳出来了,到处都像着了火,到处都是鲜红的颜色。他们拉着的手心里冒出了热汗,舌头像干裂的土地。卫国说你能不能请我喝一瓶矿泉水?刘秧给卫国买了一瓶矿泉水,给自己买了一个冰淇淋。他们站在马路边把水喝完,把冰淇淋吃完,接着往前走。

刘秧说我不能再走了,我的脚起泡了。卫国说那你就在这里等着，我自己去找。刘秧坐在马路边的一张凳子上，卫国继续往前走。他往东边走了一阵，回到刘秧的身边。刘秧说找到了吗？卫国摇摇头，又往南边走。往南走了一公里，卫国又回头看刘秧是不是还坐在那里等他。刘秧说哪有这样能找到工作的，我们还是回去吧。卫国摸摸肚子，说我饿坏了，你能不能请我吃一个快餐？刘秧伸手让卫国拉她。卫国把她从凳子上拉起来。他们手拉手朝西边走。走了十几米，就看见一家快餐店。他们走进快餐店吃午饭。刘秧说现在，你除了欠我500元，还欠我一瓶矿泉水和一顿快餐。卫国说我吃完饭就找一份工作，就挣钱还你。刘秧说别吹了，你还是死了这条心吧。这样没完没了地走下去，恐怕十天半个月，也不会找到工作。恐怕把钱花光了，也不会找到工作。卫国抹了一把嘴巴，说我有什么办法呢？他们都不相信我。刘秧说还是回去吧，我实在是走不动了。卫国打了一声哈欠，说回就回去，也许明天我能找到工作。

　　从快餐店出来，卫国往对面的马路看了一眼。他看见一家江南康乐公司。卫国被康乐公司门口的一块招牌深深地吸引。招牌上画着三个大大的酒坛，酒坛上写着：

　　能喝者请来面谈，江南康乐公司诚招能喝英雄！

　　看到这块招牌，卫国的鼻尖前飘过一阵酒气。他回头叫了一声刘秧，说我找到工作了。刘秧说工作在哪里？卫国指着马路那边。刘秧看看那块招牌，看了一会，说你能喝吗？卫国说能。刘秧笑了起来，还拍拍手掌在地上跳了几下，找了半天，原来工作在这里。她拉着卫国的手，一起走过马路。卫国吻了一下刘秧，说我说过，我能够找到工作。刘秧用手指刮了一下卫国的鼻子，说我还以为你是吹牛。

31

　　他们走进公司的人事部。人事部里的一男两女扭头看着他们。卫国说我是来喝的。那位男的站起来跟卫国握手，说我是人事部长，姓王。请问你能喝多少斤50度的白酒？卫国说不知道。不知道是不是说你从来没有醉过，或者说能喝多少连你自己也不清楚？卫国说大概就这个意思。姓王的递了一张合同给卫国，你好好看看

吧。卫国接过合同看了一会儿,说现在就喝吗?姓王的说我们已经招聘了一个能喝的,如果你把他喝败我们才能录用你。卫国说如果把他喝败,你们能不能先预支我500元工资?姓王的说只要你把他喝败什么都好说。卫国挽起衣袖,说那就开始吧。刘秧拉了一下卫国的衣袖。卫国说不用怕,我能喝的。

卫国被带到一个小会议室,中间摆着一张橡木茶几,茶几的两边摆着两张棕色的真皮沙发。卫国坐到一张沙发上,两位小姐托着盘子走到茶几前,她们把盘子里的酒分别放在茶几的两边。现在茶几上一边摆着5瓶50度的白酒。周围站满了公司的职员,一架摄像机架在离沙发3米远的地方,可是那个卫国想喝败的人迟迟未见出场。卫国等得有点儿不耐烦了,于是拧开了一个酒瓶的瓶盖。

小姐把拧开瓶盖的酒端走,重新又上了一瓶。小姐说请你不要提前打开瓶盖。卫国哼了一声,人群出现骚动,所有人的脖子都扭向门口。卫国看见一位理着小平头,戴着一副墨镜,身高1.75米,脸色微黑的小伙子走了进来。他坐在卫国的对面,朝卫国点点头,还向人群挥挥手。做完这一系列动作,他把自己面前的三瓶酒推到卫国面前,又把卫国面前的三瓶酒拉了过去。姓王的说喝吧。他们各自打开瓶盖,酒香溢满客厅的每一个角落。卫国举起酒瓶,向刘秧示意。刘秧觉得这件事很好笑,就对着卫国笑了一下。卫国把酒瓶送到嘴边,一股浓烈的酒气熏得他眼眶里泪光闪闪,鼻孔里打出一长串喷嚏。

就在卫国狼狈不堪的时候,对方一仰脖子一抬手,一瓶酒不见了,它们全都灌进了他的嘴巴。围观者发出惊叹,零星的巴掌声响彻客厅。卫国勇敢地举起酒瓶,学着对方的样子,把一瓶酒灌进嘴里。这是卫国平生第一次喝这么多酒,它们以迅雷不及掩耳之势流经他的喉咙,进入他的食道。也许是速度过快的原因,卫国对这瓶酒基本没有什么感觉。但是当局者迷,旁观者清。刘秧看见卫国的脸像被大火烧了一把,顿时红了起来。星星之火可以燎原,卫国不仅脸红了,连脖子也红了。

对方一仰脖子,又喝了一瓶。他脱下墨镜,看着卫国,说我叫胡作非。卫国一听就知道这是河南口音,并且是河南驻马店的口音。卫国说我是西安的,叫卫国。胡作非说喝吧,你就把它想像成水,一咬牙就喝下去了。卫国真的把它想像成水,一咬牙喝了下去。在喝掉这瓶酒后,卫国的脸突然变成了青色,但眼眶里应该白的地方，现在全变成了红色。卫国的脑袋晃了几下，靠在沙发扶手上。刘秧叫卫国。卫国扭头看着刘秧，就像一只垂死的狗看着刘秧。刘秧说别喝了。刘秧冲到卫国坐着的沙发旁，想把卫国歪斜的身子扶正。她每扶一下，卫国的身子就滑一下，卫国快要滑到地板了。

　　突然，卫国雄赳赳地站起来，说别拉了，我没事。刘秧说这样喝下去你会没命的。卫国说500元你不要了？刘秧说不要了。卫国说我从来不欠别人的钱，你不要，我也要还你。刘秧说你再喝我可不管了。卫国说你走吧。刘秧走出人群，朝客厅的门口走去，她笔直的大腿，苗条的身材在门口一闪就不见了。卫国想她终于走啦，在这个大厅里，现在没有一个人认识我，他们不知道我是谁？

　　卫国收回目光，端起酒瓶，他的手和酒瓶晃动着，几滴酒洒落到茶几上。在胡作非的眼里，这是多么珍贵的几滴。他说你的酒泼出来了。卫国把酒瓶放下，说我另喝一瓶。卫国拿起另一瓶酒，灌得嘴巴里发出咕咚咕咚的声音，就像一曲音乐。现场没有一点儿声音，他们被这种美妙的声音打动。酒瓶搁回茶几，所有的围观者才记住喘气，他们的喘气声，在卫国又成功地喝完一瓶后此起彼伏。胡作非做了一个深呼吸，拿起一瓶酒。他喝酒没有一点儿声音，人们只看到瓶子里的酒无声无息地减少。当他瓶子里的酒减到只剩下半瓶的时候，突然又回升了。胡作非把喝到嘴里的酒部分地吐回酒瓶，用一张手帕捂着嘴巴离开沙发。

　　需要很大的力气，卫国才能睁开眼睛。他目送着被他打败的人，消失在卫生间的门口。胡作非的身影刚一消失，卫国就瘫倒在地板上。他听到刘秧叫道卫国，我们胜利了。卫国想她没有真正地离开，她只是骗骗我，她没有真正地离开。卫国轻轻地说了一句皮箱，快把那只该死的皮箱拿来，里面有一瓶解酒药。刘秧说你说什么？我听不清楚，你能不能大声一点儿？卫国说皮箱。刘秧说卫国，我们胜利了。这是卫国听到的最后一句话。他感到很温暖，因为他听到了"我们"，还听到了"胜利"。

32

　　公安局的几位干警赶到现场，他们搜了一遍卫国的口袋，没有搜出任何东西，只搜出一把缠满头发丝的牙刷。一位警察举着牙刷问刘秧，这是你的牙刷吗？刘秧接过牙刷，拉开缠在牙刷把上长长

的发丝，突然哭了起来。她哭着举着那把牙刷坐到地板上，摇动卫国渐渐僵硬的头部，说卫国，你这个流氓，你这个骗子，你竟然跟过其他女人。你为什么要骗我？骗我的感情。告诉我，这是谁的头发？你告诉我这是谁的头发？你跟她睡过吗？睡过多少次？你爱她吗？她有我可爱吗？她有我漂亮吗？她比我善良吗？她是不是一个麻子？是不是一个瘸子？是不是一个骗子？你怎么会跟这样的女人？她哪里会有我这样善良。说呀。她有我善良吗？卫国。刘秧拍了一下卫国的脸部。卫国的脸部已经完全僵硬，刘秧再也摇不动了。她把卫国僵硬的头枕到自己的腿上，继续呜呜地哭，说呀，卫国，说她狼心狗肺，说她麻子。呜——卫国呀卫国……警察叔叔，他真的叫卫国吗？

载《收获》1996年第一期，
《小说选刊》1996年五期选载，
收入十多种文学作品选本，获首届鲁迅文学奖及
《小说选刊》1996年优秀作品奖，
改编成电影《天上的恋人》，
由刘烨、董洁、陶虹主演，
旅日导演蒋钦民执导，
东西、田瑛、钦民编剧
2002年10月第十五届东京国际电影节参赛片

没有语言的生活

中篇小说

姑且算是在思考吧！
（李 军摄）

王老炳和他的聋儿子王家宽在坡地上除草，玉米已高过人头，他们弯腰除草的时候谁也看不见谁。只有在王老炳停下来吸烟的瞬间，他才能听到王家宽刮草的声音。王家宽在玉米林里刮草的声音响亮而且富于节奏，王老炳以此判断出儿子很勤劳。

那些生机勃勃的杂草，被王老炳锋利的刮子斩首，老鼠和虫子窜出它们的巢四处流浪。王老炳看见一团黑色的东西向他头部扑来，当他意识到撞了蜂巢的时候，他的头部、脸蛋以及颈部全被马蜂包围。他在疼痛中倒下，叫喊，在玉米地里滚动。大约滚了20多米，他看见蜂团仍然盘旋在他的头顶，蜂团像一朵阴云紧追不舍。王老炳开始呼喊王家宽的名字。但是王老炳的儿子王家宽是个聋子，王家宽这个名字对于王家宽形同虚设。

王老炳抓起地上的泥土与蜂群作最后的抵抗，当泥土撒向天空时，蜂群散开了，当泥土落下来的时候，马蜂也落下来。它们落在王老炳的眼睛、鼻子和嘴巴上。王老炳感到眼睛快要被蜇瞎了。王老炳喊家宽，快来救我。家宽妈，我快完啦。

王老炳的叫喊像水上的波澜归于平静之后，王家宽刮草的声音显得愈来愈响亮。刮了好长一段时间，王家宽感到有点儿口渴，便丢下刮子朝他父亲王老炳那边走去。王家宽看见一大片肥壮的玉米被压断了，父亲王老炳仰天躺在被压断的玉米秆上，头部肿得像一个南瓜，瓜的表面光亮如镜照得见天上的太阳。

王家宽抱起王老炳的头，然后朝对面的山上喊狗子、山羊、老黑——快来救命啊。喊声在两山之间盘旋，久久不肯离去。有人听到王家宽尖厉的叫喊，以为他是在喊他身边的动物，所以并不理会。当王家宽的喊声和哭声一同响起来时，老黑感到事情不妙。老黑对着王家宽的玉米地喊道：家宽——出什么事了？老黑连连喊了三声，没有听到对方的回音，便继续他的劳动。老黑突然意识到家宽是个聋子，于是老黑静静地立在地里，听王家宽那边的动静。老黑听到

王家宽的哭声掺和在风声里，我爹他快死了，我爹捅了马蜂窝快被蜇死了。

王家宽和老黑把王老炳背回家里，请中医刘顺昌为王老炳治疗。刘顺昌指使王家宽脱掉王老炳的衣裤，王老炳像一头褪了毛的肥猪躺在床上，许多人站在床边围观刘顺昌治疗。刘顺昌把药水涂在王老炳的头部、颈部、手臂、胸口、肚脐、大腿等处，人们的目光跟随刘顺昌的手游动。王家宽发现众人的目光落在他爹的大腿上，他们交头接耳像是说他爹的什么隐私。王家宽突然感到不适，觉得躺在床上的不是他爹而是他自己。王家宽从床头拉出一条毛巾，搭在他爹的大腿上。

刘顺昌被王家宽的这个动作蜇了一下，他把手停在病人的身上，对着围观的人们大笑。他说家宽是个聪明的孩子，他虽然是个聋子，但他已猜到我们在说他爹，他从你们的眼睛里脸蛋上猜出了你们说话的内容。

刘顺昌递给王家宽一把钳子，暗示他把王老炳的嘴巴撬开。王家宽用一根布条，在钳口处缠了几圈，然后才把钳口小心翼翼地伸进他爹的嘴巴，撬开他爹紧闭的牙关。刘顺昌一边灌药一边说家宽是个细心人，我没想到在钳口上缠布条，他却想到了，他是怕他爹疼呢。如果他不是个聋子，我真愿意收他做我的徒弟。

药汤灌毕，王家宽从他爹嘴里抽出钳子，大声叫了刘顺昌一声师傅。刘顺昌被叫声惊住，片刻之后才回过神来。刘顺昌说家宽你的耳朵不聋了，刚才我说的你都听见了，你是真聋还是假聋？王家宽对刘顺昌的质问未做任何反应，依然一副聋子模样。尽管如此，围观者的身上还是起了一层鸡皮疙瘩，他们感到害怕，害怕刚才他们的嘲笑已被王家宽听到了。

十天之后，王老炳的身体才基本康复，但是他的眼睛什么也看不见了，他成了一个货真价实的瞎子。不知情的人问他，好端端的一双眼睛，怎么就瞎了？他总是不厌其烦地回答：是马蜂蜇瞎的。由于他不是天生的瞎子，他的听觉器官和嗅觉器官并不特别发达，他的行动受到了局限，没有儿子王家宽，他几乎寸步难行。

老黑养的鸡东一只西一只地死掉。起先老黑还有工夫把死掉的鸡捡回来拔毛，弄得鸡毛满天飞。但是一连吃了三天死鸡肉之后，老黑开始感到腻歪。老黑把那些死鸡埋在地里，丢在坡地。王家宽看见老黑提着一只死鸡往草地走，王家宽知道鸡瘟从老黑家开始蔓

延了。王家宽拦住老黑，说你真缺德，鸡瘟来了为什么不告诉大家。老黑嘴皮动了动，像是辩解。王家宽什么也没听到。

　　第二天，王家宽整理好担子，准备把家里的鸡挑到街上去卖。临行前王老炳拉住王家宽，说家宽，卖了鸡后给老子买一块肥皂回来。王家宽知道爹想买东西，但是不知道爹要买什么东西。王家宽说爹，你要买什么？王老炳用手在胸前画出一个方框。王家宽说那是要买香烟吗？王老炳摇头。王家宽说那是要买一把菜刀？王老炳仍然摇头。王老炳用手在头上、耳朵、脸上、眼上搓来搓去，做进一步的提醒。王家宽愣了片刻，终于啊了一声。王家宽说爹，我知道了，你是要我给你买一条毛巾。王老炳拼命地摇头，大声说不是毛巾，是肥皂。

　　王家宽像是完全彻底地领会了他爹的意图，掉转身走了，空留下王老炳徒劳无益的叫喊。

　　王老炳摸出家门，坐在太阳光里，他嗅到太阳炙烤下衣服冒出的汗臭，青草和牛屎的气味弥漫在他的周围。他的身上出了一层细汗，皮肤似乎快被太阳烧熟了。他知道这是一个伸手就可以触摸到阳光的日子，这个日子特别漫长。赶街归来的喧闹声，从王老炳的耳边飘过，他想从那些声音里辨出王家宽的声音。但是他一次又一次地失望，他听到了一个孩童在大路上唱的一首歌谣，孩童边唱边跑，那声音很快就干干净净地消逝了。

　　热力渐渐从王老炳的身上减退，他知道这一天已接近尾声。他听到收音机里的声音向他走来，收音机的声音淹没了王家宽的脚步声。王老炳不知道王家宽已回到家门口。

　　王家宽把一条毛巾和100元钱塞到王老炳手中。王家宽说爹，这是你要买的毛巾，这是剩下的100元钱，你收好。王老炳说你还买了些什么？王家宽从脖子上取下收音机，凑到王老炳的耳边，说爹，我还买了一个小收音机给你解闷。王老炳说你又听不见，买收音机干什么？

　　收音机在王老炳手中咿咿呀呀地唱，王老炳感到一阵悲凉。他的手里捏着毛巾、钞票和收音机，惟独没有他想买的肥皂。他想肥皂不是非买不可的，但是家宽怎么就把肥皂理解成毛巾了呢？家宽不领会我的意图，这日子怎么过下去。如果家宽妈还活着，事情就好办了。

　　几天之后，王家宽把收音机据为己有。他把收音机吊在脖子

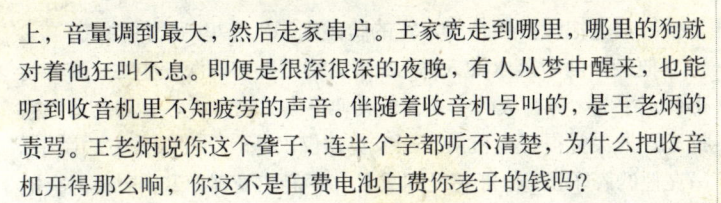

上，音量调到最大，然后走家串户。王家宽走到哪里，哪里的狗就对着他狂叫不息。即便是很深很深的夜晚，有人从梦中醒来，也能听到收音机里不知疲劳的声音。伴随着收音机号叫的，是王老炳的责骂。王老炳说你这个聋子，连半个字都听不清楚，为什么把收音机开得那么响，你这不是白费电池白费你老子的钱吗？

吃罢晚饭，王家宽最爱去谢西烛家看他们打麻将。谢西烛看见王家宽把收音机紧紧抱在胸前，像抱一个宝贝，双手不停地在收音机的壳套上摩挲。谢西烛指了指收音机，对王家宽说，你听得到里面的声音吗？王家宽说我听不到但我摸得到声音。谢西烛说这就奇怪了，你听不到里面的声音，为什么又能听到刚才我的声音？王家宽没有回答，只是嘿嘿地笑，笑过数声后，他说他们总是问我，听不听得到收音机里在说什么？嘿嘿。

慢慢地王家宽成了一些人的中心，他们跨进谢西烛家的大门，围坐在王家宽的周围。一次收音机里正在说相声，王家宽看见人们前仰后合地咧嘴大笑，也跟着笑。谢西烛说你笑什么？王家宽摇头。谢西烛把嘴巴靠近王家宽的耳朵，炸雷似的喊：你笑什么？王家宽像被什么击昏了头，木然地望着谢西烛。好久了王家宽才说，他们笑，我也笑。谢西烛说我要是你，才不在这里呆坐，在这里呆坐不如去这个。谢西烛用右手的食指和左手的拇指与食指，做了一个淫秽的动作。

谢西烛看见王家宽脸上红了一下，谢西烛想他也知道羞耻。王家宽悻悻地站起来，朝大门外的黑夜走去，从此他再也不踏进谢家的大门。

王家宽从谢家走出来时，心头像爬着个虫子不是滋味。他没头没脑地在路上走了十几步，突然碰到了一个人。那个人身上带着浓香，只轻轻一碰就像一捆稻草倒在地上。王家宽伸手去拉，拉起来的竟然是朱大爷的女儿朱灵。王家宽想绕过朱灵往前走，但是路被朱灵挡住了。

王家宽把手搭在朱灵的膀子上，朱灵没有反感。王家宽的手慢慢上移，他终于触摸到了朱灵温暖细嫩的脖子。王家宽说朱灵，你的脖子像一块绸布。说完，王家宽在朱灵的脖子上啃了一口。朱灵听到王家宽的嘴巴啧啧响个不停，像是吃上了什么可口的食物，余香还残留在嘴里。朱灵想我从来没有听到过这么贪婪动听的咂嘴声。她被这种声音迷惑，整个身躯似乎已飘离地面，她快要倒下去

127

了。王家宽把她搂住,王家宽的脸碰到了她嘴里呼出的热气。

他们像两个落水的人,现在攀肩搭背朝夜的深处走去。黑夜显得公正平等,声音成为多余。朱灵伸手去关收音机,王家宽又把它打开。朱灵觉得收音机对于王家宽,仅仅是一个四四方方的匣子,吊在他的脖子上,他能感受到重量并不能感受到声音。朱灵再次把收音机夺过来,贴到耳边,然后把声音慢慢地推远,整个世界突然变得沉静安宁。王家宽显得很高兴,他用手不停地扭动朱灵胸前的扣子,说你开我的收音机,我开你的收音机。

村里的灯一盏一盏地熄灭,王家宽和朱灵在草堆里迷迷糊糊地睡去。朱灵像做了一场梦,在这个夜晚之前,她一直被父母严加看管。母亲安排她做那些做也做不完的针线活。母亲还努力营造一种温暖的气氛,比如说炒一盘热气腾腾的瓜子,放在灯下慢慢地剥,然后把瓜子丢进朱灵的嘴里,母亲还马不停蹄地说男人怎么怎么地坏,大了的姑娘到外面去野如何如何地不好。

朱灵在朱大爷的呼唤声中醒来。朱灵醒来时发觉有一双男人的手按在自己的胸前,便朝男人的脸上狠狠地扇了一巴掌。王家宽松开双手,感到脸上一阵阵辣。王家宽看见朱灵独自走了,王家宽说你这个没良心的。朱灵从骂声里觉出一丝痛快,她想今夜我造反了,我不仅造了父母的反,也造了王家宽的反,我这巴掌算是把王家宽占的便宜赚回来了。

次日清晨,王家宽还没起床便被朱大爷从床上拉起来。王家宽看见朱大爷唾沫横飞捞袖握拳,似乎是要大打出手才解心中之恨。在看到这一切的同时,王家宽还看到了朱灵。朱灵双手垂落胸前,肩膀一抽一抽地哭。她的头发像一团零乱的鸡窝,上面还沾着一丝茅草。

朱大爷说家宽,昨夜朱灵是不是和你在一起。如果是的,我就把她嫁给你做老婆算了。她既然喜欢你,喜欢一个聋子,我就不为她瞎操心了。朱灵抬起头,用一双哭红的眼睛望着王家宽,朱灵说你说,你要说实话。

王家宽以为朱大爷问他昨夜是不是睡了朱灵?他被这个问题吓怕了,两条腿像站在雪地里微微地颤抖起来。王家宽拼命地摇头,说没有没有……

朱灵垂立的右手像一根树干突然举过头顶,然后重重地落在王家宽的左脸上。朱灵听到鞭炮炸响的声音,她的手掌被震麻了。她

看见王家宽身子一歪,几乎跌倒下去。王家宽捂住火辣的左脸,感到朱灵的这一掌比昨夜的那一掌重了十倍,看来我真的把朱灵得罪了,大祸就要临头了。但是我在哪里得罪了朱灵?我为什么平白无故地遭打?

朱灵捂着脸返身跑开,她的头发从头顶散落下来。王家宽进屋找他爹王老炳,他说她为什么打我?王家宽话音未落,又被王老炳扇了一记耳光。王老炳说谁叫你是聋子?谁叫你不会回答?好端端一个媳妇,你却没有福分享受。

王家宽开始哭,哭过一阵之后,他找出一把尖刀,跑出家门。他想杀人,但他跑过的地方没有任何人阻拦他。他就这样朝着村外跑去,鸡狗从他脚边逃命,树枝被他砍断。他想干脆自己把自己干掉算了,免得硌痛别人的手。想想家里还有个瞎子爹,他的脚步放慢下来。

凡是夜晚,王家宽闭门不出。他按王老炳的旨意,在灯下破篾准备为他爹编一床席子。王老炳认为男人编篾货就像女人织毛线或者纳鞋底,只要他们手上有活,他们就不会出去惹是生非。

破了三晚的篾条,又编了三天,王家宽手下的席子开始有了席子的模样。王老炳在席子上摸了一把,很失望地摇头。王家宽看见爹不停地摇手,爹好像是不要我编席子,而是要我编一个背篓,并且要我马上把席子拆掉。王家宽说我马上拆。爹的手立即安静下来,王家宽想我猜对爹的意思了。

就在王家宽专心拆席子的这个晚上,王老炳听到楼上有人走动。王老炳想是不是家宽在楼上翻东西。王老炳叫了一声家宽,是你在楼上吗?王老炳没有听到回音。楼上的翻动声愈来愈响,王老炳想这不像是家宽弄出来的声音,何况堂屋里还有人在抽动篾条,家宽只顾拆席子,他还不知道楼上有人。

王老炳从床上爬起来,估摸着朝堂屋走去。他先是被尿桶绊倒,那些陈年老尿洒满一地,他的裤子湿了,衣服湿了,屋子里飘荡腐臭的气味。他试图重新站起来,但是他的头撞到了木板,他想我已经爬到了床下。他试探着朝四个不同的方向爬去,四面似乎都有了木板,他的额头上撞起五个小包。

王家宽闻到一股浓烈的尿臭,以为是他爹起床小解。尿臭持续好长一段时间,并且愈来愈浓重,他于是提灯来看他爹。他看见他爹湿淋淋地趴在床底,嘴张着,手不停地往楼上指。

王家宽提灯上楼，看见楼门被人撬开，十多块腊肉不见了，剩下那根吊腊肉的竹竿在风中晃来晃去，像空荡荡的秋千架。王家宽对着楼下喊：腊肉被人偷走啦。

　　第五天傍晚，刘挺梁被他父亲刘顺昌绑住双手，押进王老炳家大门。刘挺梁的脖子上挂着两块被火烟熏黑的腊肉，那是他偷去的腊肉中剩下的最后两块。刘顺昌朝刘挺梁的小腿踹了一脚，刘挺梁双膝落地，跪在王老炳的面前。

　　刘顺昌说老炳，我医好过无数人的病，就是医不好我这个仔的手。一连几天我发现他都不回家吃饭，我觉得有些奇怪，我就跟踪他。原来他们在后山的林子里煮你的腊肉吃，他们一共四人，还配备了锅头和油盐酱醋。别的我管不着，刘挺梁我绑来了，任由你处置。

　　王老炳说挺梁，除了你还有哪些人？刘挺梁说狗子、光旺、陈平金。

　　王老炳的双手顺着刘挺梁的头发往下摸，他摸到了腊肉，然后摸到了刘挺梁反剪的双手。他把绳子松开，说今后你们别再偷我的了，你走吧。刘挺梁起身走了。刘顺昌说你怎么就这样轻轻松松地打发他？王老炳说顺昌，我是瞎子，家宽耳朵又聋，他们要偷我的东西就像拿自家的东西，易如反掌，我得罪不起他们。

　　刘顺昌长长地嘘了一口气，说你的这种状况非改变不可，你给家宽娶个老婆吧。也许，那样会好一点儿。王老炳说谁愿意嫁他呀。

　　刘顺昌在为人治病的同时，也在暗暗为王家宽物色对象。第一次，他为王家宽带来一个寡妇。寡妇手里牵着一个大约五岁的女孩，怀中还抱着一个不满周岁的婴儿。寡妇面带愁容，她的丈夫刚刚病死不久，她急需一个男劳力为她耙田犁地。

　　寡妇的女孩十分乖巧，她一看见王家宽便双膝落地，给王家宽磕头。她甚至还朝王家宽连连叫了三声爹。刘顺昌想可惜王家宽听不到女孩的叫声，否则这桩婚姻十拿九稳了。

　　王家宽摸摸女孩的头，把她从地上拉起来，为她拍净膝盖上的尘土。拍完尘土之后，王家宽的手无处可放。他犹豫了片刻，终于想起去抱寡妇怀中的婴儿。婴儿张嘴啼哭，王家宽伸手去掰婴儿的大腿，他看见婴儿腿间鼓胀的鸟仔。他一边用右中指在上面抖动，一边笑嘻嘻地望着寡妇。一线尿从婴儿的腿中间射出来，婴儿止住哭声，王家宽的手上沾满了热尿。

趁着寡妇和小女孩吃饭的空隙，王家宽用他破篾时剩余的细竹筒，做了一支简简单单的箫。王家宽把箫放在嘴上狠劲地吹了几口，估计是有声音了，他才把它递给小女孩，他对小女孩说等吃完饭了，你就吹着这个回家，你们不用再来找我啦。

刘顺昌看着那个小女孩一路吹着箫，一路跳着朝她们的来路走去。箫声声粗糙断断续续，虽然不成曲调，但听起来有一丝凄凉。刘顺昌摇着头，说王家宽真是没有福分。

后来刘顺昌又为王家宽介绍了几个单身女人，王家宽不是嫌她们老就是嫌她们丑。没有哪个女人能打动他的心，他似乎天生地仇恨那些试图与他一起生活的女人。刘顺昌找到王老炳，说老炳呀，他一个聋子挑来挑去的，什么时候才有个结果，干脆你做主算啦。王老炳说你再想想办法。

刘顺昌把第五个女人带进王家时，太阳已经西落。这个来自夕乡的女人，名叫张桂兰。为了把她带进王家，刘顺昌整整走了一天的路程。刘顺昌在灯下不停地拍打他身上的尘土，也不停地痛饮王家宽端给他的米酒。随着一杯又一杯米酒的灌入，刘顺昌的脸面变红脖子变粗。刘顺昌说老炳，这个女人什么都好，就是左手不太中用，其实也没什么，就是伸不直。今夜，她就住在你家啦。

自从那次腊肉被盗之后，王家宽和王老炳就开始合床而睡，这样做的目的，是为了防止再有小偷进入时，他们好联合行动。张桂兰到达的这个夜晚，王家宽仍然睡在王老炳的床上。王老炳用手不断地掐王家宽的大腿、手臂，示意他过去跟张桂兰。但是王家宽赖在床上死活不从。渐渐地王家宽抵挡不住他爹的攻击，从床上爬了起来。

从床上爬起来的王家宽没有去找张桂兰，他在门外的晒楼上独坐，多日不用的收音机又挂到他脖子上。大约到了下半夜，王家宽在晒楼上睡去，收音机彻夜不眠。如此三个晚上，张桂兰逃出王家。

小学老师张复宝姚育萍夫妇，还未起床便听到有人敲门。张复宝拉开门，看见王家宽挑着一担水站在门外。张复宝揉揉眼睛伸伸懒腰，说你敲门，有什么事？王家宽不管允不允许，径直把水挑进大门，倒入张复宝家的水缸。王家宽说今后，你们家的水我包了。

每天早晨，王家宽准时把水挑进张复宝家的大门。张复宝和姚育萍都猜不透王家宽的用意。挑完水后的王家宽站在教室的窗口，看学生们早读，有时他直看到张复宝或者姚育萍上第一节课。张复

宝想他是想跟我学识字吗？他的耳朵有问题，我怎么教他？

张复宝试图阻止王家宽的这种行动，但王家宽不听。挑了大约半个月，王家宽悄悄对姚育萍说，姚老师，我求你帮我写一封信给朱灵，你说我爱她。姚育萍当即用手比画起来，王家宽猜测姚老师的手势，姚老师大意是说信不用写，由她去找朱灵当面说说就可以了。王家宽说我给你挑了差不多五十挑水，你就给我写五十个字吧，要以我的口气写，不要给朱灵知道是谁写的，求你姚老师帮个忙。

姚育萍取出纸笔，帮王家宽写了满满一页纸的字。王家宽揣着那页纸，像揣一件宝贝，等待时机交给朱灵。

王家宽把字条揣在怀里三天，仍然没有机会交给朱灵。独自一人的时候，王家宽偷偷掏出字条来左看右看，似乎是能看得懂上面的内容。

第四天晚上，王家宽趁朱灵的父母外出串门的时机，把字条从窗口递给朱灵。朱灵看过字条后，在窗口朝王家宽笑，她还把手伸出窗外摇动。

朱灵刚要出门，被串门回来的母亲堵在门内。王家宽痴痴地站在窗外等候，他等到了朱大爷的两只破鞋子。那两只鞋子从窗口飞出来，正好砸在王家宽的头上。

姚育萍发觉自己写的情书，未起作用，便把这件差事推给张复宝。王家宽把张复宝写的信交给朱灵后，不仅看不到朱灵的笑脸，连那只在窗口挥动的手也看不到了。

一开始朱灵就知道王家宽的信是别人代写的，她猜遍了村上能写字的人，仍然没有猜出那信的出处。当姚育萍的字换成张复宝的字之后，朱灵的心情变得复杂起来。她看见信后的落款，由王家宽变成了张复宝，她不知道这是有意的错误或是无意的。如果是有意的，王家宽被这封求爱信改变了身份，他由求爱者变成了邮递员。

在朱灵家窗外徘徊的人不只是王家宽一个，他们包括狗子、刘挺梁、老黑以及杨光，当然还包括一些不便公开姓名的人（有的已经结婚的有的是国家干部）。狗子们和朱灵一起长大一起上小学读初中，他们百分之百地有意或无意地抚摸过朱灵那根粗黑的辫子，狗子说他抚摸那根辫子就像抚摸新学期的课本，就像抚摸他家那只小鸡的茸毛。现在朱灵已剪掉了那根辫子，狗子们面对的是一个待嫁的美丽的姑娘。狗子说我想摸她的脸蛋。

但是在王家宽向朱灵求爱的这年夏天,狗子们意识到他们的失败。他们开始朝朱家的窗口扔石子、泥巴,在朱家的大门上写淫秽的句词,画零乱的人体的某些器官。王家宽同样是一个失败者,只不过他没有意识到。

狗子看见王家宽站在朱家高高的屋顶上,顶着烈日为朱大爷盖瓦。狗子想朱大爷又在剥削那个聋子的劳动力。狗子用手把王家宽从屋顶上招下来,拉着他往老黑家走。王家宽惦记没有盖好的屋顶,一边走一边回头求狗子不要添乱。王家宽拼命挣扎,最终还是被狗子推进了老黑家的大门。

狗子问老黑准备好了没有?老黑说准备好了。狗子于是勒住王家宽的双手,杨光按下王家宽的头。王家宽的头被浸泡进一盆热水里,就像一只即将拔毛的鸡浸入热水里。王家宽说你们要干什么?

王家宽顶着湿漉漉的头发,被狗子和杨光强行按坐在一张木椅上。老黑拿着一把锋利的剃刀走向木椅,老黑说我们给你剃头,剃一个光亮光亮的头,像15瓦的电灯泡,可以照亮朱家的堂屋和朱灵的房间。王家宽看见狗子和杨光哈哈大笑,他的头发一团一团地落下来。

老黑把王家宽的头剃了一半,示意狗子和杨光松手。王家宽伸手往头上一摸,摸到半边头发,王家宽说老黑,求你帮我剃完。老黑摇头。王家宽说狗子,你帮我剃。狗子拿着剃刀在王家宽的头上刮,刮出一声惊叫,王家宽说痛死我了。狗子把剃刀递给杨光,说你帮他剃。王家宽见杨光嬉皮笑脸地走过来,接过剃刀准备给他剃头。王家宽害怕他像狗子那阵势,便从椅子上闪开,夺过杨光手里的剃刀,冲进老黑家大门,找出一面镜子。王家宽照着镜子,自己给自己剃另半个脑袋上的头发。

做完这一切,太阳已经下山了。王家宽顶着锃亮的脑袋,再次爬上朱家的屋顶盖瓦。狗子和杨光从朱家门前经过,对着屋顶上的王家宽大声喊:电灯泡——天都快黑啦,还不收工。王家宽没有听到下面的叫喊,但是朱大爷听得一清二楚。朱大爷从屋顶丢下一块断瓦,断瓦擦着狗子的头发飞过,狗子仓皇而逃。

朱大爷在后半夜被雨淋醒,雨水从没有盖好的屋顶漏下来,像黑夜中的潜行者,钻入朱家那些阴暗的角落。朱大爷担心的事情终于发生了,他抬头望天;天上黑得像锅底。雨水如天上扑下来的蝗

虫,在他抬头的一瞬间爬满他的脸。他听到屋顶传来一个声音:塑料布。声音在雨水中含混不清,仿佛来自天国。

朱大爷指使全家搜集能够遮雨挡风的塑料布,递给屋顶上那个说话的人,所有的手电光聚集在那个人身上。闻风而动的人们,送来各色塑料布,塑料布像衣服上的补丁,被那个人打在屋顶。

雨水被那个人堵住,那个被雨水淋透的人是聋子王家宽。他顺着楼梯退下来,被朱大爷拉到火堆边,很快他的全身冒出热气,热气如烟,仿佛从他的手指缝里钻出来。

王家宽在送塑料布的人群中,发现了张复宝。老黑在王家宽头上很随便地摸一把,然后用手比画说张复宝跟朱灵好。王家宽摇摇头,说我不信。

人们从朱家一一退出,只有王家宽还坐在火堆边,他想借那堆大火烤干他的衣裤。他看见朱灵的右眼发红,仿佛刚刚哭过。她的眼皮不停地眨,像是给人某种暗示。

朱灵眨了一会儿眼皮,起身走出家门。王家宽紧跟其后,他听不到朱灵在说什么,他以为朱灵在暗示他。朱灵说妈,我刚才递塑料布时,眼睛里落进了灰尘,我去找圆圆看看。我的床铺被雨水淋湿了,我今夜就跟圆圆睡觉。

王家宽看见有一个人站在屋角等朱灵,随着手电光的一闪,他看清那个人是张复宝。他们在雨水中走了一程,然后躲到牛棚里。张复宝一只手拿电筒,一只手翻开朱灵的右眼皮,并鼓着腮帮子往朱灵的眼皮上吹。王家宽看见张复宝的嘴唇几乎贴到了朱灵的眼睛上,只一瞬间那嘴唇真的贴到眼睛上。手电像一个老人突然断气,王家宽眼前一团黑。王家宽想朱灵眨眼皮叫我出来,她是存心让我看她的好戏。

雨过天晴,王家宽的光头像一只倒扣的瓢瓜,在暴烈的太阳下晃动。他开始憎恨自己,特别憎恨自己的耳朵。别人的耳朵是耳朵,我的耳朵不是耳朵,王家宽这么想着的时候,一把锋利的剃头刀已被他的左手高举,手起刀落,他割下了他的右耳。他想我的耳朵是一种摆设,现在我把它割下来喂狗。

到了秋天,那些巴掌大的树叶从树上飘落,它们像人的手掌拍向大地,乡村到处都是劈劈啪啪的拍打声。无数的手掌贴在地面,它们再也回不到原来的地方,要等到第二年春天,树枝上才长出新的手掌。王家宽想树叶落了明年还会长,我的耳朵割了却不会再长出来。

王家宽开始迷恋那些树叶，一大早他就蹲到村头的那棵枫树下。淡红色的落叶散布在他的周围，他的手像鸡的爪子，在树叶间扒来扒去，目光跟着双手游动。他在找什么呢？张复宝想。

从村外过来一个人，近了张复宝才看清楚是邻村的王桂林。王桂林走到枫树下，问王家宽在找什么？王家宽说耳朵。王桂林笑了一声，说你怎么在这里找你的耳朵，你的耳朵早被狗吃了，找不到了。

王桂林朝村里走来，张复宝躲进路边的树丛，避过他的目光。张复宝想干脆在这树林里方便方便，等方便完了王家宽也许会走开了。张复宝提着裤带从树林里走出来，王家宽仍然伛偻着头在寻找着什么，丝毫没有离去的意思。张复宝轻轻地骂道：一只可恶的母鸡。

张复宝回望村庄，他看到朱灵远去的背影。他想事情办糟了，一定是在我方便的时候，朱灵来过枫树边，她看见枫树下的那个人是王家宽而不是我，她就转身回去了。如果朱灵再耽误半个小时，就赶不上去县城的班车了。

大约过去5分钟，张复宝看见他的学生刘国芳从大路上狂奔而来。刘国芳在枫树下站了片刻，捡起三片枫叶后，又跑回村庄。刘国芳咚咚的跑步声，敲打在张复宝的心尖上，他紧张得有些支持不住了。

朱灵听刘国芳说树下只有王家宽时，她当即改变了主意。她跟张复宝约好早晨9点在枫树下见面，然后一同上县城的医院。但她刚刚出村，就看见王桂林从路上走过来。她想王桂林一定在树下看见了张复宝，我和张复宝的事已经被人传得够热闹了，我还是避他一避，否则他看见张复宝又看见我出村会怎么想。朱灵这么想着，又走回家中。

为了郑重其事，朱灵把路经家门口的刘国芳拉过来。她叫刘国芳跑出村去为她捡三张枫叶。刘国芳捡三片淡红的枫叶，刘国芳说我看见聋子王家宽在树下找什么。朱灵说你还看见别人了吗？刘国芳摇摇头，说没有。

去不了县城，朱灵变得狂躁不安。细心的母亲杨凤池突然记起好久没有看见朱灵洗月经带了。杨凤池把手伸向女儿朱灵的腹部，她的手被一个声音刺得跳起来。朱灵怀孕的秘密，被她母亲的手最先摸到。

每天人们都看见王家宽出村去寻找他的耳朵，但是每天人们都看见他空手而归。如此半月，人们看见王家宽领着一个漂亮的姑娘走向村庄。

姑娘的右肩吊着一个黑色的皮包，皮包里装满大大小小的毛笔。快要进村时，王家宽把皮包从姑娘的肩上夺过来，挎在自己的肩上。姑娘会心一笑，双手不停地比画。王家宽猜想她是说感谢他。

村头站满参差不齐的人，他们像土里突然冒出的竹笋，一根一根又一根。有那么多人看着，王家宽多少有了一点儿得意。然而王家宽最得意的，是姑娘的表达方式。她怎么知道我是一个聋子？我给她背皮包时，她一边说话一边用手比画，不停地感谢。她刚刚碰到我就知道我是聋子，她是怎么知道的？

王老炳从外面的喧闹声中，判断有一个哑巴姑娘正跟着王家宽朝自家走来。他听到大门被推开的响声，在大门被推开的响声里还有王家宽的声音，王家宽说爹，我带来一个卖毛笔的姑娘，她长得很漂亮，比朱灵漂亮。王老炳双手摸索着想站起来，但他被王家宽按回到板凳上。王老炳说姑娘你从哪里来？王老炳没有听到回答。

姑娘从包里取出一张纸，抖开。王家宽看见那张纸的边角已经磨破，上面布满大小不一的黑字。王家宽说爹，你看，她打开了一张纸，上面写满了字，你快看看写的是什么？王家宽一抬头，看见他爹没有动静，才想起他爹的眼睛已经瞎了。王家宽说可惜你看不见，那些字像春天的树长满了树叶，很好看。

王家宽朝门外招手，竹笋一样立着的围观者，全都东倒西歪挤进大门。王老炳听到杂乱无章的声音，声音有高有低，有大人的也有小孩的。王老炳听他们念道：

我叫蔡玉珍，专门推销毛笔，大支的伍圆，小支的贰圆伍，中号叁圆伍角。现在城市里的人都不用毛笔写字，他们用电脑、钢笔写，所以我到农村来推销毛笔。我是哑巴，伯伯叔叔们行行好，买一两支给你的儿子练字，也算是帮我的忙。

有人问这字是你写的吗？姑娘摇头。姑娘把毛笔递给那些围着她的人，围观者面对毛笔仿佛面对凶器，他们慢慢地后退，姑娘一步一步地紧逼。王老炳听到人群稀里哗啦地散开。王老炳想他们像被拍打的苍蝇，轰的一声散了。

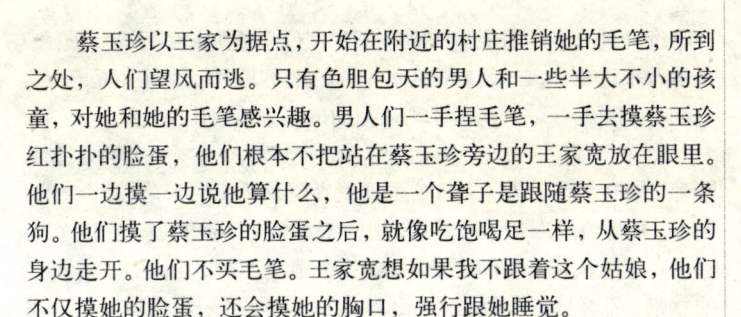

蔡玉珍以王家为据点，开始在附近的村庄推销她的毛笔，所到之处，人们望风而逃。只有色胆包天的男人和一些半大不小的孩童，对她和她的毛笔感兴趣。男人们一手捏毛笔，一手去摸蔡玉珍红扑扑的脸蛋，他们根本不把站在蔡玉珍旁边的王家宽放在眼里。他们一边摸一边说他算什么，他是一个聋子是跟随蔡玉珍的一条狗。他们摸了蔡玉珍的脸蛋之后，就像吃饱喝足一样，从蔡玉珍的身边走开。他们不买毛笔。王家宽想如果我不跟着这个姑娘，他们不仅摸她的脸蛋，还会摸她的胸口，强行跟她睡觉。

王家宽陪着蔡玉珍走了7天，他们一共卖去10支毛笔。那些油腻的零碎的票子，现在就揣在蔡玉珍的怀里。

秋天的太阳微微斜了，王家宽让蔡玉珍走在他的前面，他闻到女人身上散发出的汗香。阳光追着他们的屁股，他的影子叠到了她的影子上。他看见她的裤子上沾了几粒黄泥，黄泥随着身体摆动。那些摆动的地方迷乱了王家宽的眼睛，他发誓一定要在那上面捏一把，别人捏得为什么我不能捏？这样漫无边际地想着的时刻，王家宽突然听到几声紧锣密鼓的声响。他朝四周张望，原野上不见人影。他听到声音愈响愈急，快要撞破他的胸口。他终于明白那声响来自他的胸部，是他心跳的声音。

王家宽勇敢地伸出右手，姑娘跳起来，身体朝前冲去。王家宽说你像一条鱼滑掉了。姑娘的脚步就迈得更密更快。他们在路上小心地跑着，嘴里发出零零星星的笑声。

路边两只做爱的狗，打断了他们的笑容。他们放慢脚步生怕惊动那一对牲畜。蔡玉珍突然感到累，她的腿怎么也迈不动了，她坐在地上津津有味地看着狗。牲畜像他们的导师，从容不迫地教导他们。太阳的余光洒落在两只黄狗的皮毛上，草坡无边无际地安静。狗们睁着警觉的双眼，八只脚配合慢慢移动，树叶在狗的脚下发出轻微的沙沙声。蔡玉珍听到狗们呜呜地唱，她被这种特别的唱词感动。她在呜咽声中被王家宽抱进了树林。

枯枝败叶被蔡玉珍的身体压断，树叶腐烂的气味从她身下飘起来，王家宽觉得那气息如酒，可以醉人。王家宽看见蔡玉珍张开嘴，像是不断地说什么。蔡玉珍说你杀死我吧。蔡玉珍被她自己说出来的话吓了一跳，她不断地说我会说话了，我怎么会说话了呢。

那两只黄狗已经完事，此刻正蹒跚着步子朝王家宽和蔡玉珍走来。蔡玉珍看见两只狗用舌头舔着它们的嘴皮，目光冷漠。它们站

在不远的地方，朝着他们张望。王家宽似乎是被狗的目光所鼓励，变得越来越英雄。王家宽看见蔡玉珍的眼不是眼，鼻子不是鼻子，它们全都扭曲了，有两串哭声从扭曲的眼眶里冒出来。

这个夜晚，王家宽没有回到他爹王老炳的床上，王老炳知道他和那个哑巴姑娘睡在一起了。朱灵上厕所，她母亲杨凤池也会紧紧跟着。杨凤池的声音无孔不入，她问朱灵怀上了谁的孩子？这个声音像在朱灵头顶盘旋的蜜蜂，挥之不去避之不及，它仿佛一条细细的竹鞭，不断抽在朱灵的手上、背上和小腿上。朱灵感到全身紧绷绷的没有一处轻松自在。

朱灵害怕讲话，她想如果像蔡玉珍一样是个哑巴，母亲就不会反复地追问了。哑巴可以顺其自然，没有说话的负担。

杨凤池把一件小孩衣物举起来，问朱灵好不好看。朱灵不答。杨凤池说好端端一个孙子，你怎么忍心打掉，我用手一摸就摸到了他的鼻子、嘴巴和他的小腿，还摸到了他的鸟仔。你只要说出那个男人，我们就逼他成亲。杨凤池采取和朱灵截然相反的策略。

就连小孩都能看出来朱灵怀孕，朱灵轻易不敢出门。放午学时有几个学生路经朱家，他们扒着朱家门板的缝隙处，窥视门里的朱灵。他们看见朱灵像一只被关在笼子里的笨熊，狂躁不安地走来走去。从门缝里窥视人的生活，他们感到新奇，他们忘记回家吃午饭。直到王家宽和蔡玉珍从朱家门前走过，他们才回过头来。

学生们有一丝兴奋，他们想做点儿什么事情。当他们看见王家宽时，他们一齐朝王家宽围过来，他们喊道：

王家宽大流氓，搞了女人不认账——

蔡玉珍看见那些学生一边喊一边跳，污浊的声音像石头、破鞋砸在王家宽的身上。王家宽对学生们露出笑容，他也和着学生们的节拍跳起来。因为他听不见，所以那些侮辱的话对他没有造成丝毫的伤害。学生们愈喊愈起劲，王家宽越跳越精神，他的脸上已渗出了粒粒汗珠。蔡玉珍忍无可忍，朝那些学生挥舞拳头。学生被她赶远了，王家宽跟着她往家里走。他们刚走几步，学生们又聚集起来，学生们喊道：蔡玉珍是哑巴，跟个聋子成一家，生个孩子聋又哑。

蔡玉珍回身去追那个领头的学生，追了几步她就被一块石头绊倒在地上。她的鼻子被石头碰伤，流出几滴浓稠的血。她趴在地上对着那些学生咿里哇啦地喊，但是没有发出声音。

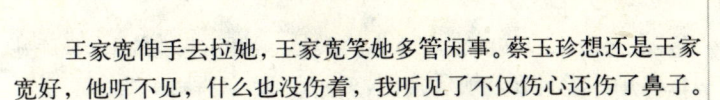

王家宽伸手去拉她,王家宽笑她多管闲事。蔡玉珍想还是王家宽好,他听不见,什么也没伤着,我听见了不仅伤心还伤了鼻子。

在那几个学生的带领下,更多的学生加入了窥视朱灵的行列。学校离朱家只有三百多米,老师下课的哨声一响,学生们便朝朱家飞奔而来。张复宝站在路上拦截那些奔跑的学生,结果自己反被学生撞倒在路上。一气之下,张复宝把带头的四个学生开除了。张复宝对他们说,你们不准再踏进学校半步。

到了冬天,朱灵自己把自己从门里解放出来,她穿着鲜艳的冬装,比原先显得更为臃肿。她走东家串西家,逢人便说我要结婚了,人们问她跟谁结?她说跟王家宽。有人说王家宽不是跟蔡玉珍结了吗?朱灵说那是同居,不叫结婚。他们没有爱情基础,那不叫结婚。

许多人暗地里说朱灵不知道羞耻,幸好王家宽是聋子,任由她作践,换了别人她的戏就没法往下演了。

村庄的桃花在一夜之间开放。桃花红得像血,看到那种颜色,就似乎闻到血的气味。王老炳坐在家门口,说我闻到桃花的味道了,今年的桃花怎么开得这么早?还没有过年就开了。

那个长年在山区照相的赵开应,走到王老炳面前,问他照不照相,王老炳说听你的口音,是赵师傅吧,你又来啦?你总是年前这几天来我们村,那么准时。你问我照不照相,现在我照相还有什么用。去年冬天我还看得见你,今年冬天我就看不见你了。照也白照。你去找那些年轻人照吧,老黑、狗子、朱灵他们每年都要照几张。赵师傅,你坐。我只顾说话,忘记喊你坐啦。赵师傅你走啦?你怎么不坐一坐。

王老炳还在不停地说话时,赵开应已走出去老远。他的身后跟着一群孩子和换了新衣准备照相的人们。

桃花似乎专为朱灵而开放。她带着赵开应在桃林里转来转去,那些红色的花瓣像雪,撒落在她的头发上和棉衣上。她的脸因为兴奋变得红扑扑的,像是被桃花染红一般。赵开应说朱灵你站好,这相机能把你喘出来的热气都照进去。朱灵说赵师傅,你尽管照,我要照三十几张,把你的胶卷照完。

朱灵特别的笑声和红扑扑的脸蛋,就留在这一年的桃树上,以致后来人们看桃树就想起朱灵。

朱灵是照完相之后,走进王家宽的家的。从她家遭大雨袭击的那个晚上到现在,她是第一次踏进王家的大门。朱灵显得有些疲

急,她一进门之后就躺到王家宽的床上。她睡王家宽的床,像睡她自己的床那么随便。她只躺下片刻,蔡玉珍就听到了她的鼾声。

蔡玉珍不堪朱灵鼾声的折磨,她把朱灵摇醒了。她朝朱灵挥手。朱灵看见她的手从床边挥向门外,朱灵想她的意思是让我从这里滚出去。朱灵说这是我的床,你从哪里来就往哪里去。蔡玉珍没有被朱灵的话吓倒,她很用力地坐在床沿。床板在她坐下来时摇晃不止,并且发出吱吱呀呀的响声。她想用这种声音,把朱灵赶跑。

朱灵想要打败蔡玉珍必须不停地说话,因为她听得见说不出。朱灵说我怀了王家宽的小孩,两年以前我就跟王家宽睡过了。你从哪里来我们不知道,你不能在这里长期地住下去。

蔡玉珍从床边站起来,哭着跑开。朱灵看见蔡玉珍把王家宽推入房门。朱灵说你是个好人,家宽,你明知道我怀了谁的孩子,但是你没有出卖我。我今天是给你磕头来啦。

王家宽看见朱灵的头磕在床沿上,以为她想住下来。朱灵想不到她美好的幻想会在这一刻灰飞烟灭。王家宽说你怀了张复宝的孩子,怎么来找我?你走吧,你不走我就向大家张扬啦。朱灵说求你,别说,千万别让我妈知道,我这就去死,让你们大家都轻松。

朱灵把她的双脚从被窝里伸到床下,她的脚在地上找了好久才找到她的鞋子。王家宽的话像一剂灵丹妙药,在朱灵的身上发生作用。朱灵试探着站起来,试了几次都未能把臃肿的身体挺直,王家宽顺手扶了她一把。朱灵说我是聋子,我什么也没听到,我谁也不害怕。

朱灵在王家宽面前轻描淡写说的那句话,被蔡玉珍认真地记住了。朱灵说我这就去死,让你们大家都轻松。

蔡玉珍看见朱灵提着一根绳索走进村后的桃林,暮色正从四面收拢,余霞的尾巴还留在山尖。蔡玉珍发觉朱灵手里的绳索泛着红光,绳索好像是下山的太阳染红的也好像是桃花染红的。蔡玉珍想她白天还在这里照相,晚上却想在这里寻死。

朱灵突然回头,发现了跟踪她的蔡玉珍。朱灵从地上捡起一块石头,朝蔡玉珍砸过去。朱灵说你像一只狗,紧跟着我干什么?你想吃大便吗?蔡玉珍在辱骂声中退缩,她犹豫片刻之后,快步跑向朱家。

朱大爷正在扫地,灰尘从地上扬起来,把朱大爷罩在尘土的笼子里。蔡玉珍双手往颈脖处绕一圈,再把双手指向屋梁。朱大爷不理解她的意思，觉得她影响了他的工作，流露出明显的不耐烦。蔡玉珍的胸口像被爪子狠狠地抓了几把，她拉过墙壁上的绳索，套住自己的脖子，脚跟离地，身体在一瞬间拉长。朱大爷说你想吊颈吗？要吊颈回你家去吊。朱大爷的扫把拍打在蔡玉珍的屁股上，蔡玉珍被赶出朱家大门。

过了一袋烟的时间，杨凤池开始挨家挨户呼唤朱灵。蔡玉珍在杨凤池焦急的喊声里焦急，她的手朝村后的桃林指，还不断地画着圆圈。朱大爷把这些杂乱的动作和刚才的动作联系起来，感到情况不妙。

星星点点的火把游向后山，人们呼喊朱灵的名字。

第五天清晨，张复宝一如既往来到了学校旁的水井边打水。他的水桶碰到了一件浮动的物体，井口隐约传来腐烂的气味。他回家拿来手电，往井底照射，他看到了朱灵的尸体。张复宝当即呕吐不止。村里的人不辞劳苦，他们宁愿多走几脚路，去挑小河里的水来吃。而这口学校旁的水井，只有张复宝一家人享用，朱灵死了五天，他家就喝了五天的脏水。

那天早上学校没有开课，在以后的几天里，张复宝仍然被尸体缠绕着，学生们看见他一边上课一边呕吐。而姚育萍差不多把胆汁都吐出来了，她已经虚弱得没法走上讲台。

到了春天，赵开应才把他年前照的那些相片，送到村子里来。他拿着朱灵的照片，去找杨凤池收钱。杨凤池说朱灵死了，你去找她要钱吧。赵开应碰了钉子，正准备把朱灵的照片丢进火炕。王家宽抢过照片，说给我，我出钱，我把这些照片全买下来。

一种特别的声音，在屋顶上滚来滚去，它像风的呼叫，又像是一群老鼠在瓦片上奔跑。声音总是在夜深人静的时候，准时地降落，蔡玉珍被这种声音包围了好些日子。她很想架一把梯子，爬到屋顶上去看个究竟，但是在睁着眼和闭着眼都一样黑的夜晚，她害怕那些折磨她的声音。

白天她爬到屋后的一棵桃树上，认真地观察她家的屋顶，她只看到灰色的歪歪斜斜的瓦片，瓦片上除了阳光什么也没有。看过之后，她想那声音今夜不会有了。但是那声音还是如期而来，总是在她即将入睡的时刻，把她唤醒。她于是不甘心，睁着眼睛等到天明，再次爬上桃树。一次又一次，她几乎数遍了屋顶上的瓦片，还是没有发现问题。她想是不是我的耳朵出了什么毛病。

王老炳同时被这种声音纠缠着，他对干扰他睡眠的声音，做出适应的反应。他坐在床沿整夜整夜地抽烟，不断地往尿桶里屙尿。他觉得那声音像一把锯子，现在正往他脑子里锯进去。他想如果我再不能入睡，我就要发疯啦。他一边想着一边平心静气地躺到床上。只躺了一小会儿，他又爬起来，他的手摸到床头的油灯，他把油灯砸到地上。油灯碎裂的声音，把那个奇怪的声音赶跑了，但是它游了一圈后马上又回到王老炳的耳边。王老炳开始制造声音来驱赶声音。他把烟斗当做鼓槌，不停地磕他的床板。他像一只勤劳的啄木鸟，使同样无法入睡的蔡玉珍雪上加霜。

啄木鸟的声音停了，王老炳改变策略，他开始不停地说话，无话找话说。蔡玉珍听到他在胡话里睡去，鼾声接替话声。听到鼾声，蔡玉珍像饥饿的人，突然闻到了饭香。

屋顶的声音没有消失，蔡玉珍拿着手电往上照，她看见那些支撑瓦片的柱头、木板，没有听到声音。她听到声音从屋顶转移到地下，仿佛躲在那些箱柜里。她把箱柜的门一一打开，里面什么也没有。她翻箱倒柜的声音，惊醒了刚刚入睡的王老炳。王老炳说你找死吗？我好不容易睡着又被你搞醒了。说完，屋子里变得出奇的静。蔡玉珍缩手缩脚，再也不敢弄出声响来。

蔡玉珍听到王老炳叫她，王老炳说你过来扶我出去，我们去找找那个声音，看它藏在哪里。蔡玉珍用手推王家宽，王家宽翻了个身又继续睡。蔡玉珍冒着胆走到王老炳床前，拉住王老炳走出大门，黑夜里风很大。

他们在门前仔细听，那个奇怪的声音像是来自屋后，他们朝屋后走去，走进后山那片桃林。蔡玉珍看见杨凤池跪在一株桃树下，用一根木棍敲打一只倒扣的瓷盆，瓷盆发出空阔的声音。手电光照到杨凤池的身上，她毫无知觉，她双目紧闭口中念念有词。蔡玉珍和王老炳听到她在诅咒王家宽。她说是王家宽害死了朱灵。王家宽不得好死，王家宽全家死绝……

蔡玉珍朝瓷盆狠狠地踢，瓷盆飞出去好远。杨凤池睁眼看见光亮，吓得爬着滚着出了桃林。王老炳说她疯啦。现在死无对证，她把屎呀尿呀全往家宽身上泼。我们穷不死饿不死，但我们被脏水淹死。我们还是搬家吧，离他们远远的。

王家宽扶着王老炳过了小河，爬上对岸，蔡玉珍扛着锄头、铲子跟在他们的身后。村庄的对面，也就是小河的那一边是坟场，除

了清明节，很少有人走到河的那边去。王老炳过河之后，几乎是凭着多年的记忆，走到了他祖父王文章的墓前。他走这段路走得平稳、准确无误，根本不像个瞎子。王家宽不知道王老炳带他来这里干什么。

王家宽说爹，你要做什么？王老炳说把你曾祖的坟挖了，我们在这里起新房。蔡玉珍向王家宽比了一个挖土的动作。王家宽想爹是想给曾祖修坟。

王家宽在王文章的坟墓旁挖沟除草，蔡玉珍的锄头却指向坟墓。王家宽抬头看见他曾祖的坟，在蔡玉珍的锄头下土崩瓦解，转眼就塌了半边，他感到惊奇。他神色庄重地夺过蔡玉珍手里的锄头，然后用铲子把泥巴一铲一铲地填到缺口里。

王老炳没有听到挖土的声音，他说蔡玉珍，你怎么不挖了。这是个好地盘，我们的新家就建在这里。我祖父死的时候，我已经懂事了。我看见我祖父是装着两件瓷器入土的，那是值钱的古董，你把它挖出来。你挖呀。是不是家宽不让你挖，你叫他告我。王老炳说着，比了一个挖土的动作。他的动作坚决果断，甚至是命令。

王家宽说爹，你是叫我挖坟吗？王老炳点点头。王家宽说为什么？王老炳说挖。蔡玉珍捡起横在地面的锄头，递给王家宽。王家宽不接，他蹲在河沿看河对面的村庄，以及他家的瓦檐。他看见炊烟从各家各户的屋顶升起，早晨的天空被清澈的烟染成蓝色。

有人赶着牛群出村。谁家的鸡飞上刘顺昌家的屋顶，昂首阔步、来来回回地走。

王家宽回头，看见坟墓又缺了一只角，新土覆盖旧土，蔡玉珍像一只蚂蚁正艰难地啃食一块大饼。王老炳摸到了地上的锄头，他慢慢地把锄头举起来，慢慢地放下去，锄头砸在石块上，偏离目标，差一点锄到王老炳的脚，王家宽想他们是下决心要挖这座坟了。王家宽从他爹手上接过锄头，紧闭双眼把锄头锄向坟墓。他在干一件他不愿意干的事情，他渴望闭上双眼。他想爹的眼睛如果不瞎，他就不会向他烧香磕头的地方动锄头。

挖坟的工作持续了半天，他们总算整出了一块平地，他们没有看见棺材和尸骨。王家宽说这坟里什么也没有。王老炳听到王家宽这么说，感到十分惊诧。他摸到刚整好的平地上，抓起一把泥土，放到鼻尖前嗅了又嗅。他想我是亲眼看着祖父下葬的，棺材里装着两件精美的瓷器，现在怎么连一根尸骨都没有呢？

时间到了夏末,王家宽和蔡玉珍在对岸垒起两间不大不小的泥房。他们把原来的房屋一点儿一点儿地拆掉,屋顶上的瓦也全都挑到了河那边。他们原先的家,完全暴露在光天化日之下。

搬家的那天,王家宽甩掉许多旧东西。他砸烂那些油腻的坛子,劈开几个沉重的木箱。他对过去留下来的东西,带着一种天然的仇恨。他像一个即将远行的人,轻装上路,只带上他必须携带的物品。

整理他爹的床铺时,他在床下发现了两只精美的花瓶。他扬手准备把它扔掉,被蔡玉珍及时拦住。蔡玉珍用毛巾把花瓶擦亮,递给王老炳。王老炳用手一摸,脸色霎时变了。他说就是它,我找的就是它。我明明看见它埋到了祖父的棺材里,现在又从哪里跑出来了呢?帮忙搬家的人说是王家宽从你床铺下面翻出来的。王老炳说不可能。

王老炳端坐在阳光里,抱着花瓶不放。搬家的人像搬粮的蚂蚁,走了一趟又一趟。他们看见王老炳面对从他身边走过的脚步声笑,面对空荡荡的房子笑,笑得合不拢嘴。

王老炳一家完全彻底地离开老屋,是在这一天的傍晚。搬家的人们都散了,王家宽从老屋的火炕里,点燃火把,眼泪随即掉下来。他和火把在前,王老炳和蔡玉珍断后。王老炳怀抱两只花瓶,蔡玉珍小心地搀扶着他。

过了小木桥,王老炳叫蔡玉珍拉住前面的王家宽,他要大家都在河边把脚洗干净。他说你们都来洗一洗,把脏东西洗掉,把坏运气洗掉,把过去的那些全部洗掉。三个人六只脚板在火光的照耀下,全都泡进水里。蔡玉珍看见王家宽用手搓他的脚板,搓得一丝不苟,像有老趼和鳞甲从他脚上一层层脱下来。

村庄里的人全都站在自家门口,目送王家宽一家人上岸。他们觉得王家宽手上的火把,像一簇鬼火,无声地孤单地游向对岸。那簇火只要把新屋的火引燃,整个搬迁的仪式也就结束了。一同生活了几十年的邻居们,就这样看着一个邻居从村庄消失。

一个秋天的中午,刘顺昌从山上采回满满一背篓草药。他把草药倒到河边,然后慢慢地清洗它们。河水像赶路的人,从他手指间快速流过,他看到浅黄的树叶和几丝衰草,在水上漂浮。他的目光越过河面,落到对岸王老炳家的泥墙上。

他看见王老炳一家人正在盖瓦。王老炳家搬过去的时候,房子

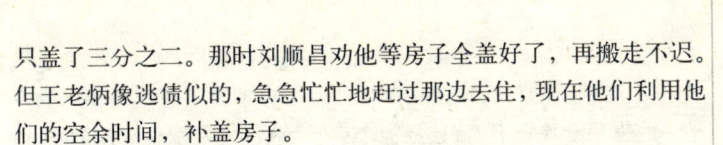

只盖了三分之二。那时刘顺昌劝他等房子全盖好了,再搬走不迟。但王老炳像逃债似的,急急忙忙地赶过那边去住,现在他们利用他们的空余时间,补盖房子。

蔡玉珍站在屋檐下捡瓦,王老炳站在梯子上接,王家宽在房子上盖。瓦片从一个人的手里,传到另一个人的手里,最后堆在房子上。他们配合默契,远远地看过去看不出他们的残疾。王家宽不时从他爹递上去的瓦片中,选出一些断瓦扔下来,有的瓦片还扔到了河中。

刘顺昌只看到小河里的水花飞扬,听不到瓦片砸入河中的声音。这是一个没有声音的中午,太阳在小河里静静地走动。王老炳一家人不断地弯腰举手,没有发出丝毫的声响。刘顺昌看着他们,像看无声的电影。他们似乎是阴间里的人,或者是画在纸上的人。他们只在光线里动作,轻飘、单薄,虚幻得不像人似的。

刘顺昌看见房上的一块瓦片飞落,碰到蔡玉珍的头上,破成四五块碎片。蔡玉珍双手捧头,弯腰蹲在地上。刘顺昌想蔡玉珍的头一定被砸破了。刘顺昌朝那边喊话:老炳,蔡玉珍的头伤得重不重?需不需要我过去看一看,给她敷点草药?那边没有回音,他们像没有听到刘顺昌喊话。

王家宽从房子上走下来,把蔡玉珍背到河边,用河水为她洗脸上的血。刘顺昌喊蔡玉珍,你怎么啦?王家宽和蔡玉珍仍然没有反应。刘顺昌捡起脚边的一颗石子,往河边砸过去。王家宽朝飞起的水花匆匆一瞥,便走进草丛为蔡玉珍采药。他把他采到的药放进嘴里嚼烂,再用右手抠出嚼烂的药,敷到蔡玉珍的伤口上。

蔡玉珍再次趴在王家宽的背上。王家宽背着她往回走。尽管小路有一点坡度,王家宽还能在路上一边跳一边走,像从某处背回新娘一样快乐惬意。蔡玉珍被王家宽从背上颠到地面,她在王家宽的背膀上擂上几拳,想设法绕过王家宽往前跑。但是王家宽张开他的双手,把路拦住。蔡玉珍只得用双手搭在王家宽的双肩上,跟着他走跟着他跳。

跳了几步,王家宽突然返身抱住蔡玉珍。蔡玉珍像一张纸片,轻轻地离开地面,落入王家宽的怀中。王家宽把蔡玉珍抱进家门,王老炳摸索着进入家门。刘顺昌看见王家的大门无声地合拢。刘顺昌想他们一天的生活结束了,他们很幸福。

秋风像夜行人的脚步,在河的两岸在屋外沙沙地走着。王老炳

和王家宽都已踏踏实实地睡去。蔡玉珍听到屋外响了一声，像是风把挂在墙壁上的什么东西吹落了。蔡玉珍本来不想理睬屋外的声音，她想瓦已盖好了，家已经像个家了，应该安安稳稳地睡个好觉。但她怕她晾在竹竿上的衣服被风吹落，于是她又从床上爬起来。

她拉开大门，一股风灌进她的脖子。她把手电摁亮，她看见手电光像一根无限伸长的棍子，一头在她的手上，另一头搁在黑夜里。她拿着这根白晃晃的棍子，走出家门，转到屋角看晾在竹竿上的衣服。衣服还晾在原先的位置，风甩动那些垂直的衣袖，像一个人的手臂被另一个人强行地扭来扭去。蔡玉珍想收那些衣服，她把手电筒叼在嘴里，双手伸向竹竿。她的手还没有够着竹竿，便被一双粗壮的手臂搂住了。那双手搂着她飞越一条沟，跨过两道坎，最后一起倒在河边的草堆里。蔡玉珍嘴里的手电筒在奔跑中跌落，玻璃电珠破碎，照明工具成了瞎子，河两岸乱糟糟的黑。

那人撕开她的衣服，像一只吃奶的狗仔用嘴在她胸口乱拱。蔡玉珍想喊，但她喊不出来。她的奶子被啃得火辣辣地痛。她记住这个人有胡须。那人想脱她的裤子，蔡玉珍双手攥紧裤头，在草堆里打滚。那人似乎是急了，他腾出一只手来摸他的口袋，他摸出一把冰凉的刀。他把刀贴在蔡玉珍的脸上，蔡玉珍安静下来。蔡玉珍听到裤子破裂的声音，她知道她的裤裆被小刀割破了。

蔡玉珍像一匹马，被那人强行骑了上去。挣扎中，她的裤裆完全彻底地撕开。她想现在攥着裤头，已经没有用处。她张开双手，十个手指朝那人的脸上抓。她想明天，我就去找脸皮被抓破的人。

强迫和挣扎待续了好久，蔡玉珍的嘴里突然吐出几个字：我要杀死你。她把这几个字，劈头盖脸吐向那人。那人从蔡玉珍的身上弹起来，转身便跑。蔡玉珍听到那人说我撞上鬼啦，哑巴怎么也能说话。声音含糊不清，蔡玉珍分辨不出那声音是谁的。

当她回到床前，点燃油灯时，王家宽看到了她受伤的胸口和裂开的裤裆。王家宽摇醒他爹，王家宽说爹，蔡玉珍刚才被人搞了，她的裤裆被刀子划破，衣服也被撕烂了。王老炳说你问问她，是谁干的好事？王老炳想：说也是白说，王家宽他听不到。王老炳叹了一口气，对着隔壁喊玉珍，你过来，我问问你。你不用怕，爹什么也看不见。

蔡玉珍走到王老炳床前，王老炳说你看清是谁了吗？蔡玉珍摇头。王家宽说爹，她摇头，她摇头做什么？王老炳说你没看清楚他

是谁,那么你在他身上留下什么伤口了吗?蔡玉珍点头。王家宽说爹,她又点头了。王老炳说伤口留在什么地方?蔡玉珍用双手抓脸,然后又用手摸下巴。王家宽说爹,她用手抓脸还用手摸下巴。王老炳说你用手抓了他的脸还有下巴?蔡玉珍点头又摇头。王家宽说现在她点了一下头又摇了一下头。王老炳说你抓了他脸?蔡玉珍点头。王家宽说她点头。王老炳说你抓了他下巴?蔡玉珍摇头。王家宽说她摇头。蔡玉珍想说那人有胡须,她嘴巴张了一下,但什么也没有说出来。她急得想哭。她看到王老炳的嘴巴上下,长满了浓密粗壮的胡须,她伸手在上面摸了一把。王家宽说她摸你的胡须。王老炳说玉珍,你是想说那人长有胡须吗?蔡玉珍点头。王家宽说她点头。王老炳说家宽他听不到我说话,即使我懂得那人的脸被抓破,嘴上长满胡须,这仇也没法报啊。如果我的眼睛不瞎,那人哪怕跑到天边,我也会把他抓出来。孩子,你委屈啦。

　　蔡玉珍哇的一声哭了,她的哭声十分响亮。她看见王老炳瞎了的眼窝里冒出两行泪。泪水滚过他皱纹纵横的脸,挂在胡须上。

　　无论是白天或者黑夜,王家宽始终留意过往的行人。他手里捏着一根木棒,对着那些窥视他家的人晃动。他怀疑所有的男人,甚至怀疑那个天天到河边洗草药的刘顺昌。谁要是在河那边朝这边多看几眼,他也会不高兴也会怀疑。

　　王老炳叫蔡玉珍把小河上的木板桥拆掉,王家宽不允。他朝准备拆桥的蔡玉珍晃动他手里的木棒,他坚信那只饿嘴的猫,一定还会过桥来。王家宽对蔡玉珍说我等着。

　　王家宽耐心地等了将近半个月,他终于等到了报仇的时机。他看见一个人跑过独木桥,朝他家摸来。王家宽还暂时看不清那个人的面孔,但月亮已把来人身上白色的衬衣照得闪闪发光。王家宽用木棒在窗口敲了三下,这是通知蔡玉珍的暗号。

　　那个穿白衬衣的人,来到王家门前,他四下望一眼后,便从门缝往里望。大约是什么也没看见,他慢慢地靠近王家宽卧室的窗口,踮起脚尖伸长脖子,窥视窗里。王家宽从暗处冲出来,木棒横扫那人的小腿。那人像秋天的蚂蚱,从窗口跳开,还没有站稳就跪到了地下。那人试图逃跑,他刚跑到屋角,王家宽就喊了一声:爹,快打。屋角伸出一根木棒,正好砸在那人的头上。那人抱头在地下滚了几滚,又重新站起来。他的手里已经抓住了一块石头,他举起石头正要砸向王家宽时,蔡玉珍从柴堆里冲出,举起一根木棍

朝那只拿石头的手扫过去。那人的手迅疾缩回，石头掉在地上。

那个人被他们打趴在地上，再也不能动弹了，他们才拿手电照那个人的脸。王家宽说原来是你，谢西烛。你不打麻将啦？你跑到这里来干什么？谢西烛的嘴巴动了动，说出一句含糊不清的话。王老炳和蔡玉珍谁也没听清楚。

蔡玉珍看见谢西烛的下巴留着几根胡须，但那胡须很稀很软，他的脸上似乎也没有被抓破的印痕。蔡玉珍想是不是他的伤口，已经全部愈合了。王家宽问蔡玉珍，是不是他？蔡玉珍摇头，意思是说我也搞不清楚。王家宽的眼睛突然睁大，蔡玉珍看见他的眼球快要蹦出来似的。蔡玉珍又点了点头。

蔡玉珍和王家宽把谢西烛抬过河，丢弃在河滩上。他们面对谢西烛往后退，他们一边退一边拆木板桥，那些木头和板子被他们丢进水里。蔡玉珍听到木板咕咚咕咚地沉入水中，木板像溺水的人。

自从蔡玉珍被强奸的那个夜晚之后，王老炳觉得他和家宽、玉珍仿佛变成了一个人。特别是那晚上床前对话给他留下怎么也抹不去的记忆。他想我发问，玉珍点头或摇头，家宽再把他看见的说出来，三个人就这么交流和沟通了。昨夜，我们又一同对付谢西烛，尽管家宽听不到我看不见玉珍说不出，我们还是把谢西烛打败了。我们就像一个健康的人。如果我们是一个人，那么我打王家宽就是打我自己，我摸蔡玉珍就是摸我自己。现在，木板已经被家宽他们拆除，我们再也不跟那边的人来往。

在一些无聊的日子里，王老炳坐在自家门口无边无际地狂想。他有许多想法，但他无法去实现。他恐怕要这么想着坐着终其一生。他对蔡玉珍说如果再没有人来干扰我们，我能这么平平安安地坐在自家的门口，我就知足了。

村上没有人跟他们往来，王家宽和蔡玉珍也不愿到河那边去。蔡玉珍觉得他们虽然跟那边只隔一条河，但是心却隔得很远。她想我们算是彻底地摆脱他们了。

只有王家宽不时有思凡之心，夏天到来时，他会挽起裤脚涉过河水，去摘桃子吃。一般他都是晚上出动，没有人看见他。他最爱吃的桃子，是朱灵照相时，曾经靠过的那棵桃树结出来的桃子。他说那棵桃树结的特别甜。

大约一年之后，蔡玉珍生下了一个活蹦乱跳的男孩。孩童嘹亮的啼哭，使王老炳坐立不安。王老炳问蔡玉珍，是男的还是女的？

蔡玉珍抬起王老炳布满老茧的右手，小心地放到孩童的鸟仔上。王老炳捏着那团稚嫩的软乎乎肉体，像捏着他爱不释手的烟杆嘴。他说我要为他取一个天底下最响亮的名字。

王老炳为孙子的名字，整整想了三天。三天里他茶饭不思，像变了个人似的。最先他想把孙子叫做王振国或者王国庆，后来又想到王天下、王泽东什么的，他甚至连王八蛋都想到了。左想右想，前想后想，王老炳想还是叫王胜利好。家宽、玉珍和我终于有了一个健康的后代，他耳聪目明口齿伶俐，将来他长大了，再也不会有什么难处，他能战胜一切他能打败这个世界。

在早晨、中午或者黄昏，在天气好的日子里。人们会看见王老炳把孙子王胜利举过头顶，对着河那边喊王胜利。有时候小孩把尿撒在他的头顶他也不顾，他只管逗孙儿喊着孙儿。王家开始有了零零星星的自给自足的笑声。

不过王家宽仍然不知道他爹，已给他的儿子取了一个响亮的名字。他基本上是靠他的眼睛来与儿子交流。对于他来说，笑声是一种永远也无法企及的奢侈品。当他看到儿子咧开嘴角，露出幸福的神情时，他就想那嘴巴里一定吐出了一些声音。如果听到那声音，就像口袋里兜着大把钱一样地愉快和美妙。于是，王家宽自个儿给儿子取了个名字，叫王有钱。王老炳多次阻止王家宽这样叫，但王家宽不知道怎么个叫法，他听不到王胜利这三个字的发音，他仍然叫儿子王有钱。

王胜利渐渐长大了，每天他要接受两种不同的呼喊。王老炳叫他王胜利，他干脆利索地答应了。王家宽叫他王有钱，他也得答应。有一天，王胜利问王老炳说，爷爷你干吗叫我王胜利，而我爹却叫我王有钱，好像我是两个人似的。王老炳说你有两个名字，王胜利和王有钱都是你。王胜利说我不要两个名字，你叫爹他不要再叫我王有钱，我不喜欢有钱这个名字。王胜利说完，朝他爹王家宽挥挥拳手，说你不要叫我王有钱了，我不喜欢你这样叫我。王家宽神色茫然，不知发生了什么事。王家宽说有钱，你朝我挥拳头做什么？你是想打你爹吗？

王胜利扑到王家宽的身上，开始用嘴咬他爹的手臂。王胜利一边咬一边说，叫你不要叫我有钱了，你还要叫，我咬死你。

王老炳听到叭的一声响，他知道是王家宽打王胜利发出的声音。王老炳说胜利，你爹他是聋子。王胜利说什么叫聋子？王老炳

说聋子就是听不到你说的话。王胜利说那我妈呢？她为什么总不叫我名字。王老炳说你妈她是哑巴。王胜利说什么是哑巴？王老炳说哑巴就是说不出话，想说也说不出。你妈很想跟你说话，但是她说不出。

这时，王胜利看见他妈用手在爹的面前比画了几下，他爹点了点头，对爷爷说爹，有钱他快到入学的年龄了。爷爷闭着嘴巴叹了一口气说，玉珍你给胜利缝一个书包吧。到了夏天，就送他入学。王胜利看着他的爷爷、爹和妈，像一只受惊的小鸟，头一次被他们古怪的动作和声音吓怕了。他的身子开始发抖，随之呜呜地哭起来。

到了夏天，蔡玉珍高高兴兴地带着王胜利进了学堂。第一天放学归来，王老炳和蔡玉珍就听到王胜利吊着嗓子唱：蔡玉珍是哑巴，跟个聋子成一家，生个孩子聋又哑。蔡玉珍的胸口像被钢针猛猛地扎了几百下，她失望地背过脸去，像一匹伤心的老马，大声地嘶鸣。她想不到她的儿子，最先学到的竟是这首破烂的歌谣，这种学校不如不上了。她一个劲地想我以为我们已经逃脱了他们，但是我们还没有。

王老炳举起手里的烟杆，朝王胜利扫过去。他一连扫了五下，才扫着王胜利。王胜利说爷爷，你干吗打我？王老炳说我们白养你了，你还不如瞎了、聋了、哑了的好，你不应该叫王胜利，你应该叫王八蛋。王胜利说你才是王八蛋。王老炳说你知道蔡玉珍是谁吗？王胜利说不知道。她是你妈。王老炳说，还有王家宽是你的爹。王胜利说那这歌是在骂我，骂我们一家。爷爷，我怎么办？王老炳把烟杆一收，说你看着办吧。

从此后，王胜利变得沉默寡言了，他跟瞎子、聋子和哑巴，没有什么两样。

载《山花》2001年第二期
分别被《小说选刊》2001年第四期
《中华文学选刊》2001年第三期
《短篇小说选刊》2001年第四期转载
分别收入2001年人民文学出版社
漓江出版社的年度佳作选

我为什么没有小蜜

短篇小说

（徐立宇摄）　　　　　　　　　　　　回到遮风挡雨的老房子

米金德穿着一件白净的短袖衬衣,低头站在普超的办公桌前说,我只不过是伸手在小元的胸前比画了一下,就像这样比画了一下。米金德举起右手,五根蒜白一样的手指做出一个碗状,倒扣在自己的胸膛就像倒扣在小元的胸膛那样比画了一下,然后偷眼看坐在办公桌后面的普超。普超直着脖子,板着一副冻猪肉一样的脸盯着米金德。米金德感觉到一股冷气迎面扑来,于是迅速地低下头,说她想得挺美,她说我碰了她,我根本就没碰她。你也知道我跟她不是没有开过玩笑,怎么这次就当真了?如果你相信她的鬼话,我可就冤死了。

普超从鼻孔里喷出一声冷笑,拿起一支铅笔敲打着桌上的一大摞文件说,知道这在外国算怎么回事吗?米金德摇摇头说,这能算什么呢?普超说这要是在国外,就是性骚扰,可以给你定罪的。米金德抬起那张委屈的脸说,可是我并没有碰到她。普超说如果你没碰到她,她怎么会告你?人家还是一个姑娘,如果你没碰她,她会告你吗?她难道就不要名声了吗?米金德说可是……还没等米金德"可是"完,普超就把手上的铅笔重重地摔到桌上说,你就不要可是了,有本事你到外面去找,干吗要调戏自己的同事?米金德急得张大了嘴巴,说我是乌龟王八,如果我调戏她的话。普超的身子往后一靠跷起二郎腿,说你就不要狡辩了,我可不喜欢跟我顶嘴的部下。

米金德的脑袋像是被棍子敲了一下轰轰地响着,甚至还有一点儿火冒金星。他的双腿不自觉地摇摆起来,声音慢慢地调低。他说你让我不说,我就不说,但是我真的没有碰她。普超被米金德说得有点儿烦了,搁在扶手上的巴掌一撑呼地站起来,拉开架式准备跟米金德发火。突然,办公室的门被人推开了,普超和米金德同时扭头看着门口,他们看见小元站在那里,像是要把什么事情带进来。米金德对着小元像死鱼那样翻一个白眼,扭头看着普超。普超脸上的怒火在小元的注视下跑得一干二净,甚至还出现了漫无边际的微笑。但是他似乎意识到了米金德的存在，把刚刚露出来的正在向四周扩散的微笑强行地收回去，就像把刚刚借出去的钱收回去那样。

普超对着门外的小元招手说，你来得正好。米金德对普超说，既然小元来了，你是不是可以问问她，我到底碰没碰她的胸口？小元走进来，目光在两个男人的脸上打扫一遍，说你们到底在说什么？普超没有理会小元，提高嗓门对米金德说你碰了。米金德说你能不能让小元自己说？普超说干吗要她自己说？我说就等于她说。我说你碰了你就碰了。米金德无奈地低下头，站在那里一动不动。普超坐回椅子里，说看来你还不太服气，小元你跟他说吧。小元故作惊讶地说，我不知道跟他说什么？普超拉过小元，让她坐到自己的膝盖上，双手把她搂住。小元缩了缩脖子，嘻嘻地笑着。普超把嘴巴凑到小元的耳朵上说，你说，他到底碰没碰你？小元说，碰了。

米金德的脸惨白，脑袋又轰地炸开。他怎么也想不到小元会在大白天里说假话，他更想不到小元竟是普超的小蜜。既然他们是这种关系，那我还有什么话可说？米金德顿时觉得自己的身子像被水浮了起来，就像宇航员那样浮了起来。他一抬脚，身子轻飘飘地转过去。在米金德转过去的一瞬间，普超发现了他脸部的细微变化，那是一种不服气的表情。普超对着米金德的背影说，米金德，就这么回事，不要想不通。你都看到了，小元是我的朋友，今后你对她不要太过分。米金德不用回头就想像得出普超搂着小元的那副得意嘴脸。他恨透了普超那种居高临下得意洋洋的腔调快步朝门口走去，但是就在他快要跨出门口的瞬间，身后响起了普超和小元的哼哼声。这种发情的声音使米金德不得不回头看着他们。他看见小元像一个孩子被普超紧紧搂着，他们的嘴咬在一起。米金德突然感到脊背一阵发凉，身上起了一层鸡皮疙瘩。他轻声地说，我什么也没看见，即使我看见了我什么也不会说。说完，米金德跑下楼梯。

米金德回到自己的办公室，坐到他差不多坐了十年的那张破椅子上。那张椅子在他坐下来的时候很不争气地摇晃起来，还发出吱吱呀呀的声音。这种声音在寂静的办公室里显得十分嘹亮，所有的人都用奇怪的眼神看着他。只有坐在他对面的朱子良，对他的椅子声无动于衷。因为他正戴着一副老花眼镜，盯着他手上那只从来都没响过的呼机拍打着，似乎是要从那上面拍出一条让他振奋的消息。

同事们怪异的目光把米金德的脸都看红了。米金德竭力控制住

椅子的响声，但是他愈想控制椅子就响得愈厉害。这时他才发现自己的身体像装了发动机那样颤抖不已，而且连牙齿也像搁在雪地里那样格格地敲打着。米金德想今天我是怎么了？他正这么想着，一个声音从办公室的角落砸到他的头上：老米，你安静一点儿好不好？这个声音在米金德的身上加了一把火，使他的身子抖得更厉害。他抬头对着角落很歉意地一笑，说对不起，我不是故意的。我有点儿不舒服，但很快就会好的，给我几分钟，我就会安静下来，很快就会安静下来。米金德絮絮叨叨地，说话的声音愈来愈轻，但是他的椅子却愈来愈响，就连朱子良也被他的声音弄得心神不安。

朱子良把头从呼机上抬起来，脱下老花眼镜，眯起他的小眼睛看着米金德说，小米，你怎么抖得这么厉害？要不要到医院去看看？米金德摇摇头轻声地说，没事，待一会儿就好了。朱子良说那你站起来试试，只要你的屁股离开椅子，它就没办法响了。米金德双手撑住桌子站起来，椅子的响声消失了，但是他的身子却抖得更厉害，仿佛再这样抖下去他的身子也会发出响声似的。有人建议老朱，你还是带他到医务室去看看吧，你看他的脸，白得都像一张纸了。在大家的怂恿下，朱子良很勇敢地站起来，把手里的那个呼机别到腰带上，扶着米金德走出办公室。

走出办公室，米金德找一张石凳坐下。朱子良说你怎么不走了？米金德说老朱，你都快退休的人了，我怎么好意思让你扶着我走。朱子良说这有什么？谁敢保证自己不生病？米金德说我没生病，我只是感到有点儿冷。朱子良说大热天的感到冷那不就是病吗？米金德说你让我坐一会儿吧，坐一会儿我就好了。朱子良说你真的没事吗？米金德说没事。朱子良伸手在米金德的额头上摸了一把说，那你先坐一会儿吧，我得弄弄我的这个呼机。

朱子良坐到米金德的旁边，把别在腰带上的那个呼机拿出来继续拍打着。米金德慢慢地平静下来，血色回到他的脸上。他说老朱，我发现了一个秘密。朱子良停止对呼机的拍打，好奇地看着米金德问，什么秘密？米金德我不敢说，除非你向我发誓。朱子良说连克林顿都没什么秘密了，你还有什么大不了的秘密？米金德说这绝对是秘密，说出来可不得了。朱子良说那你说出来听听。米金德摇摇头说，我怕你会说出去。朱子良说我发誓，如果我把这个秘密说出去就让车撞死。米金德说，你怎么发这样的毒誓？万一你漏嘴我可负不起责任。朱子良说怎么会让你负责任？我不说出去不就得了。米金德说你会说出去的,这个秘密除了我谁都会说出去。朱子良说小米,你就那么不相信我?米金德说老朱,我不说给你听是为了你好,有时候知道得越多人越累,多一事还不如少一事。朱子良举起手里的呼机说,小米,如果你不相信我,那我先说一个秘密给你听。听完我的秘密,你再把你的秘密告诉我。米金德说你的什么秘密都不会超过我的这个秘密。朱子良笑了一下说,那不一定,知道这几天我为什么不停地摆弄这个呼机吗?米金德说不知道。朱子良我跟一个女人好上了,她答应这几天呼我,直到现在她都还没呼我,所以我一直担心是不是我的呼机出了毛病?米金德的眼珠子被朱子良的这个秘密撑得快要爆裂了,他惊讶地看着朱子良,看了好久才憋出一句话来,老朱,你有外遇了?朱子良点点头。米金德说老朱,你怎么就有外遇了?朱子良说我怎么就不能有外遇了?

　　这时朱子良手里的呼机突然狂声大作。他看一眼呼机,飞快地从石凳上跳起来喊道,小米,是她的传呼,她呼我了。米金德看见朱子良满嘴巴的笑声,他笑着跑进办公室去复机。他一边跑手里的呼机还一边响。

　　米金德在冰凉的石凳上坐了一会儿,发现自己的身子已不在发抖。这时他感到肚子里憋着的那个秘密像火一样烧起来,他想我得找个人说说。他抬头看看办公室的门口,朱子良进去之后就没再出来,四周一个人也没有。米金德从石凳上站起来走进车棚,推着自行车出了院门。一出院门,他就像踩什么仇人那样拼命地踩着他那辆破烂不堪的自行车上了马路,车子在他的脚下飞了起来,他的额头上很快出了一层汗珠。但是他一心只想找个人说说,根本顾不上抹一下额头上的汗。他的车子从一辆又一辆自行车旁边飞过,穿过东城区,绕过朝阳门,来到一座大厦前,一口气跑上三楼,冲到一个大办公室门前,对着里面叫了一声:赵然。

　　办公室里的人全都抬起头,他们看见米金德的衬衣已经湿透,头发上挂着豆子一样大的晶莹剔透的汗珠。他的脖子梗着,胸腔起伏着,嘴巴开合着,像是离开水的鱼,想说什么但又卡在脖子里说不出来。赵然紧张地跑到门边说,出什么事了?米金德把赵然拉到走廊上,伸了伸脖子很神秘地说,我看见了,我全都看见了。赵然说你看见什么了?米金德说我看见普超了。赵然说普超?不就是你们单位的那个头儿吗?米金德点点头。赵然说你不是天天都看见他

吗？米金德说我不是看见他，我是看见他有小蜜了。赵然说你跑得气都喘不过来了，就是为了跟我说这个？米金德说我再不说出来，肚子就要爆炸了。赵然说我还以为出了什么大事，你真是无聊透顶。米金德说关键是他们就在办公室里，就当着我的面亲嘴。赵然说他就不怕你说出去？米金德说所以我就跑过来跟你说了。赵然说跟我说有什么用？你要跟你们单位的人说。米金德说我差一点儿就说了，如果朱子良的呼机不响，我就说出来了。后来我一想当时幸好没说，要不然他会怪罪我的，那我在单位就没法混下去了。赵然说那你还说它干吗？你就只当没看见，这年头男人有个把小蜜有什么值得大惊小怪的？米金德说你也这么认为？赵然说难道不是吗？米金德说可是有很多男人都没有。赵然笑笑，说那都是一些像你一样没有本事的男人。米金德说原来你也这么认为，我怎么一点儿也不知道？赵然说我是开玩笑呢，你真是无聊，没事就早点儿回家，路上小心。

　　赵然说着转身走向办公室。米金德尾随她走了几步，说也许他就知道我不敢说，才敢当着我的面跟他的小蜜亲嘴。赵然说算你还有自知之明，你以为这是什么伟大光荣的事情吗？他这是看不起你，谅你不敢说他，根本没把你当回事。米金德恨铁不成钢地在自己的脸上扇了一巴掌，说他妈个巴子的，不就有个小蜜嘛，怎么就那么看不起人。

　　不知道是不是炎热的天气作怪，反正自从米金德看见普超的那一幕之后，他就一直躁动不安，觉得普超在欺负他，心理一直都不平衡。他突然想去见一个人，但是他的手头没多少钱。他的生活一直都是赵然安排着，所以他基本不知道赵然把钱放在什么地方。赵然还没下班，米金德开始在家里翻箱倒柜找钱。他打开赵然专用的那个柜子，里面除了化妆品没有他要找的东西。他拉开衣柜，把赵然那些挂着的衣服的口袋全掏了一遍，还是没找着他要找的东西。他想她会把那东西藏在哪里？他的目光落在书柜上，心里掠过一丝窃喜。他打开书柜，翻开赵然经常看的那些书，翻一本丢一本，很快沙发和地板上堆满了他翻过的零乱的书籍。

　　下班后的赵然突然推门进来，米金德被推门声吓了一跳。他下意识地缩缩脖子。赵然的目光落在米金德的脸上。米金德感到她已经把自己看穿了。米金德说你把存折放在哪里？赵然说你找存折干吗？米金德说我的一个同学病了，我去看看。赵然说你别

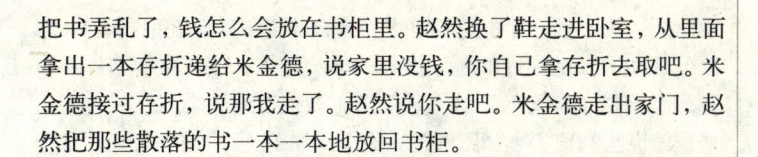

把书弄乱了,钱怎么会放在书柜里。赵然换了鞋走进卧室,从里面拿出一本存折递给米金德,说家里没钱,你自己拿存折去取吧。米金德接过存折,说那我走了。赵然说你走吧。米金德走出家门,赵然把那些散落的书一本一本地放回书柜。

　　米金德肩膀上扛着一大盒酸奶急匆匆地在楼梯上爬着。他爬到六楼的一扇门前把酸奶从肩膀上放下来喘了几口粗气,伸手在门铃上按了一下。铁门咔哒一声,一位正在往横里长的中年妇女把门打开,好奇地看着米金德,说你找谁啊?米金德说王微,你不认识我了?王微张大嘴巴,说原来是金德,我们差不多十年不见面了,我都不记得你长什么模样了。王微的身子从门框里让开,说快进来吧,金德。米金德抱起那盒酸奶走进去。王微说来就来了,还买什么东西,你太客气了。米金德说这是你最爱喝的酸奶,我记得你最爱喝酸奶了,一天能喝好几瓶。王微咧嘴一笑,说你还记得我喜欢喝酸奶,真是的。我什么也不记得了。

　　王微兴奋地搓着双手,不停地跺脚,不知道如何是好。她说金德,怎么突然想到来看我了?米金德说也不知道为什么,突然就来了。王微说你来得正好,我连一个说话的人都没有。米金德撕开那盒酸奶,把一根吸管狠狠地戳进塑料奶瓶递给王微,说喝吧,我最喜欢看你喝酸奶了。王微接过酸奶喝了起来,只一会儿工夫就把那瓶酸奶喝光。米金德接过那个空瓶,又用吸管戳破一瓶新的递给王微。王微接过酸奶歉意地一笑,说我真能喝,都这么大了,还像个孩子喜欢喝酸奶。哎,金德,你的记性真好,好多同学都不记得我爱喝酸奶了,你还记得。

　　米金德嘿嘿地笑了一下,说我一直都惦记着你,听说你离了?王微说早离了。米金德说听说是因为他不能让你怀孩子?王微把吸管从嘴里拉出来,说谁跟你说的?米金德说同学们都这么说。王微坐到沙发上拼命地喝着酸奶,喝到空瓶里发出曜曜的声音。米金德说再来一瓶?王微把空瓶丢到茶几上,说同学们都知道了吗?他们是不是在笑话我?米金德说没有人笑话你,大家都很同情你。王微说我过得很好,不需要他们同情。米金德坐到王微的对面,拿起那个王微丢在茶几上的空瓶子捏来捏去,说我老婆一直不想生孩子,我让她打了三次胎。每打一次胎她就骂我是一头公牛。王微撇一下嘴巴,说算了吧,金德,你也能算是一头公牛?公牛我见多了,如

果你是一头公牛,那也是骗过了。米金德说王微你别把人看扁了,你怎么知道我是骗过的?王微突然大笑起来,手在空中不停地打着,说金德,你真幽默。米金德看着王微嘿嘿地傻笑。笑了一会儿,米金德说我的顶头上司跟我的一个女同事好上了,有一天我在那个女同事的胸口比画了一下,他就拿我去饱饱地训了一顿,而且还当着我的面跟那个女的亲嘴。王微说你们的领导怎么这么坏?米金德说你说他这是不是欺负人?王微说当然是欺负人啦。米金德说那你说我该怎么办?王微说如果我是你,我就去把那个女的夺过来。米金德摇摇头说,你把我当什么人了?王微说你不是那样的人,那你为什么要在她的胸口比画?米金德说平时我们喜欢开玩笑,她还摸过我的头呢。她能摸我的头,我为什么就不能那么比画一下?王微哈哈哈地大笑,说既然是开玩笑,你还那么认真?米金德说关键是她把我给卖了,她跟领导说我摸了她的胸口。王微说你摸了没有?米金德说绝对没有,我可以对天发誓。王微说那你就找个机会真摸她一下,这样你的心理就平衡了。米金德说他们都已经好上了,我怎么还敢摸她?王微说那你认了呗。米金德说我可真冤啊。

　　他们正聊着,屋角的电话响了。王微走过去接了一个电话,然后走回来站在米金德的面前,说哎,金德,你看看,我是不是胖了?米金德说这样不是更有弹性吗?王微把手举过头顶,在米金德的面前转了一圈,说别开玩笑了,你说我是不是胖得很难看?米金德偏着头看了一会儿王微,说你的衣服很宽松,我看不出来。王微转身朝卧室噔噔噔地走去,说我买了好多高档服装,现在都瘦了,你帮我看看。

　　米金德的目光跟着王微走进卧室。王微没有掩门,当着米金德把那件宽松的衣服脱下来,光着身子在衣柜里找时装。米金德的眼睛被王微白晃晃的身体一下照亮,就连卧室也亮堂起来。米金德扑到门边望着卧室,嘴巴不停地做着吞咽状,像是很饥饿的样子。王微拿起一条裙子,挡在自己的胸前,转过身对着米金德说,这件怎么样?你帮我看看,这件裙子怎么样?米金德手扶门框把头伸进卧室。王微说你进来看吧,别站在那里像一头长颈鹿似的。米金德缩了缩脖子走进卧室,站在王微的面前看着那条裙子说,不怎么的。王微把裙子拿开,挂到衣柜里,又弯腰在里面找着。这时米金德的眼珠子快要跳出了眼眶,他睁大眼睛在王微的身上扫来扫去,说我怎么也想不通,这么好的身体,怎么会怀不上孩子?王微从衣柜里又拿出一条裙子，在胸前比画着说，这条呢？这条裙子怎么样？米金德答非所问，说这么好的身子怀不上孩子，问题一定出在男人身上。王微说讨厌，到底怎么样？这条裙子。米金德说挺好的。王微把裙子套到身上，在穿衣镜前转了两圈，自己觉得也挺满意，就从卧室走了出去。

　　米金德跟着她走出来，说王微，我们能不能聊聊？王微说我们不是正在聊吗？米金德说他们都有小蜜，就连差不多退休的朱子良都有小蜜。我老婆说现在的男人有个把小蜜算不了什么，她说只有像我这样没本事的男人才没有小蜜。王微说如果我是你，就找一个给他们看看。米金德说我也是这么想的，人家有，我为什么不能有？王微说那你找一个呗。米金德用手从身后搂住王微，说你在没有试装之前，我一直不知道找谁。但是刚才你一试装，我就下定决心要找你。王微被米金德的这个举动逗得大笑。她把米金德的手拿开，说别说笑话了。米金德被王微拒绝之后，脸像涂了红墨水突然全红了，就连脖子也没有白的地方。他支支吾吾地说我不是说笑话，我是真的，你不知道我说出这句话来费了多大的力气。王微说这也太快了吧。

　　王微坐在沙发上，米金德低头坐到王微的对面一声不吭。王微说生气了？米金德说王微，你是不是觉得我特别可笑？我这样做，你会不会看不起我？王微说我们已经十年不见面了，我只是感到有些突然。米金德说你不会笑话我吧？王微说怎么会呢？哎金德，你能帮我办件事吗？米金德说什么事？王微说你能不能帮我妈找一份工作？米金德略略有些惊讶，说你妈还没退休吗？王微说退了，但是她不服老，认为她还能工作。米金德说她是干什么的？王微说她干了几十年的校对，她一看见错别字就想工作。米金德说这得找找出版社或报刊社，看看他们需不需要校对人员。王微说我一个单身女人，求别人不太方便，我怕他们误会。米金德说你要是去求他们，他们肯定会有想法，你就别去求他们了。王微对着米金德抛了一个媚眼，说那这事就拜托你了。米金德说我帮你试试。

　　米金德拿着王微母亲的简历和照片跑了好几个单位，找了一大串朋友都没有为她老人家找到一份工作。米金德感到很失败，没脸去见王微。他坐在办公室里拿着一沓别人散发给他的名片无聊地翻阅着，想我真没本事，这么一点儿鸡毛蒜皮的事都办不成，王微一

定不理我了。但是像是有什么感应似的，米金德的呼机突然响了起来。他低头一看，竟然是王微的传呼。他拿起话筒给王微回了一个电话。他说王微，真对不起，我没给你妈找到工作。王微说我呼你不是这个意思。米金德说那是什么意思？王微说今晚我想去做美容，你能不能陪陪我？米金德说就是打着灯笼也找不到这么好的事情。王微在电话的那头格格地笑起来。

王微和米金德打一辆的来到一家美容院。王微躺在床上让一位小姐给她按摩脸部，米金德坐在一旁陪王微说话。米金德说我没把你的事情办好。王微说我还以为你混得不错，没想到这么一点儿小事就把你难住了。米金德说现在到处都在裁员，要找个工作没那么容易。王微说是吗？那我怎么打一个电话就找到了。米金德说你帮你妈找到工作了？王微说你不给我打电话，我就知道你没戏了。米金德尴尬地笑笑，说，你真有本事。王微说其实我是随便跟你说说，不是非要你找到工作不可，我又没怪你，干吗不来找我？米金德说我一直想帮你，没想到让你见笑了。王微说你真想帮我吗？米金德说希望你能再给我一个机会。王微说那现在我就把机会给你，你到总台去把我今年的美容费交了。

米金德说了一句好的，站起来走出去。他来到总台打听，王微的全年美容费是三千多元。好在今天他带了一些钱，要不然就没面子了。他掏钱的时候，手在口袋里犹豫了一下，但是他还是咬咬牙把钱掏了出来。收银接过钱，递给他一张发票。他拿着那张发票看了老半天，心口痛了好久。痛过之后，他把发票揣进怀里，还用手按了按。他想只要交了这三千元，想办的事估计也差不多了。

王微做完美容，米金德打的送她回家。的士停在楼下，王微从车里钻出来，米金德也跟着钻出来。王微说你钻出来干吗？米金德说我想上去坐坐。王微说太晚了，改日吧。米金德说你就这样把我打发了？王微在米金德的脸上飞快地亲了一口，说，乖，听话。米金德用手捂住王微亲过的地方，呆呆地站在那里，心里涌起一阵说不出的狂喜。王微转身跑进楼梯，快步朝楼上走去。米金德听着王微的脚步一层一层地上去，直到他再也听不到脚步声，直到他看见王微的灯亮了，才恋恋不舍地离开。他带着一种狂喜的心情来到马路上，走着走着，他禁不住飞奔起来。

米金德拍拍办公桌，朱子良把头从呼机上抬起来。米金德压低嗓门，很神秘地说老朱，你今晚有没有空？朱子良说你要干什么？米金德说我想请你吃饭。朱子良先是惊讶，紧接着就笑，他笑得眼睛眯成一条缝。他说金德，你中奖了？米金德得意地摇摇头。朱子良说我跟你共事十几年，这还是头一次听到你说请客。朱子良说这话时声调有些高，办公室的同事都扭头看着他们。米金德对着朱子良做了一个鬼脸，在稿纸上写了一行字，举起来让朱子良看。朱子良看见米金德的手里举着11个字：我想让你见见我的女朋友。朱子良也写了一行字举起来：什么时候有的？上床了吗？米金德看了一眼朱子良手里的字，在稿纸写道：刚交上的，上了。他把这行字举起来递到朱子良的面前。朱子良看了一眼，向米金德竖起大拇指。米金德把那张纸久久地举着，让朱子良看了它几遍，生怕他没记住。

　　除了朱子良，米金德还喊了另外几个同事。他们跟着米金德浩浩荡荡地来到饭店的包间。王微还没到，同事们似乎要狠狠地宰一次米金德纷纷抢着点菜。他们点了一些野味，最后大家还一致同意点一只龙虾。他们点菜的时候根本不征求米金德的意见，好像请客的不是米金德而是他们。他们每点一样菜，米金德的心里就抽搐一下，心里一抽搐脸部也跟着抽搐，搞得他脸部的肌肉一跳一跳的。等大家点完菜，米金德的脸都已经跳得不像脸了，惨白而且扭曲。等待上菜的时间，大家开始调戏米金德。他们说金德，一个晚上能来几次？米金德嘿嘿地傻笑着，那绝对是一种一个晚上能来四五次的表情。有人偏要米金德说出确切的数字，不停地追问米金德到底多少次？米金德仍是笑而不答，弄得同事们羡慕不已。他们不停地感叹金德，想不到你这么厉害？米金德的脸上挂满了幸福。他的表情跟那些不断端上来的野味和龙虾交织在一起，人们经不住这种气氛的诱惑，还没等王微出现就开吃。

　　包间的门推开，王微提着一个小包，穿着一套深色的裙子站在门口。米金德站起来，对着王微点头说来了。所有正在埋头吃着的人们全都抬起头，用怪异地目光看着王微。有人指指米金德身边的那个空位。王微走到米金德身边坐下朝诸位点点头。朱子良说小王，金德都跟我说了，我真羡慕你们啊。王微有些莫名其妙，说你羡慕我们什么？我们不过是同学，有什么好羡慕的？有人说恐怕不只是同学吧？王微对米金德说你是不是跟他们吹牛了，我们不是同学又是什么？全桌人哄堂大笑，而且笑得十分暧昧。王

微避开他们色迷迷的目光,看着餐桌上的那些菜,原本想笑的脸色沉了下去。她气乎乎地站起来,说你们笑什么?这有什么好笑的?说完她提着小包一摇一摆地走了出去。同事们都看着王微宽大的臀部浪笑,朱子良沿用他的老习惯,指了指王微的臀部竖起大拇指向米金德表示崇高的敬意。米金德发觉王微生气了,惶惶不安地站起来对着王微走出的背影说哎,你怎么走了?王微没有回头,只留给大家一个生气的背影。

　　王微出了饭店大门,拦住一辆的士钻进去。米金德追到的士门前,说王微,今晚这宴席是为你摆的,你怎么走了?王微说上车说话吧。米金德钻进的士。王微叫司机把车开走。米金德说你怎么连我一起拉走了?他们还等着我回去喝酒呢。王微发出一声冷笑,说你挺阔气的,点了那么多野味,竟然还点了龙虾。米金德说都是他们点的。王微说他们点的就让他们买单,你跟我回去。米金德说这怎么行,说好了我请客。王微说知道这一桌要花多少钱吗?米金德说不知道。王微说至少三千多。你就那么有钱?米金德说我也想不到他们点得那么狠。但是我这样跑了,他们会怎么说我?我还怎么做人?王微说别管那么多,先逃过这三千再说。米金德沉默了一会儿,说师傅停停车,我要下去。车速明显减慢,王微瞪了一眼司机,说别听他的,别停。车子往前一蹿又快了起来。米金德说王微,你这不是断了我的前途吗?我求你让我下去,三千就三千,我认了。王微对司机说停停停。司机把车停在马路边,王微说你滚蛋吧,今后不要再来找我。米金德打开车门,看见王微动真格的就没敢下去。他犹豫一会儿,把车门重重地碰回来。

　　米金德跟着王微回到家,仿佛还惊魂未定。王微给米金德倒一杯茶,说你先压压惊,我得运动运动。米金德坐在沙发上喝茶,王微穿一套健美服跟着电视里的一位健美老师跳减肥操。米金德看见那套健美服深深地勒进王微的肉里,凡是健美服没勒着的地方,白嫩的肥肉一个劲地往外冒。王微每跳一下,她那些多余的肉就像硅胶一样在皮肤里滑动,特别是胸部,别提有多调皮了,就像两只小兔子在她的身上奔跑。米金德看得一愣一愣的,把杯里的热茶全泼洒自己的裤子上。但是好景不长,他的呼机突然响了起来,那是饭店里的那帮同事呼的。米金德站起来想复机,正在跳着的王微用手势制止他。米金德不得不又坐下。他刚一坐下,呼机又响了起来,一声接着一声,似乎是不把他的呼机弄爆炸了誓不罢休。米金德被

呼机搞得坐立不安，一会儿站一会儿坐。王微说你能不能把它关了？米金德说我想给他们复个机，解释解释。王微气乎乎地走过来，夺过米金德的呼机把它关掉。米金德的目光在王微正冒着热气的鼓囊囊的胸部游荡了一会，一头扑进王微的怀里。他感到自己就像王微身上的热气快要被蒸发了，他只想在蒸发之前像抓救命稻草那样在王微的身上抓着。

王微被米金德抓痛了，只让米金德在自己的怀里焐了几秒钟就把他推开。米金德硬着头皮还想往王微的怀里撞。王微双手护住自己的胸口，说你有钱也不能这样花，三千块钱请他们吃一顿值得吗？如果你想花钱，还不如给我这套房子重新装修装修。米金德在房子里走了一圈，说重新装修大约要花多少钱？王微举起一个巴掌，说不多，五万。米金德说这房子不是挺好的吗？装修它干吗？王微说你难道不想住得舒服一点儿吗？米金德的心里被王微的这句话撩拨得痒痒的，他说让我试试吧。

这个晚上，米金德睁着眼睛躺在赵然的身边翻来覆去。他想我原本只是想试试能不能像普超那样，能不能像老朱那样，眼看我就要像他们那样了，只差一步我就像他们那样了，但是没想到王微会跟我来这一手，五万元，我去哪里找五万元？原来干这种事情没相当数量的经济基础还不行。但是老朱他会有五万吗？老朱怎么会舍得花五万元？只能说老朱的运气比我好，他一定是找到了一个物美价廉的。可是王微她怎么连一点儿感情都不讲？她就那么值钱吗？值得我去为她花那么多钱吗？米金德，你就算了吧，你就赶快收手吧。这么漫无边际地想着，米金德叹了一口气。

赵然说你唉声叹气是不是哪儿不舒服？米金德说没什么，我只是想想事情。赵然翻了一个身，说有件事我差点儿忘记告诉你了。米金德说什么事？赵然说你的一个同事给我打了一个电话，说你在外面有女人了。米金德警觉地坐起来，说是谁说的？赵然说你紧张什么，我根本就没信他，说别的还像人话，说你在外面有女人，凭什么？那不是作践你吗？米金德说我的那些同事都很坏，他们惟恐天下不乱，经常故意捉弄人。他们想叫我请客，我没请他们，他们就故意打电话给你。米金德不停地解释。赵然根本就没听，她在米金德的说话声中睡去了。米金德松了一口气，想难道我连让赵然怀疑的条件都不具备吗？难道我真的在外面就找不到个把女人吗？一

股苍凉浮上米金德的心头,他突然明白原来自己是这么不重要。

第二天早晨,米金德早早地来到办公室,把地板扫了把开水打了把所有同事的办公桌全都抹干净了,同事们才陆续到来。每一个人进来的时候,米金德都朝他们点点头,但是他们都故意不看米金德,不跟他打招呼,就连头也不跟他点。他们好像商量好了似的,全都挂着一副看不起他的表情。米金德知道这是昨晚没去买单带来的恶果。

如此沉默了几天,同事们渐渐地把请客的事淡忘了。米金德一直没敢跟王微联系,但是王微还一直装在他的脑海里。一天中午临下班的时候,无聊的米金德拿着一盒别针玩弄着,由于米金德心不在焉,那盒别针掉到了办公桌下,别针散落一地。米金德蹲下去慢慢地捡那些别针。刚好这时下班的铃声响了,同事们纷纷走出去,办公室里只剩下朱子良和小元。朱子良把头从呼机上抬起来,扫了一眼办公室,没有看见蹲在办公桌下捡别针的米金德,只看见跟他背对背的正在关电脑的小元。朱子良就说怎么都走了?小元说下班了。朱子良说我怎么没听到铃声?小元笑了一下,说那是因为你对工作太投入了。朱子良把椅子转过去面对小元,说小元,交男朋友了吗?小元说干吗问这个?朱子良说别浪费时间了,我要是你就赶快交朋友,要不然老了后悔莫及。小元谦逊地笑笑,说我才不急呢。朱子良不解地摇摇头,说你会后悔的。小元说我才不后悔呢。朱子良的身子往小元的身边略微倾斜,说知道吗,就连米金德都有情妇了,你怎么还不找男朋友?小元突然大笑起来,说你说什么?米金德有情妇了?你是不是搞错了?像米金德那样的男人也会有女人喜欢?朱子良说有,我见过那个女人,长得挺丰满的。小元说那女人不是白痴就是神经病。

小元嘻嘻哈哈地走出办公室,朱子良跟着她走出去。门被他们关上。一直憋在桌下的米金德满腔怒火地站起来,他的头咚的一声撞到办公桌上,瞬间起了一个小包。他摸着头上的小包生了一会儿闷气,然后抓起话筒给王微打了一个电话。他说王微,我要见你。

米金德请了半天事假,专门在家找赵然收藏起来的定期存折。他把家翻了个底朝天,最后在一个瓷瓶里找到了它们。他把存折拿出来数数,一共三张。三张存折加起来也还是一个可怜的数字,米金德的心突然软了。他从三张中抽出一张放进自己的衣兜,其余的两张放回原处。

王微也请了事假在家等米金德。她在等待的过程中对自己进行了一番精心的打扮，还画了口红，吹了发型。做完这一切，米金德还没出现，她开始有些期盼了。当米金德怀揣着那张存折出现在她面前时，她显得空前绝后的兴奋。她双手抓住米金德的膀子，在米金德的脸上亲了一口，说钱带来了吗？米金德惭愧地从衣兜里掏出一张存折递给王微，说我就这么一点儿，离你的要求还很远，但我实在是找不出更多的钱了。王微接过存折扫了一眼，说一万元，这么点儿钱你也拿得出手？我就那么便宜？米金德尴尬地笑着，不停地用手抓着自己的头皮，好像能从头皮上抓出钱来。王微拿着那张存折挥舞着，说金德，你也太没本事了，这么多年，就混了这么一点儿钱？你连五万都拿不出，我真是把你想得太有能耐了。米金德的脸被王微说得一点儿一点儿地热，最后变得热辣热辣地。米金德说除了工资，我没有别的收入，在钱这方面我一直都不太行。王微说既然没有钱，还想入非非干什么？好好地陪老婆不就得了。我还以为凡是想入非非的人手里头都有花不完的钱呢。米金德说我一直没敢来见你，就是因为离你的要求还差得太远。我想这点钱肯定不能解决什么问题，但是它是我的一点儿心意。你不能因为这么一点钱把自己卖了，我也不能因为这么一点儿钱就指望你能成为我的什么人。你刚才这么一说，我就不敢再想入非非了。我只是想，如果你方便的话，每天路过我们办公室的时候，弯进去跟我说说话，打一声招呼，让他们都知道你是我的朋友。在不损害你形象的情况下，你是不是故意做得亲热一点儿？让他们都知道我米金德也还是有人关心的，甚至于是有人爱的。王微说你就这么一点儿要求吗？米金德说就这么一点要求，如果你嫌烦的话，那就给我打打电话，打打电话我就知足了。王微伸手像摸孩子那样在米金德的头上摸了一把，眼眶里噙满泪花。她说金德，我想不到你这么可怜。我真的想不到……王微把存折还给米金德。米金德执意不收。王微说我不缺这一万元，你拿回去吧。米金德说你要装修房子，这是我的一点儿心意，真的它是我的一点儿心意，不带任何不健康的想法。你不收下就是看不起我。王微把存折收回去，说那我就先替你保管着，金德，其实我不是贪你的钱，我误解你了，我以为你也像别的男人那样，手里头有花不完的闲钱。米金德笑笑，说面包会有的。王微在米金德的脸上亲了一口，说金德，原来你还懂幽默。

这之后，米金德再也没来找王微。王微也没给米金德打电话。米金德每天都坐在办公室里写材料，填各种各样填也填不完的表格。半年过去了，他想也许这一辈子我再也不会去找王微了。一天上午，米金德正在埋头填表，办公室的门突然推开。有人叫道：米金德，找你的。米金德抬起头，看见王微怀抱着一束玫瑰，笑眯眯地从门口一步一步地向自己靠近。米金德在同事们五彩缤纷的目光中站起来，他被那个笑容和那一大束鲜红的玫瑰迷醉了。那个笑容和那束鲜花在他的眼里渐渐地模糊，他的身子摇晃起来，激动得想晕过去。但是他用手撑住桌子，告诉自己一定坚持住。王微走到他面前，把鲜花放到他的桌上，看见他闭着眼睛，说你怎么了？金德。米金德说没什么，王微，我只是有点儿头晕。王微伸手摸摸他的额头。米金德坐到椅子上，说谢谢你来看我。王微的脸上堆满笑容。她把笑容近距离地呈现在米金德的面前。米金德想从来没有人这么对我笑过，从来没有。

王微跟米金德说了一会儿话，摆摆手走出办公室。她走出去的时候，办公室里响起了一阵兴奋的嘘嘘声，就像足球场上踢进球时的那种嘘嘘声。这声音给了米金德莫大的安慰。

冬天就要开始了。在这个季节更替的星期天，赵然呆在家里清洗衣物。米金德站在阳台上淋花。赵然是个细心的人，她在把每一件有口袋的衣物丢进洗衣机之前，都要搜一搜口袋。当她搜查米金德的一条西裤时，从里面搜出了一张发票。她拿着那张发票看了看，发现是一张美容发票，上面写着王微的名字。赵然把米金德的西裤摔到地板上，对着阳台喊：米金德，这是什么？

米金德听到喊声，丢下洒水壶从阳台跑到客厅。赵然拿着那张发票在他的面前晃了晃，说米金德，原来你在外面真养女人了。米金德看着那张发票吓得全身像筛糠一样。他说这是一个误会，我没有养什么女人。赵然说那这个王微是什么人？米金德说她是我的同学。我们只是一般的朋友。赵然说一般朋友怎么会帮她交美容费？米金德说当时她没带钱，我先帮她垫上。赵然说那这钱她还了没有？米金德说还没有。赵然说你把我给你的存折让我看看。米金德把手伸进衣兜捏着那本存折，犹豫着没敢拿出来。赵然一跺脚说，你拿出来让我看看。米金德拿出存折递给赵然。赵然打开存折一看，脸上立即黑了。她把存折砸在米金德的头上，说你这个骗子，几千块钱全花光了,你还说没养女人。米金德低头不语。赵然大声喊道:离婚,我要离婚。米金德说赵然,尽管我花了一些钱,但是我还是爱你的。我求你别离。赵然说爱我干吗还在外面养小?米金德说我跟她只是朋友关系,我们又没有做出什么见不得人的事情。我是爱你的。赵然说谁还相信你的鬼话。这么多年来,我没有甩你是以为你诚实,以为你没什么本事,不会有什么非分之想。哪知道你这么一个头脑的人,竟然还背着我干这种事。现在你连诚实都没有了,我还爱你什么?米金德说你知道我没本事,干吗还怀疑我?赵然说铁证如山,我还能不怀疑吗?米金德说我真的没跟她干什么。我从来就没想到过要和你离婚。你在瓷瓶里收了三张定期存折,我只拿走了一张。我要是不爱你的话,我怎么会才拿走一张?赵然扑向电视柜,拿起那个装存折的瓷瓶砸到地板上,瓷瓶破碎了,两张定期存折飘出来。赵然抓起存折,说你竟然连定期都拿去给她了,你这个千刀万剐的。米金德看着那些破碎的尖利的瓷片,心里掠过一阵快意。他想我也许要跪到那上面,才能对得起我的过错。他的双腿一软跪到瓷片上。赵然哭着冲进卧室,嘭的一声关上门。

　　赵然在卧室里哭了一场,哭够了哭累了哭得要上卫生间了才从里面出来。米金德还跪在瓷片上,他的膝盖被瓷片戳穿有殷红的血渗透裤子流到地板上。赵然说活该。说完活该,她又说这是何苦呢?反正要离,你跪多久都没有用。你还不如把王微的照片拿给我看看,我倒要看看她长得怎么样?疼痛难挨的米金德顺着这个台阶从瓷片上艰难地站起来,身子晃了一下。赵然看见他的膝盖全红了。

　　米金德站了一会儿,一摇一晃地走到书柜前拿出一本相册,然后又一摇一晃地走到赵然的身边。他翻开相册指指里面的一个人说这是王微,我们只是同学,我们只是朋友,我们什么都没干。赵然看看相片上的王微,说米金德,这么多年来我对你好不好?米金德说好。赵然说我长得比不比王微漂亮?米金德说你比她漂亮。赵然把相册高高地举起来狠狠地掷到地板上,提高嗓门说那你干吗还要找她?你干吗不找一个比你老婆强的?你看看她长什么样子?你这不是寒碜你老婆吗?米金德哀求道,我只想学学普超,学学朱子良,但是我只学了一点皮毛。除了接吻,我和她什么也没干,我可以对天发誓。赵然说这就够了。你发多少誓都没用了。我们离吧。米金德说如果这样就离了,我真是冤枉啊。

赵然和米金德真的就离了。离婚那天,米金德的嘴里不停地喊着冤枉啊冤枉。

离婚之后的若干天,米金德在办公室的走廊上碰上普超。普超拍拍他的肩膀用赞赏的口吻说米金德,不错。米金德发出一声苦笑,想他是说我的工作不错呢或是说其他方面不错?普超拍完米金德的肩膀就往前走。米金德追了几步,说主任,我想问一个问题。普超停下来,说什么问题?米金德说难道你就不怕你夫人发现吗?普超说怎么会被发现?有本事玩就有本事不让她发现。米金德百思不得其解。普超得意地笑笑,继续往前走。米金德站在走廊上想我还真是一个没有本事的人,我和王微什么也没干,就把家庭给破坏了。人家干了那么多,家庭还是好好的。我真是一个没有本事的人。

一个周末的下午,王微打电话给米金德说我的房子装修好了,你过来看看吧。米金德颇感意外,但是他还是骑着他那辆破烂的自行车以最快的速度来到王微的楼下,然后一口气冲进王微家。他看见王微一丝不挂地站在客厅里等待他的到来。他的目光顿时呆了,胆都被吓破了。王微张开双臂拥抱米金德。米金德的身体像是放在冰箱里那样抖动起来。王微抚摸着米金德,为他宽衣解带。米金德喘着气用颤抖的声音说,现在就来吗?王微说你等的不就是这一天吗?米金德在王微的鼓励下稍微定了定神。两人紧紧拥抱着一起滚到崭新的木地板上。但是米金德怎么也想不到,当他期待的这一刻来临的时候,自己竟然不行了。王微一次一次地鼓励他,他还是不行。最后弄得王微很恼火,她踹了米金德一脚,说你滚蛋吧。米金德说给我一点儿时间,给我一点儿心理准备,我会行的。王微说你想入非非地,我还以为你很厉害,没想到原来你不行。你滚吧。你连这个都不行,还想找什么小蜜。真是的。

米金德无地自容地站起来穿好衣服。王微为他打开门。这一刻他才发现其实王微正如赵然说的那样长得很丑。米金德想连这么一个丑女人都看不起我,我还有什么想头?他缩了缩脖子,打了一个冷战,看着王微新装修的房子说,你这房子装修得真漂亮。王微说别废话了,你走吧。米金德说真对不起,我也想不到我的身体会是这样。米金德说着走出王微拉开的门。他的脚后跟刚离开,那扇门就响亮地撞过来。米金德无力地靠在铁门上,用手拍拍自己的下身,说老弟,你怎么就这么不争气呢?

载《人民文学》1998年第一期，
《小说选刊》1998年第二期转载，
收入辽宁人民出版社的
《1998年中国最佳中短篇小说》，
漓江出版社与《小说选刊》合编的
《1998中国年度最佳小说选》，
北京十月文艺出版社1999年1月出版的
《新生代作家小说精品》，
1999年12月长江文艺出版社出版的
《中国中篇小说精选》

目光愈拉愈长

中篇小说

山上有棵小树

（徐立宇摄）

刘井推了一把马男方的膀子，说你怎么还不起床，太阳已经照到你的屁股上了。马男方像一根木头在床上滚了一下，说你的手怎么这么冰凉？刘井说我能不冰凉吗？我从起床到现在已经挑了三挑水，煮了一锅猪潲，熬了一锑锅稀饭，我的手能不冰凉吗？我的手不冰凉才怪呢？这时太阳正穿过屋顶破烂的瓦片，照到马男方的屁股上，他像河马一样张开宽大的嘴巴，然后扬起宽大的手掌重重地拍打屁股。他像是拍打蚊虫又像是拍打阳光，劈劈啪啪的声音比放炮仗还响亮，似有一个打不到蚊虫誓不下战场的决心。尽管他这么拍打着，已经在屁股上拍出了好几根香肠，但是他还没有醒来，好像那只巴掌不是他的巴掌，那个屁股也不是他的屁股，好像是一个屠夫正在拍打案板上的猪肉。

刘井说今天太阳这么好，我们去把南山上的稻谷收了，如果再不收回来，它们就会全烂在田里，明年我们就没吃的。马男方好像没有听见，他的鼾声竟然在大清早响亮起来。刘井想这哪里是农民的鼾声，这明明是干部的鼾声。马男方啊马男方，你打出了干部的鼾声，却没有干部的命运。马男方在床上又滚了一下，说我喝醉了。听他这么一说，刘井真的闻到了一股浓浓的酒味。刘井说你总是说喝醉了，好像喝醉了就可以不劳动，就可以睡大觉，就可以心安理得地剥削我，你就不能不喝吗？马男方扬手在耳朵边不停地扇着，仿佛要把刘井的声音赶跑。刘井知道现在要马男方起床，除非是太阳从西边出来。这么些年为了叫马男方起床，她差不多把嘴巴都说烂了。但是我不得不说，我要生活，我们全家都要生活，刘井嘟囔着，我先去南山的田里割稻子，中午你送饭给我，顺便跟朱正家借打谷机，叫上几个人把谷子全收了。马男方说好的。这一声马男方说得十分清脆响亮，有一点男人的样子。等刘井准备好镰刀背篓快出门时，马男方突然在床上叫了起来。刘井说你叫什么，有话你出来跟我说。马男方说现在我还不想起床，我喝醉了，我只是想问你一定怎么办？谁负责带一定？刘井说我带，现在我就把一定带上，这样我也有一个伴。

刘井站在门口喊一定,马一定——,她的喊声刚刚落地,马一定就站在她的面前,手里捏着一团黄泥。他的脸上屁股上手上到处都是黄泥,整个人像是用泥巴捏出来的,而不是她从肚子里生下来的。刘井在马一定的屁股上拍了一巴掌,许多灰尘朝着她的鼻子冲上来,落在她的头发上。她本来是想把马一定身上的灰尘拍掉,但是现在她只不过是把马一定身上的灰尘转移到了自己的身上。她说一定我们走吧。马一定于是跟着他的母亲往南山的方向走去。他的手里仍然捏着那团泥巴,这团泥巴是他最喜欢的玩具。

8岁的马一定只有刘井的腰部高,他的头正好碰到他母亲的背篓底。他们每向前走一步,背篓就敲打一下马一定的头。刘井说一定,你在前面吧,你的头又不是铁做的,怎么经得起背篓的敲打。马一定说不。马一定不愿走在他母亲的前面,他一手捏着泥巴,一手拉着他母亲的裤子。

南山的稻田在五里地之外,路愈走愈长愈走愈小,山坡上除了虫子的叫声之外,没有一点儿多余的声音,太阳照着茅草和树木的头顶,肥大厚实的叶片像打破的玻璃,反射出细碎的光芒,那些被太阳照着的地方,很快就要烧起来了,并且发出奇怪的吱吱声。这种声音比虫子的声音更响,比人的声音更亲。刘井感到自己的裤子被什么咬了一下,脖子很快地扭了回去。她看见一定倒到地上。一定说妈,我走不动了。刘井蹲下来,说一定,你爬到我的背篓里来。马一定爬进他妈的背篓里,咿咿呀呀地叫喊着,不停地伸手去抓路边的树叶。他的手里除了那一团泥巴外,现在又多了一把树叶。他说妈,我要撒尿。刘井说撒你就撒。马一定站在背篓里,对着后面撒尿。他母亲一边往前走,他一边往后面撒尿,路上便留下一道淋湿的水痕。

刘井在稻田里割了一个上午,山路上仍然不见马男方送饭的身影,打谷子的人也没有来。她想马男方一定是睡过头了,或者又喝醉了。她的肚子里堆满气,并且发出一串古怪的叫声。她感到从来没有过的饿,像有一只长着长长的指甲的手,在她的肚子里不停地抓。她伸长脖子在田野里找一定,没有一定的身影。她叫一定——,声音小得连她自己都听不见。她又叫了一声一定,一定从别人家已经收获过的稻草堆里钻出来,头上沾着几丝稻草。刘井说一定你饿

了吗？马一定说我已经饿了很久了。刘井说饿了你先喝几口水，田角那里有一窝水，你先喝喝，一会儿你爸爸就给我们送饭来了。一定说我已经喝过好几次了，现在我的肚子里全是水，再喝肚子就会胀破。刘井说那你给我用树叶包一点儿水过来。马一定从稻田边摘了几张树叶，在水洼里给刘井包水。他刚把树叶从水洼里提起来，水就全漏光了。他又重新把树叶放入水中，这次他手里的树叶包住了一点儿水，他小心地拿着水走向刘井。刚走几步水又全漏光了，他把树叶扔在地上，说你自己过来喝吧。刘井说你怎么能够这样，你没看见我忙嘛。既然你不给我包水，那你就来割稻谷。刘井把镰刀丢在田里，朝田角的那个水洼走去，她伏下身体看见自己额头上除了汗就是稻草皮。她把嘴巴放到水洼上，拼命地喝了几口，感到肚子一片冰凉。喝水之后，她感觉有了一点儿精神，她说一定，你怎么还不去割稻谷，你不要和你爸爸一样懒。你们都懒了，我怎么养活你们。

马一定拿着镰刀仍然站在那里。刘井说你实在割不了，你就过来给我捶捶背。马一定跑过来给刘井捶背。刘井闭着眼睛说你猜猜看你爸爸会给我们做什么菜？马一定说酸菜，除了酸菜还是酸菜。刘井说那不一定，也许我们家的鸡正好下蛋了，你爸爸会给你做个煎鸡蛋。

刘井和马一定到水洼边的次数越来越多，他们喝过之后便不断撒尿。刘井已经没有力气割稻谷了。刘井说马一定你回去叫你爸爸送饭来，你告诉你爸爸如果他今天不来收稻谷，明天我就跟他离婚。这已经不是第一次了，他太欺负人了。一个大男人整天躺在床上，靠一个女人养着，这算怎么一回事？

马一定提着裤子往家里跑。刘井说你要快一点儿回去，不要在路上玩，要快去快回。马一定嘴里哎哎地答应着。

刘井继续割着稻谷，她一边割一边想一定现在应该到枫木坳了，现在已经到紫竹林了，现在肯定进家了。马男方或许还睡在床上，我就算他还睡在床上。但是马男方还睡在床上并不要紧，他本来就是一个靠不住的人。而一定是个聪明的孩子，他会把我的话转告马男方。一听到离婚，马男方会从床上跳起来。跳起来之后他就会记住要给我送饭，就会到南山来收谷子。即使马男方不跳起来，他喝醉了仍然睡在床上，一定也会从锅头里装好饭送给我。

刘井这么想了一次又一次，她故意放慢马一定行走的速度，在脑海里为马一定制造几个困难，甚至想像马一定刚刚出发，以便自己能够耐心地等待。但是等啊等，马一定还没有送饭来，马男方也没有来。她想我不能再这样等下去了，再这样等下去我就会饿死。她捆好一捆稻谷，放在背篓里。她用双手试了试重量，看了看回家的路程，然后又多捆了几把。她想回家的路程很远，而我的力气又只能背这么一点儿。她看着那些割倒的稻谷，心里痛了一下。

刘井背着稻谷来到枫木坳，她看见马一定睡在一块石板上，马一定的脸上爬着几只蚂蚁。听着马一定均匀的鼾声，刘井心里一下就硬了，她大声吼道你原来在这里睡觉，你差不多把我饿死了。她扬手打了马一定一巴掌，马一定从石板上爬起来，摸摸被刘井打过的头部，好像突然记起了自己的任务。他摸着头说妈妈，我实在是走不动了，其实我和你一样饿。刘井的肚里一阵乱叫，她刚才喝下去的水，现在直往外涌。她往地上吐了一口水，说我现在不想见你，你和你爸爸一个样，你们快把我气死了。马一定的眼睛里含着泪水，他很想哭但最终没有哭。

刘井背着稻谷往前走，马一定跟在她的身后。他们谁也不说话，默默地走着。走了好长一段路，刘井没有听到脚步声。她回头一看，灰色细小的土路上，没有马一定的身影。她放下背篓往回走，走了大约半里路，才发现马一定又倒在路边的石板上睡着了。她背着熟睡的马一定往前走，走到背篓边，她把马一定放下来，说走吧，现在你走在前面。马一定一边打瞌睡一边往前走，有好几次他差不多走到路坎下。走着走着，刘井突然听到马一定喊痛。刘井说哪里痛？马一定说脚。刘井现在才看见在马一定走过的路上，有几滴血迹。马一定的脚板磨破了。马一定站在说痛的地方，血还在流着。刘井说你为什么不穿鞋子？你出门的时候为什么不穿鞋子？马一定说我没有鞋子，从天气热之后，我就没有穿过鞋子。刘井说我不是不想给你买，只是家里没钱，现在你坐到我的背篓上来。刘井把背篓靠到土坎边，等待马一定坐到稻谷上。马一定看看刘井背篓里那捆大大的稻谷，摇晃着头说不。刘井说那怎么办呢？你又不上来，你又不能走。马一定说我能走。刘井说真的能走？马一定说真的能走。马一定像一只受伤的狗，提着左脚一歪一倒地走着。刘井看着他走出去好远，才跟了上去。

回到家里，大门敞开着，天上已经没有太阳了，几只鸡在屋子里走来走去。刘井看见马男方还躺在床上没有起来，屋子里的酒气比早上出门时还重。马男方好像醉得很厉害，连刘井回来他都不知道。刘井故意把声音弄得很响，马男方仍然不知道。刘井想现在我没有力气跟你吵架，等我吃饱了再收拾你。刘井揭开锅头，早上她煮的稀饭一粒不剩。炉子自她离开后没有人动过，猪潲也没有人动过。看到猪潲刘井才听到猪的嚎叫，现在猪的叫声比有人用刀杀它还难听。这么说马男方除了起来喝稀饭喝酒之外，一直躺在床上，刘井想。

　　刘井煮了一锅雪白的米饭，它把马一定的眼睛都雪白得痛了。刘井说一定，今晚我们比赛吃饭，能吃多少吃多少，别亏待了自己。刘井还没把话说完，马一定已经把头埋到了碗里。刘井说你也别吃得太猛了，如果自己噎着自己，那才亏上加亏。刘井慢慢地吃下三碗米饭，感到力气又回到自己的身体。她想现在要吵要打我都不会怕谁。她走进卧室，在马男方的膀子上狠狠地拍了一巴掌。马男方的身子抽搐一下，说你要干什么？是不是欠打了。刘井说打吧打吧，再不打你就没有机会了。马男方从来没有看见刘井这么坚硬过，他睁开眼睛，有点不相信地看着刘井，说你要干什么？马男方的口气明显疲软了。刘井说我要跟你离婚。马男方说不就是离婚嘛，我以为是什么大不了的事，离就离。马男方说完，又继续睡觉。

　　一个小时之后，马男方突然从床上爬起来。他说你为什么要离婚？你得找出个理由。刘井说还要找什么理由？你最清楚我的理由。马男方说我冤枉啊我冤枉。马男方叫喊着跳动着，好像有天大的冤枉无处伸冤，一点儿也没有醉酒的痕迹。马男方说你的理由是不是因为我今天没有给你送饭？可是我告诉你，今天我病了，只要是人都会有病，你敢保证你没有病吗？敢不敢保证？打仗的时候抓到俘虏，如果俘虏有病都要关心他，何况我不是俘虏，而是你的丈夫。在你丈夫有病的时候，你不仅不关心你丈夫的病，而且还要提出跟他离婚，你有没有一点儿良心？你以为我不想给你们送饭吗，我不给你送也得给我的儿子送，当时我躺在床上想到你们还没有吃饭，心里比谁都急。只是我怎么也爬不起来，我当时一点儿力气都没有，真的，一点儿力气都没有，如果有的话我就爬起来给你们送饭了。我不仅会给你们送饭，还会给你们杀鸡、煎鸡蛋。你想想天底下哪里还有这么好的丈夫？刘井说你的病我怎么不知道，除了懒病还是懒病。你的这个病有好几年了。

　　第二天早上,刘井认真地梳了一回头,用香皂抹过脸,从柜子里找出一套平时舍不得穿的衣服穿在身上,然后对着床上的马男方说我先走啦。马男方说你去哪里？刘井说去乡政府离婚。马男方说你真的要离？刘井说我说话算话,你是大丈夫说话更要算话。

　　刘井朝乡政府的方向走去,她的脑子里现在全是那些她昨天割倒的稻谷。她看见那些稻谷随着时间的推移正在腐烂。但是一想到马上就要跟马男方离婚,她浑身是劲,稻谷算什么明年算什么饥饿算什么？她离乡政府愈来愈近,离稻谷愈来愈远。在快要进入乡政府的时候,她回头看了一眼她走过的地方,没有看见马男方。她想他是不是不来了？她站在街头等马男方,街市上基本没什么人,只有几个卖菜的和几个干部在街上走来走去。她从衣兜里掏出一面小圆镜,偷偷照了一下自己,没有发现不满意的地方。她看着自己满意的脸蛋想马男方现在你知道我的厉害了,现在你要后悔了。她把镜子偏了一下,她身后的土路也照到了镜子里,马男方提着一只酒壶正从镜子里朝她走来。她张大嘴巴,吐了一下舌头。她想我为什么要吐舌头呢？难道我害怕了吗？我一点儿都不害怕。

　　他们在乡政府二楼找到民政干事谢光明。谢光明大约有四十多岁,头发已经秃顶。在刘井的印象中,他们结婚也是他给登的记。谢光明说你们要干什么？离婚。离婚干什么？是不是吃饱了没事干？是不是认为离婚好玩？是不是觉得乡里的事情太少了？首先我问你们,你们晚上在不在一起睡？在一起睡。在一起睡为什么还要离？你们还睡在一起这说明你们的感情还很好,感情不好的人会睡在一起吗？你们见过没有感情的人睡在同一张床上吗？没有。对吧,没有,绝对没有。所以你们不能离婚。还有你们有没有小孩？你们考虑过没有,离婚对小孩有多么大的伤害。小孩是跟爸爸呢或是跟妈妈,你们考虑过没有？没有考虑。没有考虑怎么来离婚？还有家产什么的都得考虑,你们把这些都考虑好了再来找我。刘井说谢干事,你说一张床是怎么回事？谢光明说就是说你们要离婚的话,两年之内不能睡在一张床上。刘井说我们家只有一张床,我们的儿子也跟我们一起睡。谢光明把手一挥说那就别离了。

　　他们从乡政府的二楼走下来,马男方竟然吹起了口哨。刘井说你别太得意了,离是迟早的问题,不就是两年嘛,谢干事说只要两

年不睡在一起,我们就可以离婚。从今天起,你睡你的我睡我的。马男方说想离,没那么容易,谢干事不同意我们离,你就别想离,还有孩子,我要他永远姓马不姓刘。刘井说你连自己都养不活,还有什么资格提孩子。刘井还有两年时间,我还要被他剥削两年时间,还要为他种两季水稻、四次玉米。刘井突然想起田里没有收割的稻谷,那是他们的稻谷,既然没有离婚那就是他们一家人的稻谷,是全家明年的口粮。如果我知道是白跑一趟乡政府,还不如叫人去把稻谷收了。刘井挽起裤脚,开始往家里跑步前进。马男方站在小卖部打酒,他对着奔跑的刘井说马一定是属于我的,如果你愿意把马一定让给我,我就跟你离婚。刘井说君子报仇,两年不晚。

刘井手里提着镰刀,站在朱正家的门口。朱正坐在堂屋抽烟,烟雾像一团乱麻缠着他的脑袋,而且愈缠愈大,好像他的脑袋正在生长。但是他的眼睛是明亮的,他能透过烟雾看见刘井的脸。他说刘井你的眼睛红得快出血了,你的镰刀磨得那么锋利,你是不是想把谁杀了?我们朱家可没有人得罪你。刘井举起镰刀说我想把马男方杀了。朱正说杀不得杀不得,他是你的丈夫。朱正从烟雾里走过来,夺下刘井的镰刀。

刘井借了朱正和朱正的弟弟朱木朗两个劳力,还借了朱家的打谷机,他们一行三人朝南山的稻田走去。朱家的兄弟抬着打谷机走在前面,刘井背着背篓提着镰刀走在后面,许多碰上他们的人都问马男方呢?马男方怎么不去收谷子?刘井说马男方已经死了。

等马男方从乡里回到村里,人们告诉他朱家的兄弟为他收谷子去了。马男方说去就去了,有什么大惊小怪的。中午,朱木朗送回来一担谷子,顺便回来拿午饭。马男方问朱木朗现在田里还有些什么人?朱木朗抹着汗水,张大着嘴巴很久说不出话来。终于他的嘴在张了很久以后合到了一起,他说你让我喘一口气,你先让我喘一口气再问我。马男方看着朱木朗的这副模样,竟然笑了起来。马男方说你真不中用,我像你的年纪的时候,一天来回跑六趟也没有累成你这副模样,现在的年轻人愈来愈不像劳动人民了。朱木朗正在喝一大瓢冷水,他的脸和头发全被瓢瓜盖住。当他听到马男方说他不像劳动人民时,他被水呛了一下,瓢里没有喝完的水从他的嘴角流出,就像瀑布一样飞流直下。朱木朗说你像劳动人民你为什么不去收你家的谷子?为什么还要我们帮你收?要说不像你才不像。

马男方突然记起了刚才的话题，他再次问道田里还有些什么人？朱木朗说我哥，还有你老婆。马男方双手拍着屁股，像被人捅了刀子，原地跳起一尺多高。他在跳跃中张大嘴巴，做出一副要哭的样子，说你怎么能把他们两个留在田里？你这不是害我吗？你不是成心要使我们夫妻关系破裂吗？他们两个在田里不知道要闹出些什么名堂，你难道还不知道他们的关系吗？他们一直在找这样的机会，现在你把机会白白地送给他们，这种机会用钱都买不来，打着灯笼都找不到。如果你给我这样的机会，我愿意出钱收买你。你为什么不让朱正回来，你留在田里？朱木朗说你不放心，现在你就到田里去。马男方说现在去还有什么用？那只不过是几分钟的事情，该做的他们已经做了，我去还有什么用？为了他们的几分钟，我要跑五里路。马男方看看天上的太阳，好像是在计算一下为了那几分钟，跑五里路划不划算。马男方甚至站到阳光之下，朝南山的方向张望。他说现在一切都晚了，都没有办法补救了，你快一点儿回到田里去，最好是跑着回去，愈快愈好，否则他们会来好几个几分钟，那样田里的稻谷今天收不完，明天也收不完，后天也收不完，子子孙孙都收不完。

马男方对着朱木朗的背影喊朱木朗，你走快一点儿，你怎么有气无力地像一头瘟猪。你走快一点儿，我求你了。朱木朗带着刘井和他哥的午饭，往南山方向走去。他故意放慢脚步，让马男方着急。他想要跑你自己跑，刘井又不是我的老婆，为什么要我跑步前进。

朱木朗走了大约半个多小时，王桂林迈进马男方家的门槛。王桂林的身上冒着热汗，他用一把树叶充当扇子，不停地给自己扇着风。王桂林说这鬼天气，怎么这么热？马男方问王桂林刚才去了什么地方？王桂林说去南山看了一下我的稻田。马男方说你看见刘井和朱正了吗？王桂林不阴不阳地笑了一下，说怎么会看不见？马男方说你看见他们怎么了？王桂林又笑了一下。马男方好像被这一笑刺痛了，说他们是不是那个了？王桂林说我不知道，你自己去看一看吧，你一去什么都知道。马男方说他们肯定那个了，你这么一说我就知道了。王桂林说我可没有告诉你什么。马男方说不用你告诉，我要宰了他们。马男方说宰了他们的时候，已经从墙壁上拉下一把刀子，并在空中做了一个劈的动作，好像已经把他要劈的人劈成了几截。王桂林说你现在就去劈他们？马男方说不，让他们把稻

谷收回来了我才劈他们。

　　王桂林走后,马男方站在门口朝南山的方向张望,其实他什么也望不见,南山太遥远了,他只是这么望着心里才感到舒服。望着望着,他感到自己的脖子不够用了,脖子上的皮肤把他的咽喉拽得生痛,连出气都十分困难。这时他看见李民兵拿着一根长长的竹竿,从南山方向走来。他把竹竿举在手里,就像举旗杆那样举着,于是他手里的竹竿高出路旁的树木好一大截。有时竹竿会碰着树木横生的枝叶,李民兵照样坚强地直挺地举着,把挡住他的树枝扫断,许多树叶落到他走过的路上。李民兵渐渐地走近马男方,马男方看见李民兵举着的竹竿上刻着尺寸。马男方说你去了南山是吗?李民兵说去了,我去丈量我的稻田。马男方说你看见什么了?李民兵说我看见他们,唉,太不像话了。李民兵摇晃着脑袋,一直往前走。马男方想拦住他了解一些情况,但李民兵没有停下来交谈的意思,他说我还要去北坡量我的地。李民兵手里的竹竿仍然高高地举着,在走过屋角时,碰落了马男方屋檐上的一片瓦。

　　又过了一个多小时,太阳往西边下落一竹竿,马男方看见赵凡骑着一匹枣红色大马,走过他的门口。拴马的绳索稍长,所以赵凡就着绳索的长度骑到了马屁股上。赵凡说我刚买了一匹好马。马男方说你路过南山时看见什么了吗?赵凡撇撇嘴,什么也没说就晃了过去。整个下午南山的消息源源不断地到来,马男方想他们由暗示到不说话,事情已发展到不必说话的地步。赵凡连话都不想说了,可见事情是多么的严重。马男方爬上屋顶,站在瓦梁上,他的脖子愈伸愈长,他想我就不相信看不见你们。他的目光越过山梁,看见朱正和刘井钻进稻草堆里,看见刘井肥大的臀部,听到刘井发出被捅了刀子似的嚎叫,他还闻到了禾秆和新谷的气味。马男方终于看到了这么一个答案,他的眼睛一黑,双腿一软,跌坐在瓦梁上,差一点儿就从屋顶上摔了下来。

　　马男方从火坑里钳出一块烧红的铁板,在刘井的眼前晃动着,说你跟朱正到底那没那个?铁板由红色变为暗色,这已是马男方第三次举起铁块了。刘井说我已经说过了不知多少遍,没有就是没有,你难道要我睁着眼睛说瞎话吗?马男方把铁块往前靠近一步,刘井已感觉到铁块的热气,正烙着她的某个地方。马男方说我就不相信你比共产党员还坚强,你再不说我就下手了。刘井的脸往前动了一下,说来吧,你下手吧,即使你杀了我,我也没和朱正那个。

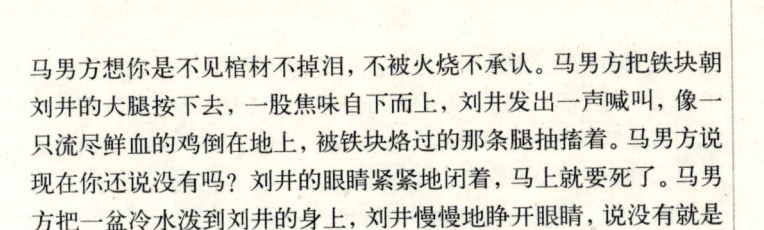

马男方想你是不见棺材不掉泪,不被火烧不承认。马男方把铁块朝刘井的大腿按下去,一股焦味由下而上,刘井发出一声喊叫,像一只流尽鲜血的鸡倒在地上,被铁块烙过的那条腿抽搐着。马男方说现在你还说没有吗?刘井的眼睛紧紧地闭着,马上就要死了。马男方把一盆冷水泼到刘井的身上,刘井慢慢地睁开眼睛,说没有就是没有。说完她又闭上眼睛,她已经没有力气让眼睛多睁一会儿。

夜已经很深了,刘井还没有从地上爬起来。马男方坐在一旁看她,他看得眼皮叠上眼皮,最后他睡了过去。到了后半夜,马男方被刘井的哼哼声吵醒,他问她你们到底那个没有?只要你告诉我实话,我就会放过你。刘井的嘴巴尽管动着,但发不出一点儿声音。马男方把她的手和脚捆住,把她的头发悬在梁上。他说你什么时候招了,你什么时候叫我。你不招我也知道,只有你们两个在田里,就像干柴和烈火,岂有不那个之理,是我,我都忍不住那个,何况是你们。马男方扔下刘井,跑到床上睡觉去了。

马男方和马一定几乎是同时醒来的,他们听到刘井喊一定,快来救我。马一定翻身下床,被马男方抓了回去。刘井听到马一定在卧室里哭,马一定哭着说爸爸你为什么要捆我,你为什么要捆我?马一定被马男方用绳子捆到床上,他不知道刘井出了什么事。马男方说你是我的儿子,现在你不要浪费你的眼泪,现在我不准你哭。听见了吗,不要哭,你的每一滴眼泪都是马家的。她早已不是你的妈妈了,她的儿子姓朱不姓马。马一定的哭泣声渐渐消失,他在哭泣声中睡了过去。

马男方听到刘井说,姓马的你给我松绑吧。马男方说我为什么要给你松绑?刘井说我招,我都快要死了,我想我还是全招了。马男方给刘井松绑。刘井晃动着脖子,说你把我扶到椅子上去。马男方哎了一声,把刘井扶到椅子上。刘井说你去找药来敷一敷伤口,现在我的伤口仍然像被烧着那样难受,连说一句话都痛。马男方说痛是没得说的,不说是你,就是我们大男人也会受不住。马男方一边说着一边在柜子里找草药,他把找出来的草药捶细,敷到刘井的伤口上。他说如果你早一点儿招,你就不会受这么多苦。刘井说如果我知道你对我这么好,我早就招了。马男方说那么说你们那个啦?刘井说那个了。马男方右手握成拳头,打了一下自己的左手掌。他说你终于招了,嘿嘿,你还是招了,嘿嘿。

马男方从地上跳起来,他突然意识到问题的严重。他说这不公平,这一点儿都不公平,你们都可以那个,我为什么不可以那个?你们这是欺负我。从明天起我也和你们一样,跟别人那个。刘井说你只管那个,我没有意见,我绝对不会像你这样用烧红的铁块,去烙你的大腿。马男方说真的?刘井说真的。

马男方从床上爬起来的时候,天还没有完全明亮。马男方伸头看看窗外,门前的那条土路已经灰得像一条带子,飘动着招唤他上路。他带着一本算命书和他的酒壶拉开了大门。刘井被大门的呀呀声吵醒,她说马男方,你要去哪里?马男方说我要去找女人,去做你和朱正做的事情。刘井说你能不能晚两天再去?马男方说我为什么要晚两天再去?刘井说我不是不让你去,我绝对没有这个意思,只是我的伤口还没有好,我还不能下床行走。你能不能等我的伤口好了再去,这种事情也不在乎一天两天。马男方说我一天也不能等了,我恨不得现在就那个。我如果把你服侍好了再去,那你不是太幸福了吗?你做了这么不好的事情,还不想付出一点儿代价,那是不可能的。我如果现在不走,那就太便宜你了。

马男方就这么简单地走了,他没有洗脸没有关上大门,刘井感到他走的时候门口特别明亮,等他的脚步声消失之后,灰蒙蒙的天空又合拢起来,恢复了原来的麻麻亮,挡住了马男方远去的背影。刘井不知道他要去什么地方。

这天中午,刘井想爬下床做饭,但是她那条被烙伤的腿,像不是她的腿,一点儿也不听她的使唤。她只好用嘴巴指挥马一定干活。她说一定你先把水烧开。马一定说什么叫把水烧开?刘井说就是用火把锅头里的水烧得滚动。马一定说妈,现在水已经烧开了。刘井说你往锅头里倒上一碗米。马一定说我已经倒了。刘井说现在你不停地用铲子搅拌锅子里的米。马一定说现在我已经搅拌米了。刘井说现在你把锅头盖好,等锅子里的水再滚了,你就把水舀出来,舀到锅子里只剩下一点儿水。马一定说你说让锅子里剩一点儿水,一点儿是多少?刘井说我的一点是指让水高出米一筷条那么一点。马一定说然后呢?刘井说然后你把火弄小一点儿,让火慢慢地把饭烤熟。

厨房里没有一点声音,马一定坐在火炉旁看那些明亮的火子,静静地烤着锅底,锅底被火子烤红了。马一定说妈现在饭已经熟了。刘井说你从坛子里掏出几个酸辣椒。马一定说我已经掏出来

了，它们都是红的。刘井说你这么一说，我就想吃饭了，现在我的口水都流出来了。马一定说我马上把饭送到你的床头去。刘井说你送进来吧。马一定舀好一碗饭，准备送进卧室。刘井突然叫道一定，你先把饭放下，给我送一只尿盆进来，我的尿胀得很厉害。马一定送了一只尿盆进去。刘井说不行，你还是帮我拿一根拐杖来。马一定说你要拐杖干什么？刘井说我要上厕所。马一定说我不是给你拿盆了吗？刘井说我不习惯，我非上厕所不可。马一定找来一根拐杖，刘井慢慢挪到床边，差一点儿就从床上跌了下来。

　　刘井拄着拐杖往前挪动着，她那只烫伤的右腿一点儿都不敢用劲。只要那只脚触到地面，她的嘴角就像被什么刺了一下，很夸张地咧开露出两排牙齿。她的拐杖摇晃几下，她站在原地一步也不敢往前走。她丢掉拐杖把手扶到马一定的肩膀上，这让她多少有了一点儿安全感。现在马一定成了她的拐杖，成了她的右脚。她每向前迈出一步，马一定就要咧一下嘴角，嘴里发出咝咝声。刘井不知道马一定摇摇晃晃的肩膀能够支撑多久，但是她又不得不上厕所，她想还是走一步算一步吧。刘井说，一定，你的肩膀受得了吗？马一定说受得了。马一定说受得了的时候，双腿晃动着像是被风吹得快要倒下去的禾草。他们就这么摇晃着，朝厕所走去。刘井一边走一边说都是你爸爸作的孽，你爸爸不是人，他连禽兽都不如。怪只怪我没有给你找到一个好爸爸。

　　一个时期内，马一定成了刘井形影不离的拐杖。刘井常常让这根拐杖带着她来到大门口乘凉，他们望着门前灰白的土路和那些远处的山，一句话也说不出来或者一句话也不想说，而且这样一望就是一个下午。刘井说马一定你玩一玩泥巴吧。马一定说我不玩。刘井说你不玩泥巴干什么？马一定说不干什么，就陪你这么坐着。刘井说你的爸爸不知道到哪里去了，你猜你爸爸现在在干什么？马一定望一眼山那边的村庄，村庄传来一阵孩子们的喊叫，像是送给他们一个模模糊糊的消息。马一定说我怎么知道他在干什么？刘井说如果我嫁的不是现在你这个爸爸，而是一个勤劳的爸爸，那么我们的生活说不定会和现在不一样，说不定会和皇帝差不了多少。那样你既可以读书，我也不用下地劳动，你是少爷我是太太，一定，你说那样的生活会有多好。马一定说我想读书，我做梦都想读书。但是我们没有钱。刘井说这事都怪你的外公，因为你的外公喜欢喝

酒，所以他把我嫁给了酒鬼。

　　一提到外公，马一定就朝村外跑去。刘井看见他跑的时候，那件没有扣好的黑衣服往身后飞了起来。他像一只鸟那样飞了起来，双脚几乎离开了地面。刘井只看到他在跑，却看不清他是怎么样跑。刘井对着他的影子说一定，你要到什么地方去？从土路上吹过来一阵风和一片尘土，风和尘土把马一定的声音灌进刘井的耳朵。刘井听到马一定说我要去找外公。刘井的目光跟随马一定的背影跑了一里多路，马一定站在外公的面前，说外公你是一个坏人，我和我妈都恨死你了。你为什么把我妈妈嫁给一个喜欢喝酒的，你为什么不给我找一个好爸爸？如果你不把妈妈嫁给我爸爸，我们就会过上皇帝一样的生活，我就会有钱读书，我现在就不用光着脚板走路，你就会有好多酒喝。外公，我们现在后悔都来不及了，我们现在无比地恨你，恨得我都不想喊你外公。马一定看见外公坟墓上的青草，像老人们长长的胡须在风中摆来摆去。外公只不过是一堆泥巴，他在几年前就变成泥巴了，现在他根本听不到马一定的声音。

　　渐渐地刘井看见出村的道路上，有几个稀稀拉拉的人在走动，他们肩扛农具背着水壶，脸上涂满黄色的泥巴，从劳动的地方归来。只有极少数人穿着崭新的衣服，迈着平时不迈的细小步伐，由里向外走去。一天又一天，一天又一天，在这个迷迷糊糊的秋天下午，刘井看见一个人来到门口，他放下肩上的担子，说刘嫂借一口水喝。他的担子里装着斧头、刨刀、凿子、铅笔、磨刀石、圆规、木尺等，刘井由这些用具想起木匠，由木匠想起聂文广这个名字。刘井说文广，你去哪里做木工回来？聂文广的嘴里含着瓢瓜，他听到了刘井的询问，却不能回答。他的喉结上下移动着，把水快速地送进食道，像是好几天没喝水的人。喝饱水后，他长长地出一口气，说水还是家乡的甜。刘井说你尽管喝吧，这些水都是一定用盆端回来的，我有好几天都不能干活了。聂文广抹了一把湿漉漉的嘴皮，说对啦，我在太阳村做木工时，看见你们家的马大哥了。刘井问他，马男方在那里干什么？聂文广说好像也没干什么，好像在给别人算命。我不太清楚他在那里干什么，他只呆了三四天就离开那个地方了。他说如果我回家的话就向你们问好，就说他过得很好。刘井说他还说了些什么？聂文广说他再也没对我说什么了。

　　第二天，兽医荀日给刘井带来了关于马男方的更确切的消息。荀日说马男方的身边多了一个女人，好像是老凤山王恩情的大女儿

王美兰。他们手挽手从这个村走到那个村，给别人算命，其实哪里是给别人算命，分明是在骗人家的吃。我在好几个村子里与他们相遇，转来转去总碰在一起，世界真是太小了。我看见他们时，我都有点儿不好意思了，我都不敢认他做老乡了，但是他们无所谓，照样手拉手从这个村庄走到那个村庄。有时他们就在路边……简直太不像话了。我都不忍心说给你听。刘井说说吧，我不会怎么样的。苟日说还是不说的好。刘井说你既然说了一半，为什么不把情况说完？要不说，你就应该一点儿也不要说。现在我只听了一半，就像饥饿的人只吃了半碗饭，你却突然把他的碗抢走了，这还不如当初不给他吃，还不如当初一点儿也不说。苟日闭紧嘴巴，生怕嘴里再漏出点儿什么。刘井说你难道要我给你磕头吗？

　　刘井真的想伏在地上给苟日磕头，但是她那只受伤的腿仅仅能让她身子动一下，就再也不理睬她了，她的腿无法实现她的想法。苟日被刘井的举动吓得从地上跳起来，他转身想走。刘井说一定，你抱住苟叔叔的大腿，千万别让他走了，除非他把他知道的全部说出来。马一定追上苟日，双手像铁夹子一样抱住苟日的大腿。苟日每想前进一步，就必须用马一定抱住的那条腿把马一定从地上抬起来，这样走了三步，马一定愈来愈重，他的腿愈来愈沉，苟日再也走不动了。苟日说马男为要我告诉你，他回来后就跟你离婚。这也不是什么好消息，为什么一定要我告诉你？刘井呜的一声哭了，眼泪从两个眼角涌出，像是天空突然被划破了口子，雨水大颗大颗地掉下来，就像血脉被刀片割断，再厚的棉花也要湿透。苟日说这不能怪我，是你自己要我告诉你的，这不能怪我。马一定，你把手松开，去看看你妈妈，她怎么哭了？马一定现在才把抱住苟日的手松开，他听到他的妈妈哭着说，他不配，他不配做爸爸，也不配做丈夫。苟日回头看了一眼，撒腿便跑，好像有谁用刀子抵住他的腰部，他愈跑愈快。在他跑过的地方，扬起一片尘土。

　　刘井常常坐在门口往远处看，有时天边白得像纸，那些飞过的雁或鸟就像是写在纸上的消息，让她的眼睛愉快心情愉快。有一天下午她终于睡过去了，她用手撑住脑袋，口水从她的嘴角不自觉地流出，舌头在嘴唇上舔来舔去，好像是在梦中吃到了什么好东西。这时有一个人走到她面前，叫了她一声嫂子。她没有听见。来人再叫了一声嫂子。刘井睁开眼睛，看见马红英站在她的面前，她弯着

腰,身上挂着三个旅行包,头发上全是汽油的味道。刘井想站起来牵住她的手,但是刘井的腿晃荡着,怎么也站不起来。马红英说嫂子你怎么了?刘井挽起她的裤管,露出受伤的大腿。在马红英看到她伤口的一瞬间,她的眼泪哗哗地流了出来。红英呀,她说你终于回来了。马红英说这是怎么搞的?伤口都化脓了,也不去医一医。是谁把你搞成这副模样?刘井说还有谁?除了你哥哥,还会有谁?

马红英从衣兜里掏出两张大钱递给刘井,说你快到医院去治治你的伤口吧。刘井把钱推回来,说怎么能要你的钱呢?这是你打工的钱,是你用汗水换来的,我怎么能要呢?伤口烂了还会长出肉来,但是钱花出去就再也回不来了。马红英和刘井把钱推来推去,像是在较量她们的手劲,那两张钱差不多被她们的手扯烂。马红英的手最终软下来,她手上捏着皱巴巴的钱,从张家走到赵家,从赵家走到李家,从李家走到朱家,她要请人把她的嫂子抬到乡医院去。人们的目光被她手里的钱吸引着,好像她手里的钱不是钱,而是人们身上的肉,人们感到自己的肉被谁揉疼了。

朱家兄弟做了一副担架,跟着马红英来到刘井家。刘井看见担架,问是谁叫你们做的担架?朱正说马红英。刘井说她给你们多少钱?朱正说20元。刘井说你们回去吧,医院我不去了。马红英说为什么?刘井说我的药费都用不到20元,何必要坐担架呢。马红英说那你怎么去医院?刘井说让一定扶着我去。马一定像一根拐杖,被刘井捏在手里,他们都拒绝坐担架,开始往乡医院的方向走。朱木朗扛着担架跟在刘井和马一定的身后。朱木朗说钱已经付过了,我们是不会退的,你不坐白不坐。刘井他们走得很慢,她每向前迈进一步,马一定的牙齿就会发出一声响,走了大约100米,马一定快支持不住了,他像一根即将折断的拐杖,在刘井的手里晃动着。刘井坐到路边的草地上伸伸腿,朱木朗,你为什么跟着我们?朱木朗说我们已经拿了别人的钱,就得为别人办事,即使扛着空担架,我们也要走到乡医院再走回来。我们答应过马红英要把你送到乡医院。刘井说我不坐你们的担架,你把钱还给她。朱木朗说那是不可能的,我们编了差不多一个小时的担架,我们并不是不抬你,而是你自己不愿坐。不坐担架的责任在你,而不是我们,如果你怕吃亏的话,就赶快坐上来。刘井说早知道你们不退钱,我就不走这么远了。朱木朗把担架放到地上,说现在你后悔了吧,后悔还来得及,快坐上去吧。刘井坐到担架上,说你们让一定也爬上担架来,这孩子为我受了不少苦,你们给他享受享受。朱木朗说两个太重了,我们抬不起,除非你叫马红英加钱。刘井望着担架下的马一定说,一定,等我有钱了,我专门请人给你做一副担架,把你抬来抬去。

朱正在前,朱木朗在后,他们把刘井抬了起来。马一定没有担架高,他走在担架的下面,远远地看过去,好像是三人抬着一副担架走。刘井说一定,你一定要记住,马家没有一个好人,只有你的姑姑马红英对我们好。你一定要记住,是谁给我们请担架哎,是姑姑马红英;是谁给我们医伤口哎,是姑姑马红英。你一定要记住,这个世上没有几个好人,有的人他占了你的便宜还要收你的钱。

一个星期后刘井出院了,马红英和马一定到山坡上采了一大堆野花到乡医院去接她,他们抱着野花往乡医院走。野花撑着马一定的下巴,他一只手抱着野花,一只手提着下滑的裤子。

马红英说嫂子,不给一定读书实在是可惜。刘井说我们没有办法,我们真的拿不出一点儿钱来。你又不是不知道你哥哥,他好吃懒做,没有办法找出一分钱给一定读书。一定摊上这么样一个爸爸真是倒霉。我恨不得跟你哥哥离了。马红英和刘井现在正由乡医院往家里走,马一定走在她们的前面。马一定的一只手仍然抱着鲜花,另一只手提着裤子。

晚上,马红英给刘井一个信封。刘井说这是什么?是谁写来的信吗?马红英说不是信,是钱。刘井说你为什么要拿钱给我?马红英说我要把一定带走。刘井说你要带他到什么地方去?马红英说带他到城里,让他读书,我不能眼睁睁地看着你们把一定的前途给毁了。刘井说带你就带,干吗要给我钱?我又不是卖儿卖女。马红英说钱也不多,你收下吧,我知道你现在很困难。你拿这钱去买一条裤子,你的裤子已经破了好几个洞,它已经不能为你遮羞。刘井拍拍自己的裤子,说这有什么可羞的,脱了衣服人和人都一样。马红英把信封留在桌子上,说不一样,绝对不一样,你还是去买一条裤子吧。我明天就走,再拖一天就超假了,只要一超假就不能在厂里打工。

刘井打开信封,看见信封里装着五十元钱。她把这钱缝在马一定的衣兜里。她一边缝一边说,一定,你的姑姑真是个好人,像她这样的人,现在打着灯笼也难找。你跟着她将来有吃有穿有文化,

说不定还会当上大官。如果你有钱了，你就给妈妈盖一幢房子；如果你当官了，你就让妈妈到你的单位去扫地。这五十元钱我把它缝在你的衣兜里，不到关键的时候不能用，不能因为嘴馋而用了，不能因为玩具而用了。除非是生病或者是姑姑不理你的时候才能用。尽管她是你的姑姑，但她毕竟不比妈妈亲，久了她也会讨厌你，会生你的气，会打你。但是无论怎么样她都是为了你好，你不要惹她生气，听她的话，跟她走。她指到哪里你走到哪里，她叫干什么你就干什么。马一定说我走了你怎么办，谁跟你讲话谁扶你走路谁跟你去南山收谷子？我不跟姑姑走，我宁可不读书也不跟她走。

　　第二天早晨天还没亮，刘井就被马红英叫醒了。刘井伸手去摸马一定，床上空空荡荡，马一定已经不见了。刘井想天都还没有亮，一定会去什么地方呢？刘井一边穿衣服一边叫马一定，等她穿好衣服时，仍然没听到马一定的声音。于是来不及洗脸的刘井，站在门口对着大路喊，对着高山喊，对着森林喊：一定，你在哪里呀，你在哪里？你别错过了这样的好机会，你会后悔一辈子的。你难道不想发财吗？你难道不想升官吗？如果不是你姑姑这么好心，你会有这样的机会吗？其实我也舍不得你，但是为了将来，为了你好，我不得不这样。你快出来吧，再不出来就误了你姑姑的时间，她就去不成广州了。早晨的村庄静悄悄的，只有刘井的声音被夸大了好几十倍，在村庄的上空喊着。等她的声音一停下来，什么声音也没有了。马红英说他再不出来，我就要走了。刘井说你再等一等，我去把他找出来，他一定躲到牛棚里去了。

　　刘井发现马一定睡在牛棚上的稻草堆里。她把他从牛棚里抱出来，马一定仍然在熟睡中，他试图睁开眼睛，但是像有什么东西粘住了他的眼皮，无论他怎么努力也睁不开。马红英说嫂子，你把他放到我背上来，我背着他走。刘井说这怎么行？你还要拿行李。这个仔好像一夜没睡，现在刚刚睡着，还是我背着他送你一程吧。马红英说等会儿他醒来看见你，他又不走了，还是我背着他走。刘井把马一定放到马红英的背上，马一定的脑袋在马红英的背上晃来晃去。天愈来愈亮，他们的脑袋愈晃愈远，他们的脑袋愈远刘井看得愈清晰。渐渐地他们的脑袋变成了一个脑袋，马红英的行李包再也不飞起来落下去了，刘井看不见他们了。刘井踮起脚后跟，才又看见他们的背影。他们继续往前走，他们愈来愈小，刘井向前跑了几步，站在一个土坡上，他们的背影又清楚起来。现在她可以看着他们走很长的一段路。终于,他们转个弯,从刘井的眼睛里彻底消失。刘井说一定,你就这么走了,你连一句话都没有跟我说就走了。

突然刘井看见路的尽头出现了一个小黑点,在小黑点的后面出现了一个大黑点,两个黑点都朝着她飞跑过来。她知道那个小黑点是马一定,那个大黑点是马红英。刘井手里捏着一根细小的鞭子,站在大路的中间,凉风穿过她破开的裤洞和头发,她的手上一片冰凉。马一定的面孔愈来愈清楚了,刘井听到他叫了一声妈——,看见他正扑向自己。刘井闭上眼睛举起鞭子狠狠地刷下去,马一定发出一声叫喊倒在地上。刘井举着鞭子追赶马一定,马一定从地上爬起来,往他跑过来的方向跑。他一边跑一边回头望,脚后跟被鞭子抽得一跳一跳的,像是被电触了一样。刘井说你为什么要回来?你的爸爸是一个懒汉,是一个酒鬼,我都不想跟他过一辈子,你还想跟他过一辈子吗?你爸爸从来不下地劳动,你回来喝西北风吗?你不是我的儿子,你给我滚。如果你是我的儿子的话,你就不要回来,你就去过好生活,你就去读书去发财。刘井在说这一连串的话时,始终没有睁开眼睛,她的鞭子上下横飞。马一定站在路上再也不跑了,他像承受雨点一样承受着刘井的鞭子。终于刘井听到了哭声,她的鞭子刷到了马一定的眼角上。马一定用手掌捧着眼角,离开刘井往前走,紧追而来的马红英拉住马一定再一次离开。刘井说你滚吧,你给我滚得越远越好。刘井听着哭声慢慢地变小变细,以至消失,但她始终不敢睁开眼睛,她像瞎子一样捏着鞭子一动不动地站在那里,站了差不多一个早晨。

刘井对着这个早上从她身边走过的每一个人说,如果你们碰上马男方,那么你们给我告诉他,他的孩子跟他的姑姑到城市去了。

第二年春天,当山上的树叶和青草全都长起来的时候,刘井的脸上也开始有了红色。她在另一间屋子里铺了一张小床,跟马男方过着分居的生活。她相信只要分居两年,就能跟马男方离婚。一天中午,她看见屋角的那棵李树上挂了许多青色细小的李果。她的嘴里突然冒出好多口水。她想吃那些没有成熟的李子。她爬上李子树去采摘它们。她只吃了一颗,就被李子酸得咧开了嘴巴,她感到李子已酸到她的牙根。她正准备从树上下来的时候,看见一个警察朝村子里走来。警察的手里拿着手铐,他一边往村子里走一边吹着口

哨一边摇晃着手铐。警察警察你拿着手枪，口哨口哨你吹得嘹亮，我没有偷也没有抢，我不怕你的手铐也不怕你的枪。

刘井站在树杈上忘记了下来，她被人民警察的身材口哨大盖帽吸引。她折断眼睛前面的树叶，看清了警察的步伐和他身上摆来摆去的挎包。警察来到她家的门口，眼睛往四周望了望，像是观察地形。他看见刘井站在树上，说这是马男方家吗？刘井的身子突然抖动起来，像是被警察的声音吓怕了。警察又问了一句，这是马男方的家吗？刘井说是的，你找他干什么？他犯了什么错误？警察说你是谁？刘井的身子抖得更加厉害。刘井说我是他的老婆。警察说叫什么名字？刘井说叫刘井。警察说我告诉你，不过你先下来。刘井往树上缩了一下，说我不下来，你要干什么？你要抓我吗？如果是马男方犯错误，你可不能抓我。警察说我怎么会抓你呢，我只是要告诉你一个消息。刘井说什么消息？是好消息或是坏消息？警察说你先下来，我才告诉你。刘井说我不下来，你不先告诉我我就不下来。你别骗我了，你肯定是想抓我。警察笑了一下，说我骗你又没有什么好处，我干吗要骗你，下来吧，刘井同志，下来吧。警察甚至向刘井伸出了一只手。

说不下来就是不下来，我说话算话，刘井抱住树枝看着警察说。警察说那么好吧，你们是不是有一个儿子，叫——警察翻了一下笔记本，咳嗽了一声接着说，你们是不是有一个儿子叫马一定的？刘井说他怎么了？警察说他被一个名叫马红英的拐卖了。刘井眼睛一黑，从树上栽了下来。

从邻村赶回来的马男方冲进家门，说什么什么，一定被谁拐卖了？你为什么让他被拐卖了？你是不是故意让他被拐卖的。马男方在屋子里走来走去，想找点儿事情干干，他想我应该惩罚一下刘井，她怎么敢把我的儿子卖掉？他从屋角拿起一根棍子，来到刘井的床前，他说我要把你的身子戳烂。刘井张开大腿躺在床上说，戳吧戳吧，我早就希望有人戳了，有人戳了我会好受一些，我早就希望有人戳了。是我卖了一定，他本来不想跟他的姑姑走，是我用鞭子把他赶走的。我打伤了他的眼角，还叫他滚，滚得越远越好。可是谁会想到他的姑姑会卖掉他？

马男方丢下棍子朝乡政府跑去。他的屁股上晃动着一只酒壶，他跑得越快，酒壶飞得越高。很快他就坐到了乡派出所的门口。他对着所里惟一的警察说,你把马红英给我抓回来,我要拿她下油锅,要拿她来点天灯,要拿她来喂狗,要拿她来给所有的男人强奸。警察说她已经被关到笼子里去了。但是她毕竟是你妹妹,你真的舍得给别人强奸?马男方说可是她把我的儿子卖了,她做得初一,我做得十五。警察笑了笑,说你先回去吧,有什么消息我会及时告诉你。马男方说你不把我的儿子找回来,我就不走。马男方干脆睡到了地板上,他说你快点给我找啊。警察说我去哪里找去?马男方说你不去找你不是白拿国家的工资了吗?我们每年都要上交公粮,你吃了我的公粮,为什么不去给我找孩子?马男方说着说着慢慢闭上眼睛,他不知不觉在地板上睡着了。

马男方醒来时,天已经完全地黑了,街上除了有两只狗走动外,已没有其他动物。他拍拍派出所的门板,里面没有任何反应。汪警察不知道到哪里去了。马男方骂了一声,便开始摸黑回家。还没有进村他就对着村子喊刘井,我回来了,现在我一点儿都看不见,我的眼睛黑黢黢的什么也看不见,你快点拿手电筒来接我,听见没有,快点儿来接我。他的喊声不仅刘井听见了,村子里的人都听见了。刘井以为马男方找到了马一定,立即跟赵凡家借了电筒去接马男方。好多人从自己家钻出来,站在村头观看。马男方从人群中穿过,好像是一位刚从战场上归来的英雄,还对着大家挥了挥手。找到了吗?找到了吗?周围全是找到了吗的声音。马男方只挥手一句话也没说,脸上挂着十分生动的悲伤。

刘井说怎么样了,有消息吗?马男方说有,但我不会告诉你,除非你给我煎一个鸡蛋。刘井说现在我就给你煎鸡蛋,我知道你忙了一天也该喝一杯了。一阵油的尖叫之后,屋子里飘扬着鸡蛋的味道。马男方开始用煎鸡蛋下着酒喝起来,他一边喝一边说我已跟汪警察说过了,要他把马红英找回来,我要拿她来下油锅,要拿她来点天灯。他说一句话就狠狠地喝一口酒,仿佛已把马红英下了油锅。刘井说那一定呢,有没有一定的消息?马男方说我已经跟汪警察说了,一有一定的消息就立即跟我们联系,他现在正在跟外面联系,说不定明天就联系上了。

第二天,第三天,一天又一天,马男方从不下地干活,每天都到乡派出所门口睡觉。汪警察进出的时候总会用脚轻轻地踢他一下,说喂,起床啰。马男方睁开一条眼缝,接着又睡。汪警察说你总这样睡也不是个办法,你先回去吧。马男方说不,我不回去,

我要等我的儿子。每次说到这里,他总会用力地哭几声,并流下几滴眼泪。就这样马男方不停地给刘井带来消息。马男方说睡到我的床上来。刘井说我们还是各睡各的好,我们已经分睡了那么久,现在睡到一起,前面的分睡不是没有用了吗?早知道今晚要睡在一起,又何必当初呢。刘井这么说着的时候,已经来到马男方的床前。马男方说上来吧。刘井说你先告诉我消息,我才上来。马男方说不,你先上来我再告诉你。刘井说上来就上来,这床本来就是我的,我又不是没上来过。马男方说汪警察说了,只要能找到的,他们都会设法找到,万一找不到他也没办法。

马男方说汪警察今天打了三次电话,都是说一定的事情。

马男方说汪警察是个好人,他今天给我喝了一杯酒。

马男方说那些干部都很同情我,他们下班的时候总问我找到了吗?就像问我吃过了吗一样。

刘井从床上爬起来,说这些消息都没有用,我跟你白睡了好几个晚上,明天晚上我要回到我的床上去。我的一定,你的消息怎么一点儿都没有?刘井坐在床上又哭了起来,她哭的时候没有眼泪,她已经没有眼泪了。

刘井睡到自己的床上,马男方每晚回来看到的是刘井紧闭的房门。马男方拍打刘井的门板,说开开门吧,刘井,你给我煎鸡蛋,你睡到我的床上来,我有重要的事情告诉你。刘井说你不会有什么重要的事情告诉我,你每天只不过是去派出所门口睡觉,他们已经全部告诉我了。马男方说不过今天确实有重要的消息。刘井说那你说吧,说出来看是不是重要。马男方说你得先打开你的房门。刘井说我不会打开。马男方说你真的不打开?刘井说真不打开。马男方说那我可要说了。刘井说你说吧。马男方说汪警察说他们已经把一定的眼珠挖出来卖掉了。刘井的身子像是被谁用刀子戳了一下,从床上滚到地上。马男方似乎已听到刘井跌到地上的声音。马男方说他们还砍断了一定的一只手。刘井感到有一把刀子在她的心脏转了一下,她试图站起来,但只站起半条腿又跌倒了。马男方又一次听到刘井跌倒的声音,而且这次比上次跌得更响亮,好像是脑袋撞击木板发出的声音。马男方说然后他们每天把他放在城市最显眼的地方,让他讨钱。讨得钱以后,他们把钱全装进他们的口袋,一定吃不饱穿不暖,一天一天地瘦了,现在瘦得比猴子还瘦。房门无声地打开,刘井像一根木头从屋子里跌出,像一根木头横躺在地上。刘井躺了好长一段时间才醒过来,她说马男方你不要说了,我的气已经出不来了,我的胸口快要裂开了。

刘井从地上爬起来,朝乡政府跑去。她没有借电筒也没打火把,只跑出村庄几百米就跌下路坎。她感到头被什么敲了一下,然后什么也不知道了。等她知道了的时候,她觉得额头冰凉,伸手一摸是湿漉漉的血。休息一会,她又开始往前跑。她不停地跑不停地跌倒,在两公里长的路上,一共跌倒六次。当她扑到汪警察的门上时,她已经没有了拍门的力气。战士死于战斗,刘井倒在汪警察的门口。刘井没能说一句话,就昏倒了。

第二天早上,汪警察开门时被刘井吓得往后退了一步。汪警察说怎么了,你怎么了?谁打破了你的额头?刘井说汪警察我问你,马一定是不是被别人挖了眼睛?是不是被别人砍断了一只手?是一只还是两只?是不是在为别人讨钱?汪警察说是谁告诉你这些?刘井说是马男方。汪警察说真是岂有此理,我对他说在国外,有的坏人简直不是人,他们买到儿童后就像你刚才说的这么干。我们是社会主义国家,怎么会有这样的事?何况我们还没有马一定的消息。刘井说你说的都是真的?汪警察说看在你跌破额头的分上,我会跟你开玩笑吗?刘井啊了一声,说原来没有,原来是这样。刘井出了一口长长的气,出了一口像公路那么长的气。她的双腿由硬变软,身体由站着变为坐着。

坐着的刘井突然听到远处传来救命的喊声。喊声像从发出喊声的地方伸过来的一条路,她沿着这条时断时续的路往前走,看见一个水库,水库上有几个人撑着竹排正在打捞什么。有几个人脱光衣服,在水面上浮起来又沉下去。他们说有一个小孩掉进水库了。刘井问他们是不是一个8到9岁的孩子?他们说是的。刘井说他是不是有这么高?刘井用手比画一下。他们说是的。刘井说那一定是我家的一定,一定哎,我来救你来了。刘井喊着准备往水库里跳。一个陌生的男人一把抱住她说,她不是你的孩子,她是我的女儿。你来凑什么热闹?刘井说掉下去的是你的女儿?抱住她的人点了点头,眼睛红得像出了血。刘井说你的女儿掉进去了,你为什么不往里面跳?那个人好像是被刘井问得不好意思了,低着头看自己的裤裆,两只手抱住自己的后颈。

刘井坐到水库边,太阳正好出来。水面被太阳照得红红的,一

个波浪就像一面镜子。刘井想太阳出来得真不是时候。那个抱过她的男人说我不知道她来这里干什么？这么早她来这里干什么？她如果不是专门来跳水库，她来这里干什么？在男人哭泣的伴奏下，刘井看见他们从红彤彤的水面捞起一个女孩。她的目光在这个女孩的脸上抹来抹去，一直抹了九遍，才把目光从女孩的脸上拿开。

汪警察踢了一下睡在门口的马男方，说我真的不想踢你，我一踢你我的皮鞋就像喝了酒一样。现在踢你，不，严格地说这不是踢，而是碰，现在碰你是因为不得不碰你。你带个口信给你老婆，前几天县公安局从外地解救了几个被拐卖的儿童，但是没有马一定。加速村一农户的儿子被拐卖后，自己出去寻找，也在前几天把儿子找了回来。可见你们的儿子并不是没有回到你们身边的可能，只是我们在寻找的同时，你们也想办法找一找。

刘井望了一眼天边，说可是我们去哪里找他？我们去哪里找到找他的钱呢？坐在门口已两个多小时的刘井，坐在一块冷冰冰的石头上。她的皱纹像众多的蚂蚁瞬间爬满她的脸皮，那些皱纹又像是裂开的土地，现在正一点一点地裂着，并且发出喊喊喳喳的坼裂声。她感到皮肤绷得像快要扯断的橡皮筋，皮肤已经不够用了。她像一只破裂的瓷碗，在碎片分开之前的几万万分之一秒内，勉强地凑合着。她的眼睛从她的眼眶里飞出，看见前面山梁上一排高矮不齐的树，那些树叶以及树叶上的纹路都像摆在眼前一样清清楚楚。她不太相信自己有这么好的眼力，于是用手揉揉眼睛。揉过之后，她的眼睛看得更远了，她看见山那边的一个村落，看见一条大河波浪宽，风吹稻花香两岸。那个村落就是加速村，她曾经到过那里，听马男方说那里的一个小孩失踪之后又找了回来。她想如果我的眼睛一直能看到城市，看到一定那该多好。

她绷紧眼皮，拼命地想往更远的地方看，但是她的目光像一支飞箭的末尾，被一排瓦檐挡住了去路，再也无法翻越那道屋梁。她的目光在屋梁上挣扎一阵，就倒下了，就像一个累坏了的长跑运动员倒在跑道上，心里不停地想跑，身体却没有力气让他再跑下去。那个屋顶是被拐卖的孩子家的屋顶，现在他们全家把孩子锁在卧室里，不让他乱说乱动，以免再次走失。刘井把目光收回来，放到她自己的脚尖上。她的目光就像一团火，烤着她的脚尖，她看见左脚的鞋子开了一个破洞，大脚拇指伸出头来，它的指甲慢慢地变大，就像操场那么大。

这时木匠聂文广挑着他的工具往村外走,他又要外出做木工去了。聂文广走过刘井的身旁时说刘嫂,我听说城市里的人吃的都是黑色的馒头,他们没有肉吃,像狗一样天天啃食骨头。啃过一次的骨头他们舍不得丢,他们把骨头再次放到锅里熬,熬啊熬,他们一共熬了三次啃过三次,才舍得把骨头丢掉。他们个个脸色发黄,瘦得皮子贴着骨头,眼窝深得像酒杯,走起路来像苇草,风一吹就会倒。他们没有土地,所以他们比农村困难一百倍。他们每天要用一半的时间来睡觉,比你们家的马大哥还要懒惰。他们从来不洗澡不梳头,最可怕的是他们只有四个脚趾。聂文广也不管刘井听不听,相信不相信,他低着头一边说一边往前走,好像他刚从城市回来,他的说法千真万确不容置疑。

等聂文广走远了,刘井想马一定现在是不是坐在一座天桥上,正在捡地上的骨头啃食着?那些被别人丢掉的骨头,就像是被剥光树皮的树,已经没有什么东西可啃了,马一定捡起来又丢下去,不知道内情的人又把它捡起来。马一定明知道骨头没啃头,但还是啃着,这说明他实在是饿得不行了。马一定的眼睛还是眼睛,马一定的手还是手,它们都完整地保留在马一定的身上,只是比原先小了一圈。刘井想谣言不可信。刘井刚把谣言不可信想完,就出了一身冷汗,她没有看见马一定膝盖以下的两只脚,马一定的脚被剁掉了,现在他坐在天桥上讨钱。他的面前放着一个纸盒,钱已经堆到了纸盒口,纸盒再也装不下钱,钱就落到桥面上。刘井一辈子都没见过那么多钱。有一个肥胖的女人,这是城市中惟一肥胖的女人,她躲在人群中监视马一定的工作。每当纸盒里的钱满得不能再满的时候,她就提着包跑过来把钱收走。马一定说我饿,你给我吃一个黑馒头吧。胖女人说少啰嗦。马一定的眼睛就跟随胖女人走,他的舌头舔着干裂的嘴唇。一定,她怎么连一个馒头都不给你吃,你给她挣了那么多钱,她怎么连一个馒头都不给你?刘井闭上眼睛大喊一声,呜呜地哭了。刘井说马男方,我们还是把我们的牛卖了。马男方从屋子里冲出来,手里捏着一件湿衣服,他冲过来的地面上撒满水。他说为什么要把牛卖了?刘井说我们需要钱。

刘井把卖牛所得的钱和跟别人借的钱堆在一起,推到兽医苟日的面前,说苟大哥,马一定就全拜托你了。刘井感到这一沓钱是那

么的重，那么的真实可信，那么的可亲。它使拥有它的人一下子有了富裕的感觉。苟日用衣袖抹一抹沾满油花的嘴角，那个嘴角是刘井家的鸡肉给涂油的，它现在闪闪发光，比他身体的任何一个部位都光彩夺目，嘴角简直不是嘴角而是招牌。苟日用衣袖又抹了抹嘴角，说放心吧刘井，还有马男方，你们放心吧，马一定的事情就包在我的身上。你们的事也是我的事。你们也知道我在外边有熟人，你们只管放心地睡觉，放心地喝酒，等着我把马一定带回来吧。苟日把钱揣进衣兜里，马男方的嘴角咧开了一下，好像是得了牙痛。苟日揣好钱，按紧衣兜倒退着往外走，他的头不停地点着，小心得像是他求刘井和马男方办事，而不是刘井和马男方求他办事。

等苟日退出大门，马男方就用手在刘井的大腿上狠狠地拧了一下，刘井发出一声尖叫。尖叫未毕，马男方又扇了刘井一个耳光。刘井说你怎么了？马男方竖起两个指头说，两千，那可是两千元啦，我一分都没有花，他就把它全拿走了。刘井说是你叫我拿给他的，你怎么打我？

马男方紧跟着苟日出了大门，他一直跟着他。苟日说你跟着我干什么？马男方只是笑。苟日走他就走，苟日停他就停。苟日说你到底要干什么？你说出来，你不要光笑，你一笑我的心里就没底。马男方说也没什么，只是，只是……苟日说只是什么，你说呀。苟日急得双脚在地上跺来跺去。马男方说只是，你一下子就拿走我们那么多钱，能不能给我一点儿回扣？我曾经割草喂过那头牛，卖牛的钱我也是有股份的。但是为了找马一定，我一分钱都舍不得花，就全给了你。你把钱拿走的时候，你猜我怎么样了？苟日摇摇头。马男方说你刚把它揣在怀里，我的心就痛了一下。我想那么多钱被你拿走了，还不知道你找不找得到一定。我没留下几十元钱给我自己，实在是亏了。你能不能给我一点儿打酒喝，只一点点儿。苟日从口袋里抽出二十元递给马男方，说你要留钱为什么不在给我之前留下来？马男方说当时只想到要你去帮我们找儿子，没想到喝酒，能不能再给一点儿？苟日说你还找不找你的马一定？马男方说找，找。马男方拿着二十元钱走回家里。他进门之后，又扇了刘井一个耳光。刘井说扇吧扇吧，现在不扇将来你就没机会了。只要一定一找回来，我就跟你离婚。

第二天早上，苟日出发了，他的肩上挎着兽医药箱。马男方说

你是去找马一定,又不是去出诊,干吗挎着药箱?苟日打开药箱让马男方检查,马男方看见他的药箱里装满衣服和洗漱用具以及钱。在药箱的一角藏着一包避孕药,它使药箱成为名副其实的药箱。

苟日每到一个地方就给汪警察打一个电话,汪警察把他的电话内容告诉马男方,马男方再转告刘井。苟日的电话内容如下:

我已到县城,你们放心。

我已到达柳州。

我已到广州,正在托亲戚熟人设法寻找马一定,估计不要几天就会有好消息告诉你们。

根据别人提供的线索,今天我到一所学校去看了一个被拐卖来的孩子。刚一看有点像马一定,但仔细一看……汪警察说苟日的电话突然断了。

但仔细一看,他长得一点也不像马一定。我很失望。

我不得不求别人,我送他们烟酒,请他们吃喝,钱已经全部花光了。但他们告诉了我一个好消息。

我已经知道马一定的下落。

马一定被拐卖到一个工人家庭。昨天我已悄悄观察了他们的家。估计要把马一定领走得花几万块钱。你们赶快筹钱,过两天我再告诉你们把钱汇到哪里。

这个晚上马男方没有回家,消息到此突然中断。刘井想他会回来的,说不定他得到了好消息,多喝了几杯。说不定一定已经找到,他去接他们去了。他总是很晚才回来,他会回来的。刘井觉得这个晚上过得很慢,村庄也比往日安静了几百倍,安静得连狗都不发出叫声。屋子外没有脚步走动,会走的似乎都死了。他会不会因为喝多了,栽倒在什么地方?他是不是已经栽死了。刘井愈想愈感到不对,好像哪里出了差错,不是一定就是马男方。她从床上爬起来,打着火把沿着通往乡政府的路找马男方。她一路喊着马男方的名字。她这样喊道:马男方你死了吗?你躲在什么地方?你快点出来。你别吓唬我。你是不是去别的村睡女人去了?你要死也等我们离婚之后再死,现在死了我可说不清楚。而且我们还要找一定,我需要你帮忙。刘井用这些喊声壮胆,一直喊到乡政府门口,也没发现马男方。刘井拍拍汪警察的门板,拍了很久都没有反应。隔壁的人被刘井的拍门声弄烦了,他们隔着窗玻璃大声喊道,拍,拍,你拍什么?死人了吗?你拍得那么响。姓汪的去县城去了,你拍得再

响也没有人给你开门。

　　刘井又打着火把往家走，回到家时，天已经大亮。她坐在门口歇了一会，看着早起的人们下地的下地，干活的干活。她对着那些走过她面前的男人们说，你们谁给我找到一定，我就嫁给谁。有的年轻人对着她发笑，说你都结过婚了，谁还会娶你。刘井说我和马男方很快就要离婚了。马男方不是一个好丈夫，你们看看他，一点儿也不关心一定，在这么关键的时刻，在一定就要找到的时刻，他不仅不把消息告诉我，而且还跑了，跑得连人影子都不见了。年轻人说你年纪太大，不适合我们。刘井说不结婚也可以，只要你们给我找到一定，你们爱怎么样就怎么样。有人说又能怎么样呢？说完大家就约好似的大笑。笑声一下从刘井的耳边消失，人们已经离开刘井。刘井想一定现在会怎么样呢？苟日和马男方他们都在什么地方？他们为什么不把消息告诉我？刘井从石凳上站起来，她突然发觉自己的眼睛又能往远处看了。她看见山梁上的树，看见加速村的屋顶，看见乡政府看见长长的公路，看见县城旅馆里的一个房间。房间的窗口上遮着一张窗帘，窗帘之后隐约可见两个不穿衣服的男女。那个男的像是苟日。

　　刘井想进一步看清楚里面的情况，但她目光有限，没办法穿透那一层薄薄的窗帘。她踮起脚跟，发现里面的情况清楚了许多。于是她搬来一张椅子，她站到椅子上，里面的情况全部袒露在她的眼前。她简直不想看，简直不忍看，简直愤怒到了极点。她说好个苟日的，你竟敢拿我的钱来包女人？你竟然没有去找一定？你竟然骗了我们？刘井紧紧地闭上眼睛，恨不得把苟日夹死在眼睛里，她闭了很久，估计苟日被夹死在眼睛里了才睁开眼睛。苟日消失了，县城消失了，她的目光正一点一点地缩回来。刘井想再往远处看，但是她什么也看不见，她只看见自己的脚尖。

　　两天之后的一个中午，马男方跑回家里。他没有看见刘井，于是向邻居打听刘井的去向。邻居告诉他刘井到南山的稻田干活去了。马男方又跑了五里多路，来到南山的稻田里。他看见刘井站在稻田的中央耘田，秧苗遮住了她的下半身。刘井说马男方你跑到什么地方去了？现在才回来。马男方没有回答刘井，他跑到田角伏下身子喝了几分钟的水，他喝水时发出咕咚咕咚的声音，十分响亮。响亮之后，他从田角站起来，嘴巴张着，舌头吊着，像是大热天里的一只狗那样吊着舌头。站了一会儿,他说刘井,我们被苟日骗了。刘井说我已经知道了。马男方说你怎么知道?刘井说我看见了。马男方抹一把脸上的汗,发出一声冷笑,说不管你是怎么知道的,苟日骗我们是真的。我去了一趟县城,在街上碰见他了。他一看见我就跑,他根本没有去广州,去帮我们找一定。刘井说他不仅没有去广州,还用我们的钱养了一个女人。马男方说我们不能就这样被他骗了。我们要找他算账。刘井说怎么个算法?马男方说我们去把他家值钱的东西全搬了。

第二天上午,马男方和刘井来到苟日家,苟日的老婆杨花坐在家门口,说你们谁想搬我家的东西,得先把我搬掉。说着她从身后举起一把斧头,斧头磨得十分锋利,上面可以照见人物和树木的影子。马男方和刘井谁也不敢靠前,他们和杨花对骂着,说一些陈谷子烂芝麻的往事,说你家又会怎么怎么了,杨花你跟谁谁睡觉了。杨花说刘井你也不是好货,你想一想你的腿是怎么被你的丈夫烫伤的。架越吵越没有意思,他们只是为吵而吵。他们把太阳从东边吵到西边,谁也没有吃喝拉撒。

几个爬在树上看热闹的小孩,突然大叫道马一定回来了。小孩全都从树上滑到地面,然后朝村头跑去。刘井说什么?他们说什么?杨花说马一定回来了,我们家的苟日帮你把马一定找回来了,现在我看你们还有什么话说?你们用你们的手掌打你们自己的嘴巴吧。刘井和马男方呆呆地站在那里。杨花说打呀,快打呀。

汪警察把马一定送到家门口,全村的人都围了上来。他们像一个句号围着汪警察、马一定、刘井和马男方。刘井说这是真的吗?这是真的吗?刘井不停地用衣袖抹着眼泪,同时也腾出手来把马一定从头到脚摸了一遍。当她的手摸到马一定那双厚厚的鞋子的时候,就把手停在了那双鞋子上。许多人都望着马一定的那双鞋子,它是那样的白,那样的厚实。刘井说一定,他们没有打你吧。他们是怎么找到你的?你想妈妈吗?他们没有从你的身上拿走什么吧。

这是真的吧?刘井用她的右手掐了一下她的左手,她的嘴巴歪了一下,好像是感到痛了。她说这是真的。说完她又捡起一块石头,狠狠地砸在自己的脚背上。石头刚一落下,她便惊叫一声,双手捧着被砸的脚背,用另一只没有受伤的脚在地上跳着,像是金鸡独立。她跳了一会儿,把脚放下来,说这是真的,这真是真的。哈哈,这是真的。哈哈哈哈……刘井笑得喘不过气来了。

马男方问汪警察，马一定是苟日帮助找回来的吗？汪警察说什么苟日？是公安局找回来的，你在这上面签个字，说明我们已经把马一定送到家了。马男方说我不会写字。汪警察说按一个手印也行。马男方在汪警察的本子上按了一个手印。马男方按完手印，对着人群喊杨花，你听到了吗？马一定是公安局找回来的，不是苟日找回来的。苟日他骗了我们几千块钱。

马一定回来的这个下午，刘井高兴得搓着手走进走出，不知道要干点什么。她见人就笑，笑过之后就说一定回来了。光这样说一说她还不过瘾，她说一定，我们到村子里走一走吧。她牵着一定的手，从张家走到李家，从李家走到赵家，从赵家走到聂家。她问一定，城市里的人是不是只有四个脚趾？没有，他们和我们一样，每一只脚都有五个脚趾，五个，知道吗？马一定举起五个手指说。刘井说我也不相信，是聂文广放的屁。

从在村子里串门开始，刘井的手一刻也没有离开马一定的手，她生怕马一定再走丢了。马一定说妈，我要撒尿。刘井说妈妈跟你去。马一定说我要玩泥巴。刘井说妈妈跟你玩。马一定说我想吃鸡肉。刘井说爸爸正在杀鸡。这一切都做过之后，刘井还是觉得没有高兴够。她说一定，今晚我们应该高兴，你最想做的事是什么？什么样的事能使你高兴？马一定说我想捉迷藏。刘井说那就捉迷藏吧。马一定和刘井开始在家里捉迷藏，他们躲在门角，藏在床铺下、被子中、水缸旁……到处是他们的声音和跑动的身影。有一次，刘井怎么也找不到马一定。她说一定，你在哪里？你发出一点儿声音，要不然我不找你了。马一定叫了一声。刘井听到声音是从卧室里传出来的。但是她在卧室里转来转去，始终找不到马一定。她说马一定你躲在什么地方，你无论躲到什么地方，你都逃不过我的眼睛，你给我出来，我看见你了，你在楼上，你在床铺底，你在尿桶边。不管刘井怎么喊叫马一定总是不出来，刘井也没有真的看见他，她只是虚张了一下声势。匆忙中刘井碰翻了一个酒瓶，马男方听到酒瓶破碎的声音，像刀子割他的心脏一样难受。他说你们别躲了，你们把我的酒瓶全碰烂了，你们再躲下去我的酒都会被你们全打烂的。一定，你再不出来，我就用鞭子抽你。马一定哇地大叫一声，从米桶里跳出来，吓得刘井跌倒在地上。刘井说原来你躲在米桶里，我怎么没有想到呢？你赢了，一定，妈妈输了。

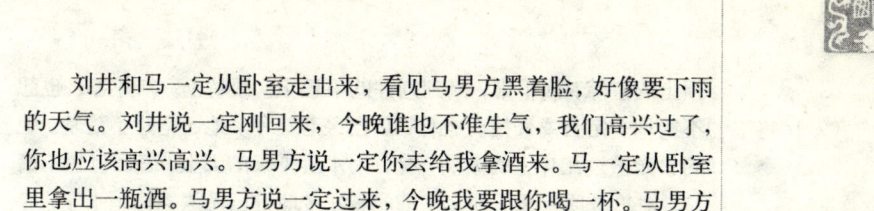

刘井和马一定从卧室走出来，看见马男方黑着脸，好像要下雨的天气。刘井说一定刚回来，今晚谁也不准生气，我们高兴过了，你也应该高兴高兴。马男方说一定你去给我拿酒来。马一定从卧室里拿出一瓶酒。马男方说一定过来，今晚我要跟你喝一杯。马男方真的灌了一小杯酒进马一定的嘴里。马一定不停地咳着，又把酒吐出来。马男方说可惜呀可惜，你怎么吐了出来，我有时想喝都没有。

马一定的那双鞋子慢慢地变黑了，刘井带着马一定去南山耘第二次田。快走到南山时，马一定的鞋裂开一个大大的口子，他的脚从口子里钻出来。他把裂开的鞋提在手里，一只脚穿着鞋一只脚光着，一只脚高一只脚低地往南山走。他看着那只破鞋想哭。刘井说晚上我给你补一补就又可以穿了。马一定说补了就不好看了。马一定终于哭了起来。刘井说要不我再给你买一双，再穷也不能穷了你的这双鞋子。马一定说这种鞋这里根本没有卖。

马一定赤脚站在稻田里，秧苗遮住了身子。他只有秧苗那么高，他的裤子上沾满了稀泥。天上的太阳像火一样烤着他们，马一定站在稻田里打瞌睡。刘井说一定你困了就到树阴下去睡一睡。马一定把腿从稀泥里拔出来，他的腿上沾满厚厚的泥巴，像是一层脱不掉的铠甲。看着田坎上张开大口的鞋，马一定说妈妈，你还我的鞋子，我要我的鞋子。刘井说不是有一只鞋子还是好的吗？马一定说我又不能只穿一只鞋，我要两只一样新的鞋子。刘井说你不是说我们这里没有这样的鞋卖吗？马一定说我要我原来的那双，如果你不叫我来南山，我的鞋子就不会走烂。刘井说一双鞋子不可能穿一辈子，它总会被穿烂。马一定说我不管你穿不穿烂，我只要你还我的鞋子。说完他就开始往家里跑。刘井说你要去哪里？马一定说我要去找我的鞋子，我要和你再见了。马一定愈跑愈快，一种不祥之兆涌上刘井的心头，刘井想马一定又要离开我了。她从田里冲出来，追赶马一定。他们像是两个在小路上赛跑的运动员，拼命地往前面跑着。但是刘井很快就被马一定甩到了身后。刘井脚下绊到了一块石头，摔倒在路上。刘井说一定你给我回来。马一定站在远处回过头看刘井，看了一会儿，他扭头又跑开了，他的脚上、腿上带着稻田里的泥巴，就像带着铠甲。刘井的嘴里发出老马一样的嘶鸣。

一定出走之后，刘井就躺到了床上。她已经这样躺了半个多月。夏天正在悄悄地过去，最后一场暴雨现在落在瓦片上，雨点穿过屋

顶上的空隙，滴下来，滴到刘井的下巴上、眼睛上。刘井怎么也想不到马一定会离开她。她的脑袋已经想痛了，她还是想不清楚。她的目光透过瓦片上的大洞，看着雨水落下来的天上，怎么也想不清楚。她想屋顶上开了那么多的洞，好多地方已无法挡住雨水了，等身体好的时候，要到屋顶上去整一整那些滑落的瓦片。

  刘井不知道现在是什么时候，一束阳光从屋顶的漏洞跑进来，打着她的脸，天不知道什么时候放晴了。刘井说马男方，现在天晴了，你爬上屋顶去整整那些瓦片，免得再下雨时，雨水淋坏我们的衣服和粮食。刘井没有听到马男方的声音，她想他也许已经跑到什么地方喝酒去了。刘井从床上爬起来，来到门口，太阳很明亮。她想天气怎么这么好，一点儿灰尘都没有。这么好的天气，我能不能看到一定？

  她伸长脖子，没有看见马一定。她踮起脚尖也没看到马一定。她站到椅子上，仍然是看不见马一定。她找了一把梯子架到屋檐上，她想屋顶那么高，如果站在屋顶上，肯定能够看得更远一些，说不定能看到一定。她沿着梯子爬上去，站在屋顶上，由于阳光太猛然，她的眼睛还不太适应。她歪着头看了一下太阳，觉得好了一些。现在她站在自家的屋顶上，感到自己特别高大。她伸长脖子，拼命地往远处望，她看见梁上的树，看见加速村，看见乡政府、县城，看见长长的铁路，看见高高的楼房。她的目光愈拉愈长，她看见马一定坐在一张好看的餐桌旁吃午饭，餐桌上摆着鱼虾和白白的米饭。马一定的身上穿着一件白得像纸一样的衣服。刘井用手在额头上搭了一个凉棚，再认真地看了看，说真是一定，他妈的，他比我还吃得好，穿得好。

  刘井刚一说完，她就感到她的脚下开始打飘。她脚下的瓦片现在正一点一点地往下滑，她还没有反应过来，就从屋顶上摔了下来，她身子碰到的瓦片争先恐后地往下掉，砸在她的头上、身上，她一下子就掩埋在瓦片之中。她从瓦片里拱出头，头上鼓着一个大包。她说他竟然比我还吃得好，比我还穿得好。他竟然过着比我还好的生活。

载《天津文学》2002年第一期

我正变成好人

短篇小说

越过栅栏

（徐立宇摄）

放下书包,我听到一个破烂的声音从窗口钻进来。那是韦军在叫。正处于变声期的韦军,像一只刚刚学习打鸣的公鸡引吭高歌,声音尖厉单薄,听起来十分吓人。我伸头往楼下看了一眼,韦军的脸憋红了,脖子撑粗了。他的周围已经聚集了十几个人。他们高矮不一,年龄不等,以韦军为圆心站在操场上。韦军对着住宿楼叫喊迟到者的名字,包括我的名字。他们叫到谁的名字,操场上的目光就齐刷刷地盯着谁家的窗口。直到窗口飞出一声"来了",他们的目光才又往下一个窗口移动。通常都是这样,只要一听到韦军歇斯底里地叫喊,我就知道暑假开始了。

我来不及喝上一口水,就朝着楼下飞跑,生怕自己会成为最后一名。当我跑到操场上时,所有的人都捏紧拳头看我。他们的掌心一定出了不少的汗。我用手指点着操场上的人头数了一遍,一股凉意顿时从脚后跟蹿上脊梁骨。操场上现在一共站着21名学生,其中初、高中生12名,小学生9名,我差一点儿就成为倒数第一了。我为自己能排在倒数第二而暗自庆幸,目光偷偷搜索那个今天倒霉的家伙。那个家伙就要出现在大家的视野里了,他的脚步声正从一单元的三楼一步一步地响下来。我们看见出现在楼梯口的,是初中二年级学生公答腊。他的肩上架着一挑空空荡荡的泥箕,西偏的太阳照着他的额头。他对着操场眯了一会眼睛,身后多出一个人头,多出一挑同样的泥箕。那个多出来的人,是公答腊的母亲刘彩文。韦军挥手示意公答腊过来。公答腊看看身后摇摇头,说我妈要我跟她去挑煤球。

公答腊在前,他的母亲在后。他们背过身子挑着空荡荡的泥箕朝院门方向走去。一只黑白相间的足球从韦军的脚下飞起来,划过操场落到公答腊的脸上。我们看见他双手一撒,泥箕从他的肩头掉下来,身体歪了一下。他捂着脸怒视操场上的人群。韦军说你难道把规矩给忘了吗?公答腊扬手扇了自己一巴掌,清脆的掌声传遍操场,到处都是笑声。

自己给自己一巴掌,是韦军对最后一名迟到者的惩罚。公答腊打完巴掌后,捡起空担子放到肩头跟着他的母亲继续前行。他以为打过一巴掌什么问题都解决了,所以步子迈得很大,右手甩得很高,总之是走得很有些姿态,仿佛刚才的那一巴掌不是打到自己的脸上。韦军被公答腊的这种姿态激怒了,他冲向公答腊的面前,夺下公答腊肩上的扁担,拦住公答腊的去路。公答腊说你要干什么?韦军说我要你跟我们踢足球。已经走在前面的公答腊的母亲,脱掉扁担两头的泥箕,举起光溜溜的扁担,返身对着韦军的后背打下去,嘴里喊道:真是岂有此理!我的儿子怎么要你来管?

我想这一扁担下去,韦军至少会落个残疾。但是韦军就像身后长了眼睛,他一闪,用手里的扁担架住了刘彩文打下来的扁担。他们开始对打起来,从路上打到球场上,扁担上下飞舞,乒乓乓乓的声音响彻云霄。尽管双方的扁担都来势凶猛,但是却总打不到对方的身上。刘彩文的武功,我们早有所闻,因为她是女警察。让我们想不到的是,韦军竟然也会武功。我们看见韦军最后把扁担高高地举起来,劈断了刘彩文的扁担。这一刻,操场上响起了热烈的掌声。我们对韦军的崇拜又上了一个档次。

韦军把手里的扁担递给刘彩文。刘彩文接过扁担,撩起路上的泥箕,自己一个人孤零零地去挑煤球。公答腊留下来做我们这一方的守门员。操场不大,是平时打篮球的地方,水泥地板这一刻就像着了火。我已经闻到了橡胶的气味。我们的鞋底都快被水泥地板烤熟了。就在球赛即将结束的时刻,对方右前锋杨九弟把球踢出操场。这个球高高地飞起来,差不多飞到了天上。球一边飞一边转动,像一道缓慢的彩色的光线,一头撞到邓家的玻璃窗上。嘭的一声,玻璃向四周飞溅,足球从窗口钻了进去。我们被这个如此有力量的球震住了,都睁大眼睛回头看着杨九弟。杨九弟踢球的右脚还悬在空中,一直到我们回头看他的时候,他才把脚放下来。现在我已经看不到球了,但是我感到球还在空中飞扬,一次一次地,像回放的电影镜头。它把我们带到邓家的窗前,让我们看到了一个鲜为人知的秘密。

最先扑到邓家窗口的是公答腊。他趴到窗口上往房间里望了一会,突然发出一声惊叫,身子像触电一样从窗台弹回来。我们看见

他苍白的脸色，发紫的嘴唇，哆嗦的身体，正在变软的双腿和坐在地上的大屁股。韦军走过去，对着他的屁股狠狠地踢了一脚，吼道：球呢？为什么不把球拿出来？公答腊指着窗口，手和嘴唇同时哆嗦。韦军沿着公答腊哆嗦的路线，走近邓家的窗口。他对着里面看了一会儿，然后背对着我们招手。他的手一招，我们全都动了起来，20多个人往邓家的窗口挤。我们不知道里面发生了什么事，但是我们都看不起公答腊哆嗦的表现，每一个从他身边走过的人，都对着他的大屁股踹上一脚，像是踢足球。踹过公答腊的屁股，我们的脚指尖无比兴奋，争先恐后地挤到韦军的身后。但是窗口只有那么一点儿，它只能容纳一张脸往里面窥视。韦军还没有把他的脸蛋从窗口边移开，所以后面的人什么也看不见。我趴到韦军的身上，又有人趴到我的身上。我感到身后的压力愈来愈大。我想这种压力不可能不传递到韦军的身上。

　　终于这种压力在韦军的身上产生了反应。他往后一躬腰，我们前面的几个人被推了出来。后面的人一拥而上，韦军张开手臂挡住一拥而上的人流，嘴里不停地喊道排队。于是我们在邓家的窗前排起了一列长队。韦军站在窗口边，手里捏着一只表。他规定每人只许往里面看两分钟。前面的人在看了两分钟之后，一个一个地走开了，他们表情严肃都不说话。终于轮到我了，我还不知道将在里面看到什么？我把脸凑到窗口上，看见床上蜷缩着一团肉，肉色光亮透明，连皮肤下面的血管都清晰可辨。这是什么呀？我揉揉眼睛，才发现这是一个人。他穿着一条蓝色的裤衩，像一只狗那样蜷缩着，下巴搁在他的大腿上，眼睛紧闭，呼吸均匀，好像正在做梦。

　　我对他哎了一声。他睁开眼睛，惊恐地望着窗外，身体徐徐伸长，愈伸愈长，长得像一根棍子，然后打了一个哈欠，重新蜷缩成一团。我说我叫朴杰，你叫什么名字？你能把足球递给我吗？他爬下床，把地板上的足球举起来，说我叫邓加。我接过足球，乘机摸了一下他的手。他的手绵软光滑，是那种让你一摸就会终身难忘的手。他的手对我的手也产生了恋情。我让他反复抚摸了一阵，然后把手缩回来。这一下他的手跟着我的手从窗口里伸了出来，后面的人群不仅能够看他两分钟，还能够跟他握握手。许多学生在握着他的手时，嘴里发出了尖叫。所有的人都握过邓加那只让人尖叫的手，只有公答腊仍然坐在地上，远远地看着不敢靠前。韦军叫我和杨九弟把公答腊架到窗口，强行把他的手放到邓加的手上。他的手刚一碰到邓加的手，立即就缩了回来，嘴里吓出一串哭声。尽管有的人曾经发出过惊叫，但是一听到公答腊哭，他们就觉得惊叫算不了什么，于是全都冲着公答腊笑。

把邓加苦心收藏了十四个春秋的邓文武，是公安局的刑侦队长。除了我们的父辈隐约知道邓家有一个奇怪的孩子之外，公安局大院的年轻人基本上不知道这个秘密。但是邓文武怎么也想不到，一只小小的足球竟然把他的伤痛大白于天下。晚上，他没有吃下一口饭，只喝了一杯酒。喝下这一杯50度的白酒，他便开始抬脚踹韦军家的大门。我们闻声而来，看见他的右手提着一支六四手枪。他用手枪指着韦军的脑袋，说我的子弹已经上膛，你只要动一动，我就勾动扳机。韦军举起双手，说我不动，我不动还不行吗？你这样做到底是为了什么？邓文武拧起韦军的衣领，说为了窗口，你把我的窗口打破了。韦军说不是我打破的。邓文武说那是谁？韦军犹豫着。我想韦军一定会把杨九弟卖出来，因为杨九弟是局长的儿子，邓文武不敢对他怎么样。但是韦军一咬牙，说我不知道。邓文武说不知道就是你。你现在就去买一块玻璃来，帮我安上。韦军被邓文武推出家门，押到一楼邓家的窗前。韦军看着邓文武黑洞洞的枪口，向我们使了一个眼色。

我和公答腊立即朝着玻璃门市部飞奔，买回了一块又厚又重的玻璃，借助房间的灯光准备把它装上去。韦军双手抱头蹲在窗下，看着我们的一举一动。邓文武的枪口突然往上抬了抬，对着我们吼：谁叫你们装的？他的这一声吼，差一点儿就把我手里的玻璃吓掉了。我的双腿颤抖不止。公答腊木然地站在那里，举着手里的锤子，像录像机里暂停时的人物一动不动。但是一线尿很快就从他的裤裆里滑出来。我不仅看到他的裤裆湿了，还闻到了他的尿臊味。邓文武偏偏枪口，指着韦军说让他装，是他踢破的，就让他装。韦军懒洋洋地从地上站起来，接过我手里的玻璃，往窗口上装。我伸手协助他。邓文武用枪托戳了一下我的手背，说你不要多管闲事。我和公答腊于是再也不敢多管闲事。我们垂手看着韦军往窗框上钉小铁钉。汗水从他的额头冒出来，锤子不断地敲在他的手指上。他的大拇指都被敲黑了。他捂着大拇指说又不是我踢破的，为什么要我装？邓文武说那是谁踢破的？韦军指了一下公答腊。邓文武说是你踢破的吗？公答腊结结巴巴地说是是是是我踢破的。韦军把锤子递给公答腊。公答腊接过锤子，任劳任怨一声不吭地敲打铁钉。敲

打声刺激了房间里的邓加,他站到窗口边指着公答腊说,是谁叫你装的?韦军说是你爸。邓加说爸,你就留着这个窗口,让我透透气吧。邓文武说少啰嗦。他说完少啰嗦,把手枪别到屁股上。一直到这个时候,我们悬着的心才放下来。这个晚上,杨九弟始终没有出来。我看见他趴在五楼的阳台上幸灾乐祸地看着我们。

事实上那块装上去的玻璃,很快就被人打破了。就连邓文武也不知道是谁打破的。但是我们都怀疑这是韦军的杰作。每当我们走过那扇窗口,就对着里面吹口哨。邓加一听到口哨,就把那颗长着稀拉拉的头发的头伸出来,跟我们聊天或者看我们踢球。邓文武对于邓加的这种举动忍无可忍,在窗口被打破的第三天,又往上面装了一块玻璃。这样我们再也看不到邓加,邓加也看不到我们。于是我们故意站在窗前吹口哨,叫邓加的名字。窗口里灯火通明,我们看得见邓加走来走去的身影。一天晚上,乘邓文武出差,韦军叫我和公答腊、杨九弟轮流站在窗前对着邓加吹口哨。大约吹了半个多小时,我们看见一道黑影在玻璃后面一闪,玻璃哗的一声破碎了。邓加拿着一根铁条站在里面,对着我们傻乎乎地笑。

我们面对面笑了一会儿,韦军叫他从窗口钻出来。窗口不是很大,我们都担心邓加怎么会钻得出来。但是邓加还是执行了韦军的命令。他把比窗口还大的头伸到窗口上,慢慢地往外面挤。我们看见他的头竟然被挤扁了,多余的部分往后收缩。他的头像一截四四方方的木头从里面伸出来,等到全部伸出来了,四四方方的头才又恢复圆形。头出来了,他的身体也就软绵绵地跟着出来。这是我们第一次目睹邓加的绝技表演,也是第一次知道这就是所谓的软骨人。

从里面钻出来的邓加趴到事先站在窗前的韦军的身上。韦军背着他大摇大摆地走上大街。这是邓加第一次上街,对于他来说一切都那么新鲜。他想从韦军的身上滑下来,韦军反剪双手紧紧地箍着他的大腿死活不让。邓加在背上发出抗议,说让我下来,我要吃口香糖,我要玩气球。韦军问我们谁有口香糖?我们说没有。韦军说谁的口袋里有钱?我们还是说没有。韦军把我们的脸看了一遍,发现我们的脸都很诚实,于是背着邓加继续往前走。走到街边的一个工地上,韦军发现一根大腿那么粗的水泥管。他把邓加放下来,对着夜幕中的行人喊快来看啦,你们从来没有看见过的软骨人,精妙无比的表演。许多人围了上来,韦军叫邓加从水泥管的这头钻进

去，再从那一头钻出来。邓加摇摇头，说不干。韦军说你想不想吃口香糖？邓加说想吃。韦军说想吃就钻。邓加用舌头舔了舔嘴唇，把头一点一点地钻进水泥管。围观者愈来愈多，他们都好奇地弯下腰，看邓加的身体往管子里蠕动。韦军对那些凡是弯下腰的看客伸出双手，说在家靠父母，出门靠朋友，有钱的出钱，无钱的出力。各位，拜托啦。几张零星的钞票像树叶一样落到我们的手上，使我们的指尖滑过无与伦比的愉悦。有一个弯下腰又挺直腰杆的人，不想掏钱。韦军揪住他的衣领，说你弯腰了吗？那个人说弯了。韦军说弯了就掏钱。那个人说我弯腰干吗掏钱？韦军扭头对着水泥管里喊邓加，出来，他们不给钱你就退出来，别再钻了。还没有完全钻进去的邓加的身体，开始慢慢地往外退。围观者都盯着那个不掏钱的人大骂。那个人在众目睽睽之下掏出了一张钞票。韦军拍拍钞票再拍拍邓加的脚后跟，说别退了，继续钻吧，他给钱了。愈来愈多的钱落到我们的手上，我们被那些钱吓怕了。邓加钻了两次，我们就草草收场。这个晚上，不仅邓加吃上了口香糖，我们还下了一回馆子。我们让邓加第一次喝了酒抽了烟。我们看见他在抽烟的时候，连鼻涕都呛了出来。

  一天夜里，胆小如鼠的公答腊竟然撬开了杨九弟爸爸的办公室，从里面偷出2000元现金。杨九弟爸爸的办公室怎么会有2000元现金？这连杨九弟的妈妈都不相信。当时公答腊怀揣2000元现金从二楼的办公室往下跑，兴冲冲的脚步声惊醒了值班的警察。他跑到楼梯拐角处，刚刚想撒开腿就被抓获了。杨局长赶到现场，拔枪对着月亮放了两枪。公答腊当场吓得趴到地上。那是周末的深夜，枪声清脆，子弹划破夜空，我估计那两颗子弹已经飞到月宫里去了。杨局长在放完两枪之后，似乎还未解心头之恨，咬紧牙齿说，我要把你关起来。

  刘彩文听从局长的吩咐，要把公答腊关起来。但是政法委书记公长江，也就是公答腊的父亲一千个一万个不答应。他对刘彩文说你真要把他关起来呀？我们就这么一个儿子，将来还指望他上大学，指望他养老。你把他送到里面去，他还有什么脸见人？学校还要不要他？现在他还是一张白纸，你一把他关进去，就不是白纸了。你难道不希望你的儿子是一张白纸吗？刘彩文一拍餐桌说，他连杨局长的办公室都敢撬，请问他还有哪里不敢撬的？他早就不是

一张白纸了,不关关他没准在暑假里他还会做更坏的事。就关他一个暑假,并不影响他上学。你就只当他是去读书,去锻炼,去体验生活去了。公长江说传出去,总是不太好听。刘彩文说谁不同意关,谁就负责他的教育。由于长年周旋于老婆与情人之间,公长江几乎没有时间管过自己的儿子,现在突然接到这个光荣的任务,也就意味着再也没有时间去会情人了。他立即摇头晃脑,说那就关吧。

尽管看守所就在离公安局大院几百米的地方,但是公长江的眼圈还是红了。他为公答腊准备了好多食品和药品,它们包括:熟食面、蛋糕、牛肉干、咸蛋、水果、榨菜、花生、先锋霉素、伤风胶囊、西洋参丸、创可贴。他甚至还为公答腊准备了一台掌上游戏机。我和韦军、杨九弟被公答腊指定为送行人,帮他提着那些东西跟着他母亲来到看守所门前。铁门打开了,一位武警战士持枪站在门口,早晨的太阳落到他的刺刀上。我们想跟着公答腊往里面走,被武警战士拦住。敞开的铁门像一张嘴巴正在合拢,我们及时地往里面看了一眼,铁门把我们的鼻尖碰了回来。这个夏天的早晨,我们仰头看着高高的铁门和高高的围墙,以及围墙上的铁丝网,对公答腊充满了无限的羡慕和嫉妒之情,仿佛他不是去受什么教育,而是去王宫赴宴。我们突然对被围墙圈住的这块土地,充满了向往。韦军在围墙外一棵高大的榕树下盘旋一会,跃身攀了上去。我和杨九弟也跟着他攀了上去。我们攀到树顶,透过铁丝网看见围墙里的两排水泥屋顶。两排屋顶的中间有一座哨楼,哨楼上站着一位荷枪的士兵。我们虽然看不见我们日夜思念的无限羡慕和嫉妒的公答腊,但是我们一爬到树上,就感到离他近了,就相信迟早有一天会看到他。

第二天,我们带上干粮,又爬到这棵榕树上。我们在上面撒尿在上面吃午餐,然后把身上的力气全部放出来,对着围墙里喊:公答腊,我爱你。我们的喊声惊动了哨楼上的士兵,他拉了一下枪栓,把枪对着我们。我们一松手,从树上飞快地滑下来。那声清脆的枪栓声紧紧地跟着我们的脚后跟,一直跟到第二天中午那棵巨大的上百年的榕树倒下。那棵榕树是被几个犯人锯断的,他们在两只冲锋枪的指导下,经过一上午的努力,才把它锯断。它倒下去的声音百年不遇,把我们脚后跟的枪栓声赶跑了,把我十四年来听到的所有的高分贝的声音比了下去。

没有树爬我们再也看不到里面。我们商量之后,决定去爬围墙。我和杨九弟认为韦军牛高马大,应该站在下面。但是他对我们说不，杨九弟，你在下面。于是杨九弟乖乖地蹲了下去，我站在他的肩膀上，牛高马大的韦军再站到我的肩膀上。我们扶着墙壁，慢慢地往上升高。当我们全部站直的时候，韦军的下巴正好够到围墙的顶端。杨九弟说你看到了什么？韦军说什么也没看到。杨九弟说可以从铁丝网钻进去吗？韦军说必须有一把铁钳，先把铁丝网剪掉。杨九弟说那就先去找铁钳吧，我快受不了啦。

我们每个人都在家里找了一遍，没有找到能够剪断铁丝网的那种铁钳。韦军偷了一盒他爸爸的香烟，往我们每人的嘴里塞了一支，带着我们沿看守所的墙根转了三圈，目的是想找到一个能够进入看守所的缺口。但是我们除了看到几个出水口，什么也没看到。我们背靠围墙，坐在地上想办法，死活都不相信围墙能够把我们关在外面。当我们把韦军的那一盒香烟快抽完的时候，突然想起了邓加。邓加使我们飞跑起来。

我们又把邓加偷偷地背到街上，让他钻了一次水泥管，换回几个零钱，买到一把又长又大的钳子。我们带上邓加和钳子，趁着月色来到看守所的围墙下。杨九弟站在我的下面，韦军提着钳子站在我的上面。韦军说我剪啦。杨九弟说快一点儿吧。韦军把钳子伸向铁丝网，我们的头顶立即响起铺天盖地的警报，探照灯朝我们的方向打过来。韦军丢下钳子跳到地上，我背着邓加跟着他们往公安局大院跑。我们都跑进家门了，还听到警报声呜呜地响着。

那几天，我们为进入看守所想方设法。韦军用两包香烟，收卖送饭的老头儿，想让他带我们进去看看。我们只要求进去看看，不干别的。老头儿把香烟退给韦军，说那是不可以的。我们说能不能带一封信给公答腊？老头抓过韦军手里的香烟，说信的内容必须经过审查。

我们趴在公安局大院的那张水泥做成的乒乓球桌上，给公答腊写信。我们写道：

公答腊：
　你好！你在里面好玩吗？你怎么吃饭？怎么撒尿？有没有什么娱乐？里面是不是关着杀人犯？杀人犯长什么模样？你什么时候能够出来？希望你能写一封信带给我们，说一说里面的情况。我们已经给送信的老头儿两包香烟，他会把你的信带给我们。我们十分想念你。
　祝你开心！
　　　　　　　　　　　　　　　　　　　　　韦军　杨九弟　朴杰

老头儿把我们的信带了进去，但是公答腊一直没有把信让他带出来。每天下午，我们都要去问一次老头儿，有没有公答腊的信？老头儿说没有。韦军说你别骗我们，如果公答腊从里面出来，说没有收到信，我们就揍扁你。老头儿叼着韦军送给他的香烟说，别人我敢骗，你们我怎么敢？韦军用手抓了一把头发，四五根发丝沾到他的手掌上。他摊开手掌，说我想得头发都落了，还想不到进去的办法。如果你骗我们，我们是一定要收拾你的。老头吐了一口烟雾，说哪敢哪敢。

这样又过了几天，我听到韦军站在楼下吹口哨。深更半夜的，韦军为什么要吹口哨？我悄悄地爬下床，跑到他的身边。他说我已经把办法想出来了。我问他用什么办法？他朝邓家的窗口呶呶嘴，说等一会儿你就知道了。我看见杨九弟正在把邓加从窗口里弄出来。邓加爬到他的背上。我们向着看守所进发。

走到看守所围墙的一个出水口，韦军叫杨九弟把邓加放下来。他说邓加，现在你就从这里钻进去，设法找到公答腊，问他收没收到信？邓加犹豫了一下，蹲下身子，把头伸了进去。我们坐在出水口耐心地等待。大约过了半个小时，邓加从里面钻了出来。韦军说见到他了吗？邓加说见到了。韦军说他收到信了吗？邓加说收到了。韦军说为什么不回信？邓加说他说不想回。韦军说他还说了些什么？邓加说他要你帮他弄一条香烟进去。韦军说去哪里弄一条香烟呢？杨九弟说我爸爸有很多香烟。

第二天深夜，我们让邓加给公答腊送进去一条香烟。送完香烟，邓加把头伸出来。他一伸出头来，嘴里就发出啧啧声。我们被他的啧啧声搞得莫名其妙。他说公答腊和一个杀人犯关在一起。那个杀人犯长着满脸络腮胡，脚上戴着镣铐。但是他对公答腊毕恭毕敬，还喊公答腊大爷。我送烟给他的时候，他故意叫那个杀人犯喊给我听。那个杀人犯左一个公爷，右一个公爷，听得我都想跟着他喊公爷了。我们的耳朵一下就竖了起来，韦军听得眼睛都睁大了。韦军说公爷还有什么吩咐？邓加说他让你给他搞一瓶白酒。

我们给公答腊送进去一瓶白酒。这一次邓加带出了公答腊交给我们的更为艰巨的任务。他要我们在一夜之内，把公安局大院的办公室全部撬开，能偷多少就偷多少，然后把偷得的钱用于赌博。我们对这个命令颇感为难。韦军在操场上走来走去，不停地抓着自己的头发。他原先茂盛的头发渐渐地稀疏了。我们陪着韦军从下午走到晚上。最后他一咬牙,对我们说干吧,大不了进去,我们不是想进去吗?

这个晚上,我们把公安局二楼办公室的门全部撬开。但是由于害怕,我们没敢撬办公桌,所以一分钱也没有偷到。第二天,邓加问我们撬了吗?韦军说撬了。邓加说钱呢?韦军低下头,脸突然红了。这是我第一次看见韦军低下头,也是第一次发现他还会脸红。他低下头说你见到公爷的时候,能不能美言几句,就说我们已经按照他的意思撬了,只是没有偷到钱。但是下一次,我们一定圆满地完成他交给我们的任务。

暑假很快就要过去了,邓加从看守所里给我们带来了公答腊的最后一道命令。邓加站在出水口边,叉着腰对我们说,你们什么也别干了,特别是不要再来看我,回到学校里去好好学习天天向上吧。邓加竟然叉着腰对我们说话,好像这句话不叉腰就说不出来似的。我们疑惑地看着邓加。韦军说这是他说的吗?邓加说是的。我顿时感到不好玩了,他怎么会劝我们好好学习?好好学习有什么意思?有我们踢足球偷盗喝酒抽烟好玩吗?我说我不会好好学习的。韦军举起拳头,在我的面前晃了晃,说你敢。我们最好听他的。我不敢再说什么,和韦军每人牵着邓加的一只手,恋恋不舍地离开看守所的出水口。我们很少让邓加走路,原因是他走路的速度跟不上我们。但是今天,我们正需要他这样的速度来思考一下问题,所以我们有足够的耐心让他走。他走路时一歪一倒,像卓别林的外八字。杨九弟跟在他后面,走着走着,也变成了外八字。杨九弟嘴里喃喃,也许他在里面呆烦了,才叫我们好好学习。

等到暑假结束,公答腊还没有从里面出来。他母亲刘彩文告诉我们,他偷了钱,至少要在里面关上一年。我们听从公答腊的命令,把过分充沛的精力用到学习上,各个科任老师对我们的表扬铺天盖地。一年之后,公答腊才出狱,我们都变成了三好学生。我们用节约下来的零花钱,请他吃饭。韦军说不是因为你,我们不会这么听话。公答腊说为什么?韦军说你不是叫我们好好学习天天向上吗?公答腊说我什么时候对你们说过这样的话?我只会叫你们偷钱,哪会叫你们好好学习。韦军说那你收到我们的香烟和白酒了吗?公答腊摇摇头,说没有啊。我和韦军、杨九弟相视一笑,都明白是邓加这个小子把我们骗了。公答腊问我们笑什么?我们笑而不答,心里

都在想着怎么样跟邓加算账。公答腊喝了五瓶啤酒,把脸凑到韦军的耳朵边,说今天晚上我们一起去把物资局的财务室撬掉,那里比较隐蔽。韦军摇摇头,说我们早不干这个了。公答腊说你们都是胆小鬼,你们不去,我去。

酒足饭饱之后,我们一同回家。走到半路,公答腊说我要去撬物资局的财务室,你们先回吧。我们劝他别再干了。愈是劝他,他愈是要干。我们只好把他留在街道上。一离开他,我们就朝着公安局大院奔跑。我们先是拍公答腊家的门,他的父母都不在家。我们只好去拍邓家的门。刑侦队长邓文武把我们迎进客厅。我们看见邓加的那间房门反锁着。我们告诉邓文武,公答腊要撬物资局的财务室。邓文武立即提枪冲出家门。本来我们还想找邓加追问一下他骗我们的事,但是看见邓文武提枪跑出去的样子,我们早已吓坏了。我们跑回各自家里,提心吊胆地等待结果。我真希望公答腊说的是一句假话。但是我的希望落空了。一个小时之后,我听到公答腊的骂声从楼下传来。他对着我们的楼房骂道叛徒、内奸、工贼,你们这些无耻小人,竟然把我给出卖了。有种你们给我站出来。我们肯定不敢站出来,除了隔着玻璃偷偷地往下看,我们还能做些什么?我看见两名警察,押着公答腊往上面的看守所走,没有看见邓文武。公答腊一边走一边骂,他的声音比从前粗重了许多,已经像一个大男人的声音了,嘹亮成熟。我很害怕他把我们的名字骂出来。但是直到他的骂声消失在远方,我也没听到他骂出我们的名字。这一刻,我不知道韦军他们怎样,反正我对公答腊充满了真正的感激。

当然我们更想不到另一件事跟着发生了。邓文武在抓获公答腊回来的路上,发现许多人围在马路的中央。他出于好奇拨开人群,看见他的儿子邓加扑倒在地。他来不及考虑邓加为什么扑倒在地?就抱着他往医院飞奔。医生没有把邓加救活。邓加由于奔跑过度,脑溢血身亡。邓加为什么选择这样的时间和这样的地点死亡?我们只能这样推测:邓加在听到我们向他爸爸告密公答腊的时候,从窗口爬出来,想跑到物资局阻止公答腊的行动。但是他的速度高不过他爸爸的速度。由于他长年缺乏活动,加之奔跑的速度过快,所以原本就十分细小的血管被撑破了。

听到这个消息,我们都松了一口气。我们想邓加再也不用为他的骗局解释了,而我们在成为好人的时候,再也不会做贼心虚。

载《作家》1994年第五期
《小说月报》1994年第七期转载
收入1998年2月社会科学文献出版社的
"90年代文学书系先锋小说卷"《夜晚的语言》

商 品

短篇小说

这是我童年时每天早晨睁开眼睛就看到的景象，云雾像大海淹没我的村庄

A.工具和原料

爱情这个古老的题目,它像肥沃之土或高原之水,滋养了一代一代的写手;它像我们传统的项目,不断地被写手们翻新、炒卖也不停地走俏。不用担心,某一天爱情会油尽灯灭,不同的种植能手种植出不同的爱情,诡计多端的说法使许多与爱情牵连的作品成为经典,爱情似乎成为写手们的一种基本或者说是写手们的衣食父母,不能超凡脱俗的写手们,会一如既往地把爱情作为原料生产小说。

这种时刻,我会和所有的写手一样重视工具——汉字。爱情和汉字现在成为我的原料和工具散落在我面前,如遍体倒伏的禾草,等待我去整编收割。我戴上草帽拿起农具走出我栖息的家园,开始踏上辛劳的路程。

B.作者或者产品

现在我置身于一个破败的小站,等候去麻阳的客车。细细掐算我已离家漂泊多日,在我如烟如尘东游西荡的日子,我始终记住母亲苍老的嘱托:清明节必须赶到麻阳,为你的父亲烧一刀纸。

清明节的气氛无孔不入,零星的鞭炮声像节日的符号,穿透阻力和墙头的草丛扑打到我的耳鼓。老人和孩子的提篮里盛满香纸和贡品,他们营造气氛为追赶节日而聚集在车站,完成亘古未变的纪念和还愿。如果我今天不能如期赶到麻阳,那么我将失去面见父亲的意义,也必将宰杀母亲的心愿继承母亲的遗憾永远心事重重。

父亲在我出生的1966年不那么清白地死于湘西麻阳。父亲像一团烟雾一种声音从这个世间撤退,但我母亲却为解开这团迷雾而终生头痛。麻阳是我的祖籍地,1966年4月,桂西北流行饥饿,父亲如同怀揣罪恶般怀揣当时不能随意出手的银元,投奔乡音盈耳春意与细雨结伴的老家，企图联系举家由桂西北迁回湘西事宜。父亲刚走出家门二十天，便倒在春天里，为母亲制造死亡信息的根源。母亲坚信父亲死于族人的谋害。为父亲收尸而远行的是我本村的一位表哥。表哥接过母亲卖猪的钱，一路兴高采烈到达麻阳，在麻阳城郊找了块地埋葬了父亲，然后画了一张草图标明我父亲的所在。现在，这张被母亲反复展读的皱巴巴的草图就装在我的衣兜里，我将沿着那些历史的笔迹，寻找我的目的地。

关于父亲的死亡，多年来表哥反复阐释，说我父亲也就是他的舅爷死得很正常，脸不发黑身无伤口，实属病死或者饿死。父亲怀里的银元下落不明。母亲后来看见表哥手上的银戒指，表嫂耳垂下晃荡的银耳环，便疑心表哥害了父亲。母亲对我说也许你父亲根本没有死，从麻阳传回的消息或许是讹传。你表哥到麻阳之后，找到你活着的父亲，然后杀死了他，谋了他身上的八十块银元。

我现所处的小站叫桐木溪车站，桐木溪西去几百里便是麻阳。发往麻阳的客车迟迟不见进站，车站的每一个角落都飘散旅途的气味。那些刚刚发青的青草和树木远在车站之外，车站的旅人的起点和终点，与疲惫烦躁危险搅和，与青草休息无关。天空显然成熟，它不因清明这个日子和客车的失约改变容颜。一个姑娘在她的行李旁站起又坐下，目光在人群中不停地寻找。姑娘像是被一件急事逼疯了，目光大胆地投向我。姑娘托我照管她的行李，然后朝厕所狂奔过去。

一辆陈旧的客车在姑娘忙乱的时刻滑进车站，车声干扰所有的乘客。姑娘听从召唤奔出厕所，我看见姑娘的裤子上爬满大小不一形状各异的湿漉漉的春天的树叶。我突然想起一首歌名：春天在哪里？春天在每个人的心窝里。我对姑娘说如果不为赶路搭车，你也不至于连屙尿的时间都没有。姑娘说女人屙几泡尿就老了，男人刮几次胡须就老了，你看你的胡须那么长了，为什么不刮？是没有时间吗？我突然有些激动，就像在文章的狭缝中读到了惊人的句子那样激动不已。

姑娘坐在我的身边，脸面像冰冷的季节。我想姑娘的脸就像我家乡冰冷的铜鼓，上面铸满了先人劳作和做爱的内容，鼓槌不敲铜鼓不响，一旦敲响声音会绵绵不绝富于诗意。客车打破早鸟的宁静，飞鸟从草丛中大把大把地撒出来，忧伤地吹着哨音划过车窗。鸟声之外是挥锄的农民，他们把锄头高高地扬过头顶未及落下，便匆匆地告别我的视线,衔接着画面的是一块一块翻挖的土地,仿如春天里破烂的补丁,构成农民的书本文字。我说姑娘,你一定和冬天有联系,说不定是冬天出生的。姑娘扭过脸来,说为什么?我说不是冬天出生的人,不会像你这么冷若冰霜。

  姑娘开始认真地打量我,姑娘说你像个算命的。姑娘的目光像油滑的鱼在我的目光中逃脱。我看见姑娘长着一架小巧的鼻梁,姑娘鼻子的全部魅力包括整个脸蛋的魅力全集中在鼻尖上,那里就像山区里的龙脉宝地,令死人和活人向往。我说难怪有人保险鼻子。姑娘放开地笑了半声,然后迅速用双手捂住嘴巴。我说你这个人太喜欢瞻前顾后,连笑也不利索,有时你是不是一脚迈出了门槛,脑子里还考虑另一只脚该不该迈出去。姑娘说无聊。"无聊"像一块砖砸在我的兴头上。我突然想起此行的目的,我知道我离目的地还很遥远。

  我看见车窗之外,一群水牛正浮游在小河里,几只灰色的鸟站在牛背上。在城市里为生存拼杀的人们,只有在旅途中才有可能凭窗遥望真实的自然,联想几个避世的字眼。但欲望却像酱缸里浓重的气味,此刻正飘散弥漫在我的四周,欲望无处不在。我说我的身体不太好,经常与医生讨论健康与寿命。有一次我问医生我能活到八十岁吗?医生说你吃喝嫖赌吗?我说我很干净。医生说既然这些你都不沾边,那就没有必要活到八十。姑娘的鼻尖皱了皱,说现在满世界都在谈论钱和权,只有你还在说笑话。

  那么,现在我就和你谈论权和钱的问题,也许我们都还有很长的路途,我说。

  那年冬天,我看见舅舅从轿车钻出来,然后沿着坡地崎岖的小路走回村庄。冬天已进入最冷的时刻,农村到处披挂陈旧的冬装。舅舅的身后跟着一大群干部,有的挑担有的提大衣。一路上,舅舅被恭维、爱护所包裹。舅舅刚晋升为厅级干部,这个冬天衣锦还乡。为了迎接舅舅,村口早已挤满参差不齐的人群。舅舅和那一串衣冠楚楚行动缓慢的干部照亮了肃杀的季节和村人的眼睛。有人嘴里衔一杆唢呐,吹奏出村庄的欢快激动胆怯。舅舅向他的爹妈他的乡亲们挥手致意。突然……

  一条疯狗像一把刀子劈开人群,朝舅舅刺过去。我看见舅舅周围的人群如秋天的黄叶,纷纷从舅舅的身边闪开。沉浸于喜欢中的舅舅独立寒冬等候疯狗。最终疯狗在舅舅的小腿扯下一块肉,狗嘴挂着舅舅的鲜血跑下山坡。那些倒伏的人群纷纷复活，簇拥舅舅走进村庄。四五个人以我未见过的速度和姿态奔赴公路，钻进轿车。轿车调头朝镇里仓皇而去。

　　车子从镇上带回了一个年轻的护士和狂犬疫苗。舅舅把那些随行人员一一打发出村。舅舅带着狗伤迎接春节。在舅舅偏居山村养伤的日子里，源源不断地有大夫、领导带着药物光临山村，舅舅一概避之不见。舅舅只跟护士和我有钱的三哥接触。护士每一天都向舅舅报告收到狂犬疫苗的盒数，那些盒子上写满了拜访者的祝福和他们的名字。

　　舅舅对三哥说我很悲哀，我的周围有那么多陪行人员，却没有一个敢挺身而出为我打狗，他们都怕被狗咬。他们一贯只会做事后工作，比如请医生、要药，比如我死了给我开一个体面的追悼会，没有人在需要的时候站出来。三哥说狗是认不了厅级干部的，在狗的眼里你和老百姓一样，狗撞上谁咬谁。

　　舅舅对窗长叹，说那时我还年轻，我跟你舅妈刚谈恋爱，我们一道在城郊散步，一只狗朝你舅妈扑来，我一颗石头就把狗赶跑了。你的舅妈尚有我保护，而我却未有一个两肋插刀的知己，连你舅妈都不如。舅舅陷落在深深的孤独中。

　　那时，舅舅住在一间低暗的土墙里，冬天黯淡的光线无力地穿窗而过，歇息在舅舅童年的书桌上。三哥拥有特权终日陪伴舅舅，他们一起吃喝拉撒一起睡觉一起说些无聊的笑话排解寂寞。

　　舅舅说我到北京开会，听人说一个农村老爹进了北京城，走了半天街道走累了困乏了尿也胀了，但老爹找不到方便的地方。老爹想人不可能让一泡尿憋死，于是准备在一幢楼前方便。老爹刚拉开裤子，就看见一个女人从楼房里推开窗户伸出头来，说大爷你不能在这里撒尿。老爹说我没撒，我只是看看，我看我自己的不会犯法吧。女人砰地关了窗户，再也不敢伸头。三哥说我们村有一个酒鬼，裤带上吊着一个牛卵蛋烟盒，有一次醉酒了想屙尿，酒鬼伸手抓到那个烟盒，以为是抓到了那个，于是对着路口就屙，结果全落到了裤裆里。舅舅说这没什么好笑，我给你说一个好笑的。舅舅说幼儿园的老师在黑板上写下"被窝"两个字，然后问学生这是什么字？学生摇头说不知道。老师启发学生：你们家床上有什么？学生说席子。老师问席子上面呢？三哥抢过舅舅的话头，说这个结果我已经知道了，席子上面是被单，被单上面是妈妈，妈妈上面是爸爸。三哥说我也说个好笑的,说美军一个连长去舞场跳舞,跳着跳着下面就不规矩了。姑娘说你干什么？连长说连长。姑娘说我是说下面。连长说我的下面是排长。

那年冬天,人们常常听到不怀好意的笑声从舅舅住的屋子里传出来。有几次护士准备走进屋去给舅舅打针,走到门口又折了回去。关于大宝和小宝的故事,据说也是那时开始流传的。有人说大宝和小宝的故事,是我那个下流的三哥说的。

三哥说大宝和小宝还未出生,大宝问小宝是爸好还是妈好？小宝说妈好。大宝说其实爸也不错,他经常来看我们。后来大宝和小宝出生了,大宝睁开眼看见爸爸满头黑发,便对小宝说爸的头发长得真快。大宝和小宝经常为争食母乳而发生战斗,大宝为平息这种争执,在小宝常吮的母乳头放了毒药。不久,大宝听到妈伤心的哭泣。大宝说是小宝死了吗？妈说不,是你爸被毒死了。舅舅听到这里身子开始摇动,舅舅很激动地说老三,你有那么多钱,走南闯北的怎么不结婚？这个护士怎样,如果你中意我给你们搭一座桥。三哥说不瞒舅爷,我有钱但那个不成,我每当拥抱女人,总在裤裆里塞一沓钱,女人抓到那个硬东西,便十分热情,但高兴之后发现不对就失望,失望了我就把钱摔给她们,她们接着高兴装成激动的模样,激动一阵转而再失望。舅爷你当那么大的官,你能治好我的病吗？舅舅朝窗外指了指,说也许她能治好你的病。三哥看见窗外站着那个护士,护士的双颊被冬天冻得通红。三哥说护士通红的双颊就像雪地烧着的两团火。

在我迷恋于我的滔滔不绝的口才和笑话时,姑娘已经沉睡入梦。姑娘沉睡的头颅随客车的颠簸渐渐地从我的肩膀倒入我的怀中。从任何一个角度观察,我们都像一对恋人或者新婚夫妇。我明显觉察姑娘头颅的热情和大方,一种信息传入我的心灵。或许我太过于迷恋我的笑话,明知道姑娘已经入睡已经关闭了接受系统,明知听者已隐退,我却没有中断我的讲述。我像一个狂热的傻瓜。旅程常与机会结伴,寂寞疲惫鼾声四起是事件的前夜,我早该闭住我的臭嘴了。

但是诱惑就在身边欲望无所不在。我开始唱歌。我唱那些到处流行含糊不清的歌曲,把姑娘吵醒了。姑娘发现自己躺错了地方,像犯错误似的保持端正的坐态。我继续哼唱石头一样坚硬的歌曲,歌曲不能打动人心但是能把人砸死。姑娘说你真会编,可惜你那个有权的舅舅和有钱的三哥都帮不了你的忙,他们不能成为你猎取我的资本。我说你不是喜欢谈钱和权吗?姑娘说这都是男人的事,和女人无关。我说爱情和女人有关吧,如果你感兴趣的话,我就给你讲一个绝对真实的爱情故事。也许我们都还有很长的路途,我说。

客车正行走在山谷深处,丛林中的伐木声像乡村的小调,孤单亲切地从深处浮出。野地腾起疏密有致的烟尘,农民们在烟尘中垦地。一些禾苗抢先翠绿,泥房的门扉里站着惊奇的老人,睁开惊喜的眼睛。乡村的意境扑面而来。

大郎很小的时候母亲就死了。大郎依稀记得母亲是病死的。母亲用难舍难分的目光打量大郎,告诉大郎说我叫吴松。母亲死了很久还有人呼喊她的名字。大郎记得母亲最后对他说:儿呀,你父亲他不是人,你父亲是一条狗。大郎不知道母亲为什么那么痛恨父亲,母亲吴松的痛骂像一团疙瘩,一直到大郎长大成人之后才把它解开。

一天傍晚,大郎看见父亲喜门从地里收工回家,父亲嘴里吹着口哨面色红润。父亲说大郎你的那块田犁完了没有?大郎说犁完了。父亲说告诉你一个好消息,金莲的男人死了,昨夜他去爬到别家女人的墙头,后来狗一叫他一慌神便跌死了。大郎说人死了怎么是好消息?父亲没有回答,父亲很高兴地饮了一碗酒。那个傍晚大郎十五岁。那是春天的傍晚,到秋天大郎便从这个世界消失了。

对于长期缺乏女性的家庭,年轻的寡妇金莲自然成为他们的话题。喜门和大郎像谈论家庭成员一样谈论金莲,喜门掐算金莲改嫁的日子,大郎则觉得金莲像自己的母亲。多年来村上有个大家点头的规矩,凡寡妇必改嫁出村。喜门和大郎惶惶不安地谛听着村庄变动的情节。

金莲并没有走出村庄,大郎和金莲有了来往。街日的早晨,人们常听到匆忙的脚步声。金莲每天都要背一些山货到街上换钱,天未亮大郎便接过金莲的背篓,护送金莲上路,直到天亮。因为怕人撞见说闲话,大郎的护送只限于街日黎明前的黑暗时期。

十五岁的大郎已经是家庭的好劳力。收工之后,大郎像一条狗坐在金莲的家门抽烟,烟头如一滴鲜红的血一闪一闪地告示人们:此路不通。没有人再敢进金莲家。大郎以守卫者的面孔打发长夜。大郎看见父亲喜门急躁不安地走来走去,但父亲总是蹲在黑夜的那一边,不敢靠近金莲家的大门。一个特别的夜晚,喜门喝醉了,扑

219

过来扯大郎的耳朵。喜门说回家去，你还是个黄花仔，怎么像一条狗一样守一个寡妇。你每天晚上守寡妇来了，留你老子一个人我守空房，你忍心吗？大郎被喜门提起来，大郎感到喜门铁钳似的手已经掐烂了他的耳朵。喜门把浓重的酒气喷涂在大郎的脸上，喜门说你还小，明年我给你娶个年轻的。大郎搀扶喜门歪歪倒倒地离开了金莲家。回家的路上，喜门的嗓门越说越高，喜门说搞女人呀，要从后面搞才叫搞呢，就像牛一样马一样狗一样搞。

大郎突然记起母亲吴松临终的那一句话：你父亲是一只狗。大郎于是把喜门摔倒在路旁，大郎听到一串呼喊声从地面传到头顶。大郎骂了一声脏话便回家睡觉去了。半夜，大郎仍未听到父亲推门的声响，觉得把父亲丢在路旁对不起十多年来父亲的养育之恩。大郎披衣上路寻找父亲，路旁已没有父亲的影子。大郎推开金莲的大门，看见父亲仰天躺在金莲家的堂屋，金莲还坐在灯影里缝补衣物。大郎说，你跟我爹睡了？金莲说你看你爹，醉得像摊泥，谁跟他睡了？大郎看见父亲的鼻孔里沾着一根鸡毛，鸡毛每抖动一次，大郎就听到父亲鼻孔里传出一串鼾声。大郎说他真的醉了。

金莲说你把我当什么人了？你认为凡是男人我都睡吗？我算是白疼你了，我不是婊子，我是人，我也要个好名声，乱跟人睡觉，那是作风问题，打死我也不干。大郎看见金莲在灯光里手不停嘴不停地动作，把自己说成是一位不沾凡尘的仙子。突然，大郎看见父亲从地面坐起来，伸了个懒腰。大郎听到父亲说，我知道你爱她，我怎么会跟她睡，跟她睡就是跟媳妇睡，人总得讲点伦理道德。父亲说完便走了，大郎觉得父亲的话有条有理一点也没有醉意。这一夜之后，我们看到了喜门和大郎的厮杀。

那是夏天里发生的事。整整一个夏天大郎都在为金莲干活，喜门忍无可忍，最后把大郎绑在家门的木柱上。那是中午，太阳很辣，喜门剥了大郎的上衣，让他在阳光下晒太阳。大郎对着喜门骂：操你娘。喜门从地下捡起一根竹条，照准大郎劈过去。喜门说我娘你叫什么？你敢操我的娘。竹条不停地刷在大郎的身上，喜门听到肉体撕裂的声响。喜门说你不爱那个寡妇我才放你，你再也不要为她干活了。大郎说我爱她。大郎的话音未落，竹条便狠狠地落在他身上。大郎说一句我爱她，便要咬牙承受一次皮肉之痛。终于喜门的竹条刷向了大郎的嘴巴，喜门听到哟的一声喊，看见一股血从大郎的嘴角流出，滴落在大郎的脚面。喜门丢下竹条，呜呜地哭了起来。

喜门说我真是没用,我连我的仔都驯服不了。你爱她吧,老子再也不管你了,从此后你不要踏进家门一步。

秋天来了,大郎和金莲自由恋爱比翼双飞,他们发生了男女关系。一个白天,金莲和大郎闲着无事,金莲便想干那事,金莲说大郎,我们换一个花样,你从后面来,像牛那样。金莲躬腰等着大郎动作,但大郎没有动。大郎的脸一点一点地青。大郎朝着金莲赤裸的屁股踢了一脚,大郎说你骗我,骗了我的爱情。大郎认为从后面干是他父亲的爱好,金莲一定是尝到了父亲的甜头,现在又叫他像父亲那样干她。大郎觉得金莲像一口飘荡污水的池塘,令人恶心。

金莲穿好衣裤,说大郎你怎么了?大郎说我要去死。金莲说何苦呢?大郎说为了爱情,我把我的爱情献给了一个肮脏的婊子,我没脸活了。金莲看见大郎朝小河奔去,金莲一边呼救一边追赶。金莲听到大郎最后说,我死了你好叫我爹从后面干。大郎说完投入河里,尸体三天之后才浮起来。

在故事接近尾声时,姑娘把身子再次靠向我。姑娘说可惜这个世上,再也没有大郎一样痴情的男子。我说有,比如我。姑娘摇摇头,鼻尖的妩媚再次感动我。我说大郎是我的哥哥,我叫二郎。姑娘说流氓,我们结婚吧。

清明节傍晚,麻阳县城阴雨绵绵,我和姑娘怀抱我们的孩子走下客车。麻阳县城被烟雾笼罩,昏暗的灯光照出几幢高楼的轮廓。姑娘说你还去为父亲烧纸吗?你还去找你父亲的墓地吗?我说我已经是父亲了,还找父亲干什么。姑娘说在麻阳你有亲戚吗?我说没有。你呢?姑娘缩在冷雨里摇头。我说你来麻阳干什么?姑娘说似乎是专门为了和我相识结婚生孩子而来,我记不得我为什么而来了。我们冒着细雨朝车站旁的一家旅馆走去。

安置姑娘和孩子,我说现在我去买几张尿布。姑娘,你叫什么名字我还没问你。姑娘说我叫薇冬。我想我的所有故事,都是为了勾引这个名叫薇冬的女孩。为了搜集这些乱七八糟的故事,我专门请教了一个寡妇。寡妇用她委婉动听的讲述引诱了我,今天我又用这些故事勾引薇冬。

我走在麻阳县城的街道上,我要去买几张尿布,我似乎专门为买这些婴儿用品而来。薇冬怀抱孩子追赶我,薇冬说你不会骗我吧?我说骗你什么?薇冬说我怕你丢下我们母子跑了。我说不会的。我看见薇冬站在路灯下，头发披散目光凄凉。我走出好远，她仍站在那里。薇冬拼足劲对我喊：看在孩子的分上，你要回来。我感到薇冬的喊声像一个圈套跟上我，最后勒住我的颈脖。在薇冬的注视下，我朝麻阳县城的中心走去。

C.评论或广告

此刻，写手与作品中那个自称为二郎的我完全脱离。在二郎和作品之间，写手更关心作品的命运。写手在完成作品之后打发作品出门，作品开始了遥遥无期的漫游。一个自称为夏苏的八卦大师告诉写手，在春夏之交的季节，你的作品或许会在北方的某个刊物找到归宿。但是作品在遥遥无期的漫游过程中，写手收到了关于作品的许多信函。

写手：

你好！我不知道那个自称二郎的流氓还回不回到薇冬的身边？但我敢肯定麻阳县城百货大楼的商品一定琳琅满目，过去人们常取笑古人买椟还珠，其实骄傲无知的现代人已越来越迷醉外在形式而忽视了本质。服饰的不断翻新使人变成活动的衣架，化妆品的层出不穷，仿如厚亮的油漆刷在脸蛋，人被许多附加物所包裹，这些附加物便是商品（不管是用钱换来的衣服或是用情感换取的情感，皆打上商品的烙印）。

正如诗人里尔克所写：

> 我们没有情侣
> 没有房屋
> 在我们活着的地方没有位置
> 我们被捆缚在所有的物上
> 这些物膨胀着把我吞噬
> 但我们又是多么渴望和热爱商品

我热爱商品，所以我喜欢这篇叫《商品》的小说。遗憾的是作品写得太现实了，拟不用。

——《现实》杂志　田听

写手：

　　稿已阅。二郎从桂西北奔赴湘西麻阳，原本是带着母亲神圣的嘱托，但二郎在奔赴目的地的过程中迷失了。由于二郎父亲的缺位，所以二郎寻找父亲显得特别神圣。当二郎自己成为父亲之后，寻找便显得没有必要。二郎寻找父亲具有象征意义，但人类在寻找过程中常会被另外的事情所干扰（比如娶妻生子），最后寻找者忘记了目的。相反薇冬则在茫然的旅程中找到了归宿。人生仿如搭乘一辆长途客车，清醒的迷失了，茫然的却逐渐清晰起来，这是一种人生幽默。但作品有些太直奔主题，拟不用。

——《主题》杂志社　宗派

写手：

　　拜读作品，作品的意义几乎全寄托在荒诞的情节上，二郎上车时认识姑娘，下车的时候他们却生了孩子。他们无需知道对方的过去对方的姓名，他们无心去探索你从哪里来又到哪里去。他们的这种爱情节奏尽管荒诞却贴近现实。只是作品写得太荒诞了，拟不用。

——《荒诞》杂志　赵走

写手：

　　你好！细读你的作品，觉得有后现代的某些成分。比如艺术的商品化，印象代替故事。你所说的故事不管真不真实，但目的只有一个：为我所用。每当你说一个故事时，你都表白这是绝对真实的，最终却只能是靠近真实而不会有绝对。内行人会看出过去文学作品对你的影响，比如一些荒诞情节运用会使人想起卡夫卡的《变形记》、陈村的《一天》（写一个工人早上上班下午退休）。民间笑话的大量抄袭，使整个作品犹如拼盘杂烩。这些都具备后现代小说的特点，可惜的是你写得太后现代了，拟不用。

——《后现代》杂志　钱厚

写手：

　　大札收悉。我认为任何一种当代文学的历史在很大程度上都是

探索新形式和新语言的历史,你已经领悟了某些东西。你的作品结构形式:原料→产品→广告,本身就暗示了人类的一些行动方式,本身就是一道主题。就像一些素质低下的歌星和质量伪劣的饮料,不惜重金搞后期包装和宣传。你这种作品自我包装的结构太形式化了,能否修改?

——《形式》杂志　王俞

写手:
除了绝望能拯救我们之外就无希望了。

——《希望》杂志　马丁·杰

写手:
当小说不再像小说的时候,那就可能成为伟大的作品,比如像普鲁斯特、卡夫卡和乔伊斯那样……我们的时代任何一部伟大的小说都是由让读者惊讶"这不是小说"开始的。

——拉美作家　卡彭铁尔

载《花城》1998年第五期

关于钞票的
几种用法

短篇小说

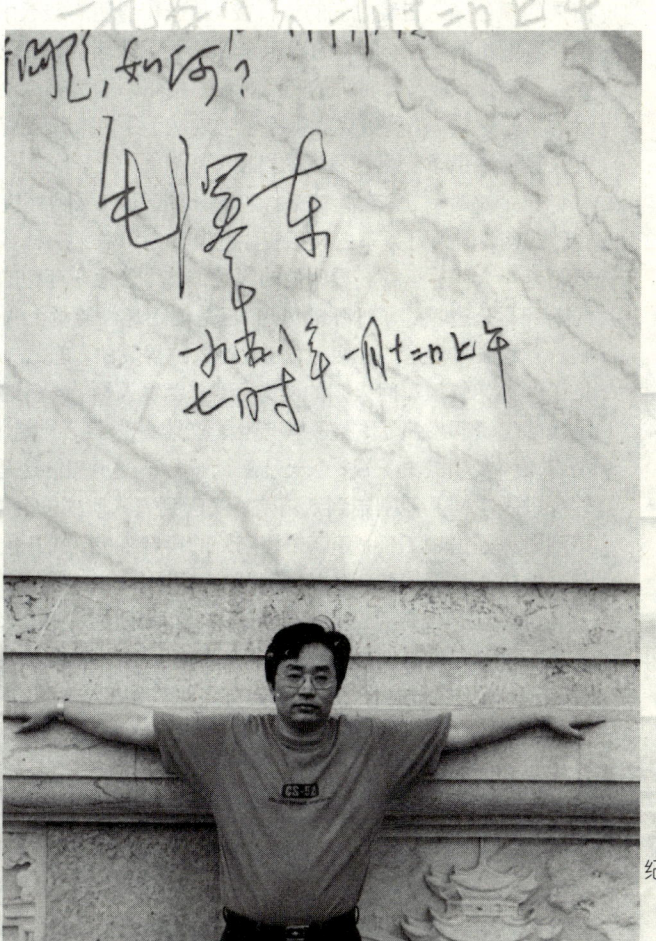

纪念碑
（李军摄）

站在糖果厂门前的孙朝,手里提着一袋五颜六色的糖果,兜里揣着刚刚从财务室领出来的三百元钱。在阳光强烈的照耀下,那些糖果的颜色穿透包装它们的塑料袋,悬挂在透明的空气中。街道上飘浮着细小的尘土,所有的出租车都摇上了玻璃。横在马路上空的铁丝,挂着一种与肾有关的药品招贴,招贴印刷精美,经过日晒雨淋的考验之后,仍然被风吹得呼啦啦地响。孙朝眯着眼睛看了看街道,轻轻地说了一声:我真的自由了吗?

一个小时前,正在为糖果打包的孙朝,听到从门外传来一个声音:孙朝,请到财务室去领工资。就像听到解放了一样,孙朝放下纸箱直奔大门,想看一看叫他的人是谁。尽管他在奔跑的时候,已经听到耳朵边响起了呼呼的风声,但是他还是没能看上叫他的人一眼。会是谁叫我呢?孙朝想,叫我的人跑得真快,怎么一转眼就不见了?孙朝望望车间大门的两旁,没有发现人影。孙朝继续想是不是我想工资想发疯了,脑子里产生了错觉?进厂三个多月来,从来没有人叫我领一次工资,今天是怎么了?孙朝不相信这是真的,他转身进入车间。他刚走到纸箱前,又听到有人叫他的名字:孙朝,请到财务室去领工资。孙朝未等门外的声音说完,就开始朝门口奔跑。他决心要看清楚叫他的人是谁,否则他不相信这是真的。

孙朝还是没有看见叫他的人。他走到车间的另一个角落,拍了一下正在打包的赵全的肩膀,说喂,你听到有人叫我了吗?赵全说没有。孙朝说这就奇怪了,我听到有人叫我领工资。孙朝刚刚说完,又听到有人叫他领工资。他想今天看来是非领工资不可了。孙朝迈开大步朝厂办公楼走去。他从来没有领过工资,所以他不知道财务室在几楼。他犹豫着是上楼还是不上楼?突然看见楼梯口的墙壁上写着"财务室在三楼"几个大字。看见这六个整齐划一红得发紫的大字,他浑身一下就来了劲,一步跨上三级台阶,几大步来到三楼,冲进财务室。王出纳手里拿着一个信封,像是早已料到他会在这个时候赶来。王出纳笑着说你终于来啦。孙朝用他粗糙的手摸摸剃得锃亮的头皮，说我刚接到通知。王出纳说什么通知？你都全知道啦？孙朝说知道什么？我只知道来领工资。王出纳啊了一声，说这是你的工资，签字后你到隔壁李副厂长那里去一趟。孙朝说去李副厂长那里去干什么？王出纳说去了你就知道了。

孙朝打开王出纳递给他的信封，把里面的钱掏出来数了数。在数钱的过程中，孙朝的手一直颤抖不止。他数了两遍，手指蘸了四次口水，才把王出纳递给他的三百元钱数清楚。三百元，三百元啦，孙朝的胸口快要裂开了。

李副厂长的办公室比一个小会议室还宽阔，里面已经坐着好几个本厂的工人。他们的嘴里无一例外地吐着烟雾，把办公室熏成一个云雾缭绕的风景区。孙朝一头走进去，那些坐在里面的人，像审判员一样足足看了他两分钟。他们像看一个没有穿衣服的女人一样看着他，搞得孙朝的脸一下就红了起来，好像连头皮也红了。

李副厂长说孙朝，你迟到了。孙朝说我刚接到通知。李副厂长说你都知道啦？孙朝说知道什么？我只知道来领工资。李副厂长说别装蒜了，你的光头是什么时候剃的？孙朝说昨天晚上。李副厂长说如果你不知道，你怎么会赶在今天之前剃一个光头来见我？一定是有人走漏了风声。到底是谁走漏了风声？我在把你们的事办完之后是一定要追究责任的。孙朝摸着自己光滑的头皮，感到莫名其妙。他在这种时刻几乎找不到话要说。他只是一个劲地摸他的头皮，在刷拉刷拉的摩擦声中，有一股电流像妈妈的慈祥传遍他的全身。他突然有一丝兴奋，说厂长，我剃头怎么惹着你啦？李副厂长说你早不剃，晚不剃，偏偏在这个时刻剃，你这是别有用心，你这是用剃头来向我发出抗议。

孙朝被厂长的话弄糊涂了。他想从那些看着他的人脸上寻找答案。他们只顾抽烟，没有谁对他的问题感兴趣。他想这是怎么啦，本来刚领到工资，应该高兴，可是李副厂长却不让我高兴，今天是怎么啦？又有几个人走进来，这使李副厂长的注意力得以从孙朝的光头上转移开。李副厂长说该来的都来了，现在我们开个会吧。

李副厂长从身后举起一块黑板，上面写满密密麻麻的字。在密密麻麻的上方，写着一个极其醒目的标题：关于钞票的几种用法。

黑板牵动诸位的目光，他们的屁股离开座位，身子前倾，像看什么宝贝似的看着黑板。抽烟的不抽了，他们全都把烟头扔在地板上，然后用皮鞋踏灭。办公室里一下就没了烟雾，黑板上的字拨开云雾渐渐地清楚。那些字像钉子一样慢慢地钉进孙朝的眼珠。孙朝听到李副厂长说，你们是本厂半年来第一次领到工资的职工，你们都看见了，那些还没有领到工资的职工仍然工作着。他们要等领到工资了，才能像你们一样有资格走进我的办公室。他们什么时候能领到工资呢？李副厂长一拍双手，像是为自己精彩的发言鼓掌，然后又用手掌摸着下巴说，我不知道，也许是半年也许是一年，反正我不知道我不知道我不知道。在他们还没领到工资前，他们得这么一直干下去。而你们，幸福的你们已经领到了工资。你们知道工资怎么用吗？刘大同说这不是在说废话吗？总共才三百来块钱，还用得着你告诉我们怎么用吗？李副厂长说你们先看一看黑板。

孙朝和刘大同以及其他人，都把眼睛凑到黑板上。这时的办公室像睡去似的，没有一点儿声音，大家都屏住呼吸，像对彩票号码一样严肃认真地看着黑板，生怕一不小心失掉了发财的机会。孙朝看见黑板上写着：

关于钞票的几种用法

1. 办实业，比如开公司、办工厂，向那些白手起家的商业巨子学习。特别要向那些从乞丐到富翁的人学习，学习他们艰苦创业的精神。曾经捡烟头抽的人，后来成大烟商的不乏其人。现在没有钱的人，谁敢说他们将来不会有钱？大公司一下办不了，可以先办小公司，可以从米粉公司修单车公司皮包公司办起。

2. 涉及房地产，不怕钱少，关键要敢想敢拼。人有多大胆，就有多少房地产。脚踏实地，从一寸土地搞起，一寸又一寸，一年又一年，千里之行始于足下，千里之堤溃于蚁穴，老师说过一寸光阴一寸金，寸金难买寸光阴。

3. 炒股票，把握股市风云。股市没有永远的输家，也没有永远的赢家。你们要善于在别人输的时候赢，在别人赢的时候不输。如果善于把握机会，十会变百，百会变千，千会变万，一加十，十加百，百加千千万，或许一眨眼之间你们就是百万财富的拥有者。

孙朝他们把黑板看了一遍，再看李副厂长。李副厂长双手举着

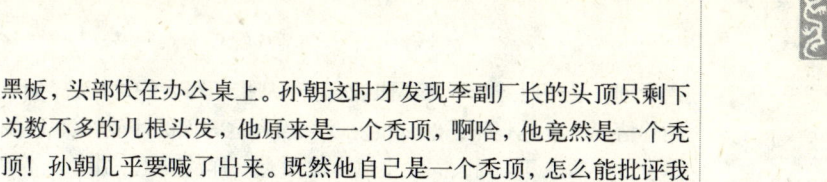

黑板，头部伏在办公桌上。孙朝这时才发现李副厂长的头顶只剩下为数不多的几根头发，他原来是一个秃顶，啊哈，他竟然是一个秃顶！孙朝几乎要喊了出来。既然他自己是一个秃顶，怎么能批评我的光头呢？孙朝像发现美洲大陆似的从嘴里发出格格的笑声。李副厂长说笑，你笑什么？有什么好笑的。你有什么资格发笑？李副厂长转动支撑黑板的棍子，露出了黑板的背面，那上面仍然写满了密密麻麻的字。李副厂长说笑吧，看吧，你们尽情地笑，尽情地看吧。孙朝不知道黑板上的这些字和他有什么关系？他看见把头伏在桌子上的李副厂长，眼睛愈来愈小，好像要睡着了。孙朝想如果李副厂长睡着了，就说明这块黑板上的内容和我有直接的关系；如果他没有睡着，就说明这块黑板上的字和我没有任何关系。孙朝刚这么一想，李副厂长的嘴里就发出了微微的鼾声。孙朝想那么这些内容是和我有关系的了？孙朝再次把目光投到黑板上：

4．搞传销，你们可以把产品传销给自己的亲戚朋友。现代社会人情比较淡薄，通过传销你们能够使人情不淡薄，加强亲戚朋友间的往来，以此唤醒亲情友情爱情。还可以在传销中学会做人，临别时送我上路，风雨中教我做人。如果有人打你的左脸，你就把你的右脸递给人家，让他们打。他们打得愈狠就愈没有改正的机会，打吧打吧，让他们在打中认识到他们是在打一个未来的富翁。尽管传销中多有失败者，但你们为什么不做那一个成功者呢？失败是成功之母。有百分之一的希望就要做百分之百的努力。

5．拉关系，你们用这点儿有限的钱去拉无限的关系。如果关系拉好了，你们可以进到能够发得起工资的单位，这叫四两拨千斤，以柔克刚出奇制胜。礼品买不了多少，但办法一定要多，该哭就哭，该笑就笑，该出手时就出手。

6．千万别赌博，尽管赌博使一些人手中有了钱，但我相信从我们厂里出去的人，是绝对没有这方面的才能的。

谁说我们没有这方面的才能？谁说的？刘大同挽起衣袖一拍桌子，李副厂长的头像一只篮球被震离了桌面。当他的头弹高的时候，他举着的黑板也跟着高了起来。他高高在上睁开迷迷糊糊的眼睛，嘴角还带着一丝口水。他用袖子抹了抹口水，说刘大同，你想干什么？刘大同说，不想干什么，我只是不服气你看不起我们。你这个副厂长平时连招呼都不跟我们打,从来不跟我们讲礼貌,对我们的情况一点儿也不了解。谁说我们没有这方面的才能?谁说的,你也太小看人了。刘大同说得唾沫像雨点一样从嘴里飞出来,不停地举起拳头砸自己的手心。只是,刘大同像突然发现了真理,停止了砸的动作说,只是,你为什么要我们做这些事?为什么要办实业、搞房地产炒股票?

那些刚才凑在黑板边的脑袋,像被拍打的苍蝇,一下就散开了。他们都张开嘴巴,仿佛饥饿的人,等待李副厂长给他们抛来能够让他们合上嘴巴的食物。李副厂长说还用问为什么吗?难道你们一点儿也没有感觉到什么吗?你们已经……李副厂长张开的嘴巴在"已经"这个地方做了长久的停留,嘴唇一阵抽搐,并且伴有发白的迹象。在孙朝他们惊讶的目光中,李副厂长的嘴艰难地移动着:你们这是最后一次领本厂的工资。你们已经不是我厂的工人了。黑板上提供的方法仅供你们参考。刘大同说你用三百块钱就想把我们打发了?没那么容易。所有的人都跟着刘大同喊了起来,他们像是在合唱一首歌那样喊了起来。李副厂长说喊,你们喊什么?我们不光是这三百块钱就把你们打发了,每人还有一袋本厂生产的糖果。糖果在哪里呀?糖果在哪里?李副厂长说在一楼的保管室里。

喊着的人几乎是同时闭上了嘴巴,他们一齐朝一楼的保管室冲去,生怕慢了一步就拿不到糖果。孙朝被人群裹挟着冲到一楼,从密集的大腿的缝隙抓出一袋糖果,退出保管室。他听到保管室里一片混乱,他们好像是打起来了。但是在混乱的声音中,李副厂长的声音尤其显得突出。孙朝走出去好远了,还听到李副厂长喊道:别打了,都别打了。你们都拿到糖果了,还打什么?孙朝觉得这个声音,极像他小时候在妈妈手上抢糖果时,妈妈发出来的声音。

现在,孙朝手里提着一袋五颜六色的糖果,兜里揣着刚刚从财务室领出来的三百元钱,站在糖果厂的门前。他觉得那些车辆没有什么意思,街道也没有什么意思,夏天的意思也不是太大。他感到时间像河里的水一下就多了起来,不知道是回家或是去找朋友聊天。他想反正从这一刻起我自由了,我爱去哪里就去哪里。去哪里呢?孙朝从口袋里摸出一枚硬币,想如果一角在上面,我就回家;如果国徽在上面我就去找张柱林。他把硬币抛起来,然后用手掌接住。他不想打开手指,于是把眼睛贴到手指上,偷偷地往手掌里看。

手掌里太黑,他什么也看不到。他看到从他握紧的拳头前面走过一个女人。他的目光跟着女人走了几步,心口嘭嘭地跳了四五下。他想如果是国徽在上面,我就跟上这个小姐。就在这一瞬间,他把去张柱林那里改成了跟上这个小姐。他摊开手掌,国徽朝上。他想这是天意,不跟上这个小姐,老天都一千个不答应一万个不答应。

孙朝跟着小姐走。小姐的臀部在他的眼里逐步放大,他看见它摇晃着,像一个在草地上滚动的球。孙朝很想对着眼前的这只球踢上一脚,但是他抬了几次腿都不敢往前踢。孙朝还发现小姐的腰特别细,细得一把就可以捏住。脚底下起了一阵风,头上的树叶乱成一团,有一片树叶从高高的树枝上往下掉。孙朝想如果树叶掉到围墙里,我就跟小姐打一声招呼。孙朝的眼睛一直看着那片树叶,小姐已经走出去好几大步了,树叶才掉进围墙里。孙朝骂了一声,跑步追上小姐。孙朝听到自己的喘气声粗糙不堪,双腿像被抽掉了筋骨,力气突然消失了。孙朝拦住小姐的去路,胸口大幅度起伏着,衣服上的扣子快要绷掉了。孙朝想再不说我就没机会了。孙朝于是说小姐,你吃糖吗?孙朝打开塑料袋,把他们厂生产的五颜六色的糖果呈现在小姐的眼前。小姐笑了一下,说我不吃糖,你是推销糖果的吗?孙朝说不是的。小姐说那你为什么要拿糖果给我吃?孙朝摸了摸他那光滑的头,说不知道。小姐说那你找我有事吗?孙朝说有事,有事。小姐说有事就跟我走。

小姐说完自顾往右边的一个小巷走去,也不管孙朝跟不跟她走。孙朝站在原地,对着小姐的背影发呆。他像看一块黑板一样看着小姐的背部。他从她的背部看到了李副厂长那块黑板上的内容:关于钞票的几种用法。孙朝摸了摸口袋,钞票还在。孙朝咬咬牙,想还是回家吧。孙朝刚要转身,小姐回过头朝他露出两排整齐的雪白的牙齿。这一笑,她的嘴角像长出了磁铁,一下就把孙朝的魂吸引过去。但是孙朝还是没有动,他好像还有一点儿犹豫。小姐又举起她的手臂朝孙朝招了招。孙朝的脚后跟离开了地面,脖子慢慢地伸长了。孙朝开始数停在马路上的车辆,他从亮着红灯的十字路口往他这边数。他决定如果数到他的身边这一辆是双数,我就跟着她走。一双,两双,三双……双数!孙朝差一点儿就叫了起来。他想现在我不得不跟她走了,竟然是双数,我不得不跟她走了。

走进小巷,孙朝看见小姐站在一间小卖部前买东西。小姐用一根牙签挑起一串萝卜,说我喜欢吃酸,我不喜欢吃糖。小姐吃了一口萝卜,接着说我还以为你不敢来了呢?孙朝气说为什么不敢来?小姐摇摇头说不知道,反正我莫名其妙地这么想。孙朝说我连工作都没有了,还有什么能够使我害怕?从今天起谁也管不了我了,我自由了。小姐说是吗?小姐又咬了一口萝卜。

　　愈往巷子的深处走,巷子变得愈复杂。孙朝觉得自己就像一根棍子,在巷子里捅来捅去,一会儿左一会儿右。小姐只顾吃没有顾上讲,孙朝默默地跟在她身后。孙朝看见巷子的墙壁上,画满了各种各样的箭头,有红色的也有白色的。孙朝选择其中的一支红箭头进行阅读,他预感到这一支红箭头会指引他到达一个地方。红箭头的下面写着一排红字:租房者请往前走50米。孙朝以为往前走50米就会到达目的地,他细心地计算着步伐,觉得这50米无比漫长,就像苦日子那么漫长。眼看苦日子快熬到头了,他看见小姐在前面一拐,墙壁上出现一个醒目的箭头:租房者请往左再走10米。孙朝跟着小姐走了10米,又看见一个箭头,下面写着:租房者再往右走38.8米。这几个箭头严重地打击了孙朝的积极性,孙朝说小姐,你要把我带到什么地方去?小姐说快到了,快到了。孙朝说你找我有什么事吗?小姐张开嘴巴发出一声惊叫,哎——你这个人是不是有病?明明是你找我有事,怎么变成我找你了?孙朝一拍脑袋说是我找你吗?刚才是我要找你有事吗?小姐调过头来,给了孙朝一个肯定的答复。孙朝说我被这些巷子搞糊涂了。

　　又一个箭头出现在孙朝的眼前,这是一个白色的箭头,估计当初画箭头的人画到这里时,把红油漆画完了,于是接着用白油漆画。墙壁上用白油漆写道:租房者还得往回走9米,然后朝右斜方向走3米,你就会看到你需要的房子。此刻你也许走累了,但你千万别对前途丧失信心,古人云:山重水复疑无路,柳暗花明又一村。你只要再往前走一步,你就会租到满意的住房。我们的房租是全市最低价,来吧来吧,你会获得意外的惊喜。失败离成功只差一步。

　　孙朝被这一排字刺激后,步子迈得比原来大了一倍。有了墙壁上的这些箭头,孙朝就露出了小人得志的嘴脸。他现在走到小姐的前面,把小姐远远地甩在身后。他先小姐5分钟到达那一幢要出租的房子。他看见那幢急着出租的屋角,写着如下一行白字:厕所往前走。孙朝看看小姐还没有赶上来,就走进厕所拉了一泡。等他提着裤子从厕所走出来时,小姐正站在楼梯口伸长脖子朝他张望。小姐说我还以为你走丢了呢！孙朝指了指墙壁上的箭头说怎么会呢？小姐说你是不是太急了一点儿。孙朝说我实在憋不住了。小姐抬手掩着嘴笑。孙朝发现她的嘴巴十分小巧，而她的笑声就像铜铃，简直就是不见其人先闻其声，简直就是先声夺人。

　　小姐把孙朝引进一扇门。小姐说我姓赵，赵钱孙李的那个赵，你就叫我赵小姐吧。孙朝哎哎地应着，坐到赵小姐的沙发上。他抽了抽鼻子说，你的屋子里有一股很浓的香味，怎么会这么香呢？我从来没有闻过这么香的香味。赵小姐说是吗？孙朝说是。赵小姐说今天天气怎么样？孙朝说今天天气真好。赵小姐说今天天气很热。赵小姐开始脱她的外衣。她的上身现在几乎全光，只有一个薄薄的胸衣罩着她的胸口。孙朝偷偷地看了一眼，赶紧把目光收回到自己的脚尖上。他猜想赵小姐会很快换上一件什么衣服。可是赵小姐她不打算换，她光着身子打开电风扇之后，还觉得不够凉快，从桌子上拿过一本当今流行的杂志，朝着颈部大扇特扇。孙朝在感到呼吸困难的同时，也感到全身血液欢畅。他在嘴里轻轻地叫了一声妈呀。他突然想起妈妈。他不知道眼前的景象和妈妈有什么关系，但他确实想起了妈妈。他想除了看见过妈妈的身体之外，这是第一次那么详细地看见一个女人的身体，而且是看得那么清楚，那么真实可信，那么想把她具为己有。

　　孙朝想只要我用眼睛盯着她，而她又不脸红的话，那她就是不反对我动她。孙朝把眼睛抬起来，他觉得眼皮上像压着千斤重担，很难往上抬，甚至于眼睛都要被重量压得什么也看不见了。赵小姐摇着杂志朝他走来，用手在他的脸上捏了一把，说你真是一个乖孩子。孙朝想既然她的脸都不红，我就要出手啦。孙朝喊了一声，给自己壮壮胆，闭着眼睛双手同时往前伸。他的手终于抓到了两团柔软的东西，就像抓住收音机调频开关那样抓住。时间在孙朝的脑子里静止了，孙朝紧紧地闭住眼睛，生怕一睁开，眼前的景象会飞掉。

　　孙朝的手里突然空了。他睁开眼，看见赵小姐已走到床边。孙朝想她是不是在暗示我？除非她的胸衣会自动脱落，否则就不是暗示我。孙朝刚这么一想，赵小姐的胸衣就从她的胸口飞了起来，一直飞落到孙朝的膝盖上。孙朝想我就要结婚了，只要我把这些糖果撒在床上，而赵小姐又不反对的话，我现在就可以结婚了。孙朝从塑料袋里抓起一把糖果撒到床上，说赵小姐你吃糖吗？这是我们厂生产的糖果。赵小姐向孙朝伸出双手，像是要接糖果的样子。孙朝把糖果朝赵小姐撒过去，床上铺满五彩缤纷的糖果，就像结婚典礼上的纸花。孙朝想我终于可以结婚了。

　　孙朝走到床边伸手去搬赵小姐。赵小姐的膀子动了一下，甩开孙朝的手，像是不愿意。孙朝说干吗不愿意？胸衣已经飞了，糖果已经撒了，你干吗不愿意？赵小姐举起三根指头。孙朝被这三根指头搞懵了。孙朝说你是说再等三分钟吗？赵小姐摇摇头。孙朝说那么就是只能三分钟。赵小姐仍然摇头。孙朝说那肯定是不管三七二十一。赵小姐的脸上变了颜色。孙朝说到底是什么？你说。赵小姐像坚强的人一个字也不说。孙朝说你是说你还有三件事尚未了却，没关系，等我们一办完，我就帮助你了却。赵小姐像一块石头，仍然一动不动。孙朝有些急了。孙朝抓抓没有头发的头，说你是不是有三笔存款？赵小姐还是摇头。孙朝说是不是有三个小孩？赵小姐说你才有小孩。孙朝说那么你一定是需要说你已经三十岁了？赵小姐说你猜不到就算了。赵小姐开始弯腰捡起吊在沙发上的胸衣。孙朝心里有一点急，他嘴巴动了几动，结结巴巴地说你是不是要三百元钱？赵小姐捡胸衣的手停在空中，说你怎么现在才想起这句话？

　　孙朝嘿嘿地笑了两声，伸手摸了摸刚刚领到的工资，心里一阵痛。他的手在口袋里来回走了几趟，还是没有把钱掏出来。孙朝看了一眼赵小姐，她的三个指头仍然伸着，胸前的物体晃来晃去。不看不知道，一看胸口跳。孙朝忍无可忍，舍不得孩子打不着狼，忍痛割爱，把钱掏了出来。几乎是接到钱的同时，赵小姐倒了下去，像晕了似的倒下去。赵小姐刚一倒下去就喊痛。孙朝问她什么地方痛？赵小姐说背痛，那些糖果把我硌痛了。孙朝说：他说风雨中／这点痛／算什么／擦干泪／不要问／为什么。

　　孙朝差不多睡着了，他的脑海里像煮了一锅糨糊。他自己问自己这是真的吗？为了证实这是不是真的，孙朝立即睁开眼睛。赵小姐正躺在床上剥那些糖果，她不是为了吃，只是觉得糖纸漂亮，就把它们一张一张地收集起来。孙朝想如果赵小姐眨眼睛，眼前的一切就是真的；如果赵小姐不眨眼睛，就是假的。孙朝的眼睛盯着赵小姐的眼睛，只一秒钟时间，赵小姐的眼睛就不停地眨了起来，而且一眨而不可收拾。孙朝从床上快速坐起来说，真的，这一切竟然是真的，哈哈，这是真的。亲爱的读者，请问：你们谁不会眨眼睛？

载《作家》1999年第二期

把嘴角挂在耳边

短篇小说

没见过这么蓝的水。1998年站在苏黎世的湖水边,有点羡慕这个地方。

我的孙女久玻璃在跟病痛做了几十年艰苦卓绝的斗争之后,终于在 81 岁的时候选择了安乐死。她的死,使我在这个世界上再也没有亲人。她是一个同性恋者,尽管活到了 81 岁却没有为我生下一个重孙。她从一生下来就憎恨男人,特别憎恨男人的毛发,所以在她逝世之前,经常把我身上的毛发剃掉,包括眉毛和汗毛。以至于在她的时代里我看不到久家的一毛一发。而她本人则经常顶一个光头在人群中晃来晃去,好像是一件无比光荣的事情。

　　如果她不死,我怎么能够出门?我已经几十年不出门了,已经完全彻底地忘记出门是一种什么模样。只有电视和网络还告诉我一点世界的假象。我之所以说它们告诉假象,是因为电视和网络上的人们表情过于严肃,所有的花朵都开一种颜色。这在我年轻的时代是绝对不可能的。

　　既然说到花朵,我就不得不往窗外看了一下,时间大约是冬天,街道上绿树依然绿着,高楼的缝隙里开放着大朵大朵的红花,它们吃饱了化肥,显得硕大和鲜艳欲滴,顶着它们的枝条已经感觉到过重的负担,甚至还发出微微的尖叫,枝条在尖叫声中悄悄地折断。电视上说,冬天里到处都开满了鲜花,而北方的大雪总是要到春末才会缓慢地到来。

　　我的孙女为我买了一辆轮椅,让我坐着轮椅穿梭于久家的各个房间。我的所有行为,包括手淫都得到她的认可。我像一只自由的小鸟在久家的房间里飞翔。但是她就是不让我从轮椅上站起来。她说我的爷爷呀,你连自己多少岁都不知道,你怎么还想站起来。你一站起来,就有可能摔倒,一摔倒就有可能骨折,一骨折就可能影响心脏,一影响心脏就有可能死亡,一死亡我就有可能难过。我的爷爷呀,你就这么坐着吧,好好地享福吧。

　　每当我试图偷偷地站起来,她便重重地拍一下我的肩膀,让我跌回到轮椅上。而她在拍我之后,仿佛耗尽了气力,左手扶着我的轮椅，右手捂着她的胸口大声喘气。从那时起，我就知道她已经患上了严重的心脏病，当然还包括一些稀奇古怪的连我也叫不出名字的病。

　　好在她已经死了。她死了我才有出门的机会。出门之前，我从药柜里拿出一瓶生发油，一看是金黄色的，不符合国情，便把它丢回药柜。我从众多颜色中选出黑色，涂到我的头顶上，一撮黑发长了出来。生发油所到之处，头发茁壮成长。我涂了一下眉毛，眉毛长了出来。我涂了一下胡须，胡须长了出来。我在镜子里反复打量自己，并且尝试着从轮椅上站起来。其实我把站想像得太严重了。我的腿还很硬朗，不用试就站了起来，就像中国人民从此站了起来。甚至我想，愿意的话我还可以结婚。

　　我是应久玻璃的朋友杜渼之邀而出门的。杜渼比我的玻璃小50多岁，她一直恋着久玻璃。久玻璃一死，她就给我打了电话，盛情邀请我参加久玻璃的追悼会。

　　我如约到达殡仪馆，一位只穿着裤衩的男士伸手挡住了我的去路。他像打量怪物一样打量我的毛发。我发现他的脸和头像久玻璃一样也是光溜溜的。他问我找谁？参加谁的追悼会？我说我是久玻璃的爷爷。他说凡是参加久玻璃追悼会的人，全都输入了电脑，久玻璃的爷爷头上寸草不生，有风度很得体，你的胡须那么长，怎么会是久玻璃的爷爷？我的目光绕过挡道者宽大的身体，到达追悼会现场，看见许多人围着一个玻璃棺材哭，他们都穿着三点式服装，一律光头，头部朝下。但他们的泪水却向上飞，飞到一定的高度，便纷纷地下落，就像雨点砸在厚实的地毯上。地毯很快被泪水浸湿，只要有脚步在地毯上走动，就会从地毯上挤压出一摊泪水，泪水汇集在一起流向门外。它们绕过障碍物，很快就要到达我的跟前了。我对着哭泣的人群喊杜渼。我的喊声十分响亮，吓得正在哭泣的人们暂时停止了哭泣。他们全都扭头看着我，一张又一张脸悬挂在空中。我一点儿也不熟悉这些悬挂着的脸。时间一秒一秒地过去，在悬挂着的凝固不动的脸中间，突然活动了一张脸，她向我走来。我看清楚来者正是我叫喊的杜渼。

　　杜渼的装扮和久玻璃一样，她也剃了一个光头，甚至比久玻璃的还光亮。在她走向我的时刻，我已经从她的头皮上看到七八盏吊灯的反光。她用一种怪异的目光打量我，说你的毛发怎么这么长了，简直就是返祖。我从她的语调中，听出了她对我毛发的极度厌恶。这和我死去的孙女毫无区别。

跟着杜渎来到棺材前,我隔着玻璃棺材打量棺材里的久玻璃。我发觉棺材里躺着的根本不是久玻璃。这时我的嘴巴突然咧开,脸上的肌肉空前地紧张,一种久违的表情出现在我的脸上。我对着正在埋头哭泣的那些人笑了一下。他们被我的笑声吓坏了。他们仰头遥望我笑着的脸庞。有几个胆小的,扭头往门外跑去,逃跑中不断地回头,脖子相继撞到门柱上。殡仪馆的负责人看着我的脸,身上像装了一个微型发动机迅速地抖动起来。当然被我的笑声吓得双腿哆嗦的不止他一个,几乎所有的人都发动着双腿,期待着我怪异的表情尽快消失。

我指着玻璃棺材说错了,你们全哭错了,这不是我的孙女久玻璃。人群里哄了一声。他们的目光从我的脸上转移到棺材上。殡仪馆的一位工作人员走到棺材前,从不同的角度打量里面躺着的人。他轻轻地说了一声确实错了,我们把电钮按错了。他说话的时候,悄悄地按了一个按钮,玻璃棺材缓缓地缩回墙体,另一个棺材从墙壁里伸了出来。伸出来的棺材里,睡着我的孙女久玻璃。那些刚才哭着的人对杜渎说他们已经哭过了,如果要他们再哭一次,必须另外付钱。杜渎说你们都给我滚吧。那些人陆陆续续地滚了出去,追悼室里只剩下我和杜渎。杜渎说久爷爷,你刚才的表情很特别,我不但不怕反而很喜欢。我说你真的喜欢?杜渎点点头。我又笑了一下。杜渎在我笑的时候,捏了一把我的老脸。我说那他们为什么害怕?杜渎说他们都是一些职业的哭泣者,从来没有看见过你这种表情。我指着我正在笑的脸说在100多年前,人类把这种表情叫做笑。

丧事之后的第二天,杜渎提着一个密码箱来到我的寓所。她把密码箱丢到久玻璃的床上,说久爷爷,从今天起,我就住到你家了。也不征求我的意见,杜渎就那么肯定地把密码箱丢到久玻璃的床上,并且立即脱掉她的外衣,露出坚挺的乳房和镶着花边的内裤。这种三点式的装扮是时代的风尚,人们常常穿着它聚会、上电视、讲课和参加各种典礼。她一脱掉外衣,双手就搭到我的头上,要给我剃头。我顺势下蹲,头发从她的手里滑出。她没料到我会跟她来这一手,愣了一下。我跑进另一个房间,她紧跟着追了进来。她张开双臂把我拦到一个角落,想让我束手就擒。她一边向我靠近,一边说久爷爷,你太不像话了,撒泡尿照一照你自己吧,看看你的头发有多长，胡须有多长，你就像一只猴子，就像我们的祖先。她这样一说，我就感觉到我的孙女久玻璃又回来了。我一感觉，时间就滑过去一大截，杜渎因此而拥有了充分的时间，她的手再次抓住了我的头发。同时，她发出了一声惊叫。她说如果你不是久玻璃的爷爷，我连碰都不想碰你，我讨厌男人，特别讨厌毛发。杜渎因为受到我毛发的刺激，身上起了一层鸡皮疙瘩。

　　尽管讨厌，杜渎还是坚持拧着我的头发往外走，就像拧着一团空气往外走。牵一发而动全身，我突然变得轻飘飘起来。紧接着电推剪的声音，像飞机一样在我的头顶盘旋，我的头发和胡须成片成片地被砍伐，荒山秃岭。直到浴室里的喷头响起来，我才重获自由。杜渎在理完我的毛发后，迫不及待地跑进浴室，冲洗我在她手上和身上留下的毛发和气味。她一边冲洗一边发出干呕声。我想如果稍微晚一点冲洗，她会真的呕吐起来。

　　一阵冲洗和干呕之后，浴室归于平静。杜渎隔着帘子叫久爷爷，你进来。我说你穿好衣服了吗？杜渎说哇，久爷爷，你对异性还这么敏感？现在都什么时代了？这是一个同性恋的时代，你怎么还对异性感兴趣。况且你比我大100多岁，我是你的孙女，你难道会对我怎么样吗？我说当然不会。我撩开帘子看见杜渎睡在浴池里，水表上浮着零星的泡沫，一团热气直往上飘。

　　我坐在浴池边的凳子上，杜渎看了我一眼说，把头发剪了，久爷爷才像一个绅士。杜渎用沾满泡沫的手摸了一下我的光头。我的头皮顿时一阵冰凉，一团泡沫堆在我的头顶，它们一个一个地炸开，最后变成水沿着我的耳朵根往下……杜渎说久爷爷，你能不能再做一次那天的表情？我对着她笑了一下。这一笑，使平静的水面波浪汹涌，杜渎从浴池里跳出来，带起一大片水。水和泡沫溅在地毯上和我的身上。杜渎带着满身的水珠跑进久玻璃的卧室，她身后的地毯上留下一道弯曲的水线。她背对着我开密码箱，无数条由水珠串成的水线，从她光洁的脊背流到丰满的臀部，最后沿着大腿、脚弯聚集到地毯上。她脚下的水渍以她的脚后跟为圆心，形成一个圆逐步向外扩展。

　　杜渎从皮箱里拿出一样东西，然后沿着弯曲的水线走回来，她的身后又留下了一道水线，这条水线和刚才的那条水线有重复的地方，但大部分地方不重复。由于杜渎身上的水珠滴得差不多了，所以走回来的水线只是一条淡淡的水线。在杜渎即将到达我面前时，我才看清楚她的手里拿着一台微型摄影机。她把镜头对着我，说久爷爷，你再做一次刚才的表情。我动了动面部的肌肉，拼命把嘴角往耳朵方向移动。但面对镜头，我的肌肉突然死了，有的人死了他还活着，有的人活着他已经死了。我一次一次地积蓄力量，想表现一下我的笑容，但始终没有表现出来。活了100多岁，我到现在才知道，笑是那么的不容易。

杜渍的录像带空转了好长一段时间，没有等到我的笑容。她把摄影机丢在地毯上说，久爷爷，你真没用。我说笑是需要基础的。杜渍说你需要什么基础？我可以给你。我说需要好环境和好心情，连我自己都不知道什么时候会笑，它必须是不自觉的，是发自内心的。杜渍说久爷爷，你不用紧张，我们慢慢来。

杜渍抱着一本字典来到我的身边，问我"笑"字怎么写？我在她的手心里写了一个大大的"笑"字，她开始在字典里寻找这个字。找了一会儿，她合上字典，说字典里根本没有这个字。我告诉她这个字早在100年前，就从字典里消失了。她说能不能不读"笑"，而读"个个天"。我笑了一下，说这不是一回事。杜渍尖叫着扔下字典，说久爷爷刚才你又笑了。你能不能再笑一下？她飞快地拿起摄影机，再次把镜头对着我。我哼了两声，还是没法笑起来。

在我睡眠的时候，杜渍把摄影机架在我卧室的一个角落。她想捕捉我梦中的笑容。但是这个夜晚我没有做梦，其实我已经几十年都做不出梦了。

第二天早晨，我刚睁开眼睛，就听到枕边传来一声温柔的问候。我的枕边一夜之间，堆满了各式各样的玩具。玩具猴向我发出第一声问候，紧接着大象、小白兔、蛇、布娃娃、乌龟、麻雀一齐向我问了一声早上好！我知道这是杜渍的杰作，但是我并没有为她的这个创意发笑。我掀开被子，玩具全都滚到了床下，它们发出凄惨的求救声。躲在床角想给我一个意外欣喜的杜渍，听到玩具的求救声后，飞快地从床角站起来扑到床边。她捡起那些跌得七零八落的玩具，拍着它们跌痛的脑袋伤心地哭了。她说久爷爷，它们向你问好，你却把它们掀到了床下，你好狠心。你知不知道，它们和我们一样也有生命。

我说过，我已经几十年不出门了，所以并不知道人们的眼泪那么泛滥成灾。杜渍断断续续地哭着，手里抱着一大堆动物。这使我

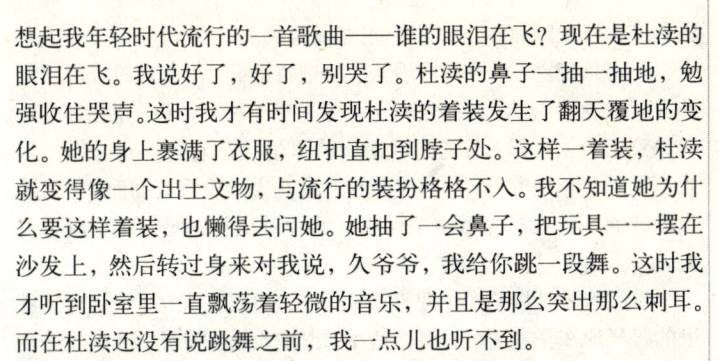

想起我年轻时代流行的一首歌曲——谁的眼泪在飞？现在是杜渍的眼泪在飞。我说好了，好了，别哭了。杜渍的鼻子一抽一抽地，勉强收住哭声。这时我才有时间发现杜渍的着装发生了翻天覆地的变化。她的身上裹满了衣服，纽扣直扣到脖子处。这样一着装，杜渍就变得像一个出土文物，与流行的装扮格格不入。我不知道她为什么要这样着装，也懒得去问她。她抽了一会鼻子，把玩具一一摆在沙发上，然后转过身来对我说，久爷爷，我给你跳一段舞。这时我才听到卧室里一直飘荡着轻微的音乐，并且是那么突出那么刺耳。而在杜渍还没有说跳舞之前，我一点儿也听不到。

杜渍随着音乐的节奏跳了起来。她跳的舞蹈有一点儿像100多年前的忠字舞，但是她的手上却加入了许多花哨的动作。她一边跳舞一边往身上添加衣服，最后她愈穿愈多。快要结束舞蹈的时候，她往自己的身上套了一件肥大的棉衣。她穿着棉衣做了一个定格。音乐随着舞蹈的终结而消失，杜渍的脸上冒着汗。在这个以裸露为时尚的时代，杜渍想用穿衣舞来挑起我的笑容。可是她的效果适得其反，我是穿过棉衣的人，在看了她的舞蹈之后，我不但不想笑，反而伤感起来。

杜渍调整一下摄影机的角度，拉开我卧室的落地门，冲到阳台上。早上的凉风从门缝灌进屋子，我被冷风一吹，打了一个喷嚏。杜渍听到我打喷嚏，以为是我笑了，回头看着我。当她发现我不是在笑，而是在打人人都会的喷嚏后，她把转过来的头调回到正常的位置，身子扑到阳台朝20层楼之下张望。风很大，她穿着的棉衣被吹起来，像长在她身上的翅膀。她站到阳台上，展开双手做飞翔状。她说久爷爷，你再不笑，我就从这里跳下去。现在我才知道杜渍是一个多么固执的姑娘，只要她的腿稍微晃一晃，或者风突然改变方向，她就会从阳台上消失。我的身上急出一身冷汗，我说杜渍别这样，我马上笑，我立即就笑。你看，我笑了。哈哈哈……

杜渍跳下阳台，扑进卧室，在我的脸上迅速地亲了一口。她说这是我第一次亲男人。你们要知道，在我的夫人逝世后，我这块老皮肤已经干旱了100多年，100多年来，它第一次得到异性的亲吻。我摸着被杜渍亲过的地方，感到全身舒畅，每一个细胞都发出了快乐的呻吟。

杜渍把摄影机和录像带收进她的密码箱。她说久爷爷，你就要出名了,赶快收拾一下,我们到电视台去。

　　杜渎只管说着,并没有看我。等她收拾好了,我还站在原来的地方呆呆地看着她。她拍了一下手掌,吐了一下舌头,说你还想要我站到阳台上去吗?你知道我想干的事情,没有谁能阻挡得了。我并不是想阻挡她的行动,只是犹豫。她几大步跨到我的面前,脱掉我的睡衣,让我只穿着一条裤衩。我说就这样去吗?她说就这样去。

　　我们从暖烘烘的车子里钻出来,跑进电视台大楼。电视台大楼里的暖气比车子里更好,温度适中,湿度也恰到好处。我坐在接待室的沙发上,有一位大腿修长的姑娘为我送来了一杯热开水。杜渎走到一个窗口前,与窗口里的人交涉。他们说话的声音很轻微,我努力地想听出他们的说话内容,但我的耳朵都听累了,还是一无所获。我只好用眼睛盯着那位给我倒开水的姑娘的大腿。她的大腿没有杜渎的白,是一种深棕色,但特别修长匀称,这和她的高度有关。我朝姑娘笑了一下,她耸耸肩膀,张开嘴吐出舌头,好像是被吓着了,但没有发出惊叫声。尽管是吓着了,她还是不敢离开接待室,这里有她的工作。她只是把她的头扭向窗外,避免看到我的表情。

　　等了一会儿杜渎从窗口边气冲冲地跑回来说,他们竟然不信,他们认为我的神经有毛病。杜渎夺过我手中的杯子,脖子一仰,喝下那杯白开水,然后用手抹了一下嘴角说,我说得喉咙都冒火了,他们还是不信。我说我们回去吧。她说哪能回去,我已经打电话叫他们的主任下来。

　　主任穿着一条花裤衩,带着五个人来到接待室。其中有一位还是经常在电视上出现的女播音员。主任说杜渎女士,你能不能把录像带交给我们,等我们看过之后,再决定播不播。杜渎说录像带我不能交给你们,最好是现在你们看一看录像。主任说好吧,我们也不希望漏掉好新闻。

　　主任带着我们来到一间编辑室,他们都用一种奇怪的目光打量我。他们把录像带放进机子,然后快快寻找我的笑容。当屏幕上出现我的笑容时,他们所有的人都捂住脑袋,缩着身子感到浑身难受。主任说快,快关掉。女播音员似乎是比男人们更能忍受这种表情,她走过去把机子关掉,屏幕上的图像消失了。主任看了我一眼说,这明明是一种神经质的抽搐,哪里是什么表情?我的身上鸡皮疙瘩都起了。我看见除了女播音员之外,他们所有的人身上都起了

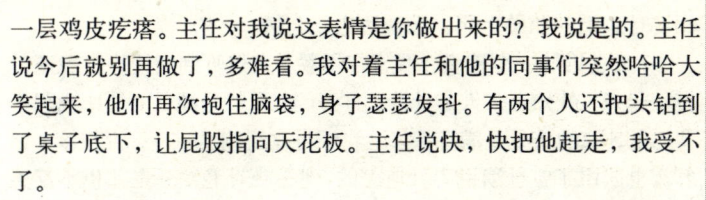

一层鸡皮疙瘩。主任对我说这表情是你做出来的？我说是的。主任说今后就别再做了，多难看。我对着主任和他的同事们突然哈哈大笑起来，他们再次抱住脑袋，身子瑟瑟发抖。有两个人还把头钻到了桌子底下，让屁股指向天花板。主任说快，快把他赶走，我受不了。

门外冲进两个彪形大汉，他们好像是有所准备。两个彪形大汉一人架住我的一条胳膊，把我往门外推，就像推着一位即将被枪决的囚犯。我扭头对着主任大声喊道，你们都是数典忘祖之辈，连这种友善的表情都不知道。100多年前，人类就是用这种表情化解矛盾，获取爱情，平息战争。你们怎么连这个也不知道？哈哈哈……面对这群无知之徒，我除了笑还能怎样呢？

一回到家，我就把自己反锁到卧室里。杜渎不停地拍打门板，说久爷爷，让我进去吧，至少让我把摄影机放进去。你可别想不开。我发出一声冷笑，走到镜子前看自己的这张老脸。其实这是一张不错的脸，只是人类以大腿衡量美丑之后，我对它突然疏远了，也就是我不太像我年轻时那样，天天在镜子里看它。我对着镜子做了几个笑容，自己被自己的笑容感动得想哭。这是一种多么迷人美妙的表情呀，可惜没有更多的人能够理解它。这种表情使我想起我的老伴，想起100多年前我和她的一次深情拥抱。应该说我刚被侮辱而产生的一点儿怒气，现在全让我镜子里的笑容冰释了。

那么就让我打开门吧，杜渎，你进来，我准备把所有的笑容都做出来，你可以从不同的角度拍摄我不同的笑容，预备，开拍。不，在开拍之前，我必须跟你有个约定。我用手挡住杜渎的镜头。杜渎说久爷爷，只要你肯笑，什么约定我都能接受。我说你不能再让我出去笑，我都这把年纪了，不愿受污辱。笑是一种境界，不需要别人相信。杜渎打了一个响指，说OK。

杜渎从不同的角度拍摄我不同的笑容，这都是我发自内心的笑。拍了大约半个小时，杜渎沿着摄影机的三角架滑落到地毯上。她身上的骨头好像突然被谁抽掉了，显得有气无力。她有气无力地坐着，说太迷人了，太美妙了。

杜渎用手撑了好几下，才从地毯上站起来。她把摄影机和录像带装进她的密码箱，然后换了乳罩和内裤。她对我说久爷爷，我要离开你一段时间，这是我的手机号码。你的食品我会叫大众公司给你按时送来，如果生病，你就拨急救电话。

7天之后的一个傍晚，我正在用餐，突然听到门铃声。我还没有站起来，就知道来人是杜渎。打开门，果然是她。但是让我想不到的是，她的头上长满了头发，我吓得往后倒退一步，说杜渎，你怎么也返祖了？杜渎说不知道怎的，现在我对毛发一点儿也不反感了。我身上的坏习惯愈来愈多。我说这不是什么坏习惯，而是在慢慢找回你消失了的东西。

杜渎用一种央求的目光看着我，说久爷爷，你必须跟我出去一趟。我说去干什么？她说有几百人在一个小礼堂里等着看你的笑。我说让他们看录像带得了。她说录像带他们已经看了不下100遍，他们对这种表情已经深信不疑。但是，今天下午，我在给他们讲课的时候，突然有人提出让我笑一笑。你知道我是不会笑的。我感到很为难。他们说连你自己都不会笑，还在这里讲什么课。我说我可以把我的师傅叫出来。他们说除非把你的师傅叫出来，否则我们不相信。我好不容易才把这支队伍建立起来。如果你不去，我一个星期来的努力全都白费了。我说什么队伍？她说一支笑的队伍。我说我们已经有过约定。杜渎看着我，说你真的不去？我说不去。杜渎又问了我一声，真不去？我摇摇头。杜渎说那我就不客气了。

杜渎走到墙壁，双手撑到地上，头朝下，两脚朝上靠到墙壁上，做了一个倒立。她说久爷爷，你不答应我，我就不下来，我就永远这么倒立着。我一看见人倒立，心里就一阵紧张。我患有恐倒症。我发出一阵惊叫，闭上眼睛，尽量不去看杜渎。可是杜渎却在哪里喋喋不休地说着。她说久爷爷，快来看呀，多好玩啦，我现在一直倒着。我的头朝下，我的脚朝上。快睁开眼睛看啦……

我躲进卧室，但杜渎的声音还若断若续地传来。我担心她这么倒着会出事，会引发心脏病，会突然死亡。如果我没有看见她倒立，我会心安理得，但我已经看见她倒立了，我就不能心安理得。即使我闭上眼睛，她也还倒立着。她还倒立着，我的内心就一阵一阵恐慌。我对着门外喊，杜渎，我答应你。我听到咚的一声，大概是杜渎的脚从墙壁上放下来了。但是我还不敢睁开眼睛。杜渎说久爷爷，睁开眼睛吧，我已经不倒立了。我睁开眼睛，看见杜渎靠在卧室的门框上看着我。我说你怎么知道我有恐倒症？杜渎说我跟久玻璃是最好的朋友。我拍拍脑袋，想我怎么把这给忘了？只有我死去的孙女久玻璃知道这个秘密，我怎么把这事给忘了。我突然怀念起久玻璃来。但是杜渎没让我有更多的时间怀念,她说久爷爷,我们走吧。

我跟着杜渎进入一个礼堂,礼堂里坐着黑压压的人群。他们大都奇装异服,有的只穿上衣,有的只穿长裤,头发长在他们的脸上,胡须挂在他们的嘴边。只有我和杜渎的装束是庄重的。杜渎穿着一条红色的裤衩,我穿着一条绿色的裤衩。

当他们看见我们进来的时候,全都起立拍打着自己的手掌。一股强劲的喊声夹杂在掌声中。当然还有一些尖厉的口哨,在这些嘈杂的声音里划来划去。我感到耳膜快被那些尖厉的声音划伤了。

杜渎站到讲台上,双手往下一压,仿佛她的手压着一个开关,她一压,礼堂里的人就闭上了嘴巴。杜渎说你们都把手放到椅子的套环里去。有人抗议。杜渎说为了看到真正的笑容,请你们暂时委屈一下。现在我才知道杜渎一直背着我在向人们传播笑容。有三个胸脯结实的男人在礼堂的走廊上巡视,他们认真地检查每一个人的手,是否已经伸进坐椅的套环,并且是否被套牢。杜渎说不把手套牢,就别想看到真正的笑容。许多人赶忙把手伸到套环里,礼堂一片喊喊喳喳的响声。看得出,在座的人对笑容充满期待。他们宁愿绑着自己的手,也要看一看我的笑容。这种行为使我有一点儿感动。

趁大家都在套手,杜渎离开讲台来到我的身边。杜渎说久爷爷,只能依靠他们了,只要他们相信,就会一传十,十传百,你的这种表情就会在人类死灰复燃。我说他们不是看过录像吗?干吗还要把他们的手套起来?杜渎说我也没有百分之百的把握。

走廊上的那几个人在检查完毕后,坐回到自己的位置,他们自觉地把手伸进套环。我发现那些套环都是铁制的,他们的手一伸进去,套环就往坐椅里一缩,伸进去的手被牢牢卡住。这时,杜渎把我引向讲台,我清了清嗓子,说看到大家这么虔诚,我的心里实在高兴。我咧嘴一笑,礼堂里像丢了一颗炸弹,顿时混乱起来。坐在前排的,身上都起了一层鸡皮疙瘩,脖子都缩到了肩膀里。一些大胆的喊道:这是什么表情?我们受不了啦,快把他赶下台去。好些人用脚敲打地板,敲打地板的声音形成一股声浪。有人挣扎着想把手从铁环里脱出来,他们的身子扭来扭去。一些着装规范的女士,在摆动她们身子的时候,也摆动着她们的乳房。我想他们只是一时

245

的不适应，再坚持一会儿就能领悟到笑的美妙，所以我继续面带微笑，还向他们挥了挥手。

几个挣脱铁环的人率先冲上讲台，我的头被他们按到讲桌上，胳膊被他们往后翘了起来。我感觉到我的胳膊快翘到天上了。有人对着我的腿弯踹了一脚，我双腿一软，跪了下去。大批的人开始围上来，他们说这只是一种病，是肌肉的抽搐，是神经官能症，并不是什么美好的表情。有人一边踹我，一边骂我是骗子，还有人在我的头上吐了许多唾沫。唾沫从我的额头往下流，挂到我的鼻梁上。飞流直下三千尺，疑是银河落九天。疼痛渐渐地从我的身上消失，喧哗声也慢慢地减弱以至于无。我只看见他们的嘴在动，却听不到任何声音。

突然，一声尖厉的狂叫划过礼堂的上空，杜渎像一只母狼，眼睛发出绿光，张开的嘴里露出尖牙利齿。她狂叫一声向我扑来，锋利的牙齿扎进他们手背，鲜血染红杜渎的牙齿。那些抓着我的手一只一只地松开，在空中甩动着，似乎要把疼痛甩掉。这些从小到大都没有看见过鲜血和暴力的人，被杜渎的这个举动吓坏了。他们退到他们认为安全的地方。我想站起来，却没有站起来的力气。杜渎拉了我一把，我摇摇晃晃地站起来了，双腿还没有伸直，杜渎就把拉着我的手松开，我重新跌坐到地板上。一些刚才无法靠近我的人，现在从后面冲上来，形成一个圆圈，把我和杜渎围在中央。他们愈围愈小，想再一次袭击我们。杜渎背对着我转来转去，不让他们靠近。在他们的手快要抓到我的时刻，杜渎伸长脖子，张开沾满鲜血的嘴巴大叫一声。她的声音确实和狼的声音一模一样。我从小就听过狼嚎，一听到杜渎的声音，就感到无比亲切。但是近100年来，狼已经绝迹，像杜渎这样的年龄是不可能听到狼嚎的。没有听过狼嚎的人竟然发出和狼一模一样的声音，我只能把这理解为无师自通，或者杜渎本身就有返祖的基因。

围攻的人听到杜渎的嚎叫，吓得往后退了一步。我揉揉膝盖从地板上站起来，对着围攻的人大笑。我的笑声使他们瑟瑟发抖，身上全都起了鸡皮疙瘩。他们一下变得软弱无力，全都朝着门外奔逃。我对着他们奔逃的背影大笑。我的笑声就像秋风，他们就像落叶，礼堂里秋风扫落叶。

杜渎在我的身上发现二十多处软组织损伤，她用一种最新喷剂，喷到我受伤的软组织处。尽管我的身上长满了毛发，杜渎并没有叫我剃掉，也不表示反感。而她本人的头上，头发正在茁壮成长。

很快我的身体就恢复了健康。杜渎为这一次活动感到内疚，她说都怪我，都怪我。我笑了一下，说你是好心办坏事。她说久爷爷，你能不能教我？我说你坐到我的对面来，现在我就教你。杜渎搬了一张空气沙发，坐到我的对面。我说其实笑很简单，你只要把嘴角咧开，也就是把嘴角挂到耳边，就可以了。杜渎试了试，没有成功。我就示范地笑了几次。这几次笑，我充满了深情，发自内心。杜渎好像从我的笑容里看到了什么新情况，她的喘气声愈来愈粗，眼睛痴迷地望着我，嘴里喃喃地叫着久爷爷，久爷爷。她一头撞到我的怀里，说久爷爷，你的笑迷死人了，你快抱抱我吧，我受不了啦。我把她紧紧地搂在怀里。这时我看见她慢慢地咧开嘴角，脸上第一次出现甜美的笑容，笑容里蕴藏着两个醉人的小酒窝。我已经100多年没有看见这么迷人的笑了。我抱着年仅三十的我的准孙女杜渎说，宝宝，你已经会笑了。杜渎说我会笑了，你的这种表情就不会失传了。

载《作家》2000年第三期

送我到仇人的身边

短篇小说

叩门　　（李军摄）

1

一天晚上,张洪把他的同学赵构给杀了。出发前张洪在自己租住的房子里磨了一半天的刀。那是一把他从别人家里偷来的小尖刀,牛角做的把儿,上面雕有不少的花草。刀面上有血槽,还有好看的纹路。一个礼拜来,张洪反复地磨它,使它看上去闪闪发亮,刀刃薄得几乎没有。张洪一边磨它,一边用它来剃胡须,顺便用刀面来做镜子。过去长满络腮胡的张洪,现在脸上刮得干干净净,甚至连手臂上的汗毛也刮得干干净净。

当他最后一次磨完这把小刀时,天正好黑了。张洪注意到天黑的时候,就像一个人生气,脸一板就黑了。各种颜色的灯光从各种不同的窗口跑出来,楼外那些叫喊的车辆再也没有力气叫喊。张洪举起刀,对着正在看影碟的兵晓零说我要去杀人了。兵晓零说你就用它去杀人?张洪用鼻子哼了一声,把刀藏到裤兜里。

兵晓零从沙发上站起来,走到张洪身边,用双手钩住张洪的脖子,就像一个小孩吊在一棵树上。张洪的脖子被钩弯了,他弯下脖子嘴巴碰了一下兵晓零的嘴巴,说我要走了。兵晓零的双手紧紧地缠住张洪的脖子,说我想要。

他们在沙发上做了一次,一直躺到晚间新闻播出时才爬起来。张洪说再不走就来不及了。兵晓零为张洪拉上拉链,扣上纽扣,说我想你。张洪说已经想过了。兵晓零说我还想嘛。张洪说今天你怎么这么烦人?要想,等我回来了再想。兵晓零从药柜里抓出一个小纸包递给张洪,说带上这包毒药,也许会用得上。张洪接过毒药,把它放在上衣口袋。

现在张洪站在一幢镶满瓷砖的楼房前,那把锋利的刀子乖乖地躺在他的裤兜。闷热的气息悬在他的头顶,遍地都是油漆和塑料味,当然还有沿街叫卖的那种牛杂碎的气味。这幢楼房共有三层,闭上眼睛张洪都看得见里面的布置。楼房对着的路灯已经被他提前打烂,所以这边是昏暗的。远处来往的人影大都模糊不清,只看得见他们肩膀上扛着的长方形的脸,却看不清他们的眼睛和嘴巴。张洪轻轻地朝着楼房一步一步靠近。差不多走到门口了,他才发觉门口还停着一辆轿车。

张洪的目光落在漆成绿色的一楼铁门上,门的右上方有一个长方形的白色门铃按钮。他把手指往按钮上举了几次,最终还是没有往下按。站了一会儿,他往右边走去,灰蒙蒙的身影慢慢地明显,他的脸,他衣服的颜色逐渐地搁到了明亮的灯光里。右边是一溜的商店,他从商店的门前晃过,一直晃过五间商店,停在一口正冒着热气的铁锅前。铁锅里煮着半锅牛杂碎,张洪买了一食品袋,又买了五瓶啤酒提着往回走。往回走的时候,他的身影慢慢地黑了,回到那扇铁门前,身影已经暗得像一团散开的墨水,差不多看不见了,或者说不存在了。他腾出一只模糊的手臂,往门铃上一按。夜晚就像被什么敲了一下,清脆的声音在黑夜里响起来。

2

铁门当啷一声打开,一块长方形的亮光从门框里射出来。赵构穿着一件睡衣站在亮光里,屋子里的灯光照着他的睡衣,睡衣闪闪发亮,一看就知道穿着它的人是一个正在过好生活的人。这个过好生活的人嘴里喷出一声哈欠,身子往上一耸,伸了一个懒腰,说原来是你,我还以为是谁。张洪把食品袋和啤酒举过头顶,像是故意让赵构看见他手里那些不值钱的东西,以此获得进入楼房的机会。不知道是不是牛杂碎的功劳?反正赵构看了一眼食品袋,就从门框里让开了。张洪钻进去。赵构关上铁门,说你怎么突然想起来要跟我喝酒了?张洪说因为我闻到了牛杂碎的味道。

张洪跟着赵构穿过一楼横七竖八的橱柜,再穿过堆满二楼的五颜六色的地毯,爬到三楼的客厅。赵构说你自己喝吧,我打了两天麻将,实在是太困了。张洪坐到餐桌边,把食品袋和啤酒放到餐桌上,说你连牛杂碎都不吃吗?赵构说不吃。张洪的目光跟着赵构的脚后跟走进卧室。赵构仰天躺在床上,卧室的门敞开着。仅仅十几秒钟,张洪就听到了来自卧室的鼾声。张洪觉得赵构的鼾声很好听,听起来就像音乐。他的二郎腿跟着鼾声摇摆起来。在摇摆二郎腿的同时,他没有忘记抓过一瓶啤酒,试图用他那满嘴的黑牙咬开瓶盖。但是一连咬了几下,他都没有把瓶盖咬开,于是偏头看了一眼卧室,从裤兜里掏出那把小刀,往瓶盖上撬。他撬瓶盖的时候,显得很吃力,共撬了五下才把瓶盖撬开。

喝完一瓶啤酒,张洪抹了一把沾满泡沫的嘴巴,藏起小刀走进赵构的卧室。他的目光落在赵构熟睡的脸上。这是一张正在发胖的脸,眉毛还是那么浓黑,嘴角仍然挂着那条细小的疤痕,似笑非笑,好像正有一个好梦罩在他的脸上。他的喉结特别大,如果从那里下手,估计他连叫喊的机会都没有。张洪把手伸进裤兜,紧紧地抓住刀把儿。他想我就要下手了,我一刀就把你宰了。张洪感到手心里出了一层汗,牛角刀把被他慢慢地焐热,手背像患了重感冒突然发了高烧。

他把那只发烧的手退出裤兜,拍到赵构的脸上,满以为这一只发烫的巴掌会把赵构烫醒。但是赵构并没有预期地醒来,他想现在即使是我的手变成烧红的铁块,他也不会醒过来。我还是喊他一下吧。张洪说起来起来。赵构翻了一个身,说起来干吗?张洪说喝酒。赵构说我要睡觉。赵构刚说完我要睡觉,鼻孔里就喷出一串鼾声。张洪摇晃赵构的膀子,说你不起来,我一个人喝有什么意思?快起来吧。赵构没有回答,鼻孔里又喷出一串鼾声。张洪伸手抓了几下赵构的胳肢窝,赵构的嘴巴再也憋不住了,一连串的笑声冲出嘴巴。

赵构走出卧室,抓起一瓶啤酒,嘴巴轻轻一咬就把瓶盖咬开了。他用手里的酒瓶跟张洪手里的酒瓶碰了一下,一仰脖子一瓶酒就不见了。接着他开始低头吃牛杂碎,看他吃牛杂碎的馋相,就知道他已经一天没吃过东西。牛杂碎把他的头往餐桌上拉,而且愈拉愈低,睡衣的后领在他低头的时候张开一个口子,露出一节又一节的后颈骨。他的整张脸都拱进了食品袋,嚼食的声音比他刚才的笑声还响。他吃得越起劲,张洪就越高兴。张洪说没想到你现在还喜欢吃牛杂碎。如果不够的话,我再下楼去给你买一袋。要不要我再去买一袋?要不要?赵构的额头咚的一声瞌在餐桌上,张洪推了一下赵构的膀子,说要不要?赵构的身子斜着倒下去,嘴角冒出一股鲜血。张洪用皮鞋碰了一下赵构的脸,赵构像死鱼一样张开嘴巴,就像是没有水喝实在太干渴那样张开嘴巴。他说张洪,你竟敢对我下毒。张洪跷起二郎腿,把自己那双肮脏透顶的皮鞋悬挂在赵构的脸上晃来晃去。赵构的喉结滑动了一下。赵构说救救我吧,张洪,救救我。你不就是缺钱花吗?为什么不言语一声?如果你言语一声，我会帮助你。你只要不让我死，我会给你很多钱。小玉也可以，如果你喜欢，你也可以拿去。

张洪的脚仍然在晃动，但是他的眼珠始终向着天花板，好像是天花板在跟他说话，而不是赵构在跟他说话。赵构突然伸出双手抓住张洪的皮鞋，拼命地往下拉，像是要依靠它站起来。皮鞋被赵构拉到嘴巴上，赵构的嘴巴在皮鞋底擦来擦去，嘴角上的血全都擦干净了。他说张洪，只要你救我，你要我舔也行。赵构伸出舌头舔张洪的皮鞋底。他一边舔一边说，张洪，你还记得我嘴角的伤疤吗？那是小时候我帮你打架留下的。你看，它现在还留在我的嘴角。张洪抓过一瓶啤酒慢慢地喝，像一截木头坐在那里，听着赵构微弱的哀求。

赵构抓着皮鞋的手慢慢地松开了，说话的声音也已经低得听不见。他说水，你让我喝上一口水吧。张洪把手里的半瓶啤酒全部倒到赵构的脸上。赵构的嘴巴动了几下，舌头伸了出来。他的舌头一伸出来，就被自己的牙齿紧紧地咬住，再也没能缩回去。只有四个数字像小丑一样蹦出他的牙缝。张洪歪头听着，他听到赵构说7838。

3

这时候张洪听到窗外响起了细微的声音，声音像一个人低声的哭泣，特别像老母亲的哭泣。它持久地悲伤地擦过玻璃，似乎是一只微弱的手，正在用弱小的力气把窗口打开，想从那里钻进来，邀请张洪跟它一起哭。但是这种想哭的念头只一闪，就从张洪的胸口消失了。张洪竖着耳朵听了一会儿，拉开客厅的玻璃窗，雨点像鞭子一样从窗外扑打他的脸。天突然下雨了，就在赵构倒下去的那一刻下雨了。张洪让雨淋了一会儿，把头缩回来，脸上全是雨水。他抬起已经冰凉的手掌在眼角抹了一把，他想这是雨，不是泪，赵构，我向你保证这绝对是雨。我怎么会哭呢？笑还差不多。他突然想笑，但是他动了动脸上的肌肉，肌肉像经过水泥板结过似的一动不动，无论是哭或者是笑，他要做起来都已经不那么容易了。

张洪跑到二楼拿了一块绿色的地毯裹住赵构的身体。赵构的身体抽搐了一下，嘴里哼了一声。张洪用手掌贴了一下赵构的脸，

感觉赵构的脸比自己的手还热。他还没死。张洪用地毯堵住赵构仍在流血的嘴巴,一直堵到他认为赵构已经完全死了才松手。窗外的哭声愈来愈大,张洪跑进卧室,用赵构临死前告诉他的密码,打开保险箱。他看见 20 沓香气扑鼻的崭新的人民币,整齐地码在保险箱里。他把箱里的钱全部扒到浅红色的地毯上。

一个月前,张洪已经观察到这幢楼房左边的两百米处,有一个下水道的铁盖。他早就决定把赵构的尸体从那里丢掉。现在他扛着赵构的尸体,出了铁门沿着墙根往左走。他感到有一个人一直跟在身后,但是扭头一看,身后什么也没有,只有雨水淋在他的头上。雨水愈来愈猛烈,像有人拿着水龙头往他的头上射。他往前走水龙头射出的水跟着他往前走。他停下来,水龙头的水也停下来。他伸长一只手臂,发现落在手臂上的雨点大,落在手指尖的雨点小,也就是说半米之外落的是毛毛细雨,而以他为圆心的半米之内却大雨瓢泼。那么说是有一团雨一直跟着我,难道这雨是赵构家的亲戚的吗?

张洪来到铁盖边,丢下赵构的尸体,从旁边拿出一根事先准备好的铁条,撬下水道的铁盖。铁盖被周围的水泥紧紧地咬着,张洪围着它撬了一圈也没法撬开。大雨一直罩着他,他的嘴里已经吃进去不少的雨水,包括夹杂在雨水里的汗水。又撬了半个小时,张洪感到有点儿累,一屁股坐到地上,他的衣服裤子被泥巴全染成了黑色,地上的积水从他的屁股边流过。他默默地坐着,像是在寻找办法。终于他从地上爬起来了,可能是想到办法了。他扛着赵构的尸体往回走,把赵构丢到轿车的后箱里。

张洪开着赵构的车冒雨来到郊外的一个工地,那里的楼房只起到一半就停下来了。在主建筑的周围,搭建了一排排工棚,现在敞开着,里面没有人,连一个看守都没有。张洪把赵构的尸体从车的后箱扛下来,一直扛进一间原先装水泥的棚子。棚子的一角还堆着一些零散的水泥,他捡起一把废弃的铁锹,把赵构埋到水泥里,然后再拍紧那些水泥,然后再拍拍手,再换了一套从赵构家里带出来的衣服。穿好衣服,他看了一眼夜色里的工地,估计工地很荒凉。雨小了,有一股风吹起他的衣襟。他掖好衣襟,开车离开。

4

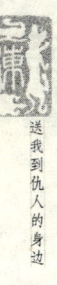

张洪提着一大袋钱打开他的房门,对着客厅喊晓零,我们结婚吧,现在我有钱了,我们结婚吧。平时兵晓零总是睡在沙发上等他回来,但是张洪看了一眼沙发,沙发上空空荡荡,电视机却开着。张洪踢开卫生间的门,卫生间只有一盏亮着的灯。张洪关掉卫生间里的电灯,扭开卧室的门。卧室里也没有兵晓零。那么她会到哪里去?张洪把装钱的包丢到沙发上,用电话呼兵晓零。他一连呼了十次,兵晓零都没复机。这么说她是跑了,她为什么要跑呢?不是说好了只要我一有钱,就跟我结婚吗?

从这个晚上开始,窗外一直刮着大风。两天之后,张洪还没有一点儿兵晓零的消息,他确信兵晓零已经把自己给甩了。我都已经为她去杀人了,她竟然还把我给甩了。张洪操起一张木凳,对着电视机砸过去。电视机破碎了。他捡起凳子朝着墙上的一面镜子砸去。镜子也破碎了。他又一次捡起木凳,寻找下一个可砸的目标。但是他的胸口突然沉了一下,觉得砸东西又有什么用?反正兵晓零又不会看见。除非是把她宰了,否则砸多少东西都不解我心头之恨。张洪放下手里的凳子,慢慢地冷静下来,目光落到那一口袋钱上。他突然不知道这些钱,除了结婚还能用来干什么?我已经好久没有回家去看望妈妈了。

张洪提着钱,离开自己的住所,朝他妈妈家的方向走。街道两旁的路树被风折断了不少,树枝散落在路上。一些广告牌已经挪动位置,不是砸在地上,就是吊在楼房的半腰,欲坠不坠,甚至有一根电杆都被风吹弯了。

敲开妈妈的家门,张洪看见妈妈的头发又白了不少。妈妈说你来啦。张洪说来啦。妈妈说吃饭了吗?张洪说吃了。妈妈说要不要我做一盘红烧豆腐给你吃,你已经好久没吃我做的红烧豆腐了。张洪说不用,我已经吃过了。张洪拉开提包的拉链,从里面抓出五沓崭新的人民币,递给妈妈。妈妈惊叫一声,差一点儿就跌到地板上。她走到提包边,扒开提包,看见里面还有十几沓人民币,说你从哪里弄来那么多钱?张洪说你不用管,拿去花就是了。妈妈说是不是偷的?你的这个毛病怎么老是不改?张洪说不是偷的。妈妈说那么,是抢的?张洪说也不是。妈妈说那是从哪里弄来的?张洪说我

把赵构给杀了。妈妈吐了一口白沫，倒到地上，像一只还没有完全被杀死的鸡动弹着。张洪看着妈妈在木地板上动弹，也没有过去扶她一把。妈妈从提包边弹到房门边，嘴里一直没有发出声音，直到把一只热水瓶弹倒，滚烫的热水全部淋到她的大腿上，她才发出声音。声音很细，准确地说是呜咽。张洪想一定是开水把她烫痛了，她才发出这样的声音。

妈妈捂着烫伤的腿站起来，试着往沙发边走。但是她的腿被烫瘸了，只走了两步就又跌倒在地板上。本来张洪可以扶她一把，但是张洪没有扶，他眼睁睁地看着妈妈爬到沙发上。妈妈说你快离开这里吧，离得越远越好，我再也不想见你。张洪像是没有听见，坐在木地板上看着妈妈。妈妈突然从沙发上跳起来，动作敏捷，像是根本没有被烫伤。她推了张洪一把，说听见了吗？你快点儿离开这里。张洪被推出门外，妈妈把装钱的提包塞到他的手里。门板嘭的一声合上，张洪被关到外面。他推了一下门板，门板纹丝不动。他听到门板里的妈妈说这几天在刮台风，你一路上要小心。张洪想假惺惺，都是假惺惺的，把我推出门的时候，刚刚被烫伤的腿怎么一点儿也不瘸了，也不痛了？

张洪踢了一脚门板，转身走向大街。突然他对那个工棚有点儿不放心，于是打了一辆的士，来到郊区工地。他看见那些工棚全部被台风掀翻了，有的被吹出去好几十米。覆盖赵构的水泥已经吹开，赵构直挺挺地躺在那里，就像是睡午觉。张洪想这样的台风已经几十年没刮了，它早不刮晚不刮，偏偏这个时候刮，如果迟来一步，就完蛋啦。张洪用一块油毛毡盖住赵构，说赵构，你就暂时委屈一下，晚上我再给你找个地方。盖好赵构，张洪观察了一下周围的地形。他发现这个工地离那条河流不过几百米远。他朝着河流走去，一边走一边回头看赵构。

5

傍晚，张洪扛着一把新买的铁锹来到河边，太阳还没有落下去，他就坐在河边看太阳。他已经有二十几年没有这么认真地看过太阳了。怎么看，那个太阳都像一个步履蹒跚的老头，走了好久都没有走下去。远处的桥梁上车来车往，喇叭声从来没有今天这么刺耳。河岸边有几个人在钓鱼，一群孩子赤身裸体浮在水面上，他们的皮肤被太阳晒得黑黑的。坐了一会儿，张洪用铁锹开始在河岸边挖起来。他要挖一个长1.76米，宽1米的土坑。为了对得起赵构，他决定把这个坑挖得深一点儿。

他从来没有干过这种体力活，可以说从生下来到现在他都没有干过。只挖了一会，他的额头上就冒出了汗珠，手板里起了几个血泡。五个游泳的孩子爬上岸，赤身裸体地站在旁边看他挖坑。张洪对他们说，你们能不能帮我挖一个坑？孩子们相互看了一下。张洪说只要你们帮我挖，我给你们每人100块钱。大的那个孩子接过张洪手里的铁锹，挖了起来。看得出他们都是郊区的孩子，是那些菜农的孩子，他们都干过体力活，挖起坑来有板有眼，一点儿也不费劲。那个孩子挖了一阵，把铁锹递给第二个孩子，第二个孩子接着挖。等五个孩子全都挖了一次，张洪想要的坑已经摆在他的面前。他从裤兜里掏出500块钱，分别递给他们。他们轰地一下就跑开了，像是害怕钱似的。跑了一下，他们停在10米之外的地方，回头对张洪说这是我们应该做的。他们每个人说了一次这是我们应该做的。张洪想这一定是他们的老师教他们的，小时候，莫老师也曾经这样教过我。可是他们不知道，挖这个坑是用来做什么的？他们连问都不问，也许那几个钓鱼的会问。

河面上的那些光线一下就不见了，树冠最先黑了起来。钓鱼的人先后收了鱼竿，从张洪的身边走过。他们看了一眼土坑，也不问张洪挖这个坑来干什么？他们板着脸连问都不问。他们再不问，我就要说了。张洪看着他们背着鱼竿，从土坎下爬上去。他们手提的网兜里装着几条半死不活的鱼。张洪用目光丈量一下土坎，土坎很高很陡，要把比自己肥大的赵构从那里搬下来，确实需要很大的力气，有一个帮手就好了。

也许姐夫能帮我的忙。张洪在路边拦了一辆的士，回到市中心工商银行的宿舍区。他看见姐夫家的灯光是明亮的。他在路边给姐夫打了一个电话。姐夫说你给我滚远点，我从电话里已经闻到了尸体的臭味。张洪说我可以付你工钱。姐夫说你就等着挨枪子儿吧，那种钱你是能要的吗？谁要你的臭钱？张洪放下电话，嘴里骂了一句臭美，跟我姐姐结婚的时候，为了争嫁妆把爸爸都气死了，现在竟然说臭钱。难道赵构的钱就不是钱吗？他是害怕了。张洪再也想不出一个能够帮他的人，他和这个城市好像一下就失去了联系。突然他想起了莫老师，也许莫老师能够帮我。

257

莫老师住在星湖路小学，还有两年他就要退休了。现在他一家五口，住在小学一楼的两室一厅里，从窗口看进去，可以看得见他的床铺。莫老师正坐床铺上批改作业。张洪敲了一下窗玻璃，莫老师摘掉老花眼镜，对着窗口说谁呀？张洪说我。莫老师推开窗门，说有事吗？张洪说能不能让我进去说？莫老师说这两年，你还在偷吗？张洪说偷。莫老师说我说过，你不改掉这个毛病，我不会让你走进我家。窗门被莫老师拉回去，但是他拉得很慢。张洪把头插进两扇窗门的中间，说莫老师，你不是说做人要诚实吗？其实我完全可以骗你，说我已经不偷了。莫老师叹了一口气，说我教了一辈子书，从来没有碰上像你这样不争气的。你给我滚吧。张洪说只要你帮我，我可以付你工钱。莫老师从屋子里走出来，说你要我帮你干什么？张洪说帮我搬一样东西。

6

张洪带着莫老师，来到郊区黑黢黢的工地。莫老师走一步问一句，到底是搬什么东西？是不是偷来的东西？如果是偷来的，我可不帮你搬。张洪一声不吭，只是带着莫老师往工地上走。走到赵构的尸体前，张洪用手电筒照了一下，说就是搬他。莫老师说死人？张洪说死人。莫老师说我从来没搬过死人，你要把他搬到哪里去？张洪说河边。莫老师说张洪，你让我回去吧，我不干这个。张洪听到莫老师的声音有些颤抖，上下牙齿打起架来。张洪说你太穷了，我给五千。莫老师吓得不敢出声，不知道是五千把他吓住了，还是赵构的尸体把他吓住了。他开始往来的方向走。张洪对着他渐渐走过去的朦胧的背影说八千。莫老师还在往前走。张洪说一万，看在你是我老师的分上。莫老师停了下来，调转身子，走回到张洪的身边。张洪把一万块钱分成两沓，塞到莫老师的两边裤兜。莫老师感到裤兜一下就胀了起来。莫老师说那就尽快搬吧。

张洪在前，莫老师在后，他们抬着赵构的尸体往河边走去。走了大约100米，张洪感到莫老师的步子慢了下来，喘气声愈来愈粗。莫老师说张洪，能不能慢点儿，我都快退休了，哪有你走得那么快了。张洪放慢速度，说赵构，我算是对得起你了，我连老师都给请来了，这个规格够高了吧？你能不能不那么沉？让莫老师轻松一点儿。张洪以为一说到赵构，莫老师会有什么反应。但是莫老师一点儿反应也没有，他只记得我这个不争气的学生，已经记不得这个争气的名叫赵构的学生了。

他们来到河边的土坎，张洪先滑到土坎的半腰，在那里等莫老师把尸体慢慢地放下来。张洪接住尸体。莫老师往下滑，滑到能够接住尸体的地方停下来。他们一上一下，配合着把尸体搬到岸边的土坑里。张洪说莫老师，你的任务已经完成了。莫老师说那我先走啦。张洪说走吧。莫老师朝土坎边走去。他就这么走了，连问都不问一声，这是谁的尸体？为什么要把他埋在这里？张洪喊莫老师。莫老师说还有什么问题吗？张洪很想说我把赵构给杀了。但是话到嘴边，张洪又把它咽了回去。张洪说没事，你走吧。莫老师在土坎边爬了好久才爬上去。他好像是累坏了。

掩埋完赵构，张洪把铁锹丢进河里，然后坐到填平的土坑上抽烟。他摸了摸裤兜，那把刀还在。他掏出刀来玩弄着，说赵构，你说兵晓零会藏到什么地方？她为什么不辞而别？我该不该把她宰了？张洪没有听到赵构的回答，他早就不能回答了。

7

兵晓零有一个嗜好，那就是特别爱穿带格的裙子。她的裙子大部分是在七星路买的。张洪在七星路转来转去，他坚信会在某个服装店里碰上兵晓零，除非她离开这个城市，除非她永远不买裙子。但是张洪转了两天，没有看见兵晓零，倒是看见了许多漂亮的裙子。一看见那些裙子，张洪的手就发痒，不自觉地伸进上衣口袋，想把钱掏出来。当他的手摸着口袋里的钱稍微犹豫的时候，他就听到兵晓零的呻吟，一股潮湿的感觉滑过下身。可是现在她已经把我蹬掉了，我为什么还帮她买裙子？

张洪虽然这么想，但是手却不听他的使唤。一看见带格的裙子他就买，他的胸前已经堆满了装裙子的纸袋。三天过去了，裙子买了不少，却仍然没有兵晓零的影子。张洪突然想到河边去看一看，看看那边会不会出什么问题？

黄昏时分，张洪来到河边的土坎上。那个土坑已经被一对青年男女占领。他们在上面铺了一大堆彩色的报纸，尽管现在他们只是坐在那里紧紧地搂抱着，但是他们一定会躺下去。他们铺了那么宽的报纸，不可能不躺下去。张洪坐在土坎上偷偷地看着他们。太阳

还是走得很慢,张洪比那一对搂抱着的人还着急。等了大约一个小时,他们再也不等了,男的把女的按到报纸上,两人都剥光衣服干了起来。他们在干的过程中,太阳落下去,女人的喊声从底下飘上来。张洪狠狠地吸了一口烟,离开河岸。

　　到了第二天中午,张洪开始想念那个地方。他想那个男人和女人,会不会又到那个地方去干?张洪来到土坎边,站在那里往下看。这一看,他的眼睛傻了。他想不到昨天还被人用来做爱的地方,现在已经塌下去一半。没有一点儿迹象,河岸就塌方了,好像是那一对男女用力过猛搞塌似的。张洪想它早不塌晚不塌,偏偏在这个时候塌,专门冲着我塌。他从土坎滑下去,看见赵构的半边尸体露在外面,半边尸体还埋在土里。露在外面的这一只手臂,微微往下垂,好像还在晃动。张洪把他的手臂弯上来放到他的肚脐上,但是只放了一会,手臂又垂了下去。张洪说赵构,你真是烦死我了。

　　张洪爬上河岸,到工地上转了一圈。他发现一个戳空了一头的铁皮油桶。他往桶里装了半袋水泥和一圈绳子,然后慢慢地把它往河边滚。滚到土坎边,他用绳子吊着那只油桶往下放,一直把它放到土坎下的平地上。但是他忘记拿铁锹了,又不想再回工地,于是抓住赵构露出来的手臂就往外拔。他把那只手臂拔断了,也没有把赵构拔出来。他开始用手指抠泥巴,抠了一会,他的指甲盖全都抠脱了,鲜血从十根指头浸出来。这时他才记起裤兜里有一把刀。他用刀挖了一阵,赵构的那一半边露了出来。他把赵构塞进油桶里,但是无论他怎么塞,赵构不是头塞不进去,就是脚塞不进去。张洪想总得把一头给割了。

　　张洪举刀想割露在油桶外面的赵构的头,但是他看见了赵构嘴角的那块伤疤。他的手软了一下,突然改变主意,把赵构从油桶里调过来。这样赵构的双脚就露在外面。张洪割掉他的双脚,把它塞到油桶里,用水泥封住桶口。

8

　　至少到明天这些水泥才会板结,张洪看了看河面想,恐怕还得找一个帮手。张洪突然想起小玉。

　　小玉是赵构的女朋友,张洪经常跟着他们打麻将下馆子,彼此混得很熟。第二天,张洪打通小玉的手机。小玉说我正在快活林茶

庄跟他们打麻将,有事过来说。张洪赶到快活林找到小玉。小玉的脸色有些青,像是打了几天几夜的麻将。张洪说小玉,我们走吧。小玉说我都输了一万,怎么能走?张洪说我给你一万。小玉惊异地看着张洪。张洪从口袋里掏出一万递给小玉。小玉把麻将一推从凳子上站起来,身子晃了一下。

小玉一坐上的士,就说我困死了,你要带我到哪里去。张洪说给我打个帮手。的士走了一会,小玉就睡着了。到了工地,张洪摇醒小玉,把她从的士上叫下来。小玉看着水泥柱上那些铁锈斑斑的弯曲着的钢筋,说你不是要强奸我吧?张洪说怎么会呢?小玉说其实也无所谓,只要你再给我三万,你要知道我是很开放的。张洪没有出声,带着小玉往河边走。站在土坎上,小玉看见了那个油桶竖在河岸的平地上。小玉说你要我帮你干什么?张洪说要你协助我把那个油桶搬到河里去。

张洪扶着小玉下了土坎。张洪看见油桶里的水泥已经板结了。他们一起用力把油桶滚到河边。然后张洪用绳子在油桶上绑了几块大石头。张洪说现在我们把它推下去。张洪喊道一、二、三。喊到三的时候,他们用力往河里一推,油桶扑通一声栽进河里。河面溅起一团水花,小玉发出一串笑声。

但是小玉没有问油桶里装的是什么?她连问都不问,就把它推到河里去了。小玉说走吧,我还要回去打麻将。张洪推着小玉的屁股,让她爬上土坎。张洪觉得小玉的屁股很滚圆很性感,小玉爬上去了,好像她的屁股还在手里。小玉站在土坎上回头看张洪往上爬。小玉说你真的不想强奸我?张洪说你去打麻将吧,我要去找兵晓零。

事实上,张洪根本不知道去哪里找兵晓零。他在七星路口租了一家门面,开了一个格子裙时装店,卖的全是带格的裙子。他耐心地等待着,相信兵晓零总有一天会从门口走进来,说老板我买一条裙子。

9

到了秋季,兵晓零还没有出现。一天,张洪坐在收银台看一张本地的报纸。报纸上登了一条消息,说那条河流在秋天里干枯了,水位低到了历年最低,一只油桶露出水面,有好奇者戳开油桶,发

现里面有一具烂了的尸体。张洪想它怎么就干枯了呢？它为什么偏偏在这个时候水位降低到历年来最低了呢？张洪像突然被谁抽掉了筋骨，把头扑到收银台上。他听到额头撞到收银台时咚地响了一下。紧接着有一个女人的声音，像打雷一样在张洪的头顶响起来，她说老板，给我拿一条裙子。张洪抬起头，终于看见兵晓零站在他的面前，她的身边跟着一个壮实的男子。张洪想她终于来了。不知道出于什么原因，一看见兵晓零，张洪就把手伸进裤兜握住那把刀子。那个男人慢慢地撩开衣角，露出皮带上吊着的一副手铐。隔着收银台，张洪举刀朝那个男子刺去，那个男子身体一偏，迅速抓住张洪的手臂，把张洪的双手牢牢地铐住。张洪想原来她跟了一位警察。

这样张洪就听到了一年后的一声枪响，子弹从他热乎乎的胸膛穿过。枪响之前，有人问他最后还有什么要求？他说把我带到河边去，让我看看那条河。我想知道那只油桶是怎样浮上来的？水位到底低到什么程度？

发表于2002年《收获》第三期,
《小说选刊》第七期转载。

猜到尽头

中篇小说

被一种重量包围
（徐立宇摄）

1

　　铁流是突然被叫走的。当时他坐在沙发上频繁地打着哈欠,我和儿子铁泉抱着他的脑袋拔白头发。他才35岁就长了那么多白头发,看得我心里直着急。我说我们写了十多年,两人的稿费加起来还没有你的白头发多。他咧开大嘴,说为什么不反过来?如果把我的每一根白头发当一万,那我们该有多少稿费?铁泉听他这么一说,就像拔草那样使劲。他每拔到一根白的,就兴奋地叫道:我又拔到了一万。

　　正当我们一家子正忙着数铁流头上的钞票时,门铃忽然响了,铁流的舅舅腆着一个大肚子,夹着一个小包,屁股后面带着一个漂亮的姑娘,风尘仆仆地走进来。铁泉举起手里的白头发,对着舅舅喊:舅公,我从爸爸的头上拔到了十万。舅舅弯下腰,在铁泉红扑扑的小脸上掐了一把,说十万就十万,这可是你自己说的。

　　舅舅和那个姑娘坐到我们家的木沙发上,他从包里掏出一份合同递给铁流,说如果同意的话,今晚就得过去。铁流看着那份合同,眼球如同遭受重物袭击,一下就变了形,手也微微有些颤抖。看完,他把合同递给我。我没想到舅舅会给铁流开这么高的年薪,更没想到那个姑娘竟然乘我看合同之机,不停地给舅舅抛媚眼。舅舅悄悄地把手绕到她的身后,她扑哧地喷出一串笑,扭动着腰杆子倒向沙发扶手,像是有人正在为她抓痒。

　　铁流找一个泡茶的理由离开了,铁泉在沙发前蹿来蹿去。如果不看合同的面子,我真想给舅娘打一个电话,但是合同上的数字太高了,高到超过了我们的所有存款。我把铁流从厨房里叫出来,让他自己拿主意。他的目光在我和舅舅的脸上穿梭,仿佛在寻找暗示。舅舅说是不是嫌少了?铁流摇摇头,张着嘴巴望我。我说答案又不在我脸上。铁流一咬牙,说就当是去体验生活,而且我妈也不是为了写小说才把我生下来的。舅舅轻轻一笑。铁流伏下身在合同上签了字。舅舅收下合同,屁股像着了火一般飞速地离开沙发,说我们走吧。我说铁流的行李还没收拾呢。舅舅说要不是那边急,我也不会上门来跟他签合同。话还没说完，舅舅已经到了门外。那个小妖精也走了出去。铁流跟在小妖精的后面，临出门时回头给我和儿子做了一个飞吻，脸上已经有了迫不及待的表情。

轿车的声音从楼下离去，我忽然感到家里空了许多，耳边重又响起和铁流讨论过的话题：如果突然有了一大笔钱，我们将用来干什么？铁流脱口而出：那就把你给换了。当时我们都整齐地叹一口气，为这种穷开心而发笑，觉得天底下哪会有那么好的事情。但是想不到那笔钱一下就让我们看到了，仿佛现在正叮叮当当地从天花板上往下掉。好事情说来就来，我没有一点儿心理准备。

夜深了才把铁泉骗上床，我却兴奋得没有一丝睡意，想想铁流空着双手出门，就打开脱漆的硬壳皮箱，往里面装他用得着的物品。装满了，我看一眼熟睡中的铁泉，就提起皮箱悄悄地出门，在楼门口拦了一辆出租车，直奔路塘温泉度假村。仅仅半个小时，我便站在度假村的总台前，向里面昏昏欲睡的两个女服务员打听铁流的住处。她们摇着头说，什么铁流铁牛？没听说过。我说就是你们的铁经理，今晚刚来的。她们摇着的头忽然停住，都扭头看着里间。里间走出一位睡眼惺忪的领班，她不耐烦地嚷道谁呀？这么晚了……嚷嚷声在她的目光落到我的脸上时戛然而止，她的眼皮猛地往上一跳，眼珠子刹那间明亮，瞌睡不见了，温和的声音从她的嘴里飘出：原来是嫂子。我这才看清楚，她就是舅舅带到我们家里去的那个小妖精。

她走出来接过我手里的皮箱，带着我穿过温泉旁弯弯曲曲的小径，朝一幢黑暗的楼房走去。在还没进入楼房之前，温泉的流淌声哗啦哗啦地响着，一股特别的香水味，像温泉那样咕咚咕咚地从她脖子上冒出来，呛得我不得不放慢脚步。终于进入了楼房，我们来到 305 号门前。她放下皮箱，说铁经理就住在这里。我按响门铃，里面没什么反应。我再拍几下门板，里面还是没动静。她从裤兜里掏出一大串钥匙，说每个房间的钥匙，服务员都有。她的钥匙在门锁里轻轻一转，门裂开一道缝，里面黑咕隆咚的。她抽出钥匙扭身离去。我提着皮箱走进房间，打开灯，里面连一个人影子都没有。

但是我看见衣架上挂着铁流的外套，真皮沙发的角落堆放着铁流身上的其他东西，什么衬衣、内裤和袜子呀乱糟糟的，像铁流褪出来的一层层皮，冒着酸菜的味道。那么一丝不挂的铁流到哪里去了呢？他是不是泡温泉去了？我来到走廊上，俯视大院，除了水声

就是从池子里腾空的蒸汽。蒸汽把那些路灯扩大了，使整个院子显得迷蒙潮湿。我站了一会儿，眼睛慢慢地适应这里，远处那排石头镶嵌的木门穿过水雾越来越明显。我跑过去，发现这是用鹅卵石砌成的独门独户的小间，每一间里都传出隐约的流水声。我侧耳听木门里的动静，听到第五间的时候，终于听到了铁流的声音。

我犹豫了一会儿，敲敲木门，木门一动不动，里面传来嬉闹声。我把木门推开，一团更为密集的蒸汽冲出来，热乎乎的水池里泡着两个光溜溜的男女。他们惊恐地扭过头，鼓着眼球看我。男的说我们可是货真价实的夫妻。女的骂道哪里来的神经病。那个男的不是铁流，我带着歉意退出来，为他们关上门，想这个刚刚上任的铁经理到底去了什么地方？

2

是铁流的声音把我吵醒的。睁开眼，我发现自己竟然和衣躺在铁流的床上。昨夜，我曾经反复告诫自己不要入睡，想不到竟然稀里糊涂地睡着了。窗外的曙光落到铁流锃亮的皮鞋上，和皮鞋一样锃亮的是他的头发，上面几乎可以倒影出天花板上的吊灯。一条乳白色的领带像上早班的人，一大早就来到了他的脖子处。电视机里天天做广告的那套深黑色西服，现在也跑到了他的身上，小眼睛在这些身外之物的衬托下，比过去明亮了好几倍。从整体上看，他已经鸟枪换炮了。

我从床上坐起来，用手摸了摸额头，说你现在才回呀。他的脸憋得通红通红，就连脖子上的领带都憋开了。我以为他要说出什么重大的事情，没想到竟然憋出一句你怎么会在这里？我还以为你失踪了。我说那你呢，这么好的床干吗空着？他说换了公司发给的衣服我就回家了，想让你看看身上的牌子，没想到白白等了一晚。我说从家出来的时候，我特意看了一下时间。他说我是12点27分回到家里的。我说我没走的时候你不回，我前脚刚走你后脚就回了，也不打个电话过来。他说我连这个房间的号码都还没记住，而且谁会想到你的动作那么快。我打开皮箱，说我可是来给你送东西的，不知道这些旧的你还需不需要？他瞥了一眼皮箱，说那铁泉不是一个人在家呀，你得赶快回去叫他上学。我想都还没好好说上几句话，他怎么就下了逐客令？我把皮箱重重地关上。

回到家，我感到头有些晕，想再躺一会儿，发现被窝整整齐齐地搁在床上，它还是我昨晚出去时的模样，床单上也没留下任何被压迫的痕迹。凡是睡过觉的人一看就知道，这张床在两个小时之前，不可能有人睡在上面。我在床上躺了一会儿，怎么也睡不着，就爬起来到卫生间想洗把脸。毛巾经过一夜的冷风，干得有些刺手，我转过身，把卫生间里挂着的毛巾全都捏了一遍，没有一条是湿的。难道铁流已经养成了早上不洗脸的习惯？或者昨夜他根本就没回来？

这时电话铃突然响了，我抹着脸跑过去抓起话筒，才发现铃声是铁泉床头的闹钟发出来的。我放下话筒，走进房间，把正在熟睡的铁泉摇醒，说泉儿，快起来，你得上学了。他飞快地弹起来，打了一声哈欠又倒下去。我用手里的毛巾擦擦他的脸。他睁开眼睛，欠起身子，把毛衣套到头上。我为他穿好衣服，说从今天开始，得由妈妈送你上学了。他揉揉眼睛，说爸爸呢？我说爸爸不是当经理去了吗？他说当经理就不回家了。我忽然意识到他的话里有问题，就让他重新坐到床上，问他昨夜看见爸爸没有？他摇摇头，说你不是说爸爸当经理去了吗？我说半夜里他回来过，你听没听到开门声？他摇摇头。我怕铁流还没完全清醒，又用毛巾为他擦了一把脸，说儿子，你好好地想一想，到底见没见你爸爸？铁泉说没有。我说你不要急着回答，再想想。铁泉娇嫩的眉头渐渐拧紧，脸上出现了大人的表情。这种表情持续了一会儿，他吐出一串声音：我还是没看见爸爸。我想铁流干吗要骗我呢？

傍晚，铁流提着一个塑料袋出现在楼下。我看见他关了车门，梗着脖子走进楼道，然后就听到他的脚步声急迫地上来。我把铁泉推进房间，铁泉用手撑住门板，不让我关门。我说妈妈要跟爸爸谈谈。他勉强地松开手，让我把门拉上。

门铃响了，我坐在沙发上没动。铁流见没人响应就掏钥匙把门扭开，走到我面前想把手里提着的烤鸭放到茶几上。我说这是从温泉带过来的吗？他用轻快的语调说在食堂拿的，不花一分钱。我说快把它拿开。他转过身，想把塑料袋往餐桌上放下去。我说别把桌子弄脏了。他放下去的手快速地扬起来，回过头皱着眉头看我。我的脸如同掺了水泥一般硬邦邦的。他晃动着手里的袋子，说那你说我应该把它放在哪里？我说除了家里，随便你放。他把袋子重重地摔到桌上，说不知道又碰到你的哪根筋了？我说床没有动过，毛巾

也是干的,昨天晚上你回的是哪个家？他的眼珠子像车轮那样转了几圈,说为了让你一进门就看到一个崭新的丈夫,我一直坐在沙发上等你,几乎一夜没合眼。我说但是今天早上,你的眼圈没红,我记得只要你熬上两个小时的夜,眼圈就会红得像出血。

铁流把上衣脱下来丢到沙发上,伸手松松领带,抬头望着铁泉的房间,说我只有熬夜写作眼圈才红,昨晚我只是看电视。我说那音量一定调得很小吧,要不铁泉怎么会什么声音也没听到。他说是吗？那我们问铁泉试试。他拍开房门,把铁泉拉出来,蹲下身子,用讨好的口吻说,儿子,别害怕,爸爸只想问你一件事。铁泉似乎从空气里嗅出了紧张的味道,惊慌地看着我。我对他点点头,说你是诚实的。铁流抓起铁泉的小手,说你还记不记得昨天晚上的事？铁泉结结巴巴地说记得。铁流说那你记得半夜里爸爸叫你起来拉尿吗？铁泉看着天花板,像是在回忆。铁流拉拉他的手,提醒道你记不记得？铁泉小心地摇了摇头。铁流的脸突然变了,撒开铁泉的手,呼地站起来,说你怎么就不记得了？当时我还问你爸爸的衣服漂不漂亮？你说帅呆了。我又问你妈妈到哪里去了？你说不知道。你回答了我的两个问题之后,才重新回到被窝里的,怎么就不记得了？

铁泉被铁流越来越大的嗓门吓得全身颤抖。我对铁流说,你不要强迫他,更不能搞逼供。铁流绷紧的脸慢慢地松弛,他又蹲了下去,用手扶住铁泉的双肩,口气缓和了许多：儿子,你再想一想,因为你的回答太重要了,它关系到爸爸和妈妈吵不吵架。铁泉低下头。我说再坚持一会儿,泉儿,你得把我和爸爸的这个疙瘩解开,要不我们会不定期地争吵。铁泉抽了一下鼻子,带着哭腔说我不知道你们的事情。泪水漫过他的眼角,铁流在他流泪的地方抹了一下,说你再好好想想,即使是刚才说错了,爸爸也不会怪你,也许一时记不得了,但是你想一想可能会记起来,你再想想……铁泉像是不堪重负似的打着哆嗦,眼睛惊恐地张望我。

我说够了,你这是在逼他。没想到我脱口而出的声音把铁泉吓了一跳,他的脖子根突然缩进肩膀,双腿像站在钢丝绳上那样晃荡,仿佛再晃下去他的身子就得散架。铁流假惺惺地搂住他,用手轻轻地拍打他的后背,鼓着乒乓球那么大的眼珠看着我吼道,你的嗓门比高音喇叭还大,即使他记起什么也被你吓跑了。铁流的这一吼,音量不在我之下,把铁泉的尿都吼了出来。我看见在铁泉渐渐

沥沥的裤管之下，已经积了一摊水，它正小心翼翼地向四围扩散。我把铁泉拉到怀里，说你就放过他吧。铁泉哇地哭起来。我说这下你该满意了。铁流狠狠地扫了我一眼，从鼻孔里哼出一句脏话，转身走出去，防盗门撞回来的巨响又吓得铁泉的身子一颤。

3

　　铁流在那边过着经理的生活，却没给我任何一点儿消息。我以为几天之后他会回家，没想到他连电话都没打一个。坚持了好些日子，我主动给他挂了几次电话，但房间里一直没人接听，甚至半夜里也没人接。我想也许是他的电话坏了。一个周末的晚上，终于有人在铃声响过五声之后，拿起了话筒。我说撒了谎就不敢回家是不是？他说工作刚开始，好多东西都得重新学，忙得头都晕了。我说再忙也得睡觉吧。他迟疑一会儿，说我怕电话骚扰，睡觉前拔了线。我说还有谁敢在半夜里骚扰你？他说这是度假村，什么电话都有。我们正说着，话筒里忽然传来一个女人的声音。我猛地警觉起来，问谁在你的房间？他说没有呀。我说明明听到一个嗲声嗲气的声音。他说可能是跳线了。我说不可能吧，我听到她说走了，拜拜。他发出冷笑，说你又疑神疑鬼了，不信你就过来看看。
　　我先放下话筒，刚才跳到耳朵里的女声一直在耳畔缠绕。我掐掐耳朵，疼痛是真实的。我回忆了一下，那不像是跳线的声音。难道铁流又在骗我？我来到镜子前，看着里面那个因睡眠不足，脸庞稍稍显得浮肿的自己，用手指轻轻地按摩眼角，想把那些企图成为皱纹的小褶子按下去。在我没按它们之前，它们还老实地躲在光滑的皮肤下面，但是我一按它们，它们就像暴涨的河水顿时流淌起来，类似水波状的线条堆上眼角，让我不得不承认自己的魅力已经大大地打了折扣。我想我得找个人聊聊。
　　中午时分，我尽力挺直身板拉着铁泉站在海霸王大酒店门前。门童早早地把那两扇巨大的玻璃门拉开。我在准备进去之前左顾右盼，孔燕还没到来。那些车辆在冷空气中嗖嗖地奔跑，和我没有一点儿关系，行人们都缩着脖子，干爽的马路被突然砸下的雨点淋湿，原本寒冷的天气变得加倍寒冷。冷空气和雨点使我感到自己很可怜。我喷着热气，领着铁泉大步地走进去，来到一个事先定好的包间；面对面地坐在一张宽大的餐桌旁。不知道这张餐桌的直径具体是多少,但是我感到它特别大,大到看上去坐在那边的铁泉比平时要小许多倍。

等了一会儿,我的好朋友孔燕来了。我把在跟铁流通话时听到的跟她说了一遍。她说这没什么奇怪,男人都这样,在条件没成熟的时候,他们总是装得很老实,一旦条件成熟……她摇摇头,撇着嘴巴,好像已经看到了一个不可收拾的结局。她的表情激起了我对铁流的进一步猜疑,我又狠狠地点了几个菜。什么螃蟹呀海虾呀红鳟鱼呀沙虫呀快都把我们给淹没了。我们在盘子的腾腾热气中埋头吃着。我说泉儿,你爸爸就要有钱了,不吃白不吃。铁泉吃得肩膀一耸一耸的,整张脸几乎装进了盘子。我又说如果今天我们不吃,没准明天他有了新欢,那我们可就没得吃了。铁泉从盘子里抬起沾满虾壳的脸,疑惑地望着我说,妈妈,新欢是什么?孔燕说是一个女人。铁泉说那我们能不能不让爸爸有新欢?我说吃就是一个办法,从今天起我们每天来吃一次海鲜,把他吃穷,只要他口袋里没有多余的钱,看他还拿什么去找新欢。铁泉点点头,像是忽然明白了,把脸重新埋进盘子叼起一只螃蟹,说这就是爸爸的新欢。说完,他发狠地嚼起来,嘴里发出咔啦咔啦声。孔燕和我都被他的吃相逗笑了。

菜还在源源不断地上来,餐桌上已经盘子叠着盘子。连我自己也不敢相信这些菜是我点的,有的我从来就没吃过,有的连名字也叫不上来。看着越来越多的盘子,我的胃口渐渐没了。我说小姐,你们是不是搞错了,我怎么会点这么多菜?小姐走过来,低下头,说我去帮你问问。小姐出去一会返回来,说这些菜都是你点的。我拍拍发热的脑门,想这重重叠叠的明明是钱,哪里是盘子。我说还有没上的菜吗?小姐说好像还有三盅鲍鱼汤。孔燕说能不能退了?小姐摇摇头,说我们这里点了就不能退。孔燕和小姐正交涉着,包间的门被人推开,三盅木瓜盛着的鲍鱼汤分别到达我们的面前。我问孔燕,刚才我点鲍鱼汤了吗?孔燕点点头说点了。我说我怎么不记得了,这汤一盅就要150元,我怎么会舍得点它?铁泉说你不是要把爸爸吃穷吗?我对着孔燕笑笑,说是呀,我怎么把这个给忘了。

我赌气地吃起来,不知不觉中感到肚子撑得难受,一看眼前,已经吃掉了三大盘。再看铁泉,他吃得眼睛都翻白了,还双手捂着肚子。孔燕打了一个饱嗝,用纸巾抹一下嘴,说为了对得起你的这餐海鲜,我得跟你说点儿实话。我侧侧身,倾听着。她说铁流干坏事的条件已经成熟，你得小心看着，现在危机离你就一毫米了。

到了下午4点多钟，我的胃才出现了缓和迹象。我提上从海霸王打包的海鲜，来到路塘温泉铁流的房门前，按了门铃，里面传来懒散的脚步声，猫眼黑了一下，门轻轻地打开。铁流穿着一套崭新的睡衣站在里面，说你怎么来了？我扬了扬手里的袋子，说给你送点儿吃的。铁流把我让进去，锁上房门，接过袋子放到茶几上，说你打断了我的一个好梦。我看见他的脸有些发红，眼圈也微微红了。我问他做了什么好梦？他一脸坏笑，一头扑过来把我按到床上，粗鲁地捏着，强行解我的纽扣。我在床上滚了好几圈才把他推开，说你是不是正在做一个下流的梦？他滚到一边嘿嘿地咧开嘴巴，说要不是工作忙，我早顶不住了。我说肯定是和做梦有关，否则怎么连一点过度都没有。他伸手搂住我，把他的嘴巴凑到我耳朵根，说看你说的，我只不过梦见中了大奖，你想到哪里去了？

我的耳朵麻酥酥，整个身体软了下来。我躲开他的嘴巴，说白天里睡大觉的人，怎么还整天喊忙？他轻轻地解我的衣扣，说特殊情况，中午喝多了。我伸手抚摸他的睡衣，问这也是单位发的？他说这是我在班木商场买的。我打开他的睡衣，看了看里面，说挺合身的。他笑了笑，扒光我的衣裳，猛地扑到我身上。我闪避着没让他得逞。他变得急躁不安，在我的肩膀狠狠地咬了一口，就像馋了的小孩。我问他想要吗？他说想死了。我说那你得跟我说实话。他说我什么时候说假话了？我说告诉我，那天晚上你到底去了哪里？他说我哪里也没去，回家了。我说但是铁泉说没看见你。他说孩子睡着以后往往会犯迷糊，就像我小时候半夜起来拉尿，一边拉还一边睡。

他的解释再加上游动的手指，使我的身体慢慢地放松。我说你真的没骗我？他举起双手，说谁骗你谁就被车撞死。我怕他再诅咒下去，赶快伸手捂住他的嘴巴。他躲开我的手，透了一口气，在我的身上用力地扑着。扑着扑着，被窝里扑起一阵凉风，一缕似曾相识的气味蹿进我的鼻孔。我狠狠推开他，把被子捂到他的鼻子上，说这是什么味道？他扭过头，说我只不过洒了一点儿香水。我说怎么和那个领班的香水味一模一样？他的嘴唇抖了几下，说是服务员洒的，每天我这里都是服务员打扫。

我看着他撇撇嘴，外加几声冷笑。他说我们都生活了十年，你不是不了解我。我说人是可以变的，只要找到合适的土壤，坏念头就会像草一样生长。他摊开双手耸耸肩,说我们刚刚看到好生活的影子,你就来给我找麻烦,真是的。我说可是,只短短半个月,我已经摸不透你了。他跳下床,赤身裸体在地毯上走着,说你尽管大胆地猜疑吧,反正我可以发誓,我不会不爱你。

4

你听到过铁流发誓吗?他好像动不动就喜欢发誓,比如喝多了,他会发誓再也不喝,可是没过几天他又烂醉如泥。他跟我发誓不再跟你们赌钱,但是后来他还是跟你们赌个不停。现在我一听到他发誓,双腿就软得像没有骨头,身上就起一层疙瘩,生怕他一不小心发誓不近女色。你听到过他发誓不近女色吗?

坐在书桌前的李年,把头埋在铁流的小说集上,像没长耳朵似的对我的话毫无反应。我盯着他那张诚实的脸期待着。他肥厚的嘴唇微微张开,似乎就要说话了,但是他只翻了一页书,就把张开的嘴巴关闭。后来我发现他每翻一页书,就张一次嘴巴,这只是他的一种不良习惯,而不是要说话的标志。我没有心思这么干坐下去,于是进一步启发他:你跟铁流好了这么多年,难道还不知道他有没有外遇?他欠了欠身体,藤椅发出一声怪响,都到了这个份上,怎么样他也应该说话了,但是他只摇了摇椅子,又把头埋到小说集里。我想他假模假样地看书,肯定是在故意回避问题。

我的猜测变得越来越像那么回事,书页被他翻得哗啦啦地响,而且越翻越快,已经不像是阅读了。我说其实你不用为难,如果你怕背上出卖朋友的名声,那你能不能点点头?你只要点点头,我就全明白了。他咳了两下,像是要做点什么,但是咳完了什么也没做。我恳求道你总得表个态吧,这是我第一次求你,难道你就忍心让我白来一趟?他伏在桌上匆忙地写着,额头差不多碰到了面前那几本《英语大辞典》。我从沙发上站起来,说如果你连头也不想点,那能不能默认?在我离开之前,只要你不说话,就算是默认了。他把写满数字的稿纸举起来,终于打破沉默,说刚才我算了一下,还需要45天,我就能把铁流的小说翻译完毕,你能不能在这45天里,不让我卷入你们的纠纷?我说谁叫你是他的朋友?除非你给我一个答复,要不我天天都来烦你。

他慌忙地晃动脑袋,说铁流有没有外遇我不敢百分之百地保

证,但据我观察他不太像是有外遇的人,上个月23号,我们十几个朋友喝酒,他当着大家面说,你为了给他生一个孩子,经历过五次习惯性流产,是个好母亲;还有在肾结石折磨他的那两年,你每天都陪他在楼道上跳几千次,直到把他所有的结石都跳出来,要不是你陪着他跳,他早就没信心了,所以你也算得上是好妻子……

李年的嘴巴迅速地翻动,一副滔滔不绝之势。我沉浸在他首先提到的两个事件中,岂止是流产,那简直是非人的生活,为了保胎,我整天躺在床上,连电视都不敢看,生怕肚里的孩子,被好笑的节目弄掉;更别说跳楼梯,好几次我都崴了脚,有一次还差点儿骨折……我在回忆中感到鼻子酸酸的,眼前的李年渐渐地模糊成一个轮廓,丝丝冰凉从两个眼角缓慢地往下滚。李年惊讶地把手伸过来,抹了抹我的眼角,说好好的你怎么哭了?

我忽然觉得李年的声音是那么好听,他的手比棉花还柔软。我的身子摇晃着,嘴里发出断断续续的声音:就是这个,我为他付出了那么多的人,在半个月前变了心。我还想再说点什么,但是哭声把我想说的压下去。李年的手从我的眼角移开,绕到身后搂住我,说别哭了,你这一哭,邻居们都听见了,弄不好他们会认为我欺负你。

我越哭越伤心,他的双手随着哭声增高搂得越来越紧,让我感到即使是这幢楼倒塌了,他的手也不会松开。我除了感到后背有一点紧之外,身体的其他地方全都变成了木头,突然嘴里有了一点感觉,发现进来了一根舌头,胸部也隐隐作痛,那是因为他紧紧地贴着我,还有下面被硬邦邦的顶着,裤子滑落下去。因为痛,我木然的身体活了过来。我狠狠地扇了他一巴掌,用力推开他,说连你都这样,更别说铁流了。

他跌坐在藤椅里,捂着刚被扇过的左脸,吞吞吐吐地说既然你怀疑铁流,为什么不报复?我这样做是为了帮你报复。我对着他呸了一声,骂道还以为你老实,没想到你是狗屁。他双手捧着脸说,如今谁不在外面开点小差,想不到你还这么在乎。我说你们男人都是这样吗?今天我总算明白了。他发出一串怪笑,说明白就好,省得到处去问。我气得又想扇他一巴掌,但是却不想让他弄脏了我的手。现在才明白,原来我来到了一个最不该来的地方。我快速地摔开门,从他肮脏的屋子里逃走。

外面的空气格外新鲜,马路上的行人全都像我的救命恩人,那些往来的车辆似乎也是亲戚们的。我在温馨的街道上一路小跑,不时地抹一把泪水。被我不小心撞了肩膀的恩人们,纷纷侧过头奇怪地看着我,有那么几个毫不客气地骂我神经病。

5

　　我提着两盒快餐摇摇晃晃地回到家,看见铁流正蹲在客厅里给铁泉扣上衣。一套鲜艳的唐式童装套在铁泉的身上,把铁泉的小脸映衬得红扑扑的,使整个屋子都有了温暖的色调。沙发上坐着一个我从来没见过的人,他身穿一套摆在路边店里的那种西服,双手拘谨地放在膝盖上,嘴里不停地表扬铁泉身上的衣裳。当我的目光跟他的对接时,他略微欠了欠身子。铁流扣完最后一个颗纽扣,摸摸铁泉的小脑袋说,爸爸一领到工资,首先想到的就是你们。铁流所说的"你们",不外乎是铁泉和我。我的目光落到茶几上,发现上面有一个精致的纸盒。
　　铁泉笑着扑过来,接住我手里的纸饭盒,把它们放到餐桌上。铁流直起身拍拍蹲皱了的西裤,说这位是我的好兄长王义。王义向我点头,客气得有些过分。铁流脱掉上衣,挂在椅子上,伸手打一下偷吃的铁泉,说你不能等一等嘛,我就去做好吃的。铁流走进厨房,把隔门关上,里面依次传来流水声、切肉声、炒菜声……
　　我递了一杯茶给王义。王义接过去喝了一口,说招科长,我读过你的散文,比铁流的小说写得有意思。我还没来得及判断,他便迫不及待地从衣兜里掏出一本书,让我签名。那是一本若干年前出版的书,里面收入我的五篇散文,在打目录的页面上,我的名字被几十个名字紧紧地夹着,连大气都不敢出。我说这本书不仅仅是我的,要在上面签我的名字,就好像偷了别人的东西,不太合适吧?他把书强行塞到我手里,说这本书我找了好几年,直到上个月才在书城的角落里找到,买它还不是为了看你写的。我看他不像是撒谎,就在扉页上签了名,但是一签完我立即就后悔了。我说你拿这个给我签,不是批评我还没出单行本吧?其实写作只是我晚上的事,白天八个小时我都要工作,我只是一个上班的,你可千万别把我当成铁流那样的大作家。他满脸不可思议,说人事科的事还要你操心?我说不上班谁给我发工资?顺便纠正一下,我不是什么科长,只是一般的职员。他说拿你这样的才华,去做那些无聊的事,真是太可惜了！

突然碰上一个不珍惜好话随便拿它们送礼的人，我感到头微微有些发晕，只见他的嘴巴像嚼瓜子那样不停地嚼着，却没听清楚他还说了些什么。在他含糊的声音中，铁流拉开隔门，端出一碗香喷喷的菜放到桌上，又把头缩回去，隔门再次关上。王义从口袋里掏出一张纸片，摆到我面前。我的注意力移到纸片上。他说这上面有十二道问题，如果你的回答完全符合标准答案，就能加入我们的俱乐部。我低下头，尽量把脖子往茶几上延伸，我看见：

第一道问题：在跟朋友或者同事下棋、打牌和打球的时候，你是不是很在乎输赢？

第二道问题：如果你怀疑A偷了你的奶酪，那是不是在找到了真正的小偷B之后，你还是不肯相信偷你奶酪的人就是B？

够了，再往下看就是傻×了。我压住胸腔里正在往外熊熊蔓延的大火，对着厨房叫道：你给我出来。隔门紧闭，铁泉跑过去拉开它，对着里面叫爸爸，妈妈叫你。铁流关了煤气，拧着一张擦手的毛巾走出来。我说铁流，不就是怀疑你在外面有个把女人嘛，犯不着把康复医院的，叫到家里来测试我的精神呀，如果你认为我的怀疑是神经质的，那我们就用事实说话。

铁流试图解释，但一时找不到语言，支支吾吾地愣在那里。王义抓起茶几上的那张纸片，说误会了误会了，便紧张地跑出去。铁流对着王义的背影喊：哎，你怎么走了？还没吃饭呢。王义说我有事，先走一步。铁流追出去，两串慌张的脚步声先后直扑楼底。我走到窗前往下看，那个叫王义的（也不知道他是不是真叫王义）对铁流比画着，他的声音隐隐约约地传上来：绝对有问题，这是那种病的典型前兆，不能再往下发展啦……竟然认为我有病，真不负责任。我抓起铁流挂在椅子上的衣服，从窗口扔下去。衣服展开像一只翅膀，落到他们的身旁。他们同时抬起头，可能正在把我的这个行动当成有病的新证据。干脆、索性，我走到茶几边，拿起那个精致的纸盒，看都不看扬手甩出窗外。纸盒分成两瓣，里面的东西赶不上盒子的速度，在空中徐徐铺开，像一团火缓缓坠落。那是一块红色的丝巾，由于它价格昂贵，我曾经无数次和铁流一道在班木商场抚摸过它，没想到铁流还一直记着。我的心里一动，打开门，准备下楼去把他们叫回来，让他们好好地吃一顿饭。但是我的脚刚迈出一步就缩了回来，想这会不会是他的一种策略？也许做贼心虚了，才企图用丝巾来弥补，如果不是我怀疑他，这条丝巾肯定还挂在班木商场里。

这么一想，心里的感激顿时烟消云散。我回过头，看见沙发上多了一床棉被，它像是害怕了不停地颤抖。我走过去掀开它，铁泉双手捂着耳朵蜷缩在里面。我把他抱起来，让他哆嗦的身体渐渐地平静。

6

铁泉和我乘坐的出租车停在饮料厂门口，远远地就听到了从厂房那边传来的哐啷哐啷声，跟着声音到达的还有果子的香气。我打开车门叫铁泉下去。他扭了扭身子，把屁股牢牢地粘在坐椅上。我说事情一办完我就回来，要不了几天，你不是跟我拉过钩吗？他说我不想跟小姨。我说小姨这里有饮料，随便你喝。他咂了一下嘴巴，舔了舔舌头，好像那些饮料的残汁就沾在他的嘴唇上。乘他还在回忆那些味道，我把他从车上抱下来。他挣脱我的手臂，双脚落在地上，看了我一眼，转身朝厂房走去。开始他还控制着前进的速度，一边走一边回头，但是这种习惯的速度只坚持了十几米，他便不再坚持，而是撒腿跑了起来。我看着他跑过操场，进入厂房，仿佛还看见他穿过厂房里排列整齐的饮料罐，扑入正在打包的小姨的怀里。

铁泉的小姨姓招，名玉立，现年21岁，中专文化，未婚，爹妈和铁流都说她长得比我漂亮，尽管我心里还有点儿不服气，但是他们毕竟是多数，而且在没有奖金的情况下，他们没有必要对这个问题不负责任。

我像个傻瓜呆站在饮料厂门口，朝厂房那边张望，出租车的喇叭响了一下。我钻进车里，心里老不踏实，总觉得不应该跟铁泉撒谎。我伸手捏住车门把手想打开，但是车子已经启动。我摇下车窗盯住厂房的门口，希望能看见点什么动静，果然，从门口冲出一个人来。那是铁泉，他手里拿着两听易拉罐朝我这边奔跑，塞在衣兜里的罐子不时地从他奔跑的身上飞落，在地上滚动。我知道他是想送几听饮料给我，但是我怕他拿到饮料后不愿回去，所以没让车子停下。他跑到厂房门口，焦急地四下张望，胸口一起一伏的，嘴里喷出大量的热气。一辆又一辆出租车从他的面前晃过，他打开一听饮料喝了一口，很失望地走回去。

到了夜晚，我穿上一件厚衣服，挎了一个包悄悄来到路塘温泉，坐在院子里的一张石凳上，盯住铁流的那个房间。那个房间黑沉沉的，院子里和走廊上的路灯因为雾气的弥漫，光线不是很明朗。周围的暗影里晃动着成双成对的人，轻微的呃嘴声有时比流水还响，偶尔还听得到男人的哀求。谁都不会相信，在这样一个环境里做总经理的人，不是低级趣味的人。我感到越来越有把握，甚至开始设想抓到现场时铁流的表现——脸色惨白是肯定的，而且极有可能跪下来求饶。我当然是愤怒到了极点，对着他呸了一声，说都这样了谁还会原谅你。由于完全沉醉在想像中，我真的呸了一声，周围的人都扭过头看我，有的甚至跑开了。我笑了笑，想这仅仅是排练，好看的还在后头。

周围的人渐渐地散去。懒散的流水声和昏昏欲睡的灯光使等待经受考验，我的眼皮慢慢地沉重，不得不靠挎包里的风油精来撑开它。但是在擦了十几次的风油精之后，眼皮具备了抗药性，它越来越重越来越重，几乎就要睡去了，不过在每次即将睡去的一刹那，身体总会一激灵，被一种兴奋的东西惊醒，那种兴奋的东西不是别的，就是马上要抓到的现场。我靠这种兴奋维持了一段平庸的时间，忽然本能地警觉起来。

远处出现了动静，杂乱的脚步声中夹杂着熟悉的脚步，至少有三个以上的人，正朝着这边走来。我伸长脖子往那边张望，先是看见一盏汽灯在鹅卵石铺成的小径上晃动，接着就看见那个提汽灯的人弯着腰，把手里的灯差不多落到了路面。汽灯照着一双锃亮的皮鞋，那是铁流的，他挺着身板迈着方步，一副吃饱喝足的模样，身后还有一个人给他打伞。我举头看了看，路灯们还在原来的地方闪亮，那盏汽灯完全没有必要。我再摸摸脸蛋，上面的确沾上了一层从溅起的雨雾中跌落的小水珠，但那也是因为我把一张冰冷的石凳都坐热了的缘故，对于铁流这样只是从温泉边路过的人，撑一把伞简直就是铺张浪费。

他们走完院子里的小径，登上那幢楼房。我把望远镜从包里掏出来，放到眼睛上，对着三楼的走廊观望。廊灯把他们照得更加清楚，甚至是雪白。快走到305号房时，那个撑伞的抢先一步，从铁流的手里接过钥匙打开房门。铁流走进去，屋子里的灯光亮起来，陪伴他的人站在门口跟他说了几句，便熄了汽灯往回走。他们一边走一边交头接耳,在穿过院子时,我听到他们说都这么晚了,去哪里帮他找。我想他们去帮铁流找什么呢?

迷糊中有一点重量落在肩头,我揉揉眼睛,看见面前站着一位穿制服的姑娘。她在我身上披了一件刚织好的毛衣,上面还散发着崭新的气味。我说你是这里的服务员吧?她点点头,坐下来,指着那边的一株大树说,我一直躲在那边织毛衣,怕你感冒就给你披上了。我问她刚才我睡着了吗?她说你睡了大约一个钟头。我朝铁流的那个房间望去,屋子里的灯光已经熄灭。我又问刚才有人上楼吗?她摇摇头,说没有,自从那两个提灯和撑伞的回去以后,院子里就再也没有人来过。我说真的没人来过?她摇摇头,拿起石桌上的望远镜摆弄着,说你好像是在看对面的房间。我说我在证明一些事情,我不相信抓不到他。她用手掌捂住突然张开的嘴巴,说你是在这里抓犯人吧。我怕吓着她,就说只是开个玩笑,晚上睡不着,出来坐坐。她说吃安眠药能帮你睡觉,不过不能吃多了,我吃过一瓶,后来被他们送进医院,现在就是通宵合不上眼睛,也不敢吃了。我说肯定是跟男朋友翻脸了。她低下头,沉默一会儿,忽然抽泣起来。

她的抽泣让我不好意思,好像是我把她弄哭似的。我四下望望,生怕她惊动了别人。我说如果哭能解决问题,我早就哭了。她可能觉得我说的有一定道理,把抽泣停下,吞吞吐吐地说,他跟别的姑娘跑了。我发出一声苦笑,顿时觉得她比我的亲人还亲。我跟她慢慢地聊,逐步知道她名叫毛金花,来自农村,现在的工作是为温泉宾馆洗床单。她患有严重的失眠症,为了不打扰同宿舍的工人,每天晚上都躲到路灯底下织毛衣,然后再通过她开服装店的远房亲戚把毛衣卖出去,每一件可以挣 50 元人民币。

我们展开来聊,不在乎时间,聊得快要成为好朋友了,才发现天已经麻麻亮。但是铁流的那个房间还紧紧地关着,没有一点儿动静。守了整夜,竟然没抓到铁流的半点儿把柄,我失望地站起来,把望远镜砸进包里,说怎么会没动静,是不是已经知道我在这里了?毛金花安慰我说,没关系,说不定明天就有动静了。我挎上包,说哪会那么简单。她举起手里的毛衣说,如果你认为还需要好几个晚上的话,那最好是带上毛线,这样我们就能熬夜了。

回到家里,我感到微微有些头晕。准备倒头睡觉之前,我查听电话的留言,里面传来铁流的声音:婷婷,你去哪里了?都深夜两点钟了,怎么还不回家?回来后给我来个电话。接着传来铁泉的声音:妈妈,你出差回来没有?我想回家。听完他们的留言,我拔掉电话线,走进卧室一头扑到床上,仅仅几秒钟,我就什么也不知道了。

7

在后来的几个晚上,毛金花教会我许多种织毛衣的方法。我在她手把手地指导下,能够织出较为复杂的图案,而且能够织出手指、脚趾。

一个白天,我正在呼呼大睡的时候,铁流突然回到家里。他把卧室的门嘭地推到墙壁上。我被撞门声惊醒,吓得坐起来,一定神,看见是他,立即就把脸垮了。他背着双手进入卧室,阴阳怪气地说,能碰上你,算我今天运气好。我用手指梳理头发,扭头看着窗外。窗外正好起了一阵风,吹得树上的叶片哗啦哗啦地响。

他坐到床上,身子跟着席梦思沉下去。他说你不是跟铁泉说出差了吗,怎么还在家里睡大觉?我的手指摸到脸上的一颗痘痘,就估摸着掐,没答理他。他把收在身后的手露出来,拧着我快要织完的一只带着五根脚指头的袜子,说前天晚上,我看见沙发上放着一顶织好的男帽,现在又在织袜子了,速度真是快呀,那顶帽子呢?我说送人了。他把袜子摔到床上,气呼呼地站起来,在床前来回走了几趟,然后指着我说,差不多一个星期了,每天晚上你都不在家里,原来是到外面给我织绿帽子去了。我打开他的手指,从床上跃起,站得比他还高出一大截。本来我想对他来几句带火药味的,但是就在那些话即将冲出嘴巴的时刻,我突然改变了主意。我做出一副无所谓的态度,在席梦思上晃悠着,说不能光你有女朋友,这就好像天平,只有两边都有了才不倾斜。

他的脸被我气得像涂了红墨水,脖子也憋粗了。我知道他是在憋一句话,可是那句话总也憋不出来。最后他不得不松松领带,凭借巴掌拍到衣柜上的那股力量,把话大声地抖出来:谁说我在外面有了?我说不用谁说,有那些迹象就够了。他说你怀疑来怀疑去,是不是神经出问题了。我说仅仅是差一点儿证据,等我拿到了,就知道谁的神经出问题。他说那你就去拿证据吧,恐怕你还没拿到,我已经先把你的给拿到了。我学着他举手的样子把双手举起来,说欢迎你拿。他怒气冲冲地转过身,像一团风卷出去,仿佛现在就去拿证据。我想他被激怒了,动起来了,尾巴就要露出来了。

招玉立打电话给我,说铁流已经到爸妈那里去谈了一次,他希望我们招家,能为我近一个星期彻夜不归的行为做出解释。尽管他动用了含蓄的写作技巧,使用了模棱两可的语言,但是多年来一直坚持阅读小说的招玉立,还是听出了他的弦外之音,那就是铁流已经反过来怀疑我了。玉立劝我适当地让让步,以免家庭破碎。我告诉玉立,再给我几天时间,如果他在怀疑我不忠的情况下,还没让我拿到把柄,那我将对他刮目相看。

晚上,我和毛金花并排坐在石凳上,盯住铁流的那个房间织毛衣。原先只有一双眼睛看着的房间,现在有了两双眼睛看着,而且毛金花还不停地提醒我,她的视力一流,过去在农村时可以清楚地看见几个山头之外的行人。有了她的这个保证,我想应该是万无一失了。但是11点钟之前,我们即使有再好的视力也没派上用场,流水的声音还是昨天的声音,行人也仿佛还是昨天的行人,不存在任何值得特别注意的现象。到了11点钟,两个像是喝醉了的相互搀扶着,从那边歪歪倒倒地过来,给冷清的小径增添了趣味。起初我并不在意,但是当他们快走过我面前时,才发现那就是我等待已久的人,其中一个是铁流,另一个是铁流的朋友李年。他们摇摇晃晃地上楼,开门费去了一定时间。毛金花说起码试了四把钥匙,他们才把门打开。

李年的到来,使我觉得现场一下就近了。一个连朋友的妻子都想下手的人,怎么会不在夜里干点儿什么坏事,最好他能叫上两个按摩小姐,让我一下逮住四个,那才叫意外收获。但是他们像死人一般并不理会等待者的心情,我都已经为即将抓到的场面激动不已了,他们的那扇门却如同一块石头,毫无表情地摆在那里,使我和毛金花成了欣赏门板的木匠。第二天晚上,当我举着被瓷瓶划破的手指,再次坐到这里的时候,才知道门板一动不动的奥秘。毛金花告诉我,一大早,领班就叫她去收拾铁流的那个房间。她一进去,就闻到了铺天盖地的酒气,床单上沾满了他们吐出来的脏物。

大约就在毛金花收拾房间的那个时间,我回到家里。客厅里到处都是破碎的瓷片,有的钻到了沙发底,有的飞上了酒柜。结婚十年来,我不间断地在铁流的每一个生日,送给他一只属于他生肖的瓷羊,而他也在我的每个生日,送我一只属于我生肖的瓷狗,那些羊和狗一年一个式样，摆在架子上是20种栩栩如生的姿态，可是现在它们全都被铁流砸烂了。

　　我站在色彩缤纷的瓷片中间发了一会儿呆，然后慢慢地蹲下去，把碎了的一块一块地捡到手里。每捡一块，我的脑海就浮现一次铁流送礼物时的模样，耳边甚至回响起铁流好听的声音。他一直喜欢从后面搂着我，喜欢把嘴巴贴着我的耳朵根，悄悄地来那么一句，似乎是要让那句话得到麻酥酥的耳根帮助，长久地保存在我的记忆里。他曾经说过一句最好听的：拥有你一次我就够了，多出来的全都是你对我的恩赐。这个声音好像还趴在客厅的墙壁上，现在正回荡在客厅里。我的身体为之一颤，瓷片划破手指，一股鲜血涌出。奇怪的是我一点儿也不觉得痛，只是觉得很伤心，我看见一滴泪打到我手里的瓷片上，它就像是大雨来临时的第一个雨点……

8

　　如果不是做好了充分的准备，铁流是不敢砸那些生肖的。我和衣倒在床上，不吃不喝，抱头想着家里发生的事情，想得头像撞了墙壁那样使劲地痛。从早想到晚，又从晚想到早，我的肚子首先发出了妥协的信号，它叽里咕噜地叫着，像是在跟我讨饭吃。我真想爬起来再到海霸王大吃一顿，才不管他在外面有没有女人。他连我们过去的感情都不要了，我还有什么必要把精力放到他的身上。这些破罐破摔的想法，使我的身体忽然松弛下来，心胸顿时开阔得像篮球场。

　　但是我只吃了一碗快餐面，就把刚才的想法给否定了，而且突然明白人在饿着和饱着时的想法，是有巨大差别的。我为了抓到他的现场，已经好几个通宵不知道睡觉的滋味了，如果现在放弃，那前面的工作岂不是白费？况且事情往往都是这样的：越到想放弃的时候，越有可能是接近目标的时候。新的想法像虫子咬着我的脑神经，我重重地放下碗筷，再也没心思吃了。一股强劲的力量把我推出家门。

　　这是个在冷天里难得一见的好天气，温泉的上空晴朗透明，蒸汽里竟然出现了浅浅的彩虹，一些身体泡在温泉的大池里，只露出透气的小洞和眼睛。我提着布袋绕过大池旁边的小径爬上楼房，对着铁流的门板拍了几下，里面静悄悄的，走廊上连一只苍蝇都没有。我回头看着院子，院子里的水面、树叶和草片把亮光强烈地反射上来，照得我的眼睛阵阵生痛。我揉揉眼睛，除了看见那些疗养的并没有看见服务员。我在走廊上站了一会儿，提着布袋下楼，到总台打听铁流的去向。其中一个服务员对我摇摇头说，一般我们都不知道经理去哪里。我说你手上不是有他的手机号码吗？她翻翻本子说，我们没有他的号码，除了领班，很少有人知道他的号码。我说领班呢？她说领班也不知道去哪里了，另一位服务员突然插嘴说，好像领班跟铁经理一起坐车出去了。

　　我又回到铁流的门前，坐到地毯上等他。走廊外侧栏杆的影子投射过来，我倒出布袋里的瓷片，光线里浮起一层细小的灰尘。我的手指，包括一只还贴着创可贴的手指，开始在零乱的瓷片中寻找相关的瓷片，然后凭借记忆用万能胶水把它们粘在一起。慢慢地，我的手掌上出现了一头伤痕累累的瓷羊。我从不同的角度看它，觉得挺不错，就把它摆在面前的栏杆上。这样栏杆的影子上多出了一头羊，后来又多出了一只狗，再后来又多出了一头羊、一只狗……如此一头一只地摆下去，它们当然没有摆在家里时那么生动，甚至1998年的狗腿粘到了1995年的狗身上，也不可避免地把一块狗肚当成了羊背，色彩出现了错乱，但它们似乎更加五彩斑斓。

　　渐渐地有人把头从温泉里抬起来，往我这边张望。看的人越来越多，包括一些服务员。我没理睬他们，把那些能粘的都粘好。铁流还没有回来，我从地毯上直起身，感到腿脚有些酸麻。我伏到栏杆上，俯视楼下众多的人头，看见那个领班也挤在里面，而且正拿着手机说话，好像在搞现场直播。小妖精都回来了，怎么不见铁流？我分开栏杆上重新粘好的羊和狗，坐到它们中间，朝温泉的大门瞭望。底下的那帮人以为我要跳楼，不约而同地发出惊叫，混乱的声音像苍蝇遇到了拍子，从他们的头顶四处飞散。一种叫做刺激的东西如同冷风，灌进我的脖子，让我的身上冒出了许多鸡皮疙瘩。我突然有了跟他们玩一玩的想法，当然也包括跟铁流玩。

　　楼下出现了一阵小小的骚动，我看见毛金花这个大傻瓜扛着五床棉被，挤到楼前，把它们铺在地上。两个保安扯起一张雪白的被子，对着我正在晃动的双脚，做出一副舍己救人的架式。几位刚从温泉里跳出来，腆着大肚子只穿着三角裤衩的游客走近保安，一起把棉被拉得像绷床。他们的身体挂着水珠，只一眨眼就把站着的地方淋湿了。我在心里暗暗叫苦：毛金花啊毛金花，你这不是明摆着要我跳下去吗?

小妖精的手机又响了,她仔细地听着。直觉告诉我,这是铁流打来的。她听了一会儿,叭地合上手机,从人群中撤出去,慌张地往宾馆那边跑。我对着她的背影喊:快去把你们的铁经理叫来。她像是被我的声音绊住了,双腿一闪,几乎跌倒在路上。但她毕竟有经验,声音吓不倒她,很快她就稳住身子,回头扫了我一眼,接着往前跑。这时我才看见铁流正拉着铁泉跑过来。

铁流把铁泉丢给小妖精,自己跃过几个路障,以短跑运动员的速度扑到楼前,还没把气喘顺,就对着楼上举起双手,说别别别,千万别跳,婷婷,我们可以商量。我拿起栏杆上的一只瓷狗,举到阳光里看着。铁流说我错了,我不应该砸烂它们,但是必须说明一下,砸它们的时候我喝了很多酒。我晃动双脚,连看都不想看他,一只高跟鞋从我的脚上晃下去,掉到他们拉开的被窝里。人群一片喧哗。铁流紧张地昂着头,说我明白你的意思,我不应该找理由。他的检讨并没能阻止我的另一只高跟鞋,它从我的脚上滑下去,和它的同伴躺在一起。

楼下变得繁忙了,被窝移动着,人群晃动着,好多嘴里发出更为强烈的惊叫。忽然我听到一个亲切的声音,从嘈杂的声音中脱离出来,那是带着哭腔的铁泉的声音,他在大声地喊我。我扭头看下去,他站在最前面,抹着眼泪说,妈妈,我记起来了,那天晚上爸爸是回家了。我说泉儿,这里不用你管,叫你爸爸说话。铁流结结巴巴地说,只要你不跳,什么条件我都可以满足你。我说没别的条件,只希望你说实话,你在外面到底有没有?铁流低下头。我说求你别再骗我。铁流说如果你不跳,那我就认了。

他终于承认了。要不是给他一点压力,他会承认吗?我把垂着的双脚收回来踏着栏杆,准备结束这场快要变成真实事件的游戏。忽然我像被棍子敲了一下,轰地倒到走廊上。

9

铁流的305号房现在被我占用了。床头柜上除了摆着那些重新粘好的生肖,还放着一篮多少有点夸张的鲜花。我像一个病人躺着,手背处吊着针。一位刚刚从国外回来的医生在敲过我的手指,翻过我的眼皮,刮过我的脚底,测过我的血压,摸过我的脉搏,听过我的心脏之后，撇撇嘴，露出一丝难以觉察的怪笑，似乎怎么也不理解我为什么还要躺着？他把听诊器从耳孔移到脖子上，转身对铁流一张嘴，立刻就印证了我的猜测。他说她的生命体征没任何问题，可能是过于紧张了，休息休息便没事。铁流放心地点点头，把医生礼貌地送出去。我的脑海里突然跳出一首诗歌的标题——送瘟神。我知道这个时候，不应该突然想起这样的标题，但是它就像喷嚏一样让你无法阻挡。

　　看着滴答的药水，我感到百无聊赖，忽然铁泉斜挎着书包跑进来，他的小脸蛋被风吹得红扑扑的。擦了一把额头，他从书包掏出一块巧克力递给我，说一放学，爸爸的司机就把我接过来了。我把巧克力推回去，说你吃吧。他剥开巧克力，塞到我的嘴里。我闻到了一股令人讨厌的气味，嘴里的巧克力全都吐了出来。我说这是什么味道？铁泉抽了抽鼻子，说没什么味道。我四下张望正在寻找味道，味道就出现在门口了。

　　小妖精提着一袋水果来到床前，脸上的每个地方都是笑的。她把水果放到茶几上，坐到床边，亲切地喊了一声嫂子。如果不是她身上那股特殊的香水味，我真愿意被她的那声喊好好地感动一番。但是她的香水味让我产生了不愉快的联想，所以我对她声情并茂的喊，不仅不感动反而感到厌倦。也许她从我皱着的眉头上看出了什么内容，原本过于亲切的语言慢慢地缩回去，她开始重复千篇一律的问候，仿佛不是在和我说，而是在对着每一个病人说。她的声音被我忽视，而她的香水味却越来越引起我的注意。那气味重重地压下来，几乎把室内的氧气给排斥掉，我的呼吸变得困难。我抬手掩住鼻子。她被我的这个动作弄得脸红了一下，知趣地退出去。

　　我叫铁泉马上打开抽风机，还叫他把窗口最大限度地敞开。我举起巴掌不停地驱赶面前的空气，小妖精的香水味像退潮的水，从我的鼻尖前一点一点地隐去，我长长地吐一口气，感到屋子里的氧气又多起来，呼吸回到正常。

　　铁泉做完上面的工作，坐到我的床边。我问他刚才都闻到了什么？他摇摇头。我抽抽鼻子，把盖在身上的被窝拉到鼻孔底下闻了闻，一股稍弱的类似于小妖精的那种香水味，扑进我的鼻孔。我摆了摆头，怕是一种错觉，就把被窝递到铁泉的鼻子前，让他闻。他闻了一下，木然地看着我。我说这上面是不是有一股阿姨身上的味道？铁泉说我的鼻子还没长大，闻不出来。我又闻了一下被窝，不是无中生有，那种味道千真万确地贴在上面。

我问铁泉，你是怎么突然记起爸爸回家的？他说是爸爸提醒的。我说那你认真地想一想，那天晚上爸爸到底回没回家？以前你是说爸爸没回家，现在怎么又改口了？他想了想说好像回了，又好像没回，我都被你们问迷糊了。我说爸爸是怎么提醒你的？他离开床，笔直地站着，摆出讲故事的姿势，清了清嗓子，用手比画着说了起来。

他说那天，爸爸把我从小姨那里接到车上，车子就呜呜呜地跑开了。我问爸爸去什么地方？他说妈妈生气了，要跳楼了，都怪你没跟她说清楚。我听说妈妈要跳楼，就哭了。爸爸抱着我说没关系，只要你跟她说我记起来了，那天晚上爸爸回家了，妈妈就不跳楼了。

想不到铁流这么卑鄙，我气得拍了一下床铺。一拍完，我就知道这一巴掌拍错了，它仿佛拍中了铁泉的身体，吓得他双眼紧闭。我说儿子，妈妈不是生你的气，而是被你的故事打动了。他的眼皮刷地跳开，黑漆漆的眼珠子飞快地转动，像是获得了一份意外的奖赏，脸上不再有害怕的表情，嘴唇颤动着似乎还要说话。我说你讲得不错，继续吧。他又清了清嗓子，比画起来，说还有一个夜晚，妈妈你不在家，爸爸要我和他一起回忆那个晚上。他把我放到床上，给我盖上被窝，还让我假装打呼噜，然后，他从客厅走进来，掀开我的被窝，把我抱到厕所，为我把了一泡尿，又把我抱回床上。他说那天晚上，我就是这样给你把了一泡尿，你怎么记不得了？

铁泉学着他爸的腔调，双手像为孩子把尿那样把抱着书包，在我的床边走来走去。没想到他把他爸学得那么像，我差一点儿就笑起来。我想铁流明摆着是在向儿子进行灌输，哪里是在回忆。我说你和爸爸就回忆了这些？他说就这些。我说没再回忆别的？他点点头，没注意我板起来的脸，又开始学他爸爸把尿。突然，一声呵斥从门口传来：铁泉，你在干什么？铁泉一扭头，慌张地丢下书包，倏地钻进我的被窝，用发抖的身体紧紧地搂住我的身体，仿佛一只刚刚从冷水里逃出来的小狗仔，一头扑到热乎乎的母狗身上。铁泉在发抖，我在发抖，被窝也在发抖。从他抖动的身上我知道他有多害怕，而我的发抖完全是因为气愤。

铁流沉着脸走进来，忽然又咧嘴一笑，说儿子毕竟是儿子。我说你都已经承认了，何必还要吓唬他。他说那都是你逼的，如果不

是怕你断胳膊缺腿,我何至于当着那么多人的面说假话。我说你就不要再狡辩了,告诉我,她是谁?他说我正想问你呢,她到底是谁?

10

知道这个问题的重要,所以我在做出决定之前犹豫了好几天。我先是问来收床单的毛金花,然后又分别问了送开水、吸地毯和抹桌子的服务员。我问她们路塘温泉是不是统一发香水了?她们都摇摇头说没有。我又问她们谁给铁经理的房间洒香水了?她们还是摇头。

就在第五天,当铁流提着鸡汤走进来的时候,我突然从床上欠起身子,拔掉了扎在手背上的针头。他放下鸡汤扑到床边,按住我流血的手,说你这是干什么?我说不干什么,只想和你商量一件事。他说我照办就是了,还需要什么商量。我说这段时间以来,我对你确实有点过分。他咧开大嘴巴笑着说哪里哪里。我说我也不想再这样下去了,但是你能不能答应我一个条件?如果你能答应,那就说明我对你的猜测完全是发神经。他仍然保持着笑容,像逗小孩子那样拍拍我的头,说即使我答应了你的条件,也不能说明你过去的猜测没道理,现在的这种风气,没理由不让你猜测,好多女人就是因为没看好自己的老公,最后飞了。我说你尽拣好听的说,是不是还在把我当那种不正常的人?他退回去,端过鸡汤,用勺子喂了我一口,说谁把你当那种人,谁就是那种人。我说那你能不能把那个领班给辞了?他手里的勺子一晃荡,鸡汤洒到床单上。我说我就知道你会为难。他说这是个大事情,得问问舅舅。我说就不相信你把她辞了,舅舅会拿你怎么样?他面露惊讶的表情,说你不知道吗?她是舅舅的人。我打落他手里的勺子,把头扭向一边。他放好鸡汤,在房间里走来走去,像是面临困难的大人物那样思考着。尽管我看不起他的思考,但我还是从床上下来,走到屋外的走廊上,让他单独拥有一会儿房间。

他以舅舅还没从香港回来为理由,对我交代的事情一拖再拖。我告诉他随你拖多久,反正我也需要在温泉疗养,你什么时候把这件事情办了,我就什么时候回去上班,如果你不想办,那我就辞职陪着你。他以一种商量的口吻问我,如果把她辞了,那去哪里找一个像她这么能干的领班?我说已经为你想好了。他说谁?我说招玉立。

一个太阳炽热的下午,我坐在房间里一边织毛衣一边看着那些酸不溜丢的电视剧,突然一位服务员跑进来通知我,要我赶快到温泉的8号山庄。不用说,我就知道是舅舅从香港回来了。8号山庄被围墙严密地圈住,后面是住的,前面是露天小院,院子里有一口鹅卵石砌成的池子,里面长年流淌着温泉。我站在院门前犹豫了一下,推开门,看见舅舅像一只癞蛤蟆泡在池子里,淡淡的雾气从水面腾起来。铁流西装革履端着茶杯蹲在池子上,俯身对舅舅说着话。两位着装整齐的女服务员垂手立在一旁,随时听候吩咐。

舅舅听到了推门声,微微扬起头说,婷婷来了。我走过去,服务员给我端了一张椅子。舅舅在水里改变一下姿态,把不太雅观的部位沉到较深的水里。我坐到椅子上。铁流对服务员摆摆手,她们低头退出去,把门轻轻地关回来。舅舅说你的要求铁流都跟我讲了,但是这个领班跟了我那么多年,你干吗要跟她过不去?我看了一眼铁流,说他不是跟你全都讲了吗?舅舅哎了一声,说怎么会呢?我是看着铁流长大的,他即使有这个贼心也没这个贼胆呀。我说事情都是在不断变化着的,就像过去我一直崇拜你,但自从那个晚上,你在我们家当着我的面跟领班调情之后,我对你的看法就不再是过去的那种看法了。铁流呼地站起来,对我一瞪眼,说你瞎说些什么呀。舅舅摆摆手,说没关系,你很真实,既然你那么痛快,那舅舅就直话直说。

我盯着舅舅,看他能说出什么直话来。他双手掬起一捧水抹到脸上,仿佛要抹掉脸上不好意思的那一部分。铁流递了一条毛巾给他,他接过去擦干脸,说你已经知道领班跟我的关系了,为什么还怀疑铁流?难道我们舅甥俩会同时去争一个女人吗?我说舅舅,这也不是什么稀奇的事。铁流从池子上跳下来,抓起我胸口的衣服,想把我推出去。舅舅抬手制止他,说你让她把话讲完。铁流看了一眼舅舅,松开手。我拍拍被铁流弄皱的衣服,再次坐到椅子上,双手轻轻地压住膝盖,目光从我的脚尖摇到水池,摇过舅舅宽大的肚皮,摇到铁流的脸上。我盯住铁流说,就像铁流的那个朋友,他一直崇拜铁流,说是要把铁流的小说翻译出去,铁流当真了,经常带他到家里来吃吃喝喝,我也觉得这个人挺诚实厚道,可是就在我和铁流出事以后,我去找他打听铁流的情况,他竟然,想占我的便宜……

我说得眼泪都想流出来了。铁流的手一颤,杯子掉进水池。他说你是说李年吗,他怎么会这样?舅舅扭头瞟了一眼铁流,又瞟了一眼我,似乎现在才明白我和铁流的问题,远没有他想像的那么简单。我咬了咬牙,说所以,现在谁也不敢保证有些事情不会发生。舅舅捡起杯子递给铁流。铁流像是还没回过神。舅舅把杯子放在水池沿上,说铁流,既然事情这么复杂,你的意思呢?铁流像被谁戳了一下,慌忙地弯下腰,说什么意思?舅舅说就是换领班的事,我想听听你的意见。铁流支支吾吾,一时找不到主意。舅舅说你就说你最想说的。铁流说如果单从家庭考虑,我是想把她换掉,但是她很能干……舅舅说但是什么?就这么定了。

　　铁流抬头看着我,说这下你该放心了吧。我说这也不只是为了我。舅舅突然打了一个喷嚏,说我也得给你们开一个条件。铁流把腰弯得更低,我的身子往前倾了倾。舅舅说从今以后,你们就不要吵了。铁流不停地点头,一副听话的样子。我说谢谢舅舅,你不是在开除一个领班,而是在挽救一个家庭。舅舅露出一个笑,又飞快地收回去。我觉得舅舅笑得不是时候,而且这像是一个非同一般的笑,里面有一种饱经风霜的气质。

11

　　招玉立意外地做了温泉度假村的领班,她每天都给我打一个电话汇报铁流的表现。在她的嘴里,铁流不仅是一个有才能的人,还是一个脱离了低级趣味的人。她说姐夫从来都不把那些漂亮的姑娘放在眼里。随着电话次数的增加,招玉立把铁流捧上了天,甚至认为我对铁流的怀疑是多余的。有了招玉立的这句话,加上铁流每个星期都回家报到一至两次,我的心里呈现了一种大风大浪之后的彻底平静。

　　每到月中,铁流的存折上就会多出一万块钱,我开始用这些钱更换家具。我买了一套真皮沙发,一张橡木茶几,一台34英寸的彩电,一组红木矮柜,一张雕花玻璃餐桌,一台电脑……它们一件是一件,像尊贵的客人来到我家。那些从前曾经到过我家的朋友,现在基本上都认不出我的家了,它的变化似乎比某些国家变化都还要快。当然变化着的还包括我花钱的心理,过去我每花一分钱就心如刀割,现在我花钱越多心里就越痛快,好像那不是在花钱,而是在告诉人们有钱的人也会幸福,并不像书上说的,幸福只属于那些没有钱的人。

　　后来季节发生了变化,秋天来了,天气逐渐转凉,一个重大的日子正在临近。我利用时间的缝隙,把过去没织完的毛线捡起来,断断续续地织下去,赶在那个日子到来之前把它织完。然后我就坐在家里等待消息,以为铁流会记住那个日子,但是电话像是坏了似的,一天比一天沉默。我想一定是太多的工作,让他忘记了自己的生日。于是我和铁泉达成协议,决定给他一个意外惊喜。

　　下午,我们换上新装,买好了蛋糕,准备到路塘温泉去。我看了看墙壁上的电子钟,发现时间还很宽裕,就把包里的东西掏出来检查一遍。铁泉好奇地看着,我把那些东西一件一件地往铁泉的身上贴。每贴一件,我们就从心底发出一阵爽朗的笑。那是一些米黄色的东西,是我为铁流织的一顶帽子,一个围脖,一件毛衣,一副手套,一条长裤,一双带脚指头的袜子。铁泉把那个围脖从头上套下去,围脖遮住了他的脸。他说爸爸如果把你织的全部穿上,那他就连一个地方也不能露出来了。我笑了笑,想这正是我的意思,我要用这些东西把铁流从头到脚严严实实地罩住,让他不再有多余的想法。

　　出租车停到温泉门口,我们提着蛋糕、毛线织品从车上下来,就像游客那样一边走一边欣赏路旁的树林和花草,走了十多分钟,我们到达目的地。我掏出偷偷配制的钥匙朝305号的门锁戳进去,扭了扭,门锁没有动。我把钥匙掏出来仔细地看了一遍,再次戳进去,门锁稍稍动了一下,但像是被什么东西卡住了没法扭开。我产生了一种不好的预感,想铁流是不是和什么女人呆在里面?我按着门铃不放,还用脚不停地踹门板。表面上屋子里静悄悄的,但仔细一听却有轻微的忙乱声,甚至还夹杂着马桶的冲水声。这些不容置疑的动静,坚定了我的想法,或许我一直想抓却始终没让我抓着的现场,就要出现了,我变得异常兴奋,把门拍得比楼下的流水还响。

　　突然,门板闪开一道缝,铁流乱蓬蓬的头发从里面伸出来,接着我看到他慌张的脸,还有西服下那件扣错了纽扣的衬衣,上面也没有系领带。我推门想进去,他顶住门板说,我们正在谈工作,能不能过一会儿再来?铁泉举起手里的蛋糕说,爸爸,祝你生日快乐。夹在门缝里的铁流看了一眼铁泉,发出一丝苦笑,哀求我你能不能让儿子回避一下?我巴不得铁泉也看看现场,好让他将来为我

证明，反正迟早他都会知道，晚知道还不如早知道。我强行推开门，铁流闪到一边，说不管发生了什么，我都希望你能冷静。我对着他大吼一声：我不想冷静。

我冲进房间，没看到预料中的女人，只看到乱糟糟的被子搭在床上。我掀开被子，床上有两个枕头斜躺着，一筒卫生纸夹在枕头中间，枕头压着的床单皱巴巴的，只铺住半边床，显然刚刚遭遇过蹂躏。我抬起头在房间里寻找着，屋子里除了我们一家三口没有多余的人。铁流双手捧着脑袋，颓然地坐在沙发上，仿佛正在等待命运的裁决。我摔开衣柜，没看见人。我冲进卫生间，里面也不见人影。阳台的门敞开着，我冲到阳台上朝楼下张望，楼下是两排浓密矮小的冬青树，它们在风中微微地颤动，像是什么事也没发生。我被眼前的一切给弄糊涂了，从阳台慢慢地走回来，想这到底是怎么回事？

铁流绷紧的脸忽然松弛下来，眼睛里出现了看到希望时的那种光芒。铁泉问我：妈妈，你在找什么？我没回答他，目光像尖刀那样盯着铁流。铁流把手搭到铁泉的头顶，说你妈妈她又犯病了。我指着床铺说，你怎么解释？铁流说不就是一张床吗，还需要什么解释？我说这就是现场。铁流从沙发上跳起来，说这怎么是现场？我说那是什么？铁流说我一个人睡觉就不能把它搞乱吗？难道你连我在床上睡觉的动作都要管吗？我说卫生纸呢？他说卫生纸也不能说明什么问题，我的鼻子发炎了，有时需要它来擦鼻涕。我说你抽鼻子给我听听。他说抽就抽。他真的抽了抽鼻子，鼻孔里没发出什么惊天动地的声音，不像是患鼻炎的人。我说这样的鼻子怎么会在睡觉时流鼻涕？他说事情总有例外。我说我不管你的例外，反正我认为这就是现场。他说那另外一个呢？至少得有两个人才算是现场吧。我说干吗一定要同时抓到两个才叫现场，没有杀人犯的现场就不叫现场了吗？他说那你总得找出一点儿证据。

我伏在床上找着，没有发现所谓的长头发。但我不相信他们没留下任何蛛丝马迹。我拉开左边的床头柜，没发现什么，又拉开右边的抽屉，一盒避孕套赫然地扑我眼睛。我抓起它，打开，看见里面有三个空壳，也就是说在我进门之前他们已经做了三次。我气得全身哆嗦，抓起那盒已经放在茶几上的蛋糕，朝着铁泉的头部狠狠地砸过去。蛋糕涂在他的脸上，把他的眼睛全都遮住了。他伸手抹了一把,说不知道是谁要陷害我,竟然在我的抽屉里放那些东西。我拉着铁流冲出房间,想都到了这个份上了,他还在撒谎。

12

当我的泪水差不多流干的时候,门铃被人按响了。透过猫眼我看见妈妈站在外面,就找了一副墨镜戴上,让妈妈进来。妈妈说你的眼睛怎么了?我说得了红眼病。妈妈说叫你不要熬夜,你硬要熬,现在把眼睛都熬坏了,那点儿稿费还抵不上买药的钱。妈妈说着,弯腰收拾乱糟糟的茶几。我想把发生的事情跟妈妈详细地说说,但是妈妈却直起腰来,告诉我一个不幸的消息。她说玉立住院了,她怕影响你写作,没让我告诉你。

为了不让玉立看到我哭肿的眼睛,走进她病房时,我仍然戴着墨镜。她躺在洁白的床上,脚上打满了石膏。一看见我,她想坐起来。我用手止住她,她拉住我的手,哭着说都怪那辆摩托车,如果不是它的刹车有问题,我就不会把脚给摔了。我安慰她,为她掖了掖被子,无意中发现她的身上布满了树枝划破的纹路。她慌忙地把衣角压住,脸上顿时浮起一层红晕。我的脑袋轰的一声炸开,顿时感到房子像发生了地震那样转动。

我摇摇晃晃走出病房,扶着走廊的墙壁站了一会儿,然后来到医生的办公室。翻开招玉立的病历,我看见她住院的时间是10月7号下午6时,那正好是我离开铁流房间后的一个小时。应该说一切都真相大白了,招玉立的脚不是骑什么摩托车跌断的,而是从铁流的那个阳台上跳下去时跌的,要是没有那些冬青树,也许她会伤得更厉害。

这样的猜测遭到了全家人一致的臭骂,除了铁泉,他们都不相信我。我只好躲开他们,带着铁泉到莲花河谷去旅游。在莲花河的游船上,我无心于风景,只是不停地跟铁泉说话。我说,其实我也不想怀疑你爸爸,但是他的漏洞太多了,比如他的那件睡衣到底是谁买的?为什么要砸那些生肖?送他回房间的人半夜里去给他找什么?他床上的香水味和小妖精的香水味干吗要一模一样?他咬定说那个晚上他回家了,还问你他的衣服漂不漂亮,可是后来他跟你一起回忆的时候,只是说帮你把了一泡尿,并没有提起问过你问题。铁泉板着脸倾听我的诉说,随着谈话的深入,他的脸仿佛一下子就

长大了,变得成熟多了。他咬着牙齿说,妈妈,我突然记起来了,那天晚上爸爸真的回过家。

我抚摸着铁泉的脸蛋,说你又瞎说了。他说这次不是瞎说,是我真的记起来了。我说泉儿,我明白你的意思,你是害怕爸爸和妈妈离婚。他摇摇头,说不是,是因为出来旅游,突然就记起来了。我扭头看着流淌的河水,几片黄叶在水面漂荡,就像我的往事。我轻轻地说儿子,即使你记起了那个晚上,也没有用了,因为和后面的事情比起来,那个晚上比鸿毛还轻,我和你爸爸已经没有爱情了。铁泉扑过来紧紧地搂着我,这是他平生第一次搂着一个人。他说我要你们像过去那样还有爱情,我叫爸爸爱你。我摇摇头,看着那几片黄叶漂远,泪水涌出眼眶。我只知道抓住现场,却从来没想过,抓到现场以后该怎么办?

铁泉一个劲地催我回家,他说他不想旅游了。但是我不愿意那么快回去,我需要把乱麻般的思绪整理整理。大部分时间,我躺在宾馆的床上看天花板,上面有几只蜘蛛我都数清楚了,却还是不想回去。铁泉不时地问我要钱去买零食。他要的次数太多了,我就吼他,说你真不懂事,妈妈都这样了,你还来烦人。铁泉的眼眶一下就潮湿了,最后竟然哭了起来。我把一沓钱摔给他,说你都拿去吧,别来烦我。他抽泣着从里面抽出几张小票,走出房间。我悄悄地跟出去,看见铁泉进了电话亭。原来他是用吃零食的钱,给他的爸爸打电话。铁泉在电话里争辩着,还像大人那样一边说一边打着手势。我冲过去,叭地挂断电话,把他从电话亭里拉出来,双手搁在他的肩膀上,说泉儿,这种事太重了,你还挑不起。

晚上,我木然地躺在床上,电视屏幕闪着雪花点,我也没心思管电视,只是为了让它开着而开着。铁泉从门外走进来,关掉电视机,说妈妈,我已经把回去的时间告诉爸爸了。我说干吗要告诉他?铁泉说我想试试,看他还爱不爱我们。我说这还用试吗?他爱的话,就不会做那些对不起妈妈的事。铁泉说如果爸爸到火车站来接我们,就说明他还爱。我说你认为他会来吗?铁泉点了点头,像是很有把握。我拍拍床铺,说除非他的脸皮比棉胎还厚,要不他绝不会来。

出门后的第十五天傍晚,我和铁泉回到生活的城市。走出火车站,铁泉的目光在蠕动的人群里飞快地搜寻着,没看见那个我们拔过白头发的脑袋,也没有那张被我用蛋糕涂抹过的脸。铁泉垂头丧

气,跟着我往前走。突然,他的脸绽开了。他指着一块巨大的崭新广告牌叫道:爸爸。我抬头看去,那是一块新立的广告牌,以路塘温泉湛蓝的水池为背景,前景是一个和广告牌一样高大的,从头到脚都套着米黄色毛线织品的男人,一看就知道那是铁流,他把我给他织的全都套在了身上,连眼睛都没露出来,那些毛线像水一样紧紧地缠绕着他。他的身旁有一行广告词:拥有你一次我就够了,多出来的全都是你对我的恩赐——路塘温泉。

我的头一下就大了,耳朵像着了火那样灼热。我用双手不停地搓着耳朵,似乎要把铁流说过的话——搓掉。铁泉昂起头,咧开嘴,说爸爸原来是用广告牌来迎接我们。我说你理解错了,这是出卖。铁泉说我不明白,他不是穿上你给他织的衣服了吗?我说泉儿,你一定要记住,有些话只能说给一个人听,有的衣服只能穿给一个人看,当一个人把最秘密的都亮了出来,那和公园里翻开屁股的猴子就没区别了。铁泉点点头,说妈妈,我好像明白了。

铁泉拉起我的手。我紧紧地牵着他,坐上一辆出租车。没想到马路两旁,还立了不少路塘温泉的广告牌,爱的悄悄话变成了公开的叫卖。忽然,窗外闪过人民法院的牌子,我说停车。飞奔着的出租车滑出去十几米,才怪叫一声打住。司机问干吗在这停?我走下去,嘭地关了车门,对着大街上那些陌生人喊道:我要离婚。